认真的胡闹

蟹总 著

青岛出版社
QINGDAO PUBLISHING HOUSE

图书在版编目（CIP）数据

认真的"胡闹"/蟹总著. —青岛：青岛出版社，2021.7
ISBN 978-7-5552-9770-3

Ⅰ.①认… Ⅱ.①蟹… Ⅲ.①言情小说－中国－当代 Ⅳ.①I247.5

中国版本图书馆CIP数据核字（2021）第086303号

书　　　名	认真的"胡闹"
作　　　者	蟹　总
出版发行	青岛出版社
社　　　址	青岛市崂山区海尔路182号（266061）
本社网址	http://www.qdpub.com
邮购电话	18613853563　0532-68068091
责任编辑	李文峰
特约编辑	崔　悦　徐晓辰
校　　　对	郭京平
装帧设计	李红艳
照　　　排	梁　霞
印　　　刷	三河市良远印务有限公司
出版日期	2021年7月第1版　2021年7月第1次印刷
开　　　本	32开（880mm×1230mm）
印　　　张	11.5
字　　　数	230千
书　　　号	ISBN 978-7-5552-9770-3
定　　　价	45.00元

编校印装质量、盗版监督服务电话 4006532017　0532-68068050

目录

第 一 章　初见他　　　　　　　　　　1

第 二 章　归宿吗?　　　　　　　　　26

第 三 章　"出轨"危机　　　　　　　49

第 四 章　他的解释　　　　　　　　　75

第 五 章　服装店大火　　　　　　　　99

第 六 章　相处的方式　　　　　　　126

第 七 章　谁才是笑话　　　　　　　153

1

目 录

第 八 章　原来她爱上了他　　　　177

第 九 章　未来可期　　　　　　　208

第 十 章　郭尉前妻　　　　　　　237

第十一章　爱与责任　　　　　　　271

第十二章　提前知晓的惊喜　　　　304

第十三章　新年快乐　　　　　　　328

番 外 一　　　　　　　　　　　349

番 外 二　　　　　　　　　　　361

第一章

初见他

故事源于一个名字。

这天，苏颖的朋友赵旭炎举办婚礼，洛坪最大的宴宾楼里挤满了双方的亲友。

开席不久，赵旭炎带着新娘子挨桌敬酒时，苏颖这边发生了一个小插曲。她的儿子顾念被一个小朋友推倒了，额头擦破了点儿皮，流了血。

对方是个小胖墩儿，看着眼生，不像镇上的人。苏颖护子心切，抓过这个孩子刚数落了两句，孩子的父亲便从厅内快步走来。男人三十岁左右，穿一身挺括得体的黑色西装，人高腿长，身姿挺拔，言行很是斯文有礼。他真诚地递过一张名片，并说明如果孩子有任何问题请一定通知他。

看在对方诚心道歉的分上，加之顾念也伤得不重，苏颖的脸色缓和了几分。之后赵旭炎赶过来解围，经他介绍才知这两人是大学时的同窗好友。

起初苏颖对那个人的印象并不深，以至于小姑子顾津提起时，蹦

1

入她脑海的只有一个名字。

男人叫郭尉，与顾维的名字发音十分相似。苏颖早在听到这个名字的那一瞬间，心脏就猛地跳了几下，等看清名片上的两个字时才明白并非同名。于是她便对这个名字有了份特殊的记忆。

两边都是知根知底的人，赵旭炎想撮合他们。给苏颖介绍对象的想法由顾津转达，顾津说："他是做建材生意的，三十四岁，是两年前离的婚，儿子比念念大几个月，同样明年要读小学一年级。听说他的人品不错，没什么不良嗜好，生意做得很大，收入也很可观。"

当时苏颖正在店里盘货，没有涂脂抹粉，高高地扎着丸子头，在耳朵后面别了根铅笔，不修边幅地坐在一堆衣服中间，眉头紧皱。

顾津喊道："喂！"

"听见了。"苏颖在本子上记了几笔，漫不经心地问，"他和前妻为什么离婚？"

"说是性格不合，感情破裂。"

苏颖笑着调侃："一般离婚都用这个理由。"她说完便不再作声，继续低头理货。

顾津等了半天没再听到她吭声，试探地问："你想不想试一下？"

"好啊。"

"我是认真的。"

"我也没开玩笑呀。"苏颖朝顾津眨了两下眼睛，说道，"他的条件挺不错，就怕人家看不上我。"

顾津说："他带着个孩子。"

"我不是也带着？"

"他在邱化市生活，如果成了，你要跟着离开的。"

苏颖放下手中的活，盘腿坐着，道："八字还没一撇呢，你当我有多大魅力呢？"

这件事情苏颖没放在心上，顾津却有些不舒服。

哥哥早早离世，嫂子改嫁本就是理所应当的。更何况苏颖和顾维并非真正的夫妻，她最多只能算未婚妈妈，怎样选择婚姻是她的自由。

终究是他们一家亏欠苏颖，如果不是因为有了顾念，苏颖也不至于考虑嫁给二婚的人。这六年她是怎么过来的，顾津全看在眼里，一个女人带着孩子不容易，顾津也是希望她幸福的。可人的私心总在自己的利益受到影响时冒出来，顾津舍不得侄子，出了这道门进那道门就不再是一家人了。和苏颖相处多年不舍是一方面，另一方面，顾津也怕顾家唯一的后人改了姓。

　　顾津暗骂自己自私，赶紧打消了这个念头，抽空把苏颖的意思转达给了赵旭炎。

　　赵旭炎打来电话时，郭尉刚好在一个饭局上。他借机出来透气，点了支烟，站在窗边听赵旭炎说话。男人之间的对话要简单直接得多，通话三分钟就结束了。

　　郭尉转身将烟灰弹在垃圾桶里，返回去打开窗。冬春交替，夜风还很刺骨。他记起了苏颖的模样，而让他印象更深刻的还是那天她的着装。

　　那天，他的儿子郭志晨将一个小男孩儿推倒了，对方的额头撞到阶梯的棱角上，出了点儿血。他远远地走过去，有个女人也踏着碎步朝两个孩子的方向跑去。她穿着一件烟粉色的短款旗袍，左胸处印着大朵的水墨荷花，细细的枝干沿着她的腰身向下延展，与裙摆上几片墨绿色的荷叶呼应。旗袍用黑色蕾丝绲边，领口和斜襟处有几颗相同质地的盘扣，剪裁贴合身体曲线，开衩不大，边缘顺着她的腿垂下来。

　　女人轻摆腰身，腰肢细得无法形容，裙摆随着步伐盈盈舞动。

　　郭尉顿了一下，眼前立即出现一个古朴雅致的院落，细雨绵绵，一个粉色身影临塘独坐，那个人撑了把油纸伞，指尖轻轻撩动池水。

　　待两人走近，郭尉收回了心思。出于礼貌，他的视线只停留在她领口以上的部分，她扎着低低的马尾，涂了红唇，表情不爽，旗袍立领斜襟的设计将她的脖颈衬得纤长。

　　她不说话时浑身散发的气质倒是优雅婉约，眼尾眉梢流露的漫不经心也颇有韵味。可她一旦开口，说话干脆利落，还带了那么点儿刁钻，失了几分雅致，却是豪爽火暴的性格。

她给他留下的第一印象有些特别，虽与他想象中的复古名媛丝毫不符，却让他觉得她身上的矛盾特征挺有趣。后来他才知道，她就是赵旭炎先前提过的、想介绍给自己的那个人。

　　半支烟的工夫，他搁在窗台上的手机振了一下。郭尉把烟卷含在唇间，按亮屏幕，是赵旭炎推送过来了对方的微信名片。他抬眼朝夜色中望了片刻，目光落回手机上，发送添加好友申请。

　　对方的反馈还算快，申请被通过。

　　等待片刻，他率先发送了一个微笑的表情过去，尚未收到回复，包间的门就从内打开，有个年轻女孩儿走了出来。

　　今天与几位经销商的老板吃饭，他带着业务经理和她手下的业务员季妍。季妍穿着修身款米白色西服套装，解开了衬衣最上面的一颗扣子，颈上的铂金项链在灯光照射下熠熠生辉。

　　"郭总，您没事儿吧？李总让我出来瞧瞧您。"说话间，她袅袅婷婷地走过来，鞋跟在地面上发出嗒嗒的轻响声。

　　郭尉侧身瞧了她一眼，目光对视后，季妍的眼神忽地躲开了。

　　她长发披肩，一侧留于颊边，一侧别在耳后。她立在他面前，显得拘谨害羞。

　　几个月前出差时一个意外的吻，让季妍觉得两人的关系是特别的。

　　公司谈成了一笔大生意，大家很高兴，那晚庆功宴上她喝了不少酒。她趁机与他互加好友，还大着胆子做了一直想做又不敢做的事情，他没有拒绝。一吻结束，他那句隐忍有礼的"抱歉"让她更加觉得像是一种暗示。

　　后来他不温不火地吊着她，两人的关系没有深入发展，工作中的相处偏又多了些别样的情愫。她明白这种男人擅长玩一些欲擒故纵的暧昧把戏，就像钝刀割肉不给个痛快，简直坏透了。可这个坏透了的男人又叫她无法自拔，这种揪心又快乐的感觉总比远远地望着他来得真实。

　　郭尉自然不知她内心的千回百转，成年人之间要么你情我愿，要么遵守规则，不掺杂任何感情，又何谈欲擒故纵？他承认那晚青春洋溢的女孩儿感染了他，但只能说在那一刻，他体内的理性因子战胜了突然分泌的荷尔蒙。与公司里的员工发生关系是他忌讳的，男欢女爱也就是那么回事儿，一时冲动过后处理起来太麻烦，他便及时悬崖勒马。

因为他正在心里回味某个身影，对比起来，觉得眼前的人虽更加清秀靓丽，却能一眼看到底，没什么神秘感，平淡无奇。

季妍轻声问："您不舒服？"

郭尉收回目光，吹走眼前的青烟说："有点儿。"

"那我去买瓶水？"

"不用了，多谢。"他抬起夹着烟的手示意了一下说，"我抽完这支就回去。"

季妍站在原地没有离开，迟疑了片刻说道："那……我陪您待一会儿吧。"

郭尉没拒绝，身姿笔直地立在窗边，目光专注于外面的繁华街道，其间手机在掌中振了一下，他没有看。

季妍用余光注意着身边男人的一举一动。他认真地吸着烟，不知心中在想什么。她的手心微微出汗，他身上的气场太过强烈，作为下属，她对他始终存有几分敬畏心理。季妍抚了下碎发，觉得应该说点儿什么，于是故作轻松地感慨了一句："喝了些酒，站在这儿吹吹风很舒服。"

隔了会儿，郭尉说："的确。"

他回身把烟蒂按灭后扔进垃圾桶，低着头点开与苏颖的对话框，消息只有一条，她把微笑的表情原封不动地还给了他。

郭尉勾了下唇，收起手机没有回复，推门走进包间。

日子如流水般过去，每个人都在自己的轨道上奔忙，郭尉和苏颖就像两条线，手机是他们唯一的交点。话题从郭尉询问顾念的伤势开始，他们没有过多地涉及彼此的经历和生活，都当对方是普通朋友来相处。

偶尔他早起，简单地问候早安，中午才收到她的回复，一般是"不好意思，忙晕了""刚才有个难缠的顾客，一直在还价，实在头疼"等内容。而这时候郭尉往往在开会或在厂里巡视，忙得焦头烂额，拿出手机匆匆看一眼便收回口袋，等到再想起时已是深夜。

就这样，他们不慌不忙地相处着，渐渐熟悉起来，发消息的次数也少了，他空闲时会给她打个电话，能聊上几句。

这种可有可无的相处模式持续了几个月，两人分别在不同的城市生活，除非一方到另一方生活的地方，否则打破这种状态实属难事。

有一天，他收到了苏颖发来的消息。

彼时郭尉正在会上讲话，随手点开，是一张邱化市标志性建筑的照片，画面模糊，歪歪扭扭的，像是在车上抓拍的。

郭尉盯着手机顿了片刻，等把心思放到会议上时，忽然忘记自己讲到了哪里。身后的助理提醒了一句后，他才回归正题。

会议持续了一小时之久，后来他在办公室处理了两个紧急文件，又询问了秘书今天的行程，空下来后才给苏颖打电话过去。

他问："来这边了？"

苏颖说："来拿货。"

郭尉稍微拉松了领带，靠在椅子上望着窗外说："那晚上赏光吃顿便饭吧。"

苏颖拒绝了郭尉去宾馆接自己的好意，提前半个小时开车出发，来到他指定的地点。先前郭尉在电话里询问过她喜欢的菜系，两人客气一番后，最终选定了这家中餐厅。

报上郭尉的大名后，苏颖随着服务员往里走。

左手边是假山和柳树，中间隐着潺潺的溪流，蜿蜒向下，直到流入眼前的石桥洞中。

服务员提醒她小心路滑。她逐阶而下，又转了一个弯，穿过灯光柔和的走廊，眼前才渐渐开阔起来。

郭尉比她早到一刻钟，正在用手机浏览邮件。他穿着商务版的连帽黑夹克，里面是件高领薄毛衫，膝盖以下裤线笔直，坐姿的缘故，露出了一小截黑色袜筒。

他用余光瞥见有人靠近，抬起头便看见了苏颖。

她稍微一歪头，朝他笑了一下说："我来晚了。"

"时间刚好。"郭尉起身帮她拉开对面的座椅，"地方好找吗？"

"还可以。"

"叫的车？"

"不，我开车来的。"

郭尉点点头，招手示意服务员拿菜单。

他没有叫秘书订包间，而是选在宽敞明亮的厅堂角落里就餐。这是他们真正意义上的第一次单独见面，他不希望密闭空间给女士带来拘谨和不安的感受，嘈杂的环境也多少能缓解没有话题时的尴尬。

而事实证明，他并不需要如此大费周章。苏颖还算健谈，不像一般女孩儿那样在异性面前过分注重仪表或故作矜持。嘴角沾了酱汁，她直接用无名指抹了一下，顺势把无名指挪入口中，抿走酱汁。她抬眼发现他正注视着她，朝他从容一笑，落落大方，他也不自觉地跟着弯了弯唇。

总体来说，她展现了七八分真实的自我，和他交谈时轻松随意，没有太多距离感，相处起来比较舒服。

郭尉用公筷为她布菜："今天顺利吗？"

"这次的春装拿晚了，跑了几个地方。"她其实有些疲惫，"一部分发物流，剩下的我随车带走。"

"服装店是什么类型？"

苏颖说："开在小镇上能有什么类型？老、中、青三代的服装都有，衣服很杂。"

"生意怎样？"

"勉强糊口吧。"

郭尉没再问，端起玻璃杯喝了口水："来这边准备待几天？如果时间充裕的话，我可以带你转一转。"

苏颖开玩笑地问了一句："郭总很闲？"

郭尉只抬头看了她一下，表情与刚才并无差别。他淡淡地吐出两个字："分人。"

苏颖不说话，托着下巴瞧向对面。柔和的光线从上面洒下来，她的皮肤细如白瓷，一丝瑕疵也没有。她的眼睛不似年轻女孩儿那样懵懂纯净，神色里流露出成熟女性的妩媚疏离，带点儿防备心，听戏似的听着男人说些无伤大雅的暧昧话。

郭尉与她对视了几秒，忽地笑了，强调说："你过来了，我总要尽到地主之谊吧。"

苏颖挑了下眉说："也是。"她又拿起筷子，"不过我明天要回去，你也了解的，家里还有小朋友，始终放心不下。"

这一点郭尉赞同："明白。"

吃完饭两人一同去取车。晚间降了温，推开玻璃门时一阵劲风吹来，苏颖踉跄了一下。

郭尉的手臂从她的头顶越过。他帮她撑住扶手，说："我来，你先走。"

一瞬间，她的后背贴着他的胸膛。她只感觉后面的男人高大强健，如山般稳稳站立。一股男性的气息包围住她，这几个字在她的头顶响起，嗓音低沉又磁性十足。

苏颖许久未与异性这般接触，动作不免有些僵硬。她道了声谢，侧身钻出去，护着衣领朝停车场的方向走去。

此时已是夜里十点钟，停车场内空空荡荡，她一眼便瞧见两辆车隔了几个位置安静地停在那儿，只不过一辆是奔驰大 G，另外的一辆是银色金杯。

金杯车是苏颖五年前开店时为了方便补货和提货买的。几年过去，车身痕迹斑驳，轮毂上的泥垢尚未清洗，后窗有块玻璃出现了网状的裂痕，依稀可以看见座位上堆满了黑色的货物袋。

郭尉把苏颖送到车前，看了看她，又看了看这辆车。

她化着精致的妆容，齐肩长发呈现自然的弧度，发尾稍稍外翻。她今天穿了一件酒红色的长风衣，用腰带束出玲珑的曲线，下身搭配简单的铅笔裤和细跟鞋，整个人显得精神挺拔，又比那日的旗袍装束多了几分潇洒干练。她站在面包车前，显得并不相衬。

苏颖注意到他的目光，问道："怎么了？"

"车不错。"

苏颖道："郭总真会挖苦人，这车值您一个轮胎钱。"她拉开车门，脱掉风衣，连同包包一起搁到副驾驶座上。

"不是那个意思。"郭尉低了下头，随后笑着摊摊手，"我是说，很特别。"

苏颖没计较他说的是车还是人，坐进车里，系好安全带后对他说："谢谢你今天的晚餐，味道很好。如果你有机会去镇上我请，"她顿了下说，"不嫌弃的话。"

郭尉微微颔首道："有机会。"

苏颖刚想将车开出停车位，又被郭尉叫住。

他大步返回自己的车里，取出了一个很大的乐高积木盒子说："帮我转交给顾念，我是按照晨晨的喜好买的，都是男孩子，他应该会喜欢。"

苏颖愣了下，意外于他的周到。

两人隔着半降的玻璃窗对视了几秒。苏颖一笑，把积木盒子接过来说："谢谢，也代我向晨晨问好。"

郭尉替她关好车门，摆了摆手，两人这才分别。

之后两人又见过几次面，亦是来去匆匆。

两个月过去了，两人通信依旧，他们好像默许了某种关系，相较之前多了些不可言说的默契和熟稔。

实际上，郭尉被苏颖周身散发的特殊气质所吸引。以他的阅历，找真爱有点儿像天方夜谭，他对一个女人维持长时间的好感也属于小概率事件，想重新组建家庭，合适比激情显得更实际。他与苏颖相处起来还算舒服，她够爽朗、够洒脱，两人之间出现冷场的情况少，也有共同话题可聊。目前来看，他对她的好感不减。加之两人年纪相近，家庭状况也存在共同点，作为母亲的苏颖或许比未婚女性更容易接纳继子，也懂得怎样照顾家庭。

在对待两性关系时，往往男方更主动。

郭尉的问候电话多了起来，聊天内容不再局限于"吃了吗""忙不忙"这些不痛不痒的话题，他们偶尔会讲讲工作和生活，他也会不经意地撩拨几句。

这天，苏颖在深夜接到他的来电。黑暗里，他的声音疲惫中透着些许慵懒，通过电波传到她的耳中。

苏颖说："好晚了。"

电话那边隐隐响起流水声，他在倒水喝："有个饭局，刚结束，睡了？"

苏颖没睁眼，应了一声。

郭尉挑了几个话题聊，五分钟过去了也没有要挂断的意思。

这晚无月，厚重的乌云缓慢地翻滚着，天边只留下一丝朦胧的光线。

客厅没开灯，郭尉换好短袖衫和居家长裤，赤着脚走到落地窗前说："今天我遇见个朋友，和你是同行。"

"也卖服装？"

"他做连锁。"

"嗯。"苏颖等着他说话。

然而，电话那端的人久久没有声音，他的呼吸轻浅缓慢，半晌，他才说："你想没想过来这边发展？"

话题就这样扯到一个关键的问题上。

苏颖的脑子一时没转过弯来。她顿了片刻，问道："你喝醉了吧？"

"没有。"郭尉取出一支烟，点着了夹在指间，"我觉得我们相处得还不错，只是见面的机会太少了。"

他顿了一下继续说："我的态度比较明确，觉得彼此各方面还算合适，愿意做下一步筹划，不知你感觉如何？"虽是问话，他却没等她作答，又道，"只是我这边的生意太复杂，如果可以的话，也许要委屈

10

你做个让步……当然，店铺的事儿不用担心，我会办好。"

语气上，他诚意十足。

苏颖不由得坐起身来，举着手机没说话。她明白他的意思：自己还算有几分姿色，入了他的眼。两人的经济条件和家庭现状摆在那儿，他们都是成年人，行与不行她给个准话，切勿拖拖拉拉，耽误彼此的时间。

"苏颖，在听？"

"在。"这个话题出现得太突然了，苏颖没有心理准备，只好和他打太极，"什么意思？"

郭尉的笑声很轻，嗓音也低柔："要不我重复一遍？"

"太困了，有点儿迷糊。"

他也没纠缠："睡吧，睡醒考虑一下。"

郭尉刚说完最后一个字，苏颖立即挂断了通话，心中暗骂这个人抽风，丢开手机躺下来睡觉。她算是心宽之人，却被他突如其来的提议搞得心绪不宁。

房中很静，床头的闹钟一下一下有节奏地走着。顾念已经睡熟，偶尔呓语。老房子隔音差，苏颖依稀可以听见旁边房间的电视声，顾津和李道应该还没睡。

苏颖酝酿了半天仍是毫无睡意，索性披了件衣服去院子里，坐在小凳上点了支烟。

村庄的夜晚异常宁静平和，廊灯昏黄，在地上勾勒出树的轮廓，偶尔有风，叶子摇晃着掉下几片。

苏颖抬起头，墙根的石榴树是她来的那年种下的，如今已开花结果。她掰着手指数了数，时间太快，已经过去六年了。这个数字在脑中盘旋，她撑着下巴，暂时想不起别的。

半支烟的工夫，隔壁院子里响起了水流声，李道出来洗漱，嚷着叫顾津递毛巾。一墙之隔，说话声音尤其清晰。

苏颖下意识地关掉廊灯，整个人瞬间陷入黑暗之中。

那边的两人轻声细语，偶尔发出笑闹声，连越过墙头的灯光都显得那么柔和。不知发生了什么，男人压着嗓子威胁，随后是水盆撞击地面的声音还有水流声。

顾津小声尖叫，脚步声相叠，窸窸窣窣的，最后只听到一声讨好求饶，随着房门砰的一声响，世界安静了。

苏颖往那个方向看了一眼，把灯打开，站在墙边吸完最后一口烟，把烟头扔到脚底踩灭。她裹紧身上的外套，想了会儿，给郭尉打去一个电话。

那边的人很快接起却声音喑哑，显然刚才已经睡着了。

苏颖犯了个傻，直截了当地说："我觉得你应该了解一下我的过去。"

郭尉没说话。

苏颖声音平静地说："我之前的男人底子不太干净，和兄弟抢过金店，我随他亡命天涯，打算永远不回来了。"她挠挠额头，说，"也许是做了坏事儿遭报应，他在途中被仇人追杀，把命搭上了。我那时已经怀孕，为了他决定把孩子生下来，这个孩子就是顾念。"

她像是在讲别人的故事，说完后停了下来，两边静到可以听见彼此的呼吸声。

郭尉清了清嗓子，半天才道："听着挺复杂。"

苏颖问："往前的经历更复杂些，要听吗？"

坦白之前，苏颖想到了会是这个结果。她挺理解郭尉的，应该没几个男人会接受背景太复杂的相亲对象。

苏颖有些后悔，现在这个年代已经不流行诚实了，说真话可能会错失一些好机会。她琢磨着，如果再遇见这种情况应该学聪明些，适当隐瞒或是杜撰一个相对平凡的过去。

两人倒不至于立即断绝来往，或许是为了照顾彼此的面子，郭尉仍会打来电话闲话家常，却对那晚的提议只字不提了。

纵使苏颖也有那么点儿意思，但也明白不再回应就是已经拒绝，耗着没意思。所以她以各种借口搪塞他，聊不上几句就挂断，到后来两通电话只接一通。他好像终于有了借口，慢慢地也不再拨打了，两人便逐渐断了联系。

苏颖的生活仍然被各种事情塞满。

顾津的宝宝没满周岁，她和李道需要照顾自己的小家庭，苏颖再带着孩子去蹭吃蹭喝也不合适。

于是顾念的衣食住行就落在了苏颖自己身上，镇上的服装店也暂时靠她支撑，上个月顾念升入小学一年级，学校在隔壁镇，需要她每天接送两趟，开车来回要花半个小时。她在无休止的忙碌中度过每一天，夜晚到来，只要身体碰到床就昏睡过去，实在没有精力想其他事情。

有一天赵旭炎来店里找苏颖，问她和郭尉到底什么情况。当时有顾客正在试衣服，苏颖说了几句话敷衍了事。

赵旭炎挺无语，转身想走，苏颖赶紧把车钥匙扔过去，笑嘻嘻地说："不忙吧？帮我接下顾念。"

"不去。"

"拜托，拜托。"

赵旭炎盯着她看了会儿："你呀……"他唉声叹气，"就不能走点儿心？"

"走啊，怎么没走心？"苏颖推着赵旭炎的后背往外赶，厚着脸皮笑，"身边还有没有质量高的？赶紧给我介绍，这次一定好好把握。"

"哪儿还有比郭尉质量高的？"赵旭炎摇着头，无奈地拎着车钥匙出门了。他在半路给郭尉打了个电话，响了几声没人接。

此时，郭尉远在南非的某个城市。他带着公司的几位骨干，正在参加当地举办的国际建材与建筑工程技术展览会。这次展览的规模很大，参展商来自四十多个不同的国家，五金产品、建材原料及半成品、室内装饰、房屋检测等都在展览行列。

父亲去世后，广和建材交到郭尉手中时只做复合地板，后来公司拓展业务，又加入了彩釉玻璃的生产行列。

去南非之前，他收到了一份当地建筑业的长期预测数据，由于当地的经济进入快速发展阶段，政府将大力开展基础设施建设，这里将会成为建筑市场中增长速度最快的地区。需求意味着商机，团队连夜开会商讨，以最快的速度设计新型样品。郭尉跟着熬通宵，为这次展览做了充分准备，相信这是拓展当地市场的绝好机会。

他把心思都放在眼前的工作上，其间只想起了苏颖一次。还是出国的前一天，他从公司出来已是深夜。

保姆请假，晨晨被送去了奶奶家。他让司机老陈先走，自己开着车找地方解决晚饭。

马路上格外冷清，他途经某夜店，只见里面走出几对搂搂抱抱的男女，二十岁左右的年纪，穿着前卫，满嘴脏话，张牙舞爪地比画着，嚣张无比。

郭尉忽然想起苏颖讲的那些经历，不知她在如花般的年纪时是否也这般嚣张肆意。

后面有车鸣笛催促，郭尉回过神踩下油门，摇了摇头，一笑而过。

只是郭尉没想到后来还有机会与苏颖见面，而且头脑发热，做了个冲动又冒险的决定。

从南非回来的第二天，他去母亲仇女士家吃晚饭，顺便接儿子。

这时候赵旭炎打来电话，说苏颖来这里拿货，回去的路上与别人的车相撞，现在人在医院，不知伤势如何，他们无法马上赶来，想请他先去看一下情况。

出于朋友道义，郭尉没法儿拒绝，立即拿上车钥匙出了门。

当晚下着雨，街道上不见行人。

郭尉在总医院找到了苏颖。

这个时间，一楼大厅仍有不少人在走动，他穿过长廊，一眼便瞧见收费窗口前站着的狼狈女人。她衣着单薄，浑身湿透，裸露在外的胳膊和大腿上有不同程度的擦伤，一手按着额头，另一只手拎着个黑色货物袋。

她穿了件宽大的 T 恤，牛仔短裤下的双腿纤细苍白，发辫松散。随意而接地气的打扮使她看上去比实际年纪小很多，显得孤单弱小，不似平时张扬的性格。她排在两位老人后面，低着头不知在想什么。

郭尉盯着她手里的货物袋出神，心里没来由地触动了一下。男人这类生物的心思就是如此复杂，有时刚硬无情，有时又脆弱多情，总会因为某个特殊画面让自己陷入感性而不真实的温柔里。这时候，所谓男人的保护欲就已经开始发芽。

他走过去问她："没有护士帮你缴费？"

过了半天苏颖才意识到这话是冲她说的，愣了愣，显然很意外："你怎么也来了？"

她额头上的纱布渗出鲜红的颜色，郭尉扫了一眼，手臂轻拢把她带出缴费队伍，嘱咐道："坐在旁边稍等。"

苏颖只好在靠墙的椅子上坐着，抬眼看去，男人站得笔直，目视前方，并没有关注她，依次排队、掏钱包、缴费，动作有条不紊。

苏颖收回目光，忽然之间感觉额头的伤口在跳，浑身像是散架了一般，没一处不疼。她暂时不纠结他为何会来，只是这种来自异性的关怀久违又突然，令她不安，心中隐隐生出一丝复杂的情绪。

不久后，郭尉拿着缴费单大步走来说："去楼上吧，楼梯在那边。"

苏颖没什么精神，扯了下嘴角，故意熟络道："还是有个朋友好。"

"自己可以走？"

"可以。"她指指旁边，"帮我拿一下那个袋子吧。"

郭尉看了看椅子上的黑色袋子，没说什么，拎着跟上她。

苏颖处理伤口时郭尉去走廊打了通电话。经过一番折腾，她被安排进一个单独的房间休息，这在时刻人满为患的医院中待遇已经不低了。

郭尉没有走，两人都不说话。苏颖盯着头顶的点滴瓶，过了会儿，冷不丁地说了一句："还是有个有钱的朋友好。"

郭尉没接话茬儿，坐在稍远处的沙发上问道："袋子里是什么？"

苏颖说："后窗的玻璃破了，甩出来一袋货，车被拖走了，我顺手拎过来的。"

"看来挺值钱。"他调侃着。

苏颖垂着眼皮扫了他一眼："郭总太不了解民间疾苦了，您在办公室数账户零头时，我还在为五块钱讨价还价呢。"

郭尉这才笑了下问她："到底是什么情况？"

15

直到现在苏颖的指尖仍是冰的，她回想事故发生的瞬间，仍有源源不断的恐惧感从心底往外冒："前面卡车上绑的钢管掉下来了，我为了躲开方向盘打猛了，钢管直接穿进副驾驶室，车身也撞到旁边的护栏上了。"

"卡车司机呢？"

"跑了。"

郭尉说："不应该啊，混过黑道的小太妹还能让人跑了？"

苏颖白了他一眼，病恹恹地控诉："真没劲，你这不是专往人伤口上撒盐吗？"

他又轻笑着问："交警处理了？"

"嗯。"苏颖性子急，抬手把点滴速度调快，"待会儿要去趟交警队，他们把我送过来，见没大事儿先走了。"

他们正说着，郭尉的手机在口袋里振动起来。赵旭炎还不了解情况，准备连夜赶过来。

郭尉拦住他，简单地说明了这边的情况，让他们明天天亮再来。末了，电话里传来一个孩童的声音："郭叔叔，妈妈在吗？我想和妈妈讲话。"

郭尉把手机递给苏颖。说来奇怪，刚刚还萎靡不振的女人，竟在瞬间精神百倍地"满血复活"。她的声音变得温柔，极具包容性，原本苍白的脸色渐渐恢复红润，眸中水亮，表情生动，仿佛那孩子就在眼前站着。昏暗的灯光仿佛在她的身边聚拢，使她整个人都鲜活起来，那份柔软是任何一个未做母亲的女性都无法拥有的。

郭尉坐在那儿目不转睛地观察她，片刻后把视线转向窗外。一个做了母亲、积极生活的人能有多不堪呢？当年少不更事，总会被岁月磨平棱角，曾经荒唐过，或许她会更珍惜来之不易的平静生活吧。

等她打完电话，郭尉去接手机。

苏颖稍稍坐起身，不小心牵动了大腿的伤口。她拧着眉说："快，拉我一把，好疼！"

郭尉迅速扶住她的腰，拿了个枕头垫在后面。

苏颖越疼越气愤，只顾着骂那个该死的肇事者，半晌才发现按在自己腰上的手并未收回。那处的皮肤逐渐升温，他的气息隐约拂在她的脸上。两人目光相对，竟离得如此之近，整个房间瞬间沉浸在一种暧昧的氛围中。

郭尉低头看着她问道："那天晚上的提议考虑好没有？"多日以来的互不联系仿若不存在，两人之间的关系变化看上去合理又坦荡。

苏颖稍稍仰起头，问他："哪天？"

"别告诉我你没勇气。"他声音渐低。

苏颖看了他一会儿，情绪在不知不觉中被牵动，那是一种不掺杂任何感情、纯粹而直接的异性吸引。她怕一下子让人看透，佯装镇定道："我可扛不住激将法。"

"再好不过。"

近距离看他，苏颖觉得这张脸还是极养眼的。他的瞳仁漆黑，鼻梁高挺，唇薄，唇角微微上翘。

苏颖说："有钱又有貌，好像我赚了。"

"那试试？"

她不去细想，应道："试试呗。"

苏颖打完点滴已经是凌晨，体力恢复了不少，郭尉开着车载她去交警队。发生事故时肇事者害怕逃跑了，等到冷静下来又后悔了，竟主动投案自首了。

当所有人反应不及时，苏颖冲上前冲着肇事者的肚子狠狠地踹了一脚，动作干脆利落，不拖泥带水，那个挺壮的男人居然被她踹得句后连退数步。

苏颖觉得不解气，还要拳脚相加，被值班交警及时拦住。

她隔空骂道："你他妈算什么男人？龟兔赛跑龟孙子你才第一吧，得给你颁发一个奖，年度最佳逃逸奖怎么样？你快想想获奖感言，当着交警同志的面好好发表一下。我告诉你，我今天做了鬼不要紧，要是害我儿子没妈了我可饶不了你，咱俩人鬼情未了，永生永世甭想再分开！"

她中间不带歇气的，骂一通才消了心中的火。

郭尉用两手控制着苏颖的肩膀，全程挑着眉看她。黑夜容易让人不清醒，她的身上像有魔力，让他不受控制地想探究、靠近。

　　怎么说呢？她对他而言像极了一种叫不上名字的玩具，他不见得多喜欢，纯粹是好奇心驱使他，让他总想把包装一层层地剥开，看下一层究竟会出现什么宝贝。

　　一小时之后把事情处理完，两人去了郭尉在城南的空房子里，危险惊惧的夜晚让一切放纵变得顺理成章。

　　苏颖整个人像锈住一般，六年的空窗让她的身体僵硬，女人天生的柔韧性似乎不复存在，胳膊和腿不知道往哪儿搁。当然，男人都具有开发天赋，任他在光天化日下多么绅士、守礼，在夜里总会暴露出原始属性，又何谈心慈手软。

　　时间被无限拉长，很久之后，他身边的人似乎睡着了。郭尉检查了一下她额头的伤，刚想起身，苏颖忽然缠过来抱住他的胳膊，咕哝了两个字。

　　郭尉细细辨认，原来她在叫他的名字。不管其中的真情实意占多少，她的戏倒是做得挺充足。

　　郭尉笑了笑，还算受用。

　　他从衣服兜里摸到烟盒，点燃一支烟，在黑暗中慢慢吸完了。

　　之后的事情繁杂而琐碎，即将生活在同一屋檐下的四个人相约着游玩了几次，两个孩子同龄，同为男生又有不少共同的兴趣和爱好，表面上相处得还算融洽。

　　接着两人开始走亲访友。

　　苏颖这边简单，除了顾津一家外没什么亲戚。她在北方还有个舅舅，近些年才联系上，逢年过节或有事相告时才会打个电话联系一下，所以只需提前告知，婚礼当天再请来观礼便可。

　　而郭尉的家庭情况比较复杂，他的父母早年离异，母亲仇女士改嫁给郑朗轩，郑朗轩是本地一所高校的退休教师，有一个独生女叫郑冉。凑巧的是，大学时期郑冉所在的美院与郭尉就读的工业大学只隔着一条马路，两人相差两级，郑冉年纪稍长一些。

某天，苏颖随郭尉前去拜访，郑家并非她想象的那样奢华，只是在喧嚣的城市中有一片幽静之地，绿树成荫，小区里有三两幢小楼。

二老家的位置居中，视野所及处是小区中心的人工湖，门前有个不大的院子，院中的石阶旁摆着茶几、小凳可供人乘凉，还可供人闲来下棋、逗鸟。两位老人平时由保姆照顾起居，郑冉和郭尉偶尔回来，也是吃顿饭的工夫便离开。

对于儿子的婚事，仇女士显然没有发表意见的余地，纵使有想法也得搁在心里，面上不冷不热，倒没让苏颖太难堪。只是郑冉这个人有意思，外表冷艳，笑容吝啬，看苏颖的目光绝对算不上友善，就像对待入侵的生物，在餐桌上将苏颖从头到脚细细地打量个遍。

苏颖也坦荡，大大方方地给她看。末了郑冉用餐巾拭了拭唇角，站起来道："张阿姨这海鲜没处理好，腥气太重，你还吃得挺多，口味倒是变了。"这话是冲郭尉说的。

郭尉慢条斯理地咀嚼着食物，眼皮都没抬一下。

事后苏颖琢磨过味儿来，问他："我是臭海鲜？"

"从何说起？"

郑冉说那番话时音量不算大，却字正腔圆，足够桌边的每个人听清，这个人却一脸茫然，大有装傻充愣的嫌疑。苏颖瞥他一眼，觉得这两个人关系匪浅，不是结过仇就是有什么感情纠葛。终归是旧事，苏颖没兴趣过问，便就此作罢。

不知从何时起，苏颖离开洛坪的想法越发迫切，镇上的服装后不用转手，只是顾津以现在的状况，接过来有些力不从心。

近几日苏颖睡得比较晚，把顾念的东西和自己的东西整理出来分别装箱。

这间房子曾是顾家的老宅。顾维、顾津两兄妹从小离家，一个误入歧途丢了性命，一个在陌生的城市独自拼搏。千帆过尽，苏颖随顾津在这里落脚，一住就是五年，之后李道减刑出狱来找顾津，两人结婚、生子，这才将隔壁买下来，分院单过。

苏颖坐在床旁边的小凳上，慢慢扫视四周的摆设，轻声叹息。在她还没悲悲戚戚地感怀完过去时，门那边传出点儿动静，顾津端着一盘西瓜探头进来朝她笑笑，把盘子搁在对面的桌子上。

"念念呢？"

苏颖起身去拿西瓜："在对门周家玩呢。"她咬了一大口，"好甜！"

顾津抿嘴笑了一下，眼尾扫到墙角放的行李箱，过了片刻才问："都收拾好了？"

"差不多了，顾念个子长得太快，有的衣服还没穿就小了，还有些旧玩具，"苏颖指了指旁边，"明天问问邻居要不要，扔掉可惜。"

顾津坐在床边没接话，屋子里的气氛突然变得安静，这种令人窒息的沉默在两人往常的相处中极少见。苏颖知道她有话说，便将西瓜放下，抽了张纸巾擦了擦嘴角。

"你……真的考虑好了？"顾津问道。

苏颖看着顾津，点点头。

顾津无话，看了会儿地面，忽然问："你爱他吗？"

苏颖指尖一抖，显然被这个字眼吓到了。她把手里的纸巾揉成团，故意拧着眉毛道："哎哟，真酸，倒牙。"

顾津表情有些严肃，斟酌着说："我真心希望你能幸福，也盼着顾念过得好……只是不希望你太草率，婚姻最起码要建立在感情的基础上，你们认识的时间不算长，我怕……"她没有说下去。

苏颖倚着桌沿，一副毫不在意的样子："年轻时肆意疯狂的那种叫爱，能延续下来的也叫爱，就像你和李道。"她摊摊手说，"人都死了，我的半辈子也快过去了。现在我三十岁，还谈什么爱呢？他条件足够好，人品说得过去，关键也想重新组建家庭，不像随便玩玩，搭伙过日子够用了。"

"可是……"

"我就是想马上离开这儿。"

顾津怔住。

苏颖意识到自己有些激动，缓了缓语气，道："不是因为你们，是我自己的问题……有时候我就想，这个世界太不公平。那次他们五个人一起做事儿，最后李道平安、许大卫平安，其他两个人也平安，偏偏顾维死了。前几年还好些，自打李道出狱来找你，许大卫那个混蛋也跟来凑热闹，我就特不想见到他们。我经常告诉自己向前看，要积极、要乐观，把日子往好了过，但他们总是把我拉回过去，想起那些痛苦的经历，然后我又得安慰自己，不停地给自己打气，就这样来回重复。"她轻叹了口气，"我有点儿累，想重新选择一条路，找个男人，看我没有他顾维能不能过好。怎么说呢？我总觉着不能认命，想把下半辈子过出点儿名堂来，对自己好点儿，恰好遇见郭尉，那就他吧。"

这些话苏颖从未对人说起过。她总是嘻嘻哈哈的，乐观到让顾津忽略了女人天生就脆弱的本性。顾津清楚却无法体会单亲妈妈的不易，或许某一时刻，苏颖也想找个宽阔的胸膛靠一靠，哪怕陌生人的都好。

顾津低着头，半晌，眼泪禁不住掉下来。

苏颖怎么能想到会把她说哭呢，赶紧过去抱住她，忍不住直乐："都是当妈的人了，怎么说哭就哭呢？"

"对不起。"

"傻吧你，和你有什么关系啊？"

"是我们一家对不住你，当初就不该自私地让你把孩子生下来……"

"嘘！"苏颖一巴掌拍到她背上，"别说这种话，没他保不准更糟糕呢。"

顾津吸吸鼻子说："我舍不得你们。"

"顾念放假我就带他回来，三个小时车程不远的。总之你放心，我能照顾好自己，也绝对不会让顾念受一丁点儿委屈。"苏颖顿了顿说，"他永远姓顾，你也永远是他的姑姑。"

转天是周六，苏颖没开店，大清早就管赵旭炎借了车，带顾念去城里好好玩了一天。事故发生以后，苏颖开车不那么冲了，尤其在靠近大车时格外留神。往往事情发生在自己身上才知道，没人不怕死。

其实这次苏颖有话同顾念讲，只是这个问题不知如何开口。

平时出来的机会少，顾念话痨一样地说个不停，显得很高兴。

21

苏颖心不在焉，转头看看他，借机试探着问："如果有一天妈妈带你去别的城市生活，你会怎么样？"

"去哪里？"

"邱化市。"

顾念转过身来，想了想说："不太想去。"

"为什么呢？"

"我得上学呀，老师不让缺课，而且我们班的男生和我的关系可好了。"

苏颖咬了下唇："如果邱化市的学校更好、更大，朋友也比原来的多，你会不会改变主意？"

有缺陷的原生家庭会使孩子较同龄人更敏感，顾念隐约察觉到了什么，整个人安静下来，小声问："那见不到姑姑和姑父呢？"

苏颖手心沁着汗说："放假时我们可以再回来。"

顾念好一会儿没说话，低下头默默摆弄着手指，嘴巴也不知不觉地噘了起来。苏颖突然萌生了退意，没有什么比儿子的感受更重要，只要他觉得现在很好，自己也别瞎折腾了。

但在这时，顾念忽然转头看她，扬起了一个大大的笑容说："妈妈去哪儿我就去哪儿。"

苏颖手中的方向盘被汗打湿，她越发握不紧，却笑着问："真心话？"

"那当然。"他又恢复到刚才的雀跃状态，"因为妈妈最重要。"

苏颖当即说不出话来。顾念有时懂事得叫人心疼，曾经很多次，他不经意说出的一句话能让苏颖难受很久，比如摔倒时他说的一句"我不哭"，或是她忙碌时他的一句"我不捣乱，就想陪陪你"。

苏颖觉得自己亏欠这个孩子太多、太多，所以她一直尽最大努力来弥补家庭上的缺失。她这次要做出的或许是最自私的一个选择，也是在这时候，苏颖在心中告诉自己，即便生活发生变化，也只许顾念生活得更好，她会说到做到。

苏颖快速捏捏他的脸，轻声细语道："你也是，在妈妈心中顾念最重要。"

22

两人对视一眼，不禁大笑起来，没再继续这个话题。

后来寻着机会苏颖又问过一次，这回更直接些，问顾念介不介意和别人一起生活。

顾念问："郭叔叔吗？"

苏颖微愣，一时忘了答，可想来想去也没什么好意外的。现在的孩子普遍早熟，她觉得他应该明白一起生活是什么含义，于是小心翼翼地问："你觉得怎么样？"

顾念说："反正我不要和你分开。"

事情就这样定了下来，每个步骤都好像在按照一个固定模式不断地向前推进。婚前准备要比苏颖想象的复杂一些，但以郭尉的身份来看，又在合理的范围内。

两人在领证前见过一面，苏颖隐隐觉得还有件重要的事情没解决。不同以往，他带她去了家幽静的餐厅，在小巷深处，只有三两个食客。这里的食物颇为清淡，倒是很符合苏颖的口味，那道干贝豆花羹她喝了不少。

两人在吃饭过程中没说什么要紧的话，饭后不急着走，服务员撤掉碗碟，顺便送上了一壶上好的金骏眉。

郭尉斟好茶，端起茶盏先放在她的面前说："尝尝，应该不错。"

苏颖看了一眼但没动："饭后马上喝茶容易引发缺铁性贫血。"

郭尉瞧了她一眼，好脾气地笑笑："偶尔一次，不碍事儿。"

苏颖仍没有喝，用手指漫不经心地卷着一缕头发，稍稍歪头，看他优雅地小口品茶。

她坐累了，换了个姿势问道："你是不是有话要说？"

他反问："你以为我要说什么？"

"我怎么知道？"

"没有。"他说。

过了会儿，郭尉叫服务员端来了两碟梅子干，问她："下周要去民政局，紧张吗？"

"还好。"苏颖拈起一颗梅子含在嘴里，百无聊赖地打量着周围，"你呢？"

郭尉想了想："紧张和兴奋都有。"

"郭总藏得深，从表面可看不出内心的情绪这么复杂。"

郭尉不由得摇头失笑。

苏颖撑着下巴说："有顾虑最好先说出来。"

"嗯？"

梅子干酸甜可口，苏颖忍不住多吃了几颗，开玩笑道："你们这个阶层的老板，婚前都要签个什么协议吧？比如今后财产怎样分配、事业由谁继承之类的。"

"没那个必要吧。"

苏颖盯着他看了几秒钟。他面色无波，眼眸平静，她单凭这张脸根本读不出什么真实内容，索性不费那个脑筋，率先提出来："还是签了好，刚好我也想拟定个协议。"

郭尉一时没控制住表情，挑了下眉。

"什么意思？"苏颖哼道，"别瞧不起人，风水轮流转，指不定今后谁发达呢。"

郭尉凝眸片刻说道："我相信。"他由衷道，"看上去你并不是个甘于平凡的人。在我看来，内心强大又洒脱豁达是女性最独特的人格魅力。"

"比美貌还重要？"

"怎么说呢？男人对女人的欣赏也是分阶段的吧。"郭尉垂眸喝了口茶，慢声说，"上学那会儿我喜欢好看的，因为赏心悦目能满足最浅显的感官享受。但人的想法会随着年龄的增长变得复杂，如果准备共同生活，内在魅力更重要。"

他看着她说道："比如你。"

这评价有些虚高，苏颖指指自己："我？"

"你。"

苏颖不经意地咬了下唇："就是说，我不够漂亮？"

郭尉端茶杯的手一顿，怔了片刻，他不禁愉悦地笑起来。他心情

24

不错，笑时露出几颗洁白整齐的牙齿，眉头自然舒展，眼睛微眯，嘴角上扬的弧度极好看。

苏颖心说这个妖孽的道行可不浅。

片刻，郭尉收起笑容，握拳碰了碰鼻翼。他觉得有时女人的奇怪思维还挺可爱的。

"两者皆有。"他说，"很漂亮。"

这个世界向来优待会说话的男人，也没有几个女人不喜欢异性的赞美，无论真假。苏颖被他哄得挺开心，看他也顺眼了不少。

直到他们从餐厅出来，她那种轻飘飘的感觉才被风吹散。苏颖开始懊悔，自己应该憋到最后，看看郭总怎样提出签订婚前协议的要求。她要怪就怪自己性子太急，沉不住气，人家没费半句话就达到了目的，还落了个被动接受的好姿态。

说到底，不过是她争强好胜，为了面子罢了。

之后两人进展顺利，婚期如约而至。在农历九月初二这天，三十岁的苏颖把自己嫁了。

很多年过去了，她不再是那个倔强较真儿的姑娘。命运推着她做出改变，她也学会了接受或放弃一些事情，包括对生活、对工作以及对婚姻的选择。

苏颖打算和过去告个别。她捏着一张通往未来的车票，始终丛在一辆行驶的列车中。她原本不是孤独的，可同行的那个人没打招呼，提早下车了。她与他就像一条两端无限延长的直线，注定不会再有交集，那么便各自珍重吧，活着的人总要向前走的。

苏颖站在镜子前，看着镜子里面身穿洁白婚纱的靓丽新娘，尝试着挑动唇角，笑了笑。

第 二 章

归宿吗?

十月末,邱化市的天气稍稍转凉。

郭尉和苏颖结婚以后饭局不断。这天郭尉又被几个狐朋狗友拉到饭桌上,他们美其名曰多和新娘子交流感情,说白了就是变着法儿地找乐子。

赵平江把地点定在城东万寿路的私人会所,这家会所是这几位经常消遣娱乐的地方。有家眷的带家眷,没有的也不甘寂寞,身边带着知己。

包间几乎被坐满,餐桌中间摆着国窖和茅台,菜品自然也是珍馐美馔,应有尽有。

这个年纪的男人基本完成了等级划分,除非安于现状、甘愿平凡,否则就在商场上驰骋打拼,经历过大风大浪,也赚得盆丰钵满,到最后只剩消费挥霍了,很是懂得享受生活。

苏颖对这类人没什么好感,看不惯他们白天人五人六、晚上游戏人间,与任何姑娘都能眉来眼去的丑恶嘴脸。从前和他们圈子不同,如今她顾及郭尉的面子,免不了要假意客套一番。

人们都说物以类聚,人以群分,不知身边这位是否也如此,苏颖无意间侧头看了他一眼。

郭尉察觉到，稍稍探身问道："怎么了？"

"没什么。"她笑笑。

"能喝什么？红酒？"

"可以。"

他们对视的那一秒立刻被其他人捕捉到，不管他们说话的内容是什么，在其他人眼里都算打情骂俏。他们当众秀恩爱要被罚酒，梁泰和老何拎着酒瓶过来给郭尉添酒，想把他灌醉总有无数理由。

郭尉酒量不佳，无奈两人轮番上阵，推脱不过，只好端起酒杯浅浅地抿了一口，一顿饭过半，也被劝进了不少酒。

"不喝了，头晕。"

对面的老何笑着说："又来了，咱们郭总装醉的本事一流。"

曹建说："按步骤，要去上面开个房间醒酒了。"

"可不？他往往是谈最贵的生意，偷最惬意的懒，饭局什么时候散，他什么时候清醒。"

几个男人似真似假地调侃，苏颖不知如何解读这番话，怔了怔，视线转到半路堪堪停住，末了又落回面前的酒杯上。郭尉却不甚在意，手指抵住额角，只是我行我素地摇头淡笑了一下，并没理会。

"你醉了就歇着去，有弟妹在谁还管你？"说着，梁泰转移目标，起身走来给苏颖倒酒："是吧，弟妹？"

苏颖浅笑，端着酒杯没有太多表示。

第一次见面，她并不了解这几个人，只在赴约前听郭尉随便讲了讲。他与赵平江是发小儿，关系自然不必说。老何和曹建是遇到危机时不会落井下石，可以维持基本共赢的那种朋友。而这个梁泰颇复杂，郭尉只说和梁泰最早是通过老何认识的。梁泰多年前靠砂锅店的七张桌子起家，后来生意越做越大，钱也越赚越多，才开始涉足房地产行业，属于唯利是图的那类商人。

苏颖正准备说点儿什么的时候，身旁的男人终于从静止状态中缓过来，抬臂挡开梁泰说："梁总高抬贵手。"

"少跟我打官腔，这就护上了？"

"护外人铁定不行啊。"

梁泰笑了："心疼呗？"

"海涵，海涵。"

他与梁泰你来我往，把另一只手顺势搭在她身后的椅背上，略偏身体，很自然地朝她那边倾了倾，做出呵护的姿态。

苏颖觉得这时应该配合他，于是往郭尉怀里靠去，笑容更加明媚："这些日子的聚会太多了，都要他喝，总得顾惜一下身体。"这会儿郭尉倒是不紧不慢地环住了她的肩膀，把恰到好处的力量压在她的肩头，她笑着说，"梁总就放过我们吧。"

梁泰一笑，指着两人朝对面说："瞧瞧人家这恩爱劲儿，看着眼馋，真看不出是新婚，不知道的还以为是伉俪情深的老夫老妻呢。"

他说完，屋中突然安静了数秒。

郭尉表情未变，仍是淡淡地弯着唇角。

有人立即轻咳了一声缓解尴尬，梁泰这才像没事儿人一样地说了后半句："不喝可以，想回家没什么可能，上面还有牌局呢。"

苏颖说："那正好，总得有个清醒的赢你们口袋里的钞票，是不是？"

众人不约而同地笑起来，气氛缓和了。梁泰看了她两眼，没再为难。其间服务员来上菜，话题算是被岔了过去。

郭尉拉松领带，低声说了句什么。苏颖转过头，闻到他身上淡淡的酒精味。原本俊逸英挺的面孔上染了红晕，发丝微微凌乱，浅垂的眼皮下眸光迷离，他似乎真的醉了。他说话时，气息落在她撑着下巴的手背上，带着滚烫的温度。

苏颖一时走神："说什么？"

他又凑近一些，嗓音里透出几分醉意："帮我倒杯水。"

"真醉了？"

郭尉略抬起头，两人的视线在混乱的环境中碰到一起。他眉眼带笑地说："你看呢？"

苏颖不动。他歪着头，朝她的耳朵极短促地吹了一下："有酒味吗？"

郭尉定定地看着她，从表情到语气都十分正经，可不知为何，苏颖偏察觉出几分轻佻。看来他也没什么例外，平时人模狗样的，本性在酒精的催化下通通显出来了。

苏颖白了他一眼，拿肩膀不轻不重地顶开他，也没给他倒水喝。

赵平江先前已在楼上开好房间，晚餐结束后，一班人马踩着厚重的地毯上楼。

郭尉搓了几把牌后推说头疼便退下来，苏颖打完电话替他，他则躲去对面另开了一间房休息。房门隔开外界的杂乱声音，郭尉搓了搓脸，在黑暗中坐了一会儿，掏出手机给家里打电话。

保姆接起电话，说苏颖刚刚也打来过。

郭尉问晨晨是否睡下，又问了问顾念的情况，知道两个孩子这晚和平相处，方才安心地挂断电话。他横起手臂遮住眼睛，本想小憩一会儿，竟睡熟了。

不知何时，他被一阵细碎而轻柔的敲门声吵醒。他揉了揉阵痛的太阳穴，本以为是那屋的人过来叫他，未曾料到，门口竟站着季妍。

郭尉有些诧异，不等他开口，那姑娘忽然抽泣起来，用一双水灵灵的眼睛无辜又幽怨地望着他，瞬间便哭成个泪人儿。

此时，对面房间的麻将牌正在哗啦作响。

方桌四面分别坐着老何、赵平江、苏颖和梁泰带来的女伴，其他人在后面凑热闹。

今天的主角是郭尉和苏颖夫妻俩，话题自然也围绕着他们。

老何码着牌，嘴上习惯性地奉承："要说我佩服谁，除了郭尉就没别人了。他这个人够自律，顾家得很，要知道逃出生活舒适区、抵御各种诱惑是件多么难的事儿，他就从来不受我们影响。"

赵平江说："可别捎带着我们，那是他不愿意跟你玩。"

"滚蛋。"

赵平江一笑，就听那头的梁泰阴阳怪气地说："要不说老何生意做得好呢，光凭这张嘴就能发大财。"他用手搭着女伴的肩膀，有些懒散地跷着二郎腿，开玩笑道，"要说啊，还是郭尉的段位高，除非谈生意，否则三催四请才出来，碰酒就醉，醉了就睡，根本抓不到人影。瞧瞧，这回把老婆都扔在这儿了。"

在座的人表情各异，安静了几秒。苏颖说："好吧，那我就把他的钱全输光。"

梁泰说："尽管放开玩，他这个人拿赚钱当爱好。"

苏颖再迟钝也能看出这两人面和心不和，抬头瞧了他一眼，笑着道："梁总这么一说，他这个人真挺无趣的。"

"是无趣。"

"倒是巧了。"她推出一张幺鸡，慢声慢语道，"梁总不知道，我这个人专治无趣，管保药到病除，疗效显著。"

众人笑开，苏颖三言两语化解了尴尬。

梁泰不由得抬头瞅了她半晌，见她轻咬下唇，表情专注，似乎只顾看牌，无暇顾及其他。

赵平江眼观鼻鼻观心，视线围着桌边转了一圈，点点老何转移了话题："还碰？不知道让着点儿嫂子吗？忒不厚道了。"

老何嘿嘿一笑："牌桌无大小，牌桌无大小。"

这一局，苏颖又点了炮。她心中正不爽，烦透了这帮臭男人说话夹枪带棒的，偏偏有人撒手不管，留她应付，自己去别的地方躲清静了。

于是苏颖把牌一推，借机说："不玩了，净挨欺负，找人报仇去。"

她拢了下头发，踩着七厘米的高跟鞋嗒嗒地走出门去，屋里的男人发出了善意的笑声，还有人夸张地求饶。苏颖没理会，直接去按对面的门铃，可手指还没触到，忽然发现房门虚掩着。

苏颖侧身推开，却见一对男女立在客厅中间相拥。女的长发披肩，面孔俏丽，泪眼婆娑地靠着男人宽阔的胸膛，一副小鸟依人的样子；男的则长相英俊，身姿挺拔，两手握着对方的肩头，一时看不出是想将人搂入怀中还是意图推拒。

苏颖看着这个人面熟，眨了眨眼——不是自己的老公又是谁？

她当时一丁点儿做人家太太的觉悟都没有，第一反应是坏了别人的好事儿，转身就往外走。可她到走廊中央忽又停住，恰与叼着烟出来的梁泰撞个正着。

梁泰轻扯嘴角："怎么，郭尉还没醒酒？"

苏颖没接茬儿，这会儿终于反应过来谁是正主了，无论怎样好像离开的都不应该是自己。她无意识地看了梁泰一眼，走回去重新推开那扇门。

室内的女子正在低声诉说着什么，似乎没发觉有人进来。

苏颖倚在墙边看了几秒，抬手轻叩两下门板。郭尉原本侧身对着门口，听见动静蓦地转头。

苏颖朝他笑笑："老公，我可以进来吗？"

她这声"老公"叫得轻飘飘的，听上去柔软却不轻浮，还带着点儿撒娇的意味。这回季妍也朝她看过来，却没来得及松开抱着郭尉的手。

郭尉把目光锁定在门口，握住季妍的手臂将她拉离，稍稍退后两步，朝苏颖招了下手："进来。"他姿态从容，慢条斯理地整理着衬衫袖口，一点儿都没有被老婆现场捉奸的尴尬与心虚。

苏颖没走太近，去旁边的吧台倒了杯水喝。

郭尉转头看向季妍，低声说："你先回去，有什么事儿改天再说。"

"可是我……"

"回去。"他的音量没有变，表情却严肃得不太讲情面。

季妍仿佛被吓到了，稍稍缩了下肩膀，眼泪在眼眶里越聚越多，到底又落下几滴。她赶紧低着头擦掉，说道："郭总，那……我先走了。"她顿了下，随后用仅限两人听到的音量说，"我说的都是真话。"她说完转身，不期然对上苏颖的目光。

苏颖正在瞧热闹，见她看过来身体本能一顿。那姑娘的眼神复杂，幽怨悲伤中带着几分憎恶，她打量苏颖的目光绝对不算友好，又仿若嫌弃地轻蹙了下眉，低着头匆匆出去了。

苏颖端着杯子哼笑了一下，心说：真他妈的嚣张。

季妍离开时带上了房门，室内只剩苏颖和郭尉两人，突然安静下来。

隔了会儿，郭尉朝苏颖走去，也给自己倒了杯水，问道："牌局结束了？"

"没。"苏颖说，"几乎没赢过，玩得闹心。"

他们之间隔着两步的距离，郭尉背靠吧台慢慢喝了几口水："都不让着你？"

苏颖嗯了声："瞧瞧你这人缘儿混的。"

"谁赢得多？"

"老何。"她搁下水杯走向沙发，把身体靠进去，蹬掉鞋子，"你自己玩儿去吧，我睡一会儿，完了叫我。"

说罢，她便侧身闭上眼，蜷着腿，上面那只脚的脚尖竖起来，抵着另一只脚的脚腕。

郭尉觉得那双脚有意思，盯着看了会儿，想了想还是把刚才的事情说明了一下："她是公司业务部的，最近遇到点儿困难，小姑娘阅历浅，没受过什么打击，情绪有些失控。以前她随公司来这里应酬过几次，楼上的房间号她也知道……"

郭尉明白这话细究起来有破绽，可也不能直接说人是来表白的。他停了停，沙发那边一点儿动静都没有，她睡得似乎快了些。郭尉低头把玩了几下杯子，忽觉索然无味，解释的兴致也没有了。

苏颖今晚红酒喝得不多，但一直绷着神经与他们周旋，这会儿身体挨着沙发，困倦得不想睁眼。

没过多久，郭尉出去了。关门声消失后，她的耳边彻底静下来。

房中开着的顶灯被换成了地灯，周围幽暗，苏颖扯过搁在椅背上的西装盖住肩膀，迷迷糊糊地想起饭桌上某人说的话——别人应酬时他去楼上醒酒。

他到底是醒酒呢，还是干别的？

她用西装掩住口鼻，立即嗅到属于他的清淡气息。

苏颖翻了个身，想着睡醒后有必要和他严肃地谈谈，她的底线低，不意味着她能接受婚内出轨，即使他乱搞也别在她的眼皮底下，太硌硬人。或许往协议里加一条更实际，她胡思乱想着，没一会儿便睡沉了。

郭尉去对面房间时，曹建的女伴代替了苏颖，那个位置的左手边也已换人，梁泰斜靠着椅背正在码牌。梁泰刚才在走廊抽烟，恰巧看见季妍慌不择路地跑向楼梯口，事不关己地看了个热闹，禁不住往龌龊的地方发散思维，心想郭尉平时一副羞与他们为伍的样子，私底下不见得有多正派。梁泰越发瞧不上他，又隐约替谁感到不值。

曹建见郭尉进来，冲女伴摆手说："来吧，让个位置。"

"不急，打完这把。"郭尉走过去搭住老何的肩膀，慢悠悠地道，"听说你刚才欺负我的人了？"

老何甚是心虚，眼睛一瞪："谁说的？我哪儿敢啊？我今天也就沾了嫂子的光，手气倍儿棒。"

"你嫂子让我来给她报仇。"

"别闹，不能够，您多大方个人啊，可不带护短的。"

郭尉说："不大方，护短得很。"

其他人掩唇暗笑，都是一脸看好戏的表情。郭尉也笑笑，手插在口袋里，站在老何后面不作声了，安静地看他出牌。

老何面前的筹码叠成了小山。他原本还哼着曲子沾沾自喜，这会儿总觉得浑身不自在，预感郭尉不会放过他，可能要完了。

牌局到凌晨才结束，输赢可想而知。他们玩得大，老何哭丧着脸，发誓以后决不再招惹这尊活佛。

他们各自散了之后，郭尉去对面找苏颖，房间里很静，光线仍是昏暗不明。

他走过去，在沙发边缘坐下，扭头看了几秒，轻拍了两下她的脸叫她："苏颖。"

半晌，她才有回应："嗯？"

"在这儿住下？"他的声音又低又轻。

苏颖动了动，缓缓睁开眼。男人背光而坐，她只看到一个模糊的轮廓，有光打在他的侧脸和肩膀上，显得分外柔和。苏颖不知自己是

33

醒着还是在做梦，恍惚中仿佛时光错乱，这样的情景像极了过去的某一时刻。她盯着昏暗中的男人看了不知多久，他的面孔渐渐清晰起来，俊美无比又嚣张痞气，目光却充满宠溺，一如既往地挑着嘴角朝她坏笑。

苏颖赶紧闭上眼静了会儿，稍稍歪头，用脸颊在他的掌心中蹭了蹭，男人的手掌顺势贴住她的脸，用拇指轻轻摩挲她的皮肤。

她唤了他的名字。

他低声回应："嗯？"

苏颖用嘴唇触了下他的掌根，轻声说："你他妈不准在外面拈花惹草，否则老娘废了你。"语气柔软又霸道。

郭尉微愣，看着猫儿一样迷糊慵懒的女人，瞬间心猿意马。气氛很微妙，这个夜晚也因此揉进了一丝缠绵。男人在这种时候大多不会吝啬自己的温柔，郭尉抚着她的脸，轻笑："好，不会拈花惹草。"

他嗓音低沉，字字清晰，瞬间将她游离的意识拉扯回来。

她猛然睁眼。他压得更低了些，两人呼吸相融，她周遭是他身上干净清透的、好似阳光中飘扬的白衬衫的味道。这个人是郭尉，苏颖清醒了。她曾经纳闷儿他为何会用这款香水，味道太年轻，完全没有成熟男性的稳重、阳刚和岁月的沉淀。兴许是意义非凡，他才舍不得更换吧。

苏颖拉下他的手在肩膀处握着，放平身体，眯着眼看了他一会儿。说不上多失落，她明白，都是梦。

隔了半晌，郭尉问："看什么呢？"

她打个哈欠说："看看你这张脸，上面好像写了三个字。"

"哦？"

苏颖在他的鼻尖上慢慢地点了三下，懒懒地说："不、安、分。"

郭尉笑了："这可不是什么好字。"

她直接说："不如我们在协议里增加一项婚后条款，为了把和谐稳定的夫妻关系维持下去，谁都可以向对方提意见，如何？"

郭尉没说好或是不好，稍稍偏头，攥住她在他脸上乱摸的手问："你想提什么意见？"

"你作为我的丈夫，在台面上好歹装装样子，我的要求不算高，总要顾及彼此的颜面，是不是？"

郭尉知道苏颖在说今晚的事情，看来她是把这顶帽子给他扣实了。郭尉也不着急解释，撑着她头顶的沙发扶手问："私底下就没要求了？"

"全凭自觉。"她低声嘟囔一句，又问，"几点了？"

郭尉看了看腕表说："凌晨一点。"

"那再睡会儿。"苏颖翻了个身背对着他，把脑袋窝进沙发里，又闭上了眼。

郭尉盯着她的背影看了会儿，脸上的表情渐渐凝固，沉默许久，终究没有说什么，起身走向浴室。

再次醒来，苏颖已被安置到了卧室的大床上，身边的男人气息绵长轻缓，似乎睡得正熟。

窗外的天空仍旧漆黑，苏颖摸到床头的手机看了一眼，时间尚早。

她轻轻翻身，等到眼睛适应黑暗后，发现自己与郭尉之间只隔了一尺的距离。他侧身盘着手臂，双膝微屈，一半脸庞埋进枕头里，睡相极斯文。他应该洗过澡，短发蓬松顺滑，轻轻地搭在额前，眼中的精明被遮住，毫无防备的样子看上去比平常顺眼不少。

躺了半晌，苏颖实在没有睡意，觉得浑身上下又臭又痒，极不舒服。她掀开被子坐起来，发现自己除了没穿鞋子和外套，身上装束完整。

苏颖索性独自叫车回家，用指纹开了锁，家中一片寂静，走廊里只开着暖黄色的地灯。

她放轻脚步先去看顾念，在他房中待了片刻，拿上睡袍去浴室洗了个热水澡。她本想这回可以安心入眠了，无奈身体的某个部位又开始造反，她越想压制越无法控制，只好默默叹息一声，轻手轻脚地去厨房。

苏颖没有惊动保姆，简简单单地煮了碗面，边吃边光着脚走向客厅。

她拉开窗帘，下面是沉睡中的楼宇和宽阔的马路。她靠着窗台小口地吃着面，面条清汤寡水，没什么味道，只可饱腹。她在厨艺方面向来缺乏天分，从前是顾念的姑姑张罗三餐，她便撒手不管偷得清闲，如今要靠自己了，厨艺依然没长进。

寂静的夜晚难免会让她想起旧事，她刚搬来不久，这个家还无法给她带来归属感。

苏颖吃完面，把碗搁在旁边的窗台上。楼下偶尔有车驶过，原来在这个夜里没睡的不止她自己，她这样想着，好像也不那么孤单了。

折腾了半宿，苏颖起迟了。保姆邓姐做好早餐来叫她，她睁开眼被透进来的晨光刺了下，手臂往旁边的位置上摸了摸，是空的，床单上一丝褶皱都没有，郭尉未归。

苏颖清了清嗓子朝外面应了一声，又闭了会儿眼，才披着衣服起身去浴室。

她出来时两个小孩儿正在安静地吃早饭，他们分坐在餐桌两端，低着头，嘴巴塞得鼓鼓的，谁也顾不上同谁交谈。

时间不早了，邓姐已经拎着两人的书包在门口催促。苏颖随手拿了片面包说："我送他们吧，刚好要出去。"

没等邓姐说话，顾念就猛地抬起小脑袋，眼睛里闪着星星，说："妈妈，是真的吗？"自从搬进这里，顾念上下学基本是邓姐接送的。

郭尉走了点儿关系，把顾念送进了闵行路小学，这所小学是全区的重点学校，教学质量和学习氛围都堪称一流。郭尉考虑得要多些，顾念虽与晨晨同校却不同班，这样能让两个小朋友多多相处、促进感情，又不至于距离太近带来不必要的尴尬，更重要的是方便他和苏颖照看。

涉及顾念的事情，苏颖没推辞。等把顾念上学的事情办完，郭尉又提议给她安排店铺，这回苏颖拒绝了。

她清楚接受他的帮助能少走不少弯路，只是总不能什么都靠别人。她早在决定来邱化时就已经开始留意，心里多少有了打算。苏颖是操心的命，未雨绸缪算不上，只是害怕停下来，没什么比口袋里的钞票减少更让人心慌的。

这段日子她忙着租铺子、装修和联系货源，对顾念疏于照顾。这会儿看见孩子兴奋的表情不免揪心。

"当然。"苏颖孩子气地眨眨眼，"不高兴呀？"

"不是，不是，我太高兴啦！"顾念夸张道。

苏颖笑笑，用余光看见郭志晨抬头转向这边却一句话没说，又低下头去。

她也在努力适应后妈的角色，亲切地说："加快速度，阿姨送你们。"

晨晨没吭声，乖乖地点头。

苏颖仍开着那辆修好的金杯。顾念坐在前面，一路上手舞足蹈，恨不得把这些天学校里发生的大事小事全部讲给苏颖听。

后面的郭志晨坐得端正，哪里都不碰，双手规矩地放在膝盖上。表面上看，这孩子并没有苏颖想象中那样难相处，总是阿姨长、阿姨短地叫她，嘴很甜，但有些敏感，眼神及动作偶尔透着讨好的意味。孩子的小心思轻易地被她看透了，苏颖不说破，尽量照顾他的情绪。

他们开车逐渐靠近学校，周围停了不少名贵车辆。

苏颖停在路口等红灯，路两侧已经出现很多小学生的身影，他们穿着蓝白相间的校服，背后是五颜六色的大书包，有的被父母牵着快步走，有的则三五成群地追逐打闹着。

晨晨忽然说："阿姨，就把我们放在旁边吧，我们自己进去。"

苏颖说："快到门口了，我送你们吧。"

"不用，不用。"他抬起手搭在椅背上，前倾着小身体急于阻止，可不知想到了什么，又忽地缩回手，"阿姨你工作很忙，我们可以自己走过去的。"

苏颖从后视镜中看他无处安放的小手，蓦地明白了。她找了一处开阔的地方放下两个孩子，没有立即离开，坐在车里目送他们往校门口的方向走。

她看见郭志晨搭着顾念的肩膀，两个小人儿晃晃荡荡的，达走边说话。

直到那两抹影子消失，苏颖才收回视线。她皱起鼻子闻了闻车里的味道，又侧头看了一眼副驾驶座的靠背。

"有那么脏？"她撇嘴嘀咕。

回忆刚才熊孩子皱眉的表情，苏颖忽然想起了某人。

她想了想，还是拿出手机编辑了一条消息发过去，内容是"我提早回家了，看你睡得熟，没有打扰"。发完后，她把电话扔到副驾驶座上，驱车离开。

郭尉打来电话时，苏颖正在和装修师傅因为顶灯的安装问题争论不休。基础照明的分布位置不够均匀，无法保证整个店铺色调的统一，橱窗旁的重点照明又太过靠后，照不到模特身上的流行款，完全无法凸显服饰的特色。

装修师傅认为这根本不是问题，建议她把模特往后挪一挪，事情就能轻松解决。

店铺小，寸土寸金，苏颖坚持要求拆掉重装。

师傅又说重新排线太麻烦，可能会损坏天花板，问她是否愿意承担因此产生的费用。

苏颖不是好惹的："失误在你，返工耽误我营业的损失你能承担？"

师傅被苏颖噎了一下，话里话外的意思是她无理取闹。苏颖没废话，直接打电话去装修公司投诉，由他上面的领导同他交涉。

等到把事情解决完，她瞥见墙边摞成一人高的的数个纸箱，有些心烦意乱，第一批货已经发来，屋中却还是一片狼藉。她心情很糟糕，所以接郭尉电话时的语气不太好。

那边的人停顿了两秒，低声问："怎么了？"

苏颖稍微缓和了一下语气说："没事儿。"

"在店里？"

"嗯。"

"需要帮忙吗？"

"暂时还可以应付。"苏颖没讲刚才的事情，"准备得差不多了，装完顶灯、布置一下就可以开张了。"

听她这样说，郭尉没坚持。两人聊了几句便匆匆挂了电话。

苏颖在店铺里一时插不上手，只好拎着包包先离开。

这是一座位于繁华步行街中的服装商城，位置靠后，共三层楼，中、低端定位，没有名牌，服饰大多色彩鲜明、样式独特又具多样化，广受年轻女孩儿的青睐。租店铺之前苏颖曾来这里仔细考察过，这里不算是人气最旺的商场，但有效客流量还可以。她选择这里的最主要原因还是资金问题，她没想过生意做到多大，总要量力而行。

苏颖低着头，大步流星地走出服装商城。外面阳光普照，她一下子从黑暗处跨入明媚的阳光中，仿佛陷进一个过度曝光的花白世界里。

苏颖忽地愣在街道中央，熙来攘往的人潮如热流一样瞬间将她包围。她下意识地抬头看了看天，不同于洛坪的蔚蓝宁静，这里风吹着云走，几只鸟儿飞过长空。

原本挫败的情绪在阳光下无处藏匿，苏颖的胸口突然涌起一股激情，她真正意识到这是一个全新的开始，仿佛女人们手中都攥着可爱的人民币，正微笑着朝她走来。

乐观的人总能在各种环境中自我调整，苏颖心情逐渐变好，又觉得浑身充满干劲了。她渐渐融进人潮，沿着步行街往北走。

街角有家照相馆，门面略小，窗框和门板上刷着复古的绿泪漆，围墙很低，由水泥砌成，上面印着几个交叠的菱形花样，旁边还放了一辆掉链的二八自行车，这种怀旧风格的店面与周围现代化的楼宇不太协调。

苏颖蓦地驻足，被橱窗里的一张老照片吸引——阴雨连绵的古老小巷，女子在肩上搭了把油纸伞，一条青石板的小路在她的身后蜿蜒至尽头，两侧的墙壁难掩斑驳的痕迹。她穿着素雅的青色旗袍，有纯白色的花朵长在藤蔓上，在她的身上静静绽放，旗袍的开衩沿着腿垂落，裙摆轻扫脚面。女子端庄娴静的气质随着摆胯的姿势展现，她的笑容很淡，内敛却不失自信。

苏颖在心中赞叹一句好美，又盯着看了许久才转身离开。

两天后装修工作全部完成，开店所需的一系列手续也都已办理齐全，苏颖开始专心布置陈列并兼顾迎客。

　　郭尉在店铺正式开业的这天没到场，派人送来花篮和一个乌拉圭紫晶洞玛瑙聚宝盆，单看成色就知价格不菲。苏颖暗暗嫌弃郭总老套、没新意，这么大的东西放在哪儿都觉得不合适，倒不如送几叠钞票来得实际。

　　之后一连数天，苏颖早出晚归。在店铺运营初期，她不敢懈怠，没人帮忙，大事小情都需要她亲力亲为、花心思去做。

　　她推了郭尉那边的两个聚会，商场九点半关门，盘货之后驱车回家已是深夜。有时他已经睡着，但多数情况卧室空无一人，新婚夫妇竟如租客一般你来我走，多日没有见过面。

　　这天苏颖又晚归。孩子们已经早早睡下，邓姐见她满面倦意地回来，立即从厨房端出一直温着的饭菜，坐在餐桌旁陪她说了会儿话就去睡了。苏颖饿急了，狼吞虎咽，胃部感到不适时，饭菜已经被一扫而空，她却没尝出什么滋味。

　　回到房间，她在衣柜里翻找睡袍，可翻来翻去怎么也翻不到，一拍脑袋才想起睡袍昨晚被洒上了西瓜汁，被她扔进了洗衣房。于是她随便抓起一件，边走边褪衣裤，到浴室门口时，身上的衣物已经所剩无几。

　　苏颖痛痛快快地洗了个热水澡，出来时忽然发现房中多了一个人。

　　郭尉身穿一身深灰色西装，仍旧一丝不苟地系着领带，一手拿着她的长裤，正弓身去捡落在床尾与床尾凳缝隙中的雪纺衬衫。

　　苏颖愣在门口，这情形难免有些尴尬。

　　郭尉倒是自然地朝她看了一眼，目光停顿了片刻问道："洗完澡了？"他把手中的衣服搭在角落的贵妃榻上。

　　苏颖说："你今天回来得挺早。"

　　"也不早了。"他抬腕看了下时间，顺势解开表带搁在桌子上，"差十分十二点。"

　　苏颖没说话，走到床边坐着，用毛巾裹住湿漉漉的发尾慢慢擦拭。

浴室里的热气弥漫出来，一室清香。

两人都没说话，气氛有点儿像考试交卷前那五分钟，焦灼又难熬。

不知过去多久，苏颖抬头，看到男人的西装已经被脱去，衬衫的领口外翻，露出一截修长又线条立体的脖颈来。这会儿他正靠着臬子不紧不慢地解袖扣，目光却仿佛不经意地落向她这边。

苏颖的这条睡裙太过性感，细肩带、高开衩，光滑的黑色丝绸衬得她肌肤雪白。她早已忘记是什么时候买的，已经很久没穿过了。

年纪小时，她总是怎么大胆怎么来，就爱站在那个人面前，看他对着自己咬牙切齿地说"谁准你这样穿的？赶紧给我包严实再出来"，然后挡住所有人的目光，将衣服披在她的身上。

在肆意妄为的年纪，有他在身边，她感觉被全世界宠爱着。

后来都变了，她的生活里不再有男人，那些对爱情以及婚姻的憧憬全部破灭了，她终日围着孩子、金钱转，心灵和身体一样变成了干旱的土壤。

直到现在，面对郭尉幽深略带直白的目光，她竟感到别扭又羞赧，脸颊唰的一下变得滚烫。她板起脸说："你看什么？"

郭尉比她淡然得多："浴室有吹风机。"

"不用了。"她扔掉毛巾，并着双腿快速钻进被单里，"我睡了，你要洗澡吗？麻烦先把卧室的灯关一下。"

郭尉觉得她这一系列行为有点儿滑稽，她明明想把逃避表演得高明一些，却适得其反。他忍不住勾了下唇说："好。"

郭尉关了灯，去浴室取来吹风机，坐在床边挑起她的发尾帮她吹干。他感觉她的身体有些僵硬，动作不自觉地轻缓了几分。苏颖背对郭尉躺着，暖风缓缓送来，发根处有轻微的拉扯感，他的力度拿捏精准，舒服得令人昏昏欲睡。她觉得意外，同时心中漫过一丝异样，根本没想到他会有这样亲昵的举动。

整个过程显得相当漫长，当吹风机的嗡嗡声停止时，苏颖心中咯噔一下，越发不安。他没有离开，用手指梳了梳她的发丝，把手掌搁在她的耳旁不动了。

苏颖紧闭双眼，微抿着唇，生怕他的手会顺着她的脖颈往下滑，也许是贪恋那一点点不切实际的暖意，总之，她现在不想。

而郭尉没有更多的动作，看着被单下不失丰腴的轮廓，斟酌片刻，没埋怨她早出晚归，也没说"需要多少钱我会给你，不用那么拼命"之类的话，只道："我觉得你有点儿辛苦，店铺那边可以请个人帮忙。"见她没反应，他又说，"顾念刚转学，不知道功课怎么样，我这段时间应酬太多，你最好抽点儿时间照看一下。"

半晌，苏颖应了一声。

郭尉起身去了浴室，不久，浴室里面传出了哗哗的水声。苏颖睁开眼，看见暖黄色的光透过磨砂玻璃映在床尾。

房间中的声音很单调，更显出夜的寂静，要不是他搁在床头的电话在不厌其烦地振动，她几乎迷失在那片温柔的光影里。

她不是故意要看的。信息不止一条，她稍微抬起脑袋，便瞥见屏幕上的"季妍"二字。她不知道这个人是谁，但莫名地，脑中出现了一张梨花带雨的脸。

忽然之间她明白了，温柔只是男人对女人惯用的手段而已，他可以操控，并不见得是情浓所致。

想通了这一点，苏颖竟如释重负般地轻松起来。

郭尉洗完澡时，苏颖已经睡着了。他的手机提示灯在夜里不断闪烁，他拿起来准备翻阅，一看是季妍，丝毫兴趣都没了，直接删去对话框上床睡觉。不久后，手机又振动了两下，郭尉本以为还是季妍，没有理睬。

转天早上他才看见消息来自前妻，稍微怔了几秒。那个人说："我前些天在一座无名小岛上，手机接收不到信号，听说你结婚了。"

第二条的发送时间在半小时后，她说："祝你新婚快乐。"

郭尉盯着那几个字看了会儿，动动手指，终是回了句"谢谢"。

那晚郭尉的一番话并未见效，苏颖仍旧晚归。

母子俩谈过，顾念对于妈妈的忙碌表示很理解，并保证认真做作业，不会捣蛋调皮。他一直是个善解人意的小孩儿，作为补偿，苏颖

42

买了他心心念念的飞行器玩具，蓝色、白色各一个，自然不能少了晨晨的。只不过两人一个把它视如珍宝，一个新鲜了几天，便拿去和同学换了一套半旧的乐高积木回来。

郭尉离开办公室时是整八点，顺手把两份文件搁在秘书的桌子上。

上次公司在南非的参展很顺利，几笔订单获得的利润丰厚。他有心拓展海外市场，回来后各部门高层多次商讨，决定在当地建立两个直营网点试试水。因为当地的建材行业比较落后，建材大部分依赖进口，而国内的产品无论在品质、档次还是价格上都存在优势，广和在复合地板和彩釉玻璃这两大建材项目上的优势尤其突出，如果直营网点立住脚将大有赚头。

郭尉把车开出写字楼车库时还在考虑这些事情。

马路上的车流时走时停，在城市中最繁华的路段，深夜里的喧嚣也一刻不停。郭尉将车子踩停在红灯前，人群涌入人行横道，匆匆走向另一边。他用手肘搭着窗沿，眼睛看着远处广告牌的霓虹灯出神许久。直到后面的车鸣笛催促，他才收回视线换挡加速。

车子途经一座商场时，他想起了郭太太，现在想与这位妻子见一面仍是件难事。郭尉用手指轻敲几下方向盘，向右转了一把，将车停在路边给苏颖打电话。

苏颖又把位置发送了一遍。

郭尉还是第一次走进这种专属女性消费的地方，即使与前妻已从未来过。

他的直观感受是这里的环境不是很舒适：商城三楼的灯光不够明亮，两侧小店林立，门前都挂着半帘，有些是若隐若现的薄纱，有些是水晶珠串。橱窗里的模特千姿百态，身上搭配着各种浮夸的服装和饰品用来博人眼球，地面上还散落着羽毛、彩灯等元素。

单从装修风格就可以判断出产品定位，苏颖的选址标准郭尉不敢苟同。

转了两个弯，他找到了苏颖的店，店里放着快节奏的音乐，有几个女孩儿正在挑选衣服。苏颖正在为一名顾客整理领口，见他进来只转了下头，抬抬下巴说："坐会儿。"

郭尉还是平时工作时的着装，在黑色西装外面套了件笔挺的风衣，菱形暗纹的领带将衬衫的领口映得雪白。他说了声好，却没坐，双手收在风衣口袋里，自然而然地打量着这间屋子。

自从他进来那刻起，屋中的气氛就不太对，年轻的女孩儿凑在一起窃窃私语，试衣服的顾客也时不时地从镜中偷瞄他一眼。

苏颖转头看去，门口的男人的确衣冠楚楚，身处色彩缤纷的女装店铺，就像姹紫嫣红的花丛中矗立着的一株青松，挺拔醒目，单单站在那儿就能引起女性的注意。他此刻的表情与以往不同，目光里带着专注，下颌微微绷紧，有些严肃。

苏颖忽然很好奇他在工作中是不是这种状态，走过去问他："你怎么想起过来了？"

"顺路看看。"郭尉收回视线，"吃了没？"

"没。"

"待会关了店去外面吃？"

"好。"苏颖说，"我请客。"

他挑了挑眉："看来生意不错。"

"小打小闹的买卖，比不了郭总。"虽这样说，她的眼中却是亮晶晶的，那点儿得意完全显露在脸上，"可能要多等会儿。"

"没关系，你忙。"郭尉朝别处看了几秒，一本正经地加了一句，"刚好让我想想餐厅标准。"

"别想了，按您的标准吃一顿我准穷。"她说话带着点儿孩子气。

郭尉被逗笑了，也就一瞬间，持续高速运转的头脑放松下来，苏颖身上总有一种特殊的活力，好像看看她就有舒解疲劳的功效似的。而她的肩头搭着别人刚换下的衣服，额头挂着几粒汗珠，发丝微乱，耳边还别了支笔，明明很疲惫，却劲头十足。

郭尉说："不至于。"他搓了搓指腹，犹豫片刻，到底伸手过去给她抹了下汗，"去吧，别让顾客等着。"

苏颖愣了下，看了他一眼才转身招呼顾客，几句话的工夫后再回头，那个男人已经不在店里了。

直到九点半苏颖结账关门，郭尉也未曾催促过。她点开手机才见有条未读信息，发自一个小时前。郭尉说："车里等你，停在后巷居民楼前的空地上。"

苏颖立即拎着外套下楼去，正值初冬，外面的风带着些许凉意。她绕到后巷，远远便看见他那辆奔驰停在花坛前，车窗被摇下来，有一点儿红光在黑暗中忽明忽灭，不时映出他棱角分明的硬朗轮廓。

这感觉有些特别。

苏颖踏着小碎步跑过去，在窗前站定："不好意思啊，让你等这么久。"

郭尉没表现出一丝不耐烦，朝车内摆了下头。

她拉开副驾驶的车门坐进去，同时郭尉也掐熄了烟。车子开出后巷，直到气味消散，他才升起车窗。

苏颖并没有介意，她今天的心情似乎很好，转头看他，见他没有要说话的迹象，还是满怀期待地问道："怎么样？"她想听听旁观者的看法。

他瞧她一眼："什么？"

"服装店呗。"

郭尉稳稳地打着方向盘，思考了下，没有直接回答她："今天的收入情况怎么样？"

苏颖如实说："除去成本，赚了一千多。"这是她开业以来盈利最多的一天，收入要比在洛坪时高几倍。

"总投入呢？"

她报了个数字。

郭尉在心中稍微计算了一下，眼睛盯着路况道："嗯，半年能回本都是好的。"

话没说完，他又加了一段话："前提是除去每天销售中的不稳定因素，也不算下季度的房租、水电、进货等正常开销。真正盈利可能在一年以后，以你们商场的经营前景……希望能够支撑到明年。"

苏颖怔住，感觉就像被人泼了盆冷水。她猛地转头，咬唇瞪着他。

郭尉意识到刚才的话好像不太留情，这对刚刚站稳脚跟的苏颖来说有些重了，于是又说："当然，隔行如隔山，这方面我不太了解，只是随便讲讲看法。"

苏颖低声嘀咕道："不懂还乱讲。"

郭尉不禁勾了勾唇。

此刻邱化市的街头终于清静下来，几片枯黄的叶子被风吹得四处飘摇。车辆减少了，路边偶尔有几个行人，也是步履匆匆。

郭尉开得很慢，沿路寻找还在营业的餐厅。

苏颖并没过多在意他的话，对于未来一向抱着乐观的态度，总之把今天的钱赚到口袋里，烦恼就留给明天吧。

两人最后去了暮南道的一家日料店，郭尉是常客，老板亲自出来将两人迎进包间。花销不少，结账的自然是郭尉。席间他饮了些老板亲自酿造的清酒，度数虽低，但也让他微醺。

回家的路上换苏颖开车，没多久郭尉又回到先前的话题上："店里请人了吗？"

"没呢。"苏颖说。

"节省开销？"

"是啊。"她拖长了音，懒懒地说，"再请人我怕到时候本钱更收不回来了。"

郭尉此刻靠在座椅里，手指轻蹭额头，淡笑了下："计算成本是对的，但有效成本带来的收益往往更可观。比如今天，在你服务一位顾客时，很可能由于冷落和疏忽而流失掉潜在客户。"

苏颖没说话。

郭尉问："角落的那几个女孩儿有没有消费？"

"没。"

他嗯了一声，声音悦耳："如果有店员过去询问需求，然后按照不同喜好进行推荐，或许会提高成交率。再说，多一个人能增加店铺的忙碌感，顾客的感受会有所不同。"

这一点苏颖没想到。

郭尉继续说道："服装款式重要，服务更重要，大多数人还是更享受被视为上帝的体验。有些开店久了的老板，态度会变得冷漠麻木。客人的物质和心理需求都得不到满足，不选择你，生意自然会陷入死循环。"

苏颖反驳："我没有，只是无法同时照顾……"

郭尉看了她一眼，她自己讲出了存在的问题。其实这些苏颖都明白，只是开店之初用钱的地方太多了，她一心节约成本，想着暂时能应付，也就没有请人的打算了。

起步之后苏颖才发现，在这里做生意与在小镇上做生意存在很大的差别。她承认自己忽略了一些问题，嘴硬道："你又明白了。"

他说："有个人帮你，你也能空出些时间来。前面是红灯，该降速了。"

苏颖下意识轻点了一脚刹车，他这辆车是 AMG（奔驰的一个高性能子品牌）改装，马力足、冲劲猛，她开着还不太适应。

车子在停止线前停下来，苏颖这才转头看他："空出来的时间做什么？"

郭尉略顿几秒："比如……"他缓慢地抬起手握住了她的手，"相夫教子。"

苏颖心中一颤，男人的手掌干燥有力，他稍微握紧，用指肚轻轻地蹭了下她小指旁的皮肤。他淡淡地看过来，唇角的笑意再自然不过，手上力道适中，温柔地握着她，并不让人觉得反感。

苏颖没说话，也没挣脱。

两人的视线在昏暗的车中碰到一起，他的眼神似乎比平常更加难以捉摸，又带着几分朦胧的醉意，黑黑的瞳仁里像是藏着旋涡，要把她卷进去似的。

苏颖有些慌张，立即把注意力投到车窗外。两个女学生在冬天里只穿着单薄的校服和短裙，抱着彼此，从车前快速跑过；高个头的男人步伐很大，低着头，专心讲电话……

不知过去了多久，苏颖的右手被郭尉牵起，搁回方向盘上，他提醒道："可以走了。"

苏颖把视线落回前方，起步加速。

有些时候，她觉得郭尉很可怕，谦谦君子的外表搭配深情的表演，自己清醒，却诱惑对方入戏。又像渔夫与鱼，鱼很多，争先恐后地来咬鱼钩上的鱼饵，而对渔夫来说哪条都一样，只要愿者上钩。苏颖与他结婚时没把自己算计在内，追求稳定的生活不代表情感要发生变化，心如止水才最安全，所以她害怕成为咬钩的鱼。

她正胡思乱想着，郭尉接下来抛出的话更让她头疼："下月初妈妈过生日，那天晚上我们得带着晨晨和顾念回去吃顿饭，你有什么想准备的可以交给我。"

自打第一次见面，苏颖就看出仇女士不待见她，好在回去吃饭的次数屈指可数，也就减少了一些不必要的摩擦。

苏颖说："确定你妈见到我，这个生日不会心烦？"

"大一岁更让她心烦点儿。"

几天后，苏颖招了名店员。小姑娘叫周帆，二十六岁，性格很好，长相也耐看。周帆不是本市人，租的房子就在附近，和做厨师的男朋友一起住着。

服装行业的门槛比较低，只需一张能说会道的嘴和一双察言观色的眼睛就可以了，苏颖试用了周帆几天，她不仅具备这些条件，还勤快得很。苏颖觉得和她挺投缘，便将她留下了。

没过多久，两人混熟了，周帆总是颖姐长、颖姐短地叫她，笑起来梨涡浅浅，眼睛弯成月牙，透着股机灵劲儿，让人不喜欢都难。偶尔生意冷清的时候周帆会主动留下来打烊，让苏颖轻松不少，能够腾出些时间提早回家。

第 三 章

"出轨"危机

这个月很快过去了，周四这天是仇女士的生日。

苏颖硬着头皮盛装出席，高冷、面瘫的大姑子和她的丈夫也来了。可苏颖没想到，在这儿还会见到一个熟人——客厅里，梁泰跷着二郎腿，隔着淡淡的烟雾，正似笑非笑地看着她。

这天，苏颖穿了条深灰色的高领羊绒连衣裙，腰间系着细细的带子，上身略宽松，下身比较包身，长度到膝盖偏下的位置，臀胯及腿部的曲线被柔软的面料勾勒出来，小腿纤细。她又在外面搭配了一件祖母绿色的毛呢大衣，婀娜优雅的同时不失性感。

这款套装是按照郭尉的喜好挑选的，由他买单，价格自然不低。

她前些天还剪短了头发，长度不及肩膀，发型师看了看她自然卷曲的发丝，建议她把发色换成亚麻棕色。此刻她涂了棕调的口红，站在门口明亮的光线下，气场全开。

旁边的郭尉是黑色短夹克和休闲裤的简单搭配，显得人高腿长，短发松散清爽，没有什么表情却气质出众。

不知不觉中，所有人的目光都聚焦在刚进门的一家四口身上，如果不知道他们的背景，这和谐美满的一幕还真让人艳羡不已。

在苏颖发愣的几秒钟里，梁泰已经率先起身朝他们走过来。他弓下腰一把抱起晨晨，笑着问："又胖了？"苏颖光看两人的举止，就知他们的关系非同一般。

逗弄几句，梁泰低头看了看苏颖身旁的男孩儿，随后把视线挪到她的脸上："这就是顾念吧？"

苏颖抿了下唇，不自觉地扭头看向郭尉，目光中带着疑问。郭尉把手上的东西递给保姆，没什么太丰富的表情，介绍道："梁泰，梁总，郑叔的外甥，那天吃饭你们见过。"

"我太太，苏颖。"

苏颖完全没想到还有这一层关系在，那天郭尉只讲过两人最早是通过老何认识的。当日一顿饭的时间，她观察下来发现，他们之间的关系并非表面那样融洽，表亲关系更无人提及。

梁泰放下晨晨，朝她伸出手说："你好，弟妹。"

"梁总，你好。"

梁泰笑道："我比郭尉年长几岁，梁总、梁总的太见外，外头就罢了，在家里跟着叫表哥吧。"

他站在那儿不动，等着她改称呼。这个要求本身就令她挺反感的，苏颖微微皱眉，还没说话，郭尉轻拢了下她的肩："进去聊。"

苏颖借机牵着顾念往客厅走，不经意地扫了郭尉一眼，心中有些不舒服。郭尉察觉到她的表情变化，却没细究缘由。

听到楼下的动静，仇女士急忙从房间里小跑着出来，撑着护栏就开始"晨晨""宝贝"地叫，保养得当的脸上挤出几道笑纹来。

郑冉夫妻结婚多年始终没得一儿半女，郑冉是美术老师，丈夫王越彬在市规划局当了个不上不下的小领导。两人起先还明里暗里走访名医找偏方，却一直无果，加之那时王越彬的工作有变动，忙得不可开交，两人便将要孩子的事儿搁置了。

所以郭志晨作为小辈中的独苗，自然集万千宠爱于一身，被大家当成宝贝一样疼爱着。这样一对比，顾念就显得过分安静拘谨，苏颖摸了摸他的头，趁没人注意的时候朝他偷偷地眨眼睛，顾念立即抿着嘴腼腆一笑。

苏颖一直觉得自己的火暴性格没遗传给顾念，他的性格也不像他爸爸那样外向张扬，安静内敛的样子更像姑姑顾津。女孩儿还好，男孩儿有这样的性格只怕将来会受欺负。

没一会儿工夫，桌子上摆满了各种孩子们喜欢的水果和糕点。郑朗轩忙前忙后，见顾念坐得笔直，将一个蜜橘递到他面前，笑容温和地说："吃吧，念念。"

顾念恭恭敬敬地接过来说："谢谢爷爷。"他捧在手里，没有动。

郭尉坐在稍远处的单人沙发上，唤了声："念念，过来。"

顾念起身绕到桌子另一边，郭尉交叠双腿，让出一小块位置给他坐，接过他手中的蜜橘，一点点剥开。苏颖远远地看着，男人洁白的袖口中露出半块黑色的表盘，手背筋络清晰，手指修长又骨节分明。他慢条斯理地剥着橘皮，不时地低下头同顾念低语。

郭尉与顾念交谈时并不刻意讨好或有意拉进感情，更习惯以进退得宜的举止和缓慢的语速让对方放松下来，不会太亲密，也不会太疏远，作为朋友来相处，远比父子关系更舒服。这一点郭尉比她做得好，苏颖挺感谢他的。

橘皮像花朵一样绽开，郭尉仔细地择掉橘络，再递回顾念手中。苏颖见顾念脸上的笑意明显多了起来，不禁抬眸看了那个男人一眼，两人的视线隔空交会几秒，又无声地移开。

或许是有了危机感，晨晨挣脱仇女士的"魔爪"也凑了过去，不知不觉就隔开了他们的距离。

郭尉对两个孩子说了些什么，三人起身要往楼上走。

"你们聊。"郭尉朝正凑近低语的梁泰和王越彬招呼了一声，"我带他们找些玩具去。"

梁泰和王越彬一个是地产商，一个是规划局的小领导，郭尉大概知道两人交谈的内容。梁泰最近拿了块地，王越彬多少能帮着和上面牵个线、攒两个饭局。事前郭尉不知梁泰今天会来，看到眼前的情景突然明白这才是梁泰此行的目的。

郭尉向来对和自己无关的事缺乏热情，他把视线转向苏颖："过来帮我个忙，你们待会儿再聊行吗？"

听到他的这句话，苏颖仿佛得救一般。她不怎么会处理婆媳关系，更懒得说些漂亮话讨好本就不待见自己的人，这会儿正在和仇女士不尴不尬地说话，好在郭尉肯帮她。

苏颖跟在三个人后面上楼，在楼梯转角看见了郑冉。她怔了片刻，不由得多看了郑冉几眼。

郑冉穿了件改良旗袍。旗袍是掐腰百褶裙的款式配以窄窄的长袖管和立领，盘扣下面有一个水滴形的镂空设计，用极浅的水蓝色为底，上面绣着大团的嫩粉色花朵，用铅灰色蕾丝绲边，几种颜色明明淡到无味，搭配在一起却让人有种视觉上的冲击。面料像是双宫丝，厚实又有光泽，上衣贴合身体曲线，裙摆挺括，每一条褶皱都均匀笔直。

这件旗袍很令人惊艳，使郑冉的气质除了高冷，又增添了几分端庄典雅，只是她一开口，说话总不那么讨喜："你们再晚来一会儿，不如直接给仇姨过明年的生日。"

郭尉淡淡地道："去拿蛋糕，耽误了些时间。"

郑冉轻哼了一声，把目光落在苏颖身上，故作意外道："哦，是你，你怎么也来了？"

苏颖还在欣赏郑冉的衣服，这几个字生生传入耳中，语气听上去十分别扭。她本不想与郑冉斗嘴，却禁不住郑冉的再三挑衅，笑着说："你都在，怎么能少了我呢？"

郑冉皱了一下眉。

苏颖挽住郭尉的手臂，声音柔了几度："我老公的妈妈，自然也是我的妈妈呀。"她用一句话纠正了亲疏关系，轻轻地眨了两下眼睛，语气做作却不失调皮。

"你……"郑冉气得不行。

郭尉无声地笑了笑，转头看向身边的人，她的眼睛亮亮的，那一丝狡黠里充满了孩子气。

郑冉捕捉到他嘴角的弧度，顿时觉得被这夫妻俩合伙欺负了。

苏颖接着说："你今天很漂亮，"她顿了顿，小声嘀咕了一句，"只是这衣服……"

郑冉下意识地低头打量自己的着装。

苏颖吞吞吐吐："没事儿，挺好，衣服挺好的。"

不给郑冉时间反应，苏颖带着两个小朋友先溜进郭尉的房间，郭尉跟在他们后面。

苏颖的欲言又止，比直接骂出口还叫郑冉硌硬。郑冉拂了几下裙摆，一口气憋在胸口，不发泄可能会爆炸。她叫住郭尉："杨晨前些天和我通过电话，她有回国的打算，你知道吗？"

郑冉说完，盯着郭尉的脸，想在他的脸上看到惊慌失措或是落寞的表情，如果都没有，其他的微小变化也可以，这个名义上的弟弟向来善于伪装自己。

郭尉说："不清楚。"

郑冉抿了下唇，又道："你之前没告诉杨晨你再婚了吧？我和她说起时，她挺意外的。这几年她在世界各地散心，只可惜还是一个人。"

"婚礼挺急的，没来得及邀请她。"郭尉握着门把手，转身要进去。

"其实我挺好奇……"

郭尉的脚步顿了一下。

郑冉说："想问问你，身边换了一个女人一起生活，到底是什么感受。"她拢了下头发，紧接着又问，"多年的感情说扔就扔，难道不会留恋，不想挽回？是不是你们男人都这么潇洒，经不起时间考验也受不住诱惑，拿得起更放得下？"

郭尉认真地思索片刻："给不了你准确的答案，"顿了顿，他多说了一句，"也许经历过就能明白。"

他开门进去了，郑冉转身下楼。

可惜的是，郑冉没仔细琢磨他后半句话的意思，只沉浸在别人的故事里，心中愤愤不平，痛恨老天太偏心，把世间所有的痴情给了女人。她没从郭尉的表情中看出蛛丝马迹，无法判断他是真的放下了还是只是表面云淡风轻。也许"猜不透"是坏男人的标签之一，正是这种神秘感才让女人为之倾倒。

她还记得那一年，她与杨晨刚刚升入大三。两人相交多年，从初中到大学一直有着共同的喜好和志向。读美院时她们同系不同班，有时共用相同的阶梯教室，有相同的授课老师，宿舍也只有一墙之隔。

一整年里，郑冉发现自己的兴趣不单单是绘画，开始沉迷于服饰设计的选修课里无法自拔。杨晨则和几个学姐专心搞画室，她天赋较高，擅长人物素描与油画，风格写实，在当时的校友中已经小有名气。

想想那时候她们踌躇满志，未知的明天是那样有魅力，她们也因而对未来充满期待。

没过多久，父亲再婚。郑冉没为此太过伤心或感到反感，她自认为比较成熟且善解人意，母亲去世多年，父亲应该有他自己的生活，何况仇女士并没有苛待她。仇女士有个儿子，是隔壁工大的大一新生，没搬来同住，在学校外的居民楼里租了个小单间。

一天，仇女士请她帮忙送几样日用品和吃食给郭尉，刚好她和杨晨准备去采风，便顺道跑一趟。

他们在教学楼通往食堂的一片树荫下相约见面，郑冉把东西交给他，介绍时故意逗他："这是杨晨，我的好朋友，论辈分你得叫声姐姐呢。"

她当时忘了去观察杨晨的表情，只记得高高大大的男孩儿把视线转到杨晨身上，极淡地笑了下，说了声谢谢，却没加任何称呼。他的举止不热切也不疏离，不殷勤也不腼腆，外表平静，让人猜不透心中想什么。

后来他们又见过几次面，具体内容已经记不清。

直到有一天，郑冉在杨晨的画夹里发现一幅画，是男孩儿洁白的衬衫衣角在微风中漫不经心舞动的样子。画纸下面写了两行酸掉牙的文字：暗恋的心啊，就像深埋在土壤里的种子，经不起细雨的滋润，终有一天，会冒出幼嫩的芽尖儿来……

除此之外，郑冉还看到，角落里有个极小的"尉"字。

郭尉的房间低调简约，整体是灰色调的，没摆放多余的装饰品，只有茶几下明黄色的地毯能增加一些活跃的气息。靠墙处有一排书架，里面的书籍按薄厚和大小排列，多数是他大学时的工具书。

这个房间没有太多的居住痕迹，却被打扫得一尘不染，落地窗开了道缝隙，清新而冷冽的风钻进来，吹动白纱帘的边角。

苏颖推开落地窗走出去，虽在冬季，眼前也是一片生机盎然的绿色，向远处眺望，不规则的湖泊嵌在苍翠的树丛之中，湖水倒映着被云半掩着的残阳，天色渐渐变暗，只剩天边一抹橘红将褪未褪。

没过多久，郭尉从外面进来了，苏颖回头看了看，关好落地窗走了进去。

"她下楼了？"苏颖问。

郭尉脱掉外套，将薄衫的袖子慢慢地卷到肘部："下去了。"

他从桌子下面搬出一个很大的储物箱，招呼两个小朋友过去一同坐在床尾那边的地毯上。郭尉现在的样子放松随意得多，修长的双腿稍微岔开，裤子略微紧绷，薄衫的袖管不规则地卷着，露出一截健康又有力的小臂。

苏颖坐在对面的沙发上问他："我刚才说话是不是过分了点儿？"

郭尉只说："相处的机会不多，你别太介意。"

"你和郑冉有什么过节儿？她对我敌意挺深的，脸那么臭，好像我欠她钱似的。"

他笑笑，抬头看了眼苏颖，四两拨千斤地问："真欠了？"

"怎么会？"苏颖白了他一眼，"以前见都没见过。"

郭尉打开储物箱的盖子，里面装着一沓厚厚的纸模图纸，两个小朋友不约而同地哇了一声，眼睛都快要掉进去了。

"欠了也没关系。"他抬眸，慢慢地说，"老公帮你还。"

苏颖的脑袋嗡的一声响，那两个字她往常做戏般叫着，不觉得有什么，由他口中说出来，只让她浑身发麻，心跳也跟着加速。她却不由得想着，他平时听到会作何感受。这样一来，原本想问的他们之间的历史遗留问题，也不知不觉被她抛在脑后了。

她收拾好情绪，小声嘀咕道："我可用不着，钱要分清楚，签着婚前协议呢。"

郭尉摆弄着纸模，低着头笑了一下。

他先问顾念："想折哪一个？"

顾念说："蜘蛛侠。"

晨晨立即道："爸爸，我也想要蜘蛛侠。"

郭尉看透了儿子的小心思，目光中带着些许威严："你好像一直喜欢的是超人吧。"他停顿了一下，温和地道，"要不这样，两人先合作完成蜘蛛侠，再一起折超人，考验一下你们的团队合作能力，如果完成得好另外有奖励，怎么样？"

晨晨眼睛一亮："好！"

他把目光转向顾念："你呢？"

顾念高兴地道："没问题！"

苏颖在心中给他竖了个大拇指，又听晨晨说："考验之前，要先定好奖励内容的。"

顾念也说："对的，对的，妈妈做裁判。"

"就是，不准耍赖。"

这会儿这俩小孩儿倒是站在一条战线上了。

郭尉说："奖励就是找个周末带你们去野生动物园。但是没那么容易，我也有评判标准，"他从箱子里拿出剪刀和胶水，告诉他们剪裁和粘贴的方法，"折痕要清晰，边缘要整齐干净，不能有破损，也不能有其他印迹，明白了吗？"

两个小朋友乖乖地点头，把脑袋凑到一起，愉快地折起纸模。

夕阳又落下了些，细碎的橘色光芒穿透纱帘，照在地毯一角上，有小小的尘埃在那片光芒里跳跃，房中极静。

苏颖窝在沙发里，眼皮渐沉。

郭尉问："要不要折一个？"

她哼了一句："我又不是小孩子。"

储物箱里多是一些零零碎碎的旧物，都是仇女士收集的，有些东西他以为丢掉了，没想到会出现在这里。他拿起一张卡片，上面印着灰色的两层建筑，是大学时的饭卡，又翻到一个折好的马里奥纸模，时间久远，帽子的黏合处已经分开，很多地方露着胶水的黄色印迹，想必折纸之人的手法拙劣。

这种环境使他也变得十分慵懒，他缓缓地说："我读书时喜欢买纸模，做题做得疲倦了就拿出一张折来消遣。"

马里奥只有郭尉的巴掌那么大，他对着窗外暗淡的光线瞧着，没什么表情，像是在缅怀那段岁月，又像是在全身心享受当下的惬意。片刻后，他又把马里奥放回箱子里。

苏颖顺着他的视线看过去，里面似乎还有相册、奖杯之类的东西，她不禁又想这个男人在学生时代会是什么样子，忍住了去翻一翻那个相册的冲动，问他："是学霸吗？"

他毫不谦虚地答："是。"

苏颖撇撇嘴，过了几秒，忍不住笑了一下。

几个人没在楼上停留太久，很快就到了晚饭时间。

仇女士又换了一套衣服，喜庆的酒红色衬得她的脸色极好，头上还绑了条姜黄色的发带。郑朗轩让她许愿，她摆着手一脸懊恼地说："又老一岁，有什么愿望可许的？不许了，不许了。"

"少不得。"郑朗轩和颜悦色地道，"就祝自己青春永驻吧。"

"哎呀，全是自欺欺人。"她虽这样说，脸上却带着笑，一看便知是被人放在心上宠着的，那张经过岁月洗礼的脸上不见沧桑，反倒带着一丝少女的娇羞。她闭上眼，双手合十，许了个愿。

今天饭桌上坐了一圈人。席间王越彬甚是殷勤，举着红酒瓶忘记应该先给岳父大人斟酒，反倒先去拿梁泰的高脚杯，又起身绕了半圈，来到郭尉旁边，一脸谄媚地笑着："我来给弟弟满上，平时见面机会不多，今天借着仇姨的生日，可要好好聊聊天。"

郭尉不失礼貌地挡了下："我开车来的，不能喝酒。"

"那有什么关系？就喝一杯，楼上的房间都空着，大不了在这儿住下。"

"你们尽兴，我就不喝了。"

对面的郑冉轻咳一声提醒，王越彬却不为所动，还要去拿郭尉面前的杯子。郭尉不想与之争夺，便随了他去。

郑冉双颊通红，不知是羞是怒，压低声音叫他："王越彬。"

饭桌上一时鸦雀无声。王越彬抬头，接收到妻子隐怒的目光，这才勉强只倒了半杯，然后讪讪而回。

梁泰不动声色地收回视线，举起高脚杯，对着仇女士的方向笑着说："晚辈里我年纪稍长，就先敬您一杯，祝您老长命百岁、健康平安、万事顺心，最重要的是红颜不老，越来越年轻。"

最后一句话说到了仇女士的心坎儿上，她笑得合不拢嘴："几个孩子中就你最乖、最懂事。"她又点着郭尉与郑冉说，"他们都不行。"

众人笑了笑，碗筷齐动，将气氛搞活跃。

在这种家庭聚会上，仇女士免不了老生常谈："梁泰啊，还没女朋友呢？岁数不小了，也该谈一个了。"

梁泰笑道："这不是没碰上合适的嘛。"

"你们年轻人啊，就会拿合适这个词敷衍我们，不试试怎么知道合适不合适呢？"

梁泰说："您帮我留意着点儿，只要合您的心意，我就试试。"

仇女士被他哄得心花怒放："大家做个证，就这么说定了。"她又说郑冉："你和越彬俩人也该抓紧时间了。隔壁的徐姨给我介绍了一个老中医，据说能调理生男还是生女，玄乎得很，哪天我带你们瞧瞧去，给我添个外孙女，家里也算圆满了。"

郑冉敷衍地笑笑，王越彬一连声地应好点头。

大家又聊了些别的，没过多久，仇女士又把话题带到孩子身上："虽说现在国家提倡年轻人生二胎，但也要优生优育，多了不好教育，现在培养一个孩子的钱都能堆成山，光听着就让人有压力。你们年轻人啊也不容易，起早贪黑挣的那点儿钱，最后都得用在孩子身上。"

显然这话她是说给苏颖听的，苏颖吃着菜，没有搭腔。

郑朗轩瞧了瞧对面的夫妻俩，笑着道："我倒不这么想，过去那个年代每家都有四五个孩子，像我一样，现在不也过上好生活了嘛。孩子多了好，多了热闹。"

"那怎么能一样的？"仇女士说，"现在的孩子吃得了苦？好比我们晨晨，从小宝贝疙瘩一样地被宠着，怎么受得了一点儿委屈？"

苏颖听着想笑，仇女士话里的警告意味已经很明显了。也许二十岁时，苏颖听到这些话会火冒三丈，掀了桌子拂袖而去也不是没可能。只是，当她经历过风浪，到了现在这个年纪，情绪波动已经不会很大了。

餐桌上的众人一时眼观鼻鼻观心。

郭尉朝对面瞧了一眼，面色渐沉，已经隐隐透出不悦。他刚欲开口，苏颖放下筷子，态度温和地笑了笑："妈，您放心吧，不管是一个还是两个都好照顾，不光郭尉有工作，我的服装店也开起来了，帮他分担一个孩子的生活费和教育费用还是不成问题的。"

苏颖的话很到位，反倒让仇女士的面子有些挂不住："妈不是这个意思，看看你想哪儿去了？"她捋了下头发，琢磨了几秒说："你们结婚也不算久，我的意思是如果还想再要一个，是要认真考虑考虑的。"虽说苏颖再生也是自家骨血，但只怕到时候那四口才是完完整整的一家人，有继母不比有继父，仇女士是怕苦了郭志晨。

苏颖说："这个问题您可以更放心，目前没有这个打算。"

"也说不定。"一直沉默的郭尉忽然开口。

苏颖有些意外，转头看了看身边的那个人。郭尉像是没有再动筷的意思，身体靠着椅背，目光平静地瞧了她一眼，朝对面说："我倒是想再要一个，最好是女孩儿。"

苏颖不清楚这话的真心成分占多少，只觉得这顿饭吃得心力交瘁，听他说完，心中又好受了些。所幸有人转移了话题，她勉强忍到散席，又跟着仇女士去客厅说了会儿话，才随郭尉开车离开。

回去的路上两个孩子睡了，手里还拿着做好的纸模玩具不肯撒手。

苏颖懒得假装端庄下去，踢掉高跟鞋，也不管身上那条昂贵的连衣裙了，蜷起双腿，歪在座椅里，转头看向车窗外。夜晚的霓虹灯编织成一张巨大的网，笼罩住整个城市。空气湿冷，车灯前飘着细小的、海盐一样的颗粒。

一路沉默。

郭尉漫不经心地握着方向盘，另一只手随意地搭在腿上，遇到需要超车的情况就提前打两下灯光，提醒前方的车辆，再平稳快速地超过去。苏颖用余光瞧了会儿，感觉到电话在兜里振动。她取出来接听，是周帆打来报告今天店铺的收入情况。她看时间不早了，便嘱咐周帆没什么顾客就可以提前关门了。

他们此刻刚好经过步行街附近的繁华路段，郭尉朝窗外看了一眼，等她挂断电话才说："星河旗下的购物广场近期快开业了。"

"哪里？"

郭尉朝外面摆了一下头。

苏颖稍微坐直了些，隔窗望去，夜幕下一座庞大的建筑安静地矗立在整条街的黄金位置。

"听说过。"她问，"是什么类型的商场？"

郭尉说："按照以往星河旗下的商场类型来看，应该是接近大众消费水平的综合性商场，有服装、餐饮、娱乐之类的。"

苏颖没吭声，想的是这里是否会影响到自己服装店的生意。而他就像一台能读取她内心想法的精密仪器，毫不留情地说："不用想了，肯定有影响。"

苏颖沉默着没有搭话。

郭尉说："多元化的业种组合起来，能够互相带动消费。在舒适的环境里能吃、能玩、能购物，还是去看着不太高档的专卖女性服装的陈旧商场，你作为消费者会怎么选？"

苏颖噎了一下，反驳道："哪有不太高档？"

郭尉利落地打了把方向盘，车子拐上了另一条路。他的目光在她的脸上停了两秒："开店前功课做得少。"他的语气还挺严肃的，很像工作时对待下属的样子。

苏颖放下腿，向后看了一眼："两边隔着几条街呢。"她认真地说，"我也在步行街附近仔细调查过的，当时主要考虑资金问题，也看着服装城的客流量还行，刚好有家店铺要转让，我怕错失良机……"

"说白了，就是急着赚钱。"

苏颖咬唇瞪着他："是啊，是啊，着急赚钱，刚才你妈还叫我自己赚钱养孩子呢，我怎么敢闲下来？难道要我带着顾念去大街上喝西北风吗？"

郭尉的手移过来，去寻她的手："你自己去喝吧，顾念我来养。"

"走开。"苏颖轻轻拍掉他的手。

隔了会儿，她到底没忍住："那你的建议是？"

"择址重来，你会采纳吗？"

"不会。"

郭尉笑了一下。

苏颖说:"我要是像郭总你一样财大气粗,大概就不会在这儿问你的意见了。"

回家的路程并不短,先前那些小小的、像海盐一样的颗粒忽然间舒展开身体,变得毛茸茸、轻飘飘的,原来是下雪了。世界变得安静,城市中残留的浮躁也在慢慢消散。苏颖扭头望着窗外,从未想过有一天会身处陌生的环境,和这个男人共同经历某年的第一场雪。她不知道这样的雪夜是否会在记忆中永远留存,以后每当初雪降临,她依然记得这天车中暖暖的温度。

他们好一会儿没说话,她以为刚才的话题已经结束。

等红灯时,郭尉忽然认真地看着她,嗓音低沉道:"'财大气粗'一般有两个含义,你具体指哪一个?"

苏颖反应了几秒,或许没料到他也有这么无赖的一面,脸唰的一下涨得通红,气道:"都不怎么样。"

郭尉点点头:"你这个回答挺危险。"他盯着她的脸看了会儿,终是笑了一下,不再逗她,"资金问题不难,我可以帮你。"

苏颖曾经在生命中最美好的年华里全心全意地依赖过一个男人,原以为自己是朵美丽娇艳的玫瑰,被谁采摘从此便属于谁,却没承想,那个人只是见证她盛放的一个过客,始终无法给她最终的归宿。他离开了,永远见不到面的那种离开。于是她变成了一个废物,万事要从头学起,困难无助时也只能靠自己。

后来她才终于明白,没有人会永远陪着她,所谓的永恒只不过是每个人奢望又无法实现的愿望而已。

所以她不想再依赖任何人。

苏颖没接受郭尉的帮助,生意上的事儿自己摸爬滚打,一步一个脚印地走过来才更踏实。在这里与在小村镇做买卖完全不同,她要学的东西还有很多。虽说各行各业的销售法则都是共通的,但她始终觉得郭尉的一些看法未必全对,店铺目前的状况尚可,没到经营不下去的地步。

当然，她也并非把骨气摆在第一位，全部拒绝郭尉的好意也太过矫情，毕竟日常生活开销不小，养家糊口是两人共同的义务，能者多劳，郭尉在这方面还是很大方的。除了每个月固定的家用，他还给过她一张卡，苏颖收下了却从未用过，更不知限额是多少。

再一次降温的时候，苏颖拿了一批早春季节的单品，还有几个月就是新年了，之后气温渐渐回暖，很快就会有人来买轻薄的服饰。

苏颖把几个硕大的纸箱堆在储物间门口，临近打烊才有时间盘货。周帆留下来帮她，一个对照订购单上的数量及价格，一个扫条码、录入系统，两人配合得有条不紊，动作倒是挺迅速。

其间，周帆的手机在柜台上振动了几次，苏颖看了看剩下的货说道："我来收尾吧，估计你男朋友担心了。"

周帆瞄了下屏幕，抿抿嘴说："不是他。"

苏颖瞧了她一眼，她有些难为情地吐了下舌头，将手机调成静音，扣了过去。

两人继续干活，直到十点钟才收拾东西关门。走廊上光线昏暗，只有安全出口泛着幽幽的光，商铺全部关门了，橱窗里模特的线条也不如白天柔和。她们和看门大爷道了声谢，便从商城后面的货梯下去。

"你家是不是在南园街后面的那条巷子里？我送你一趟。"苏颖说。

"不用了颖姐，我打个车挺方便的。时间不早了，你还是赶紧回去吧。"

苏颖想了想说："听说南园街那边有家面馆最近挺火的，上车吧，我顺道过去吃碗面。"

苏颖摘下背包，先坐进驾驶室，周帆立即小跑着绕过车头，也坐了上去。

"颖姐，我知道那家面馆的位置，我带你过去。"周帆笑嘻嘻地说，"我也饿了，要不给个机会让我请你？"

"不着急回家？"

周帆的声音立即降了几度，她有气无力地道："有点儿心烦，不想回去。"

苏颖扭头瞧瞧她，启动车子："今天算加班，我请你才对。"

南园街是邱化市比较有名的街道，两旁的矮楼多建于二十世纪，陈旧却也别有韵致，多是一些古玩字画店、皮革店、银饰店，另外还有一些旗袍店。这里白天的游客较多，本地人很少来，只营业到晚上八点钟。马路对面的小吃街被一道铁栅栏分开，完全是另外一番光景，在冬日的深夜仍旧人潮喧闹、热火朝天，充满了烟火气息。

她们把车停进泊车位，步行进去。

苏颖提到的那家面馆不太起眼，里面只有几平方米大，摆着三张桌子，都坐着人。

苏颖没什么耐心等，刚想叫周帆出去随便吃些别的，老板却招呼她们往里走。她们穿过昏黄的走廊，推开后门，半透明的厚塑料膜遮住视线，影影绰绰地映着食客的身影。这里本是片废弃的空地，却被老板利用起来了，在四面用塑料膜围住阻挡冷风，头上却毫无遮挡，人们抬眼便能看见星空。

两人撩开塑料帘子走进去，热气扑面，意外温暖。

她们寻了个角落坐下。苏颖原本不饿，被热气一烘，反倒觉得胃里有些空荡荡的。她看着沾满油垢的菜单点菜："一碗炸酱面、一个萝卜蛤蜊砂锅、酸辣土豆丝、拌黄瓜。你呢？"

周帆说："醋卤拌面、尖椒肉片。"

没多久，面和菜陆续端来。两人没怎么说话，先埋头吃了一阵。

"颖姐，"周帆忽然问，"你觉得男人出轨和有暴力倾向，哪个更容易接受？"

苏颖正喝着碗里的蛤蜊汤，顿了顿，抬头问道："干吗问这个？"

"没事儿，就随便聊聊。"

苏颖觉得周帆这几天情绪不太对，总是魂不守舍的，收到信息的频率比以往高了，看了却很少回复。她搁下碗筷，开玩笑问道："难道是故事的女主人公的男朋友出轨之后还打了人？"

"那倒没有。"周帆咕哝着，一碗面已经见了底，"主人公是我。"

她喜欢直来直去，试探地问："颖姐，你愿意听我唠叨唠叨不？"

周帆在邱化没什么朋友，经过多日的相处，她感觉和苏颖特别聊得来，不自觉就多出了几分亲近感。

苏颖点头："好啊。"

周帆说："我以前的男朋友最近又来找我了。我们是高中的时候好上的，大概在一起七八年吧，后来他去大城市工作，我们距离隔得远了，很少见面。男人可能都不甘寂寞，他背着我和同事搞在一起，我在他的手机里看到了一些……恶心的照片。我当时特伤心，哭过、闹过……还拿刀片划过手腕，"她吐吐舌头，有些难为情，"最后他妥协了，说可以回到我身边，但已经不是原来的感觉了。颖姐，你知道我当时是什么感受吗？"

"什么感受？"

"觉得一切没有意义了。"

"然后就分手了？"

周帆点头："一年前分的。七八年，时间真的不短。"

隔壁桌上温着一壶烧酒，淡淡的气味飘过来，苏颖有点儿馋。她嗯了一声，漫不经心地说："心给别人了，什么都给别人了，要根白萝卜也没多少用处。"

周帆反应了几秒钟，一口土豆丝差点儿喷出来。她趴在桌上笑得不可抑制，半刻后才说："要是萝卜还好了呢。"

苏颖也笑了下，卷起袖子，不知何时点了支烟，懒懒地靠着椅背，眼帘轻垂，一口一口地慢慢吸着。

周帆的目光不由得被她吸引，她的眼尾微微上扬，鼻梁直挺，唇峰立体，唇肉饱满又性感。她极少化妆，脸上总是清清淡淡的，至多涂个口红。现在口红也被抹去了，喝了汤的缘故，唇色被浸润得嫣红有光泽。

周帆始终觉得苏颖身上有种独特的气质，时而张扬，时而惆怅，像个有故事的人。她更欣赏苏颖的做事风格，果断坚定，不拖泥带水，风风火火又独立潇洒。

苏颖无奈地叹口气："我脸上有花吗？看完没有？"

周帆贼贼地一笑："姐夫是白萝卜？"

苏颖微愣，女人"污"起来境界要比男人高很多。她白了周帆一眼，敷衍过去："腌萝卜还是水煮萝卜啊？"她道，"接着说，之后呢？"

周帆收起笑容，说："跟他分手后半年，我认识了现在的男朋友。他不是对我不好，是太好了，好得让人透不过气来。他的占有欲很强，心眼儿又很小，我和别的男人多说几句话他就要发脾气，而且每次吵架时我都怀疑他有暴力倾向。"

苏颖稍微有些严肃地问："打过你？"

"倒是没有，就是吼啊、摔东西啊什么的，能把家拆了的那种。"她撑着下巴，叹了口气，"现在前任又找来了，颖姐，你说我该怎么办？"

苏颖想，周帆其实很清楚自己心中惦记着谁。站在旁观者的立场，她觉得两个男的都挺渣，但毕竟不是当事人，没掺杂感情，做出什么决定都是容易的。何况她自己的情感经历都一塌糊涂，哪有资格去当别人的爱情顾问？

她只说："怎样选择都当机立断吧，不管对方的人品怎样，别让别人在我们的身上挑出毛病，你说呢？"这个答案很理智了。

周帆也知道不能两边都拖着，点点头说："我清楚的。"她不由得舒了一口气，"跟你唠叨完，我觉得心里舒服多了。"

她们正说着，苏颖的电话响了，是郭尉打来的，问她回家了没有。

苏颖说："没呢，和朋友在外面吃饭。"她报了个地址，刚好郭尉在附近，可以顺路接她。

苏颖道："不用了，我开车来的。"

郭尉又说了什么，她便应了声，没再坚持。刚好两人吃得差不多了，就去前面结账离开了。

她们到路口时，郭尉的车已经停在了那里，没有熄火，亮着的红色尾灯发出柔和的光芒。时间不算早了，郭尉让司机提前回去了，饭局上他喝了些酒，此刻后排右侧的窗户开着，男人用后脑枕着椅背，双目微合，喉结由于姿势变得更加突出性感。

65

苏颖敲了两下车门，郭尉微蹙着眉睁开眼，好看的瞳仁漆黑，唇轻抿着，一半面孔掩在黑暗之中，侧脸的轮廓硬朗立体。

这是周帆第一次见到他，竟被惊艳到。她对着苏颖小声说："天哪，颖姐！原来你老公这么帅！"

苏颖也不由得去打量他。

郭尉看见还有外人在，系好西装扣子，推门下车，把眼神自然而然地投向苏颖，等待着她为彼此介绍。

苏颖说："我朋友，周帆。"

她又为周帆介绍："这是我老公。"

郭尉微微颔首，率先伸手说："郭尉。"

他短促握了下周帆的手便松开，并未因为彼此身份的悬殊而有一丝不耐或目中无人。在工作以外，郭尉待人向来亲和有礼。

周帆"狗腿"道："姐夫好！"

郭尉弯唇。

原本她们是要在路口分开，各自回去的。周帆无意中看了眼手机，脸色一变，之前调了静音，竟错过了男友给她打的二十几通电话。这里离她的住处还有一段距离，苏颖坐进驾驶位招呼她上车，将她送至住处的楼门口。

周帆解开安全带说："谢啦，颖姐。"又回头道，"姐夫再见。"

郭尉说："再见。"

这个死孩子下车前又贴在苏颖耳边补充了一句："颖姐，我觉得你还是水煮萝卜吧。"

苏颖瞪着她，冷笑道："口味重，要你管。"

周帆小声地说："做法不重要，货真价实才重要。"

"滚。"苏颖赐她一个字，想想又说，"有事儿记得给我打电话。"

周帆点头，站在车外挥挥手，转身跑进楼道。

苏颖在前方掉头，开出小巷，郭尉仍旧稳稳地靠着后排的椅背，没有坐到前面来。她从后视镜中看他，刚好撞上他的视线。

半晌，苏颖把视线转回前面："你喝了酒，干吗还让老陈先回去？"

"老陈家里有事儿，一去一回太耽误时间了。"

"可以找代驾。"

"如果你没有在附近，我可能会叫一个。"

苏颖说："你最好别坐得太舒服，我会以为自己是司机。"

郭尉好像故意与她作对，稍微放松肩膀，后脑枕着椅背，略垂眸，漫不经心地瞧着镜中的她，目光稍稍带些痞气。

苏颖瞪着他。

郭尉说："好好开车，看前面。"

她狠狠地剜了他一眼，郭尉笑笑。

路上清静极了，一条宽阔的马路仿佛可以通到天际。

苏颖没好气地说："下车记得付车费。"

他却问："你们刚刚在聊什么？"

苏颖抿了下唇，当然不会告诉他："知道得太多容易被灭口。"她又强调，"还有存车费，记得付。"

郭尉没说话，舒适地闭上眼。

苏颖重复道："付钱！"

隔了会儿，他轻飘飘地吐出两个字："欠着。"

当晚，苏颖没有接到周帆的电话，拿起手机犹豫再三，终究没有打过去。

第二天，周帆发消息和她请假。苏颖隐隐觉得发生了什么事情，刚想问原因，周帆又发来一条："颖姐，我决定了，两边都没有坚持下去的意义，我全放弃了。"

苏颖回："你没事儿吧？"她盯着手机看了好一会儿，直到屏幕变黑才收到回复。

周帆说："没事儿，放心吧。我可能要多请几天假，有些事情要好好处理一下。"

苏颖说："安心去办吧。"

隔了几秒，她又发了一句："照顾好自己。"

周帆不在的日子，苏颖又恢复了忙碌的状态。工作日的白天店里

67

较冷清，傍晚时分光顾的客人才会多起来。休息日的红色钞票会比平时多一倍，她却要从早忙到晚。

可是不知为何，某个周末顾客忽然也变得稀稀落落，她问了隔壁老板，才知道瀚阳路的星海广场今天举办开业庆典。苏颖想了想，觉得应该抽个时间过去看看。

今天瀚阳路格外拥堵，星海广场刚好位于这条路的核心区域，门前是黑压压的人群，各种车辆依次在路旁排队，等待进入地下停车场。

星海广场的后面有一个半下沉式的开放公园，人工湖上结了一层薄冰，有五颜六色的氢气球飘荡在上空，周围栽种着四季常青的植物，树干间拉着红色的横幅。

热闹的气氛即使在冬天也显得特别有生机，苏颖随着人群往里走，耳边的喧闹声已经盖过了音乐声。

商场比她想象的大得多，共四层楼，有一座天桥连接着东区与西区。她转了一圈，再乘电梯逐层往上走，花了一些时间大概了解了商场的整体布局。

一楼是各种"概念街区"和"创意百货"，还有一个进口商品大卖场，二楼和三楼是各类精品服饰店、鞋帽店，四楼则是一整层的餐饮美食。商场里随处可见一些有趣的创意设施，比如"魔幻镜子""真人娃娃机""寄语墙"等。

这是星海在邱化市创建的第二个综合性商场，的确如同郭尉所说，具备购物、餐饮、休闲、观光等所有功能，并以年轻群体为主要消费者，也聚集了这个群体所喜爱的时尚和潮流元素。

把商场全部走完要一个多小时，苏颖觉得双腿发酸，在休息区找了个凳子坐下。她隔着玻璃护栏，可以看到整个一楼大厅，阳光透过上方的穹顶将瓷砖照得璀璨明亮，人群如蚂蚁般攒动。苏颖捏了捏小腿肚，看着下面的情景发了会儿呆。

对比下来，自己店铺的档次的确低到没有可比性，这样的认知让苏颖觉得很挫败。她默默地叹了一口气，杂乱的喧闹声搞得她更加心烦意乱。

苏颖准备离开时，隐约感觉有人拍了下她的肩膀，回头去看，竟是仇女士和郑冉。母女二人手挽手地站在那儿，朝她优雅地微笑着。

苏颖站起来打招呼："妈。"

她不自觉地去打量郑冉的穿着，这个人虽然脾气古怪，但衣品是真的好。她朝郑冉笑笑，算是打招呼，郑冉也动了一下脸部的肌肉。

"背影看着像你呢。"仇女士问，"你一个人？"

"是啊，随便来转转。"苏颖与这位婆婆始终亲近不起来，她怕场面尴尬，问道，"您来买衣服？"

"就是凑个热闹。"仇女士提了下手里的购物袋，忽然想起什么，眼睛一亮，"你的服装店也开在这附近？"

苏颖一顿："没有。"

"那在哪里？"

"步行街后面的服装城。"

仇女士一时想不起来那是什么地方，在郑冉提醒了一句后才连着哦了两声，开始是恍然知晓，后面那一声的音调明显降下来，想掩饰脸上嫌弃的表情已是来不及。

苏颖不在乎，就想开溜。仇女士却忽然发话了："你还没吃饭吧？刚好是午饭时间，一起吃完再回去吧。"

苏颖犹豫了几秒，只好说："那我请客。"她望了眼楼上，"上面的餐馆挺多的，您想吃什……"

"开业前三天就餐全部打八折？可不值得为了点儿优惠去排队，瞧瞧这些人，"仇女士抬手指了几下上面，哼道，"要排到明天去。"

苏颖面上毫无波澜。

仇女士看回她说："我约了郭尉，走吧。"

这里靠近中央商务区，只因车辆繁多过于拥堵，她们开过去用了将近半小时。

仇女士预定的餐厅就在广和楼下，三个人先到了，郭尉却迟迟未来。仇女士喝着茶，打发苏颖去看看。

苏颖实在是没控制好自己的情绪，在心里骂了一句，但仍面带笑容地应了一声，提着手袋往楼上走去。

写字楼二十五层以上是广和的地盘，郭尉的办公室在顶楼，其他的是职员办公区。苏颖走出电梯，对面不远处就是秘书室，右侧走廊的几间房依次是几位高层领导的办公室和会议室，郭尉的办公地点则单独设在大厅另一边。暗棕色的双开实木门旁是一整扇的落地窗，窗外空无一物，只见蔚蓝的天和几片棉絮似的云。

苏颖只来过这里一次，难得总经办的秘书还记得她，秘书满面笑容地迎出来："郭太太，您来找郭总？"

苏颖点头，微笑着问："他在吗？"

"郭总正在旁边开会，还没有散会。"秘书看了下腕表，礼貌地道，"可能快结束了，您去办公室等吧。"

秘书为她引路，并沏了杯上好的普洱茶，没多会儿，又敲门端进来几样精致的小点心说："您先垫垫肚子，那个草莓的味道最好了。"

苏颖看了看纸盘上的甜点，客气了一句："味道应该不错。"

秘书俏皮地眨了下眼："这是我私人提供的，我很喜欢。除非最尊贵的人，否则我才不舍得分享呢。"这个姑娘精明伶俐得很，虽说的是一些讨好奉承的话，却没让人觉得不舒服。

苏颖笑着说："谢谢。"

"慢用。"秘书出去了。

苏颖环顾这间偌大的办公室，随意走了走。

东面的书架上摆满资料夹，按照颜色和名目有序分类。前面是酒红色办公桌和真皮座椅，桌面中央只放着一支钢笔、几页纸，前方摆着印有他职位和名字的水晶立牌，旁边还有一个木质相框。除此之外几乎没有多余的饰件，典型的男性审美，单调到乏味。

苏颖拿起相框看了看，里面是晨晨的百日照，那时小家伙脸颊胖嘟嘟的，皮肤白嫩，嘴角晶亮，两只黑葡萄似的大眼睛盯着前面，样子比现在讨喜得多。

苏颖撂下相框，目光落在那支钢笔上。那竟是一支老款的英雄牌钢笔，笔身痕迹斑斑，手握的位置也已经磨掉了漆，看上去有些年代感。她忍不住多看了几眼，放回原处。

郭尉迟迟没回来，苏颖坐到了门口的沙发上。独处总比应付那对母女轻松得多，她静静地发了会儿呆，发现把脑袋放空以后再去思考，思路反而更清晰。她想明白了店铺存在的一些问题，以及不太乐观的发展前景。

没过多久，外面传来快速却稳健的脚步声，声音渐近，随着嗒的一声轻响，房门被人从外面打开。由于沙发旁的磨砂玻璃屏风阻隔，苏颖并未看清来人是谁，只见一个高大的影子隐约映在玻璃上，没等他进来，却有人在外面叫住他。

听见那声音，没来由地，苏颖心中咯噔一声。

季妍踏着小碎步跑来："郭总，等等。"

郭尉握着门把手回头，把目光落在她的身上，并没说话。

季妍胸口轻轻起伏，抬起眼只看到他领口的位置，平稳了下呼吸："这是本月的销售数据和近期客户抽样分析报表，想请您过目一下。"

郭尉没接："怎么是你直接拿来的？"

季妍说："黄经理临时有急事出去了，我……"

郭尉讽刺道："你们黄经理真是长能耐了，忙到让下属越级汇报，心也够大的了。"他在工作中并不那么平易近人，"正好你回去通知下她，你们部门下周开始加班，工作完成后，重新学习员工守则。"

他转身要进来。

"别……"季妍急忙上前一小步，情急之下竟拉住了他的衣角，这个动作给了她莫大的勇气，她咬咬唇摊牌道："你应该清楚，送文件只是个借口，我就……就是想见见你罢了。"

自从她那次去会所里私下找他，之后她发的所有消息都石沉大海，平时见一面的机会也没有了，这个男人根本没把她放在眼里，当她是透明的。她根本不乏追求者，向来眼高于顶，从前如果有人这样对待她，她必定早早转身。可这次不知怎么了，一个执念日日夜夜地折磨着她，她搞不清自己到底想要什么，放不下、不甘心……她想要个说法。

两人僵在门口。郭尉并没拿开那只手，也不说话，只是淡淡地督着她，目光中的警告意味却很明显，让人底气全无。

季妍骇住，立即缩回手："郭总，我……"

71

"谈公事。"他的声音没什么温度，耐心已经快用完了。

"那好，下班后我想请你吃个饭，可以吗？"季妍抬头看着他，顿了顿，"你吻过我，我不相信那晚……你会不记得。"

郭尉只觉得好笑，也真的笑了出来。

几个重要的字眼轻飘飘地传进苏颖耳中，她立即想象出已婚渣男在外拈花惹草又不想负责的戏码来。她发觉自己屏息太久，呼吸不畅，两只手也在不知不觉中攥紧，掌心湿凉一片。苏颖安慰自己，这种反应是偷听别人的隐私造成的。

季妍低声说："别拒绝，我只想和你聊一聊。"

没等郭尉说话，一阵急促的脚步声由远及近。秘书快速走过来，也许是察觉到门口的气氛怪异，小声道："郭总，郭太太在里面。"

郭尉愣了愣，扭过头去，这才看见磨砂玻璃后面的模糊人影。他当即沉了脸色，看着秘书说："不如等人走了再来通知我。"

"对不起郭总，我就去了趟洗手间……"

郭尉说："出去。"他又冷声问季妍："怎么，打算进来坐坐？"

季妍的目光锁在那道影子上，半晌后她看向他时，眼泪已经在眼眶里打转。她紧抿着唇，一句话也说不出来，这种境地让她无地自容又气愤不甘，再闹下去难堪的只会是自己。她低低地垂下头，落荒而逃。

郭尉关上门，转身绕过屏风，看了看端坐在沙发上的女人，没有说话。苏颖也不吭声，等着他开口。

郭尉稍微拉松领带，把手里的文件夹搁在办公桌上，又去饮水机旁倒了杯水，倚着桌沿慢慢喝完，搁下纸杯，这才折回苏颖身边坐下。

他把手肘撑在大腿上，十指交握，扭头看了她一会儿，说："瞧半天热闹了，也不出来帮你老公解围。"

苏颖抱着手臂："这大概就是先发制人的意思吧。"

郭尉笑了笑："今天怎么想起过来了？"

"显然不是时候。"苏颖脸色很沉，没有开玩笑的意思，"你妈在楼下等你吃饭，我就是个跑腿的，没想坏你的好事儿，我先走了，你继续。"

苏颖说着起身，被郭尉拉住手腕，轻轻往后一带，便落回绵软的沙发中。郭尉伸手扶了一把，无意间将她搂进怀里，两人同时转头，鼻尖便轻轻地擦了一下。她下意识地别开头，他的鼻息便顺着她的脸颊一路滑到耳后。

苏颖闻到他脖颈间清爽却强烈的男性气息，心跳忽然失了节奏。

郭尉没有动，微垂着眸，近距离瞧着她。苏颖睫毛颤了颤，视线稍转，几乎在他漆黑的瞳仁里看到了自己的影子，心里更加慌乱。

办公室中安静极了，暖暖的阳光透过落地窗，洒满整个房间。在郭尉的视线中，她的耳朵精致又小巧，被光线照得近乎透明，一枚切面规整的红石榴耳钉坠在耳垂上，别样好看。

郭尉轻滚喉咙，微微偏头，忽然在她的耳骨上啄吻了一下，力道轻柔。相反地，拢在她后腰的手却过于炽热，而且越收越紧。

苏颖一哆嗦，手心全是汗。

结婚以来，两人亲近的次数并不多。苏颖从来不敢太专注或大放纵，害怕迷失自己。

一方心不在焉，另一方的兴致也就无法被调动起来，所以整个过程缺乏温情，两人不知不觉就省略了感情上的交流，通常目的性明确，直奔主题。

苏颖感觉耳朵在升温，愣了几秒，急于掩饰某种情绪，扭动手腕，企图挣脱开他的钳制。郭尉没用多大力气，轻松将她圈在怀中。

"干什么？"苏颖的音量不小。

郭尉顿了下，收起漫不经心的表情，准备把事情的原委解释清楚："是个误会……"

苏颖冷笑："原来你把接吻和上床叫误会，郭总的底线真是低，几乎等于没有，让人大开眼界，不得不佩服。"她的话有些刻薄，印象中这应该是她第一次对郭尉发脾气。苏颖今天不冷静，一定是店铺的事儿太伤神了，她才借题发挥，宣泄一通的。

郭尉也脸色转冷，却琢磨着她的反应，忽然想明白了些什么。他看了她半晌，最后气笑了："床戏是你给安排的？"

"郭总轻车熟路，还用我安排？"

郭尉放开她，竟若有所思地点点头："有道理。"

苏颖半天没说出话来，盯着他，最后也学着他的样子点点头："好，您尽兴。"

郭尉淡淡地道："你这样子看着像吃醋了。"

苏颖被他的话惊着了，但随即调整过来："倒是没有。"她起身，"不过盐吃多了，咸着了才会跑上来找你。"

他不敢逗得太厉害，也跟着站起来，温声道："好了，不闹了。"

"我并没有闹。"

他好脾气地问："那你想怎么样呀？"

"想自挖双目。"

郭尉无奈一笑，心情却不厚道地越变越好。苏颖的性格风风火火，这样的人就应该有眼里不揉沙子的态度。他还记得那日在会馆被她撞见的那一幕，她演戏的成分多，看戏的成分少，其他的也没剩什么了。

有改变是好事儿，郭尉突然坏心眼儿地不想解释了。

苏颖拎起椅子上的手袋和大衣，轻扭细腰，高跟鞋在地板上发出急促的声响。

郭尉问她："去哪儿？"

"回店里。"

"妈还等着吃饭呢。"

"没胃口。"苏颖扔下这一句，头也不回地甩门出去了。

苏颖经过秘书室时庆幸秘书没看见，原本想说声谢谢，一场闹剧之后，只怕叫人当笑话看了去。

她按下电梯按钮，盯着上方不断变换的红色数字。

叮一声响，电梯门开了，她走进去。

苏颖把大衣穿好，无意间抬头，猛然怔住——镜子里映出她此刻的样子，她眼中余怒未消，眉头轻轻皱着，双唇紧抿，脸颊泛红，这种表情已经许久没有出现过了。

她觉得自己很陌生，此刻的样子也很令人讨厌。心口忽然泛起一丝疼痛，她却弄不清究竟是为了什么。她垂下眼，半晌，又别开了头。

第四章

他的解释

仇女士等得太久了，又打电话催促。

郭尉去里间洗了把脸，重新扎好领带，把西装搭在臂弯上准备下楼。他用余光瞥见茶几上放着一碟甜点，脚步顿了顿。郭尉平常很少吃甜食，不知道这些有什么名堂。单从颜色来看，棕色的应该是巧克力或咖啡口味的，她一口未动；上面有一整颗草莓的，她只用塑料勺挖了一小口；绿色的甜点样子很普通，一层细密的粉末下是乳白色的奶油和红豆馅，她倒是吃了一小半。

郭尉端起纸碟，捏着苏颖用过的小勺去吃绿色的那个，只觉得口感细腻，味道清甜，带着淡淡的茶香。

他站在那儿慢慢品尝，竟把剩下的半份抹茶红豆慕斯吃完了。

郭尉抽了张纸巾擦擦嘴，走出去等电梯，忽然想起什么又折回来，问秘书："甜点是你准备的？"

秘书差点儿弹起来，一时琢磨不透老板的心思，怯怯地点了下头："是的，郭总。"

"味道不错。"郭尉说。

秘书这才松了一口气，把心放回肚子里，微笑道："喜欢就好，那我以后多准备一些。"

"不用。"他从内侧口袋里掏出钱包,抽出几张红色钞票,"麻烦你帮我买一份,只要茶……"

"抹茶的?"

郭尉点头,把钱放在桌子上。

她赶紧摆手:"这些太多了,其实没有多少钱的,我来买,您不用给。"

"拿着吧。"他说,"谢了。"

秘书当然不会傻到继续推让。她看着他的背影,真心体会到了伴君如伴虎的感觉,明明刚刚才因为失职被他骂过,这会儿他却笑脸相对,温文有礼。

她低头看着桌上的钞票,不管怎样,今天的甜品算是送对了。

她正在沾沾自喜,郭尉忽然回头说:"让业务部的黄泽欣下午两点来办公室找我。"

秘书应着:"知道了。"

郭尉到餐厅时,仇女士已经按照他的喜好点了菜,见他一个人过来,奇怪地道:"你老婆呢?"

郭尉解开西装纽扣坐下来:"店里有急事,她先回去了。"

一听这话,仇女士脸上的笑容渐渐消失,她不轻不重地放下筷子:"一声招呼都没和我打,就这么走了?"

"她叫我跟您说一声。"

仇女士把一盅佛跳墙端给儿子,哼道:"妈不是亲妈,就会帮着老婆说好话。"

郭尉笑笑,夹了块鱼肉送入口中,慢慢嚼着。

仇女士说:"我今天才知道,原来她的店开在步行街后面,那是十几年前的老商场了,里面专卖杂牌子,价格便宜,款式也不好,平时我逛街去都不会去。"她撇了下嘴,小声说,"以为多高端呢,没想到是这个类型的服装店。"

郭尉说:"每个人的需求不同,您应该清楚的。"

"清楚，清楚。"仇女士拉长了音，话题又转回去，"不过哪有和长辈约好吃饭，自己不声不响地走掉的？"

"事情比较紧急，等着她处理。"

仇女士也害怕说多了儿子不高兴，小声嘀咕了一句："反正今天就是她不对。"

郭尉瞧了老太太一眼，忍了忍，终究没再开口辩解。他知道，婆媳关系中他的立场至关重要，这场婚姻的根基不稳，苏颖与他都需要磨合，何况与母亲呢？她对苏颖有偏见，得靠时间去改变；苏颖和她不亲近，这个更需要时间。

她们在背地里互相念叨念叨无伤大雅，他没必要句句去辩，否则老人听了更加不满，也叫另一半觉得自己不够重要。

一直没说话的郑冉忽然开口："她该不是以为要她请客吧？"

郭尉拿起玻璃杯喝了口水，抬眸瞧了她一眼。

"刚才她在商场里想请仇姨的，看换了地方，害怕消费太高吧。"郑冉笑着说，"现在服装行业不太好做，虽然我没干这一行，但多少也了解些。"

郭尉赞同地点点头："赚钱不易，不如这顿你请？"

郑冉被噎得没话说，半天才道："无所谓啊，我请当然可以。"

郭尉没搭腔，视线转向仇女士，问道："妈，还需要点些别的吗？"

这两个人凑在一起仇女士就头疼，没等她说话，郑冉又说："就是想提醒提醒你，挺大个老板，应该多给她点儿零花钱，有些人图的不就是这个吗？别再又丢了老婆。"

郭尉说："我要是你，可没工夫操心别人。"

"你……"

仇女士瞅了瞅这俩人，不能轻易责备继女，只好嗔怪地轻拍了郭尉的胳膊一下："怎么跟你姐说话呢？"

郭尉也觉得没趣极了，默默吃菜不再说话。

隔了会儿，仇女士忽然想起来："对了，杨晨最近打电话没有？"

郭尉说："没有。"

"晨晨没念叨他妈妈？"

"偶尔有一两次。"

仇女士问："她现在在哪个国家？"

郭尉说："不清楚。"

仇女士叹了一口气："这当妈的也不知道关心关心孩子，那点儿心思全放在自己身上了。她啊，就是太脆弱，经受不住打击，总是往死胡同里钻，要不然你们也不会……"

郭尉听仇女士念叨了一会儿，饭也吃得差不多了。他拿纸巾擦了擦嘴角，说道："我吃完了，先上去，你们慢用。"

郭尉起身先去结了账，回到办公室时，黄泽欣已经等在那儿了。有些事情是他想得太简单，如果不处理季妍的事情，只怕误会更大之后，家里的那位哄起来就有些麻烦了。不过，他倒是很乐意去哄好她。

苏颖回到店里后脑袋终于清醒了，更加觉得自己刚才像抽风。坐下来稍微冷静了下，其实也好解释，没有哪个女人能接受丈夫对自己不忠，出轨的实质是背叛，而背叛给她更多的感受应该是耻辱和气愤，并非其他。

把心理防线重新建立起来，苏颖不再胡思乱想，环顾着有些暗淡的小店，挽起袖子想要收拾一下。她把模特身上的衣服脱下来，换成白色套装，搬货架、调整服装的摆放位置、擦了一遍玻璃和镜子，又重新擦了地板。

苏颖把所有工作做完，已经临近傍晚。手机显示有一通郭尉的未接来电，时间是三点一刻，之后他没有再打。苏颖盯着手机看了会儿，等到屏幕暗掉后塞回抽屉里。

顾客仍然不多，有个女人进来试了几套衣服，分别穿着站到镜子前疯狂自拍，折腾了一通，却说再转转便潇洒地走了。这种顾客平时并不少见，多数是和别的店铺比较，或是去网上找同款。

苏颖今天做什么都心不在焉，索性提前关了门，给周帆打电话问了地址，开车过去了。

周帆租住的小区有些老旧，走廊里有一堆杂物，墙面斑驳，连防盗门都没有，每家都是一扇铁门里面再加一扇木门。

周帆没洗漱，身上穿着起皱的家居服，显得有些邋遢。

苏颖打量着她的小屋，一床一柜，对面的桌子上乱七八糟地堆满了衣服，角落的地上放着电磁炉和油、盐、酱、醋等调料。巴掌大的地方，最值钱的应该是床上放的笔记本电脑了，里面正播放着韩剧，叽叽咕咕地不知在说些什么。

苏颖觉得透不过气来，以往生活再艰辛时，也没住过这种条件的房子。周帆漂亮爱笑，外表娇娇嫩嫩的，谁知背后会是这番情境，只能说每个人有每个人的难处。

周帆挪开被子招呼道："颖姐，坐。"

苏颖这才把目光挪到她的脸上，却不由得怔住："你的脸……"

周帆根本没想遮掩，反而笑了一下："先坐。"

苏颖拧眉问："你男朋友打了你？"

周帆耸了耸肩："跟你说过他有暴力倾向的，以前砸东西，现在终于跟我动手了。"她挺淡定地说，"那晚回来，他在楼上看见你们的车，非说我傍上大款了，后来打起来，我提了分手。"

"你就让他打你？"

"没有，他的脸快被我挠开花了。"周帆说，"之后他在我面前跪了一宿，哭着请求原谅，说以后再也不会了。"

苏颖沉默了几秒，看着她："动手一次不是偶然，这跟一百次没有任何区别。"

周帆点点头："我清楚的。"

"那你有什么打算？"

"分手是一定的，再谈谈，最好是好聚好散。"她拿着小圆镜照了照，"不太明显了吧？过两天我就去上班。"

两人聊的时间不太长，苏颖走时再三叮嘱周帆，有什么事儿别冲动，报警解决或者打电话通知她。

苏颖从周帆租住的小区里出来的时候，天色全暗了。

苏颖和周帆聊完，心情更加压抑。冷风直往领子里钻，她系上扣

79

子，胃部隐隐不适，这才想起自己连午饭都没来得及吃。

郭尉的电话在这时打了进来，苏颖的心脏狠狠跳了一下，她握着手机，脚步不自觉地变慢，想了几秒后按下接听键。

郭尉的声音相当悦耳："在店里？"

"没有。"苏颖的态度已经恢复如常，"在外面。"

郭尉稍微停顿了一下，用更为低缓的声音问："还在生气？"

"怎么敢？"

郭尉笑笑："接你下班？"

苏颖说："你不是佳人有约吗？"

"改时间了。"

苏颖完全停住脚步，抿着嘴，把手机贴在耳边不说话。

他忽然低声笑起来，那愉悦又略带磁性的声音极其欠揍："好了，到底在哪儿呢？"

苏颖原本是想回家的，话到嘴边却是："准备找地方吃晚饭。"

郭尉简短地说了两个字："地址。"

苏颖想起前段时间和周帆光顾的面馆，不知堂堂的郭总挤在那种脏乱的环境里会作何感想，于是报了面馆的地址。

结束通话，苏颖踩着高跟鞋慢悠悠地往那边走，她到后没多久郭尉也到了。他同样步行而来，穿一件灰蓝色商务款羊绒大衣，简约利落的剪裁将他的身形衬托得更加高大笔挺，领口露着白色衬衫和黑底暗纹领带，西装与大衣的衣领分别妥帖地翻折在胸前。

郭尉的身影在人群中忽隐忽现，他侧身躲避路人或是掩唇轻咳时视线稍垂，专注走路的神情显得格外帅气沉稳。

苏颖收回目光，低着头踢了下脚边的小石子。

等人走近，她转身拉开面馆的门。热气扑面，前厅仍旧人满为患，苏颖轻车熟路地带着他穿过走廊，直接进入后院的塑料暖棚中。

两人找了个比较安静的角落落座，苏颖把满是油垢的菜单分给他一个，揶揄道："现在去跟别人吃烛光晚餐还来得及。"

郭尉看了她一眼，没搭理，边解大衣扣子边认真地看菜单，半晌后，把下单的小本子推到她的面前，抬抬下巴说："写。"

郭尉说："素炒冬瓜、红焖虾、琉璃山药、棒骨杂菌汤。"他又看了看旁边那桌，"一壶烧酒。"

苏颖默默地写下来，上次就特想尝尝那酒的味道。

郭尉又问："你呢，想吃些什么？"

苏颖看看菜单，他点的东西已经足够两个人吃了，所以她只加了一碟炒花生米，便起身把单子交给老板。

没多久，老板先端来花生米和一个小木盆，盆里盛满热水，温着一壶酒。酒精随热气一点点挥发，很快，空气里飘着淡淡的酒香。温了一会儿，郭尉分别给苏颖和自己斟满，两人都没说话。他先捏着小小的酒盅轻抿了一口，温润的酒水没有强烈的辛辣之感，顺着口腔滑进去，只让人觉得胃暖心暖。

郭尉说："古有'曹刘青梅煮酒论英雄''关羽温酒斩华雄'。说关羽与华雄交战，先将他斩落于马下，归阵后，曹操为之斟的酒尚有余温。虽然这段描写是赞美关羽武功了得，也说明了中国的煮酒文化历史悠久。"他悠闲地说着，杯中的酒已饮尽，"小时候在乡下老宅住过一阵子，我爷爷也经常温酒来喝。那时候他是先在小瓷碟里倒少量的酒，点火烧一会儿，再将盛酒的杯子放进去温着，偶尔我偷着尝一口，老爷子从来不阻止。想想也是挺久之前的事儿了，现在很少看见有人温酒喝。"

他说这番话时，目光有些温柔，直接用手捏了粒花生米吃。不知何时，他将领带摘去，解开了领口的两颗扣子，露出脖颈处的一小片皮肤，显得自在而随意。

苏颖以为他会觉得不自在，却意外于他的游刃有余。她心不在焉地问："为什么？"

郭尉说："现在制酒工艺改进了，不需要再煮酒挥发一些有害物质，大概也是为了享受酒精的辛辣刺激。"

"你爷爷身体还好吗？"

郭尉平时很少与她谈及家事。现在老爷子与姑姑移居瑞士，他拼搏一生，又经历过白发人送黑发人的痛苦，早已看透世事。苏颖无缘相见，而郭尉也没有带她拜访过老人家。

郭尉说："身体还算硬朗。"

苏颖没再说什么，因为这期间他的电话一直在振动。她喝了口酒问道："不看看？"

这话倒是提醒了郭尉，他往后靠了靠，开始目不转睛地浏览信息。菜和汤陆续端来，他一口未动。

苏颖面色渐冷，到底沉不住气，说道："前几天和朋友来这儿吃饭，她问了我一个问题。"

郭尉抬眸瞧了她一眼："什么问题？"

"她问我能不能接受男人出轨。"

郭尉问："你怎么答的？"

想了几秒，苏颖开口："我说我虽然没有洁癖，但也介意和别人共用一个男人，我不是死缠烂打的个性，希望对方坦白，然后……聚散随缘。"这话说出口，她还是有些犹豫后悔的。

郭尉听着挺别扭的，她的答案缺乏感情，竟轻松地把他比作一样私人用品，也说不清是否值得高兴。他足足看了她半分钟，无奈地笑笑，将手机掉转过来，搁在她目光能及的地方："秘书发来的，几份文件和下周的日程安排。"他淡淡地问，"你以为是季妍？"

苏颖忽然间哑口无言，半晌才反问："难道事情不存在？"

郭尉说："当然。"

"我今天听得很清楚。"

郭尉看了下外面，半刻后扭过头："我欠你一个解释，是我的错，这次请一定耐心听完。我和她没有任何关系，就算有，也是在和你结婚之前，明白吗？"

苏颖自认不是个爱翻旧账的人，却不知怎么的，一些事情好像自动印在脑海里，然后脱口而出："在会所那晚你们抱得倒挺紧，好像就在婚后。她遭受了什么打击，深更半夜要追到会所里找老板诉苦？还是抱着诉苦。"

郭尉反问："记得这么清楚？"

苏颖气道："你只会避重就轻。"

他认真地解释："不是诉苦，而是……她说是倾慕我。"

苏颖立即轻哼一声作为回应，在心中骂了句"不要脸"，脸上嫌弃的表情已经不加掩饰。

郭尉没理："当然，目的不会太单纯。"他接着说，"她忽然冲过来抱住我，我大脑第一时间做出的反应就想要推开她，这时你进来了。"

苏颖盯着他的眼睛看，郭尉目光平静，不曾回避："如果我这样解释，你愿意相信我吗？"

"会这样凑巧？"

"我曾经也疑惑过，但这不是假话。"他说，"有些事情是我想得简单了，我会尽快处理，也保证以后尽我所能避免这类事情的发生。"

苏颖转着酒杯，没接话。

郭尉说："既然我选择再婚，就不会在外面乱搞男女关系。"

苏颖说："谁知道你有没有那方面的癖好，喜欢吃着碗里的，占着锅里的。"

郭尉摇头："我没有这种癖好。我与你结婚就会忠于这段关系，尊重你，也尊重家庭。"他顿了顿，声音更低了些，"你我都是商人，应该明白，培养信赖感也是一种投资。"

苏颖一时没说话，见他表情严肃，也在心里认真地把事情前后想了一下。

热火朝天的气氛中，两人之间有些安静。

郭尉见她半天不语，目光诚恳："希望你能相信我。或者说，你怎样才肯相信我？"

隔了会儿，苏颖的表情松动了一下，她忽然挑了挑眉说："跪下来，大喊三声'我没出轨'。"

郭尉沉默了。

"不敢？"

"说真的？"

"真的。"

郭尉看着她，半晌，认输地轻叹一声，用商量的语气说："回家吧，在外面给点儿面子。"

苏颖没出声，两人对视许久。忽然之间，苏颖胸口的烦闷消失了，烦乱的心情也仿佛渐渐平息下来。她不再看他，低下头慢慢夹菜吃。

郭尉知道她听进去了，这才稍微放松了一下身体，低声说："苏颖，我们缺乏了解和沟通，你得承认。有些时候，我也希望得到一些回应。"

苏颖停住手上的动作，看着他抿了下嘴。

身旁的厚塑料膜上布满水汽，凝聚到一起结成水珠，最终不堪重负，歪歪扭扭地滑落下去。一道薄薄的屏障隔开外界的黑暗，点点灯火在上面晕出模糊的光斑来。

他们从面馆出来时，已是整条街最热闹的时候，人群拥挤，青烟浓浓，四处飘散着食物的香气。

郭尉低头在她耳边说道："这家面馆以后最好少来。"

苏颖瞧他："档次太低？"

"这是一方面。"郭尉倒没否认，"主要是存在安全隐患。"

她忍不住撇了下嘴，没有搭腔。

前面的岔路口更加混乱，苏颖随着郭尉蹭过去，拢紧领口，小心地避着人群。

四五个年轻小伙子迎面而来，一个个高大强壮，边说边闹，眼看就要将两人冲散。郭尉忽然拉住她的手，将她往身前一带，苏颖瞬间落入他的怀中，后背贴在他的胸前。她只感觉自己置身于一个安全的堡垒，腰间那只手拢得很紧。

在喧闹的环境中，两人目光相对，他皱着眉说了句什么，苏颖听得不真切："什么？"

他凑近了，鼻息从她的脸颊上一划而过："不要乱走，丢了去哪里找你？"

莫名地，苏颖心尖一颤。

郭尉低声说："走在我前面。"

两人继续往前，郭尉这次牵住她的手没有放开。

接近主干道时人才少了些，他们不知不觉换了位置，他走在前面。在寒冷的冬夜里，手心沁出薄薄的一层汗，他的手坚定有力，将要拉着她回到同一所房子。那个有些陌生的地方仿佛也被赋予了一丝牵挂的力量。苏颖看着他的背影，第一次自私地不想怀念任何事，或是人。

车子很快冲入黑夜。苏颖随郭尉坐在后面，他把她的手放在大腿上，手掌松松地扣着她的手。两人各自看向窗外，车中气氛微妙，没人说话，只有相握的手偶尔互动一下。他们仿佛第一次对回家这件事情心急如焚，对将要做的事情更是心照不宣。

在这个夜晚，苏颖想，她不会抗拒，甚至会专心一些、主动一些。

可一切停留在了美好的幻想阶段，紧接着发生了一段煞风景的插曲。

郭尉显然也看见了等在小区外的狼狈姑娘。她整个人缩在墙边，抱着膝盖，一双眼睛不甚清明，呆呆地望着车开来的方向。

高档住宅的门禁很严格，季妍只隐约知道郭尉住在这里，却根本无法进入。她晚上喝了很多酒，觉得世界一直打转，酒精在身体里流窜，怂恿她做一些疯狂的举动，让她不知不觉地走到这里来。刺目的车灯从她的身上一扫而过，她眯了下眼，勉强看清车牌，脑袋瞬间清醒了，当即想逃。

郭尉眉头紧拧，冷声吩咐道："不用管。"

司机老陈应了一声。

等待门禁开启的几秒钟里，苏颖向外看了看，那个姑娘并没有过来，而是把自己蜷缩在小小的角落里望着这边，眼中似乎泛着泪光。

她默默地叹了一口气，抽回手说："我先回去，你去瞧瞧她吧。"

"瞧什么？"

"这要问你。"苏颖看了他一眼，拎着大衣推门下车。她有些想笑，特别佩服那些精力充沛的年轻女孩儿。世界在变，她有点儿跟不上节奏，无法理解季妍为何会不顾尊严地对一位已婚男性穷追不舍。

苏颖一个目光都没给季妍，径直走向大门。她的不屑让季妍无地自容，想逃却已来不及，只好将头埋得更低。

郭尉没想到季妍这样难缠，捏了捏眉心吩咐："老陈，纸、笔。"

老陈立即翻出纸和笔递到后面。

郭尉叠起双腿，把纸放在膝盖上，写了个时间和一串地址，对老陈说："交给她，跑一趟，直接把人送回去吧。"

老陈应道："好嘞。"

郭尉系上西装扣子，推门下车，大步离开。

第二天上午，郭尉有两个会议，结束后来到咖啡厅，离约定的时间还差一刻钟。他点了杯美式，身体靠进沙发里，看向窗外，小口抿着。

没多久，有人推开包间的门，郭尉瞧了一眼，抬抬下巴说："坐。"

季妍显然精心打扮过，穿着黑色修身连衣裙和小香风的大衣，长发半绾，特意涂了少女感十足的蜜桃橘色口红。这些不过都是徒劳，郭尉始终未曾正眼打量她。

半晌后，她主动开口："昨天我一直在等你的电话，不过……不是有意过去找你的。"

郭尉说话很直接："我离婚，然后和你在一起，但绝对不会同你结婚，或是你愿意这么跟着我，我来养你？"

季妍愣住了，脸颊瞬间涨得通红。

郭尉问："哪一种合你意？"

"我并不想这样。"

他反问："那你想怎样？"

季妍咬住唇，说不出话来。

郭尉喝口咖啡，扭头看了会儿窗外："我的话让你很委屈？"

季妍小声说："是。"

"相比之下我才更委屈，老婆和我闹，让我白担了出轨的罪名。"他悠闲地说，"明明都没有睡过你。"

季妍忽然瞪大眼睛，难以置信地看着他。他西装笔挺，优雅地坐在那儿品着咖啡，口中却说出如此粗俗的话。

郭尉放下杯子，笑笑："觉得失望？"

她忍了再忍，低声控诉道："你在侮辱我。"

郭尉又是一笑，否认道："没有。男人大多道貌岸然，我也不例外，区别在于说出来再做与做完再说。"他顿了顿，"我觉得我还不算无药可救。"

季妍明白他的意思，早在他再婚时，两人的局面就无法扭转，或

86

者说她从来就没有机会，一切都是自作多情罢了。季妍也不知道自己想怎样，声音有些抖："可是……你吻过我。这算什么？"

郭尉沉默了几秒钟，只说了句："抱歉。"

季妍冷笑了一下。

郭尉不再跟她打太极，言归正传："现在公司的业务拓展到南非，是一个全新又前景无限的发展平台，机遇和历练会很多，你们部门的年轻人挤破脑袋想过去。昨天我和黄经理谈过，我推荐了你，为期半年。"

他的言外之意是给她两条路，要么去南非，要么离开广和，因为黄经理知道了她越级汇报的事情，她继续留下恐怕要坐冷板凳。

季妍问："算是补偿？"

"难道不是你想要的？"

仿佛被他言中，她心中一沉。

郭尉并没和黄泽欣说她越级汇报的事情，只问了她的业务成绩和个人能力。南非市场他很重视，坚决不能因为某个人出现任何差池。好在她的综合素质优良，他倒不介意顺水推舟送个人情，同时也解决了个人的大麻烦。

郭尉说："最重要的是弄清自己想要什么，可能只是一个好机遇，而不是一个有钱却无情的已婚男人。你是个聪明姑娘，其实早该明白，变强大后，对于另一半，去选择好过被选择。"

季妍一阵阵心惊，他的每一个字仿佛都说在她的心坎儿上。到最后她也糊涂了，怀疑自己是否真如他所说，只是想用那点儿瓜葛胁迫他换取一个机会。她沉默了许久，面前的咖啡早就没了温度："看来，你已经帮我做了决定。"

郭尉摊手说："选择权在你手里。"

他离开后不久就收到了季妍的回复，这个姑娘比他想象的聪明得多。

郭尉把这边的事情处理完，晚上有个饭局。他打算回去换身衣服，到家时刚好是下午两点，他没想到这个时间苏颖会在家里。整个客厅洒满阳光，她坐在落地窗下的瑜伽垫上，两条腿夸张地向两侧伸展，身体前倾。

她手握圆珠笔在本子上写写画画，周围散落着一堆票据，旁边还放着他带回来的抹茶慕斯。

郭尉靠着门框研究了会儿她的姿势，问道："没去店里？"

苏颖爱搭不理的，半天才蹦出一个字："没。"

他不再管她，搁下西装回了房间。

没多久，他换好衣服出来，边打领带边去餐厅倒了杯水。这会儿他反而不着急走了，慢慢喝着水，踱到苏颖旁边，插着兜居高临下地瞧她。

他问："在做什么？"

苏颖说："吃东西。"

"吃东西时需要练瑜伽？"

她的回答很敷衍："怕胖。"

"边练边吃就不会胖了？"

"会胖。"

"那你还吃？"

苏颖忍了忍，扭头瞪着他："你话太多了。"

郭尉不禁轻笑出声。

苏颖没再理他，只是感觉头顶的目光让人不自在。她忽然烦躁得很，慢慢并拢双腿，以手肘作为支撑，整个人半趴在垫子上。

隔了几秒，郭尉又问："写什么呢？"

她有些不耐烦："你又不懂。"

"统计收支？"

苏颖半天没应声。

郭尉竟拽了下西裤，坐在旁边的地板上，搁下水杯去拿那块抹茶慕斯。苏颖的目光追过去，还没来得及反应，眼前一晃，含在嘴里的塑料小勺也被那个人夺了去。她皱眉："冰箱里还有，干吗非抢这块？"

"怕你胖。"他捏着她用过的小勺舀了一小口蛋糕，很自然地抿进嘴里。苏颖的心脏忽然跳得厉害，她狠狠地剜了他一眼，然后移开目光，若无其事地埋下头继续写写画画。

郭尉只是想逗逗她，吃了几口便还回去。苏颖看了一眼，嫌弃地

88

往旁边推了推。

郭尉没在意，起身坐到沙发上，悠闲地叠起双腿："季妍过段时间会去南非工作。"

苏颖一顿，隔了会儿小声说："又不关我的事儿。"

"嗯，也不关我的事儿。"

苏颖撇了撇嘴。

窗外阳光灿烂，房间中暖气十足。苏颖只穿着豆沙色弹力裤和运动背心，趴着的缘故，她的身材一览无遗，浑圆的臀部和塌陷的腰背形成一道起伏的弧线。她的腿又细又长，腿上的肌肉紧实饱满，双腿随意地搭着，小腿忽然不经意地悬起来，脚腕动了几下。

郭尉定住目光，觉得房间里的空气不够流通，有些闷热，不禁按住领带松了松。

半天没有人说话，苏颖觉得耳边静得出奇，扭头看过去，他的目光一路往上，刚好对上她的眼睛。郭尉蹭蹭鼻梁，几秒后才想到一个话题："店铺最近状况怎么样？"

事情解决完，苏颖的态度好了些，她撑着身体坐起来，忽然有了和他唠叨唠叨的欲望："不太好。"

"怎么个不好法？"

她盘腿坐着，想了想说道："不见起色，顾客很少，就像你说的，没有什么大发展。"

"总结原因了吗？"

苏颖拿起旁边的蛋糕吃了一小口，说道："大概有三个问题吧。第一是星海广场开业以后，对我那里多少有些冲击，我去看过，星海的确更新潮、更现代，更适合年轻人消费购物。第二，我那里同样类型的商铺太多了，基本都卖女装，没有明显的系列和品牌之分，花花绿绿、五花八门的。"

郭尉点点头："太杂，没新意，供大于求。"他看着她问道，"第三呢？"

"第三，线上销售的竞争力很大，现在明星同款和仿品太多了，网上销售的虽然质量差，价格却更便宜，很多人是在逛街时顺便试式效果，拍张照，回去到网上找同款。"她总结得还挺到位。

89

郭尉无法给她太中肯的意见，只是凭借经验道："细分市场以后，要做到足够特别，才能在夹缝中求生存。"

苏颖挖蛋糕的动作慢下来，她抬头看着他："你是说，去做单一的种类？"

"不是不可以。"

她想了会儿："其实，我有一个想法……"

"让我猜猜。"他忽然打断她的话，漆黑的眼睛瞧着她，慢悠悠道，"想做旗袍？"

苏颖完全愣住，先是傻瓜一样呆呆地看着郭尉，然后眼睛越来越亮。她难以置信地站起身来，到他旁边坐下："你怎么知道？"她的表情过于丰富，使得整个人都鲜活起来。

郭尉的嘴角含着浅淡的笑意："如果没记错的话，我第一次见你时你就穿了件旗袍，粉色短款，胸前印着水墨荷花图案，扣子和衣服边缘很特别，应该是某种黑色的纱类制成的。"

苏颖半天没说出话来，不知为何忽然有些不自在。连郭尉自己都不知道，为何对她的第一印象会如此深刻。

他继续说："后来在老太太那儿，看你对郑冉的衣着挺感兴趣，所以留心观察了一下，她那天好像也穿了旗袍。"

苏颖有些佩服他的观察力，一颗心仿佛被他吊了起来，努力压抑着激动的情绪："你觉得怎样？"

"东方之美，足够独特。"

"你也这样认为？"

他点头："极易令人产生遐想。"

苏颖瞪着他。郭尉觉得好笑，轻揉了下她的头顶："想什么呢？健康的那种。"

苏颖把他的手抓下来，觉得有必要纠正一下："旗袍可不是一种取悦男人的穿着，它能让女人散发魅力、提升气质、变得更自信。不光是旗袍，其他服饰甚至性感内衣都一样，只是一种自我释放的象征。女人打扮得漂亮一点儿，很多时候是与同类比较谁更美，并不是为了讨好你们。"她高高地端着姿态，瞥着他轻哼了一声。

郭尉有些心猿意马，清清嗓说："也不尽然，无心插柳柳成荫，男人看着也赏心悦目。何况，男人的穿着打扮也存在取悦女人的成分，西装革履为绅士服务，紧身 T 恤为体格强健的男人服务。"他问，"你不喜欢？"

苏颖嘴硬地说："凑合吧。"

郭尉说："在商言商，可以利用你们和我们的这种观念。"

其实，在很久以前苏颖没有这种觉悟，大概是单身久了，又做了服装行业，思想境界得到了升华，才变得越来越自我。她想了想，他这话不无道理，做生意应该更理性，善于利用，才能获取更多的利益及商机。

她正琢磨着，又听郭尉说："你不能否定衣着在男女互相吸引中起到的重大作用。"他瞧了她半晌，忽然靠近，低声说，"比如今天。"

苏颖反应了几秒，忽然意识到这话是什么意思。她刚才太过得意忘形，跳上沙发后，面对他盘腿坐着，身体前倾，背心领口很低，裤子紧绷。更糟糕的是，她刚才抓了下他的手，两人就没分开过。他现在懒懒地靠着沙发靠背，微侧着头含笑看她，有一下没一下地捏着她的手指。

苏颖想要抽回手，但没得逞。郭尉忽然把她的手牵起来，微微低头，在她的指尖上很轻地吻了一下。温柔湿润的触感像电流一样通向全身，苏颖暗自抽口气，脑中一片空白。

一阵令人窒息的沉默后，她终于想起来问他："你回来干什么？"

郭尉说："换衣服。"

"然后呢？"

"晚上有个饭局。"

她问："还不走？"

他不答却问："邓姐没在？"

"去同乡家里帮忙了，顺便买菜、接孩子。"

郭尉点点头，沉默了会儿，忽然问："困吗？"

苏颖没有说话。

他看着她，声音低哑了几分，说道："不如……睡个午觉？"

这个午觉睡得似乎久了些，从阳光浓烈到夕阳渐沉，仿佛是个非常漫长的过程。

两人共用一个枕头，她的头发被他整齐地推到一侧，没压到半分。

郭尉的声音里带着衣冠楚楚时绝对不会出现的暗哑："刚才睡着了吗？再睡会儿，嗯？"

苏颖很想翻个白眼给他看："我睡没睡着，你心里没数吗？"

郭尉轻笑一下："累不累？"

她懒得答，也没回头，只是慢慢地耸了下肩膀："别挤了，我快掉下去了。"

室内短暂地陷入安静，窗外的世界有着细小又嘈杂的声音。

郭尉的手机铃声单调乏味，一下午不知响了多少次，他曾停下接听，用刻意冷静的声音交代公事，一心二用，也能条理清晰。

这会儿铃声又没完没了地响个不停，郭尉瞧了一眼，接起来。

那边的人嚷嚷道："几点了，人呢？"

他简短地说："家里。"

"这个时间没在公司？"

"有别的事儿。"

赵平江不相信："什么事儿？在家干什么？"

"你们先开始，我过会儿到。"

赵平江还没问出个究竟，郭尉直接挂了。

他撑着手臂坐起来，看见她的发丝中藏着的小巧白皙的左耳，不由得多瞧了会儿："赵平江、老何他们几个，去吗？"

苏颖说："不去。"

他从地板上捞过睡袍："没外人。"

"那也不去。"

直到浴室传来哗哗的水声，苏颖才睁开眼，呆呆地望了会儿别处。

她面对着卧室的窗，窗帘半掩，昏黄的日光从缝隙里钻进来，一直争着做这场限制级剧集的观众。

光天化日之下，一切都无比真实。郭尉离她很近，让她清晰地意

92

识到他不是别人，他微微抿紧的嘴唇、明亮幽深又浸满情绪的眼睛和额头不断滚落的汗珠，足以把她拉进旋涡，万劫不复。

苏颖心里突然生出一丝恐惧，有意识地努力去想那个人的样子，但他的轮廓却如影子般越发模糊暗淡。她自厌地咬住下唇，指尖发凉，猛地抓过被子遮住了脸。

不知过了多久，直到她呼吸不畅，胃部也开始造反，一阵阵抽痛才提醒了她，除了那半块抹茶蛋糕，她今天几乎没吃什么东西呢。

苏颖暗自整理着思绪，又过了一会儿，才掀开被子看时间。邓姐和孩子们还得过一会儿才能到家，她想先弄碗面垫垫肚子，又懒得动，心中不禁有些怨郭尉。她原以为他不太沉迷这些，他会如对待工作一样讲求效率，却没想到只要她肯稍稍配合，他便比任何时候都有耐心，并且注重质量，无比执着。

苏颖嘀嘀咕咕地不知骂了些什么话，光脚下去，从衣柜里找了套干净的家居服。

她去厨房煮面，在等待水开的时候跑到晨晨的房间偷拿来薯片，企图用牙撕开。

郭尉还没出去，正站在镜子前打领带，视线稍移，便将她有些野蛮粗暴的行为看进眼里。

他勾了下唇，顺手拿起桌上的剪刀走过去，从苏颖手里拿走薯片，用剪刀沿着上面标记的虚线笔直平整地剪开。

苏颖十分不理解他多此一举的行为，低声抱怨："真麻烦。"

郭尉瞧她一眼："不然剪刀发明出来是干什么用的？"

"牙齿同样可以。"

郭尉在她旁边坐下："这样对牙齿多少有损害，到时候容易变成没牙老太太。"

苏颖立即想象出自己年老时的样子，心中哆嗦了一下，也没细寻思："放心，等到那一天我肯定紧紧闭上嘴巴，不让你瞧见。"

"可以戴口罩。"

苏颖瞪他。郭尉低低地笑出声，顺手捏了片薯片送进嘴里。

她一把夺过："不如直接说你也想吃。"

郭尉又笑了笑。

两人分别坐在沙发上，苏颖蜷着腿吃了一阵，侧过头去看他。郭尉坐姿端正，正用手机浏览着什么，这会儿的他看上去稳重沉默，举手投足间很是斯文高雅，和刚刚的差别似乎太大了。他平时有多么严肃、正经，就有多么不严肃、不正经的一面。

郭尉察觉到她的目光，扭头问："怎么了？"

她一慌，迅速把薯片袋子递过去："还吃不吃？"

"你吃吧。"

她又问："他们不是等着你了吗？"

郭尉刚刚给司机打了电话："老陈过来就走。"

"看来排场不小。"

"嗯，估计要多补几碗米饭。"

苏颖就当听不懂，没理他，又嚼了两片薯片："那个叫季什么的，你倒是挺照顾她的。"

郭尉把目光从手机上挪开："照顾？谈不上吧。"

她哼道："出国深造机会难得，谁都知道。为了她你倒是竭尽全力，花费了不少心思。"

郭尉问："如果是你，打算怎么处理？"

"我有底线，不会婚内出轨。"

郭尉噎了一下。这回换苏颖笑了，她想了想，还是问："你们这类大佬，不应该随便甩手给个几百万了事，以后再无瓜葛吗？"

"我岂不亏了？"

苏颖说："吝啬可是男人的大忌。"

"分对谁。"

她瞥他一眼。

郭尉说："季妍的业务能力在组里名列一二，那边市场刚刚起步，急需对公司经营模式及产品相当熟悉的资深人员。她意不在我，同时有个很好的平台摆在面前，必定竭尽全力做出成绩，局面双赢，何乐不为？"

苏颖根本没想这么多，不由得坐直了些："就不怕她哪天阴你一把，转过头来报复你？"

"夸张了吧，"郭尉轻轻地皱了下眉，"她该感谢我才对。"

"不好说。"

他慢悠悠地转着手机说："那你也未免低估了我。"

苏颖总结了两个字："奸商。"

她不再问，把身体靠回去。隔了会儿，她忽然又想起一件事情，用脚尖踢踢他的腿侧："那天本来约好了一起吃午饭，我没过去，你妈生气了吗？"

郭尉说："没有。"

"没有？"

郭尉放下手机，稍微扭身正视她，问："如果有，你打算怎么办？"

他这样子像是又要长篇大论，苏颖立即伸出食指按住他的嘴唇说："大不了找个时间，再约老太太出来吃个饭。"

郭尉稍微偏头，躲开她的手指："她还是希望和你亲近一些的。"

苏颖暗地里撇了一下嘴角："我也是。"

"有时间一起喝个咖啡就好。"顿了顿，他忽然问，"厨房在烧什么？"

"准备煮面。"苏颖把这件事儿彻底忘到了脑后。

郭尉看了看腕表，按住她的手说："我来吧。"

苏颖没想到郭尉还有这种技能。不久后，厨房里飘出食物的香气，她放下薯片袋子，忍不住想去看一看。

厨台对他来说可能低了些，他把衬衫袖子挽到肘部，领带随意地掖进衣襟里，稍弓着腰，正在切西红柿。意面已经煮熟，他用叉子挑起，一圈圈摆在盘子中，另外一边正在熬制简单的番茄酱。他做饭的样子有板有眼，认真专注的神情不同以往，相较工作状态似乎也有差别。

房间中的温度在升高，玻璃窗上有薄薄的雾，苏颖看着眼前的一幕，忽然有种奇怪的感觉。她靠着门框，低下头，用脚趾蹭了蹭光滑的地板。

郭尉最后撒了些洋葱碎和黑胡椒进去，问她："很饿吗？"

苏颖点点头。

"稍等，很快就好。"郭尉打开冰箱看了看，"橙汁还是西瓜汁？"

"西瓜汁。"

他取出西瓜，洗净切半，用勺子挖下中间的部分放在盘中，再小心地剔除一些成熟的西瓜籽……

苏颖看着他的动作，忽然想起了小时候的趣事，忍不住笑了一下。

郭尉瞧了她一眼。

苏颖轻轻地说："我小时候每次吃西瓜时都格外小心，生怕把西瓜籽吃进肚子里，会长出树来。"

郭尉想了两秒，忽然笑了："小孩子多半都会有这种困扰。"

"挺可笑的，你呢？"

"比你胆子大一些，每次故意把籽吞进去。"料理机开始运作，他转头看她，"那是什么时候知道西瓜是长在瓜蔓上，而不是长在树上的？"

苏颖一愣，半天才懒懒地哼道："谢谢你，今天才知道。"她不再搭理他，扭头出去，身后传来悦耳的笑声。

片刻后，郭尉把意面和西瓜汁端到餐桌上，朝苏颖勾了下手："过来吃吧。"

苏颖慢腾腾地晃过去，坐下看了看，意面色泽鲜亮，汤汁浓稠，旁边的玻璃杯里是红色的果汁，杯壁上挂着一层水珠，看着就清凉爽口。

她抬头说了一声："谢谢。"

"应该的。"郭尉站在她的身后，忽然弓身凑近，低声说，"你辛苦了。"

苏颖心尖一颤，佯装镇定道："不辛苦，你才是卖力的那个。"

"荣幸之至。"他在她的发顶轻触了一下，"用餐愉快，郭太太。"

她极小声地嘀咕了一句："现在装绅士，真应该让你的员工看看你边讲电话边做动作的样子。"

"什么？"

苏颖皮笑肉不笑："我说看着很好吃。"

找了个周末，苏颖打电话约仇女士出来逛街，老太太嗯啊着应答，听着像是不情不愿，其实心中还是乐意有人陪她玩的。

苏颖猜想仇女士肯定不会坐她那辆金杯车，于是提前管郭尉借了一辆。郭尉这个人比较低调，买车多半注重实用性，车库里停着的三辆都是黑色奔驰，只是型号不同。

苏颖开着 S500 出来，先去仇女士家里接她，等了将近一刻钟，老太太终于挎着包包出现在门口，穿着筒裙套装搭配黑色收腰大衣，头上戴着一顶贝雷帽，打扮得时髦又优雅。

仇女士逛街自然只去高档商场，南海路上的银河购物商场里奢侈品牌云集，苏颖俨然变成了一个小跟班，跟在仇女士后面帮她提包拿衣服。这哪里像个年近六旬的老太太，她腰板笔挺，健步如飞，从一楼的护肤品专柜到上面的鞋帽内衣全部选高档货，简直活得比苏颖还精致。

一上午很快过去，仇女士终于逛累了，停下来说："我们找个地方歇会儿吧。"

苏颖说："楼下有个咖啡厅。"

"好，正好口渴。"说着，仇女士走进了旁边的 LV 品牌店。

苏颖无语地跟上。

仇女士试了几个当季的最新款，苏颖等得无聊，四处转了转。她看上了一款迷你手袋，棕褐色小牛皮与黑白双色粗花刺绣搭配，锁扣处有小巧的金色 LV 标志，同色系链条短肩带，可肩背也可手拿。店员注意到了她的目光，立即取下来让她试背。苏颖穿着黑牛皮高筒靴和浅棕色羊绒大衣，这个包与她的衣着很相配。她左看右看，一时爱不释手。

她今天也背了 LV 的包，不过是许多年前的款式，好在上面的经典花纹看着还不太过时。没有哪个女人不爱包，她也不例外，只是以现在的状况，舍不得花六万多买下它。

"看中什么了？先来这边看看。"仇女士招手唤她。

苏颖应了一声，取下手袋还给店员，快步走过去。

"你看我背这个包怎么样？"

苏颖说："很好看。"

"是吧？我也觉得。"仇女士转过去，对着镜子照个没完，忽然遗憾地叹了口气说，"还是算了。"

"喜欢就买吧。"

仇女士一脸恋恋不舍的样子，稍微提高了音量："是挺喜欢的，不过太贵了。"

苏颖明白话中的意思，不搭腔说不过去，一时想起郭尉给她的那张卡，想了想，大方道："没关系的，妈妈，我买给您。"

"那怎么行？你和郭尉的钱也不是大风刮来的，赚钱不易的。"

苏颖听出老太太的意思是怕花郭尉的钱，所以她说谎话眼都不眨："我店里最近经营状况不错，给您买个包还是没什么问题的。"

仇女士看看她，脸上终于露出满意的笑容，推让一番，让店员包了起来，又说："刚才她看的那款也一起结账吧。"

店员喜上眉梢，立即去拿。

苏颖一愣："妈，我就不……"

"要不，妈妈买给你吧。"仇女士笑着说。

苏颖还能说什么，一时眼前浮现出郭尉的样子，犹豫一阵后反倒变得坦然了。她虽没钱，但老公是个"款爷"，婚都结了，还有什么可矫情的呢？

苏颖从钱夹里拿出那张卡，一起结了账。

店员热情地将两人送出门，仇女士还不忘跟人炫耀："这是我儿媳，不是女儿，但是比亲生女儿还要亲。"苏颖全程赔笑。

两人坐电梯去楼下的咖啡厅，仇女士挽着她的胳膊，孩子气地晃了两下："破费了，妈妈谢谢你。"

苏颖笑着，心中说，还是谢你儿子吧。

仇女士说："你那个包也该换换了，好像是很多年前的款式吧？"顿了顿，她又笑着说，"郭尉的地位摆在那里，我们作为他的家人，多少要给他撑起场面的，对不对？"

苏颖知道又遭人嫌弃了，没等说话，老太太又自言自语："有些钱要省，有些钱是不能省的。"

第 五 章

服装店大火

　　苏颖原本以为喝了咖啡就算完成任务了，可以把老太太安安稳稳地送回家。谁知仇女士心血来潮，打包了几样甜点，要给郑冉带过去。苏颖本想把仇女士送到后先离开，奈何这位婆婆太喜闹，非要她跟着上去坐一坐。

　　这算是苏颖第一次登门拜访郑冉。

　　郑冉与郭尉在关系上虽算姐弟，生活状况却完全不同。郑家是书香门第，王越彬的家庭背景也简单，两人结婚时按揭了一套八十平方米的两居室，现在每月仍要还月供。

　　郑冉来开门时，脖子上挂了根皮尺。她穿着一件及脚踝的白色长袍，亚麻质地，高领盘扣，宽松飘逸的裙摆配上一头黑发，颇有些悠然脱俗的感觉。她看见门外站着的苏颖明显一愣，表情有些冷，点头打了下招呼，苏颖也笑笑回应。

　　"仇姨你们先坐，我还差一点儿。"

　　"去忙吧，不用管我们。"仇女士熟络道。

　　苏颖随仇女士进门，稍微偏转视线，蓦地怔住。

　　餐厅里没有餐桌，但有一个长方形打版台，上面堆着一些碎布、

99

几把尺子，还有剪刀和熨斗等工具，后面的桌上放着电动平缝机、锁边机和一些苏颖叫不上名字的机器，墙面的多宝槅里摆满了各类面料、料卡及线轴。

郑冉站在一个人台前，正在用珠针把黄色暗纹的料子固定在上面。

不大的餐厅，东西繁杂却摆放得井然有序。苏颖确实没有想到，坐在沙发上，忍不住扭头多看了几眼。

她用很小的声音问婆婆："她喜欢做衣服？"两人平时相处得不算愉快，苏颖虽好奇，也不想让对方知道自己过度关注她。

仇女士却高声说："那当然。走，我带你参观参观。"

苏颖一时觉得面子挂不住，抿了下嘴，被仇女士硬拉着手腕往走廊方向走。

郑冉家里的一间卧室被改成了衣帽间，四个墙角分别装着聚光灯，仇女士打开开关，整个房间亮得耀眼。

四面的衣柜里挂满了不同款式的女装，从春夏到秋冬，分门别类，色彩也极为丰富。苏颖不免惊叹，忍不住走过去仔细地看了一下，房间里的服装多半是旗袍。而且角落还有一个人台，上面展示的正是那款水蓝色为底、掐腰百褶的改良旗袍，她曾在老太太那儿见郑冉穿过。

苏颖转身问道："这些……都是她做的？"

仇女士点点头。

"她不是美术老师吗？"

仇女士挺自豪地说："算是业余爱好吧。"

苏颖走到对面的衣柜前，指尖慢慢滑过衣柜里的旗袍——米色镂空包臀短款、低胸高开衩性感款、立领无袖复古款……

旗袍款式独特，盘扣颗颗精致，剪裁平整，随便拿出哪一件都让人赞叹不已。

苏颖没想到两人的喜好会有重叠，而且郑冉明显更懂得欣赏旗袍的美。她的心中忽然滋生出一种奇妙的感觉，不得不承认对郑冉既羡慕又有些敬佩。

她们参观完衣帽间，郑冉也暂时忙完了，去厨房切了些水果端出来，又沏了一壶玫瑰蜂蜜茶。

电视开着，被随便调到了某个频道，用适当的音量充当背景音。

母女俩关系比较融洽，凑在一起总有说不完的话。郑冉虽脾气古怪，对老太太倒是尊敬有加，或者说她同任何人都能维持基本的礼仪，只是单单看苏颖不顺眼。

苏颖慢慢喝着茶，忽听老太太说："现在的年轻人啊，什么奇装异服都敢往身上穿。"她指着电视说，"瞧瞧，长衫大褂的，多难看呀。"

苏颖抬眸瞧了两眼，电视里身穿大红色汉服的年轻姑娘走在街上，绾着发髻，手执纨扇，和周围的行人比起来有些格格不入。

苏颖不经意地搭了句话："没觉得啊，挺好看的，很仙气。"

仇女士嫌弃地瞥她一眼："哪里好看？不伦不类的，没有时尚感。"老太太直摇头，小声嘀咕，"理解不了你的审美。"

苏颖吃了颗葡萄，懒得与仇女士争辩。她觉得自己过了尝试穿汉服的年纪，这种服饰因为不够普及，在博人眼球的同时，人们对其褒贬不一。但她从来不去嘲笑，最起码这种传承的精神是值得支持的。

"仇姨，不同的。"郑冉蓦地开口。

仇女士立即换上笑脸，轻声细语地说："怎么不同呀？"

郑冉说："和时尚无关，汉服作为传统服饰，跟韩服、奥黛、纱丽没什么区别，都是一种让人引以为傲的民族象征，我还挺支持穿汉服的。"

苏颖说："我也是。"

屋子里忽然静了静，仇女士觉得意外，看看郑冉，再扭头看看苏颖。

苏颖和郑冉目光相对，都没说话，几秒后，又有些尴尬地各自移开了视线。

苏颖把一整天的时间献给了仇女士，把她送回去已经接近傍晚。苏颖和周帆打了声招呼，没去店里，直接开车回家了。

郭尉也在家，一家人很少这么整齐地坐在餐桌前。他问两个孩子的课业情况，一个回答得规规矩矩，乖巧懂事得很；另一个则眼珠乱转，转移话题试图逃过拷问。

在孩子的教育问题上，郭尉的威慑力要比苏颖大得多，最起码顾念很吃这一套。郭尉和顾念两人的关系比苏颖想象中亲近一些，或许郭尉有独特的人格魅力，又或许"从未拥有过父爱"和"拥有了再失去"是存在差别的，前者更容易让人接受对方，心灵上没那么多抵触和排斥的情绪。

苏颖有时候很矛盾，盼望顾念就这样无忧无虑地长大成人，又怕他忘记一些最根本的东西。

而晨晨的经历应该属于后者。晨晨表面乖顺，实则和她没有那么亲近。值得庆幸的是，晨晨不是那种故意挑事使坏的孩子，彼此和平共处、相安无事，她已经很满足了。

晚一些时候，俩小孩儿做完作业，终于上床睡觉了。

苏颖捏着肩膀，把浴缸注满水，舒服地泡了个热水澡。她昏昏欲睡时，脑袋磕了下缸沿，这才清醒。

她裹着睡袍出去，发现书房的灯仍然亮着，门半掩着，郭尉还在办公。

苏颖在客厅里转悠了两圈，困意暂时消散，无所事事，索性温了两杯牛奶端到书房。

她敷着面膜，把脑袋先探了进去，叩了两下门板说："夜间服务。"

郭尉把视线从文件上移开，紧皱的眉头似有松动，微偏着头默默地看着她，不说话。

苏颖等了一小会儿又问道："我可以进来吗？"

"是我想象的那种服务？"

"不是。"苏颖直接顶开门进去，把其中一杯牛奶放到他的面前，自己绕过办公桌，蜷起腿坐在对面的椅子上。

"还有工作？"

郭尉把文件放在一旁，稍微整理了一下桌面："总有各种意想不到的事情要处理。"

"很头疼？"

"还好。"他闭上眼捏捏眉心，"怎么还不睡？"

苏颖说："我今天拿着你的钱做了顺水人情，给老太太买了个不太

102

便宜的名牌手袋。"

"老太太高兴吗？"

"没要她花钱，当然高兴了。"苏颖说，"我自己也买了一个。"

"好看吗？"

"很好看。"

"喜欢吗？"

"很喜欢。"

他温柔地笑了下说："喜欢就好，我赚起钱来会更加有动力。"

苏颖干巴巴地假笑了两声，捏着嗓子矫揉造作地说："谢谢老公。"毫无诚意。

郭尉勾动唇角，心情倒是好了许多。

她喝了一小口牛奶，擦了擦流到脖颈上的精华液，用指肚轻按眼尾和额头的位置。

"唉。"她长叹一声。

郭尉投去询问的目光。

苏颖说："今天才知道，原来郑冉会做旗袍。"

郭尉没搭腔，从抽屉里拿出烟盒，点了支烟。

苏颖懒洋洋地把脑袋枕在扶手上，目光很空洞，自言自语地说了句："我也想学做旗袍。"

"什么？"

"没什么，随便说说。"

郭尉吸了口烟，不自觉地眯起眼，偏开头，轻轻呼出烟雾："你的性格，应该不是天生就喜欢怀旧复古的。"

苏颖看着他。

郭尉掸掉烟灰说："或许有什么故事。"

她想了想："其实也不算。"

郭尉没说话，将身体靠在椅背上，捏着烟卷，扭头瞧着窗外出神。一时间，两人沉浸在一片静谧里，她喝她的牛奶，他吸他的烟，时间变得很慢，忽然给人一种岁月静好的错觉。

面膜快要干了，苏颖揭下来，随手放到椅子的扶手上。

她想起一张老照片，是顾维兄妹与母亲的合影，没有男主人。照片很暗，似乎拍摄于一个阴雨天，旁边的土地上留着深一块浅一块的印记。那时候小小的顾津尚在襁褓之中，母亲半解衣衫，正在低头喂奶，顾维则坐在旁边的小凳上，捧着脸看她们。

　　苏颖第一次看到这张照片时就被吸引住了，她感受到了满满的温暖和爱，母亲的笑容仿佛蕴藏着柔软却坚韧的力量，像一艘船承载着两个孩子的希望和未来。照片中，顾维的母亲穿了件长袖碎花粗布旗袍，是中规中矩的老款式，没有太多巧思和线条感，却意外地好看。

　　后来她有幸在箱底看见了那件旗袍，不知被谁平整端正地叠好。衣领依旧挺立，盘扣精巧，印花细致，多少年以后，即使褪了色也掩饰不住被岁月尘封的那种美。

　　苏颖没想到感同身受的力量如此强大。在那段最难的时光里，因为一张老照片，她曾给了自己一个坚持下去的理由。

　　后来，顾念健健康康地长大了，过去的一切也随着时间的推移被她全部收在了心底。

　　苏颖忽然间心血来潮地说："我穿旗袍给你看吧。"

　　郭尉转回视线，挑了挑眉。没等他说话，苏颖迅速跳下椅子，提着睡袍光脚跑了出去。

　　郭尉的目光一直追到门口，有些想笑。她那双白嫩的小腿紧捯，脚步轻快得像一阵风似的，又欢快得像只兔子。他本想再拿起文件看几眼，却怎么也无法集中精神了。

　　没过多久，苏颖仍是光脚走进来，洗净了脸，头发散开着，身上的那件香槟色短款绣花旗袍郭尉没见过。

　　她踮起脚，假装穿着高跟鞋，问道："怎么样？"

　　郭尉的视线在她柔韧白净的双脚上停留了几秒，随之往上。他不吝啬地夸赞道："很干净，很淑女。"

　　"是吧？"她抬着下巴说，"前几天新买的。"

　　书房中的光线很亮，她整个人都在发光。

　　"等等，还有。"苏颖扭头出去，再回来时涂了红唇，身上的旗袍是墨绿色的，丝绸质地，款式设计在胸口处大做文章，椭圆状的镂空从领口直达肚脐，里面用同色系的蕾丝遮挡住，皮肤若隐若现，胸部有底衬，是柔和的波浪形设计，性感又不失妩媚。

这件旗袍郭尉曾在她的衣柜里见过。

苏颖撑着胯缓慢地转了两圈，靠在后面的墙壁上，低低地抱着手臂。她咬了下唇，轻轻抬眸，慵懒地瞧了他一眼，气场完全不同了。

郭尉瞧着她的眼睛，片刻后，站起来倚着桌沿，单手收在裤袋里，又点了一支烟。

不可否认，郭尉欣赏活得恣意洒脱又张扬独立的女人。她的外表像是美丽又坚硬的壳，紧紧包裹着内心最柔软的部分，只要她不想，别人永远无从得知她过往的经历是幸福或是痛苦，她一如既往地把最光鲜的一面向外展示。

书房中一片寂静，没人说话。如果有一支舞曲，郭尉会邀请她跳支舞。

气氛有些微妙，苏颖无法抵挡他直白的目光，一瞬间手足无措，不禁白了他一眼，忽然笑场。

郭尉吸了口烟，也摇着头无奈地笑了一下。

苏颖清清嗓，继续演。

她走过去坐进椅子中，叠着腿，绷紧脚尖，蹭蹭他的裤脚说："请给我一支烟。"

郭尉偏着头，顿了几秒，声音清冷，道："遵命，郭太太。"他抽出手，轻轻拍到她的手上。

"烟"算是给她了。

苏颖用食指和中指夹着，凑到唇边假装吸了一口，吹出"烟雾"，问道："味道淡了些，有冲的吗？"

"我这支。"

她勾了两下手指说："尝了才知道。"

"恐怕代价会很大。"

这次苏颖没接茬儿。他忽然说："留长发吧。"

苏颖看看他，意兴阑珊地放松脊背，端起桌上的牛奶说："不喜

105

欢。"她喝了几口，静了会儿说，"我再去换一件。"

他用手掌按住她的头顶："时装秀结束。"

"不行，我有强迫症。"

"时间晚了。"

"就等一小会儿。"

"睡觉。"他拿下她的杯子，竟边喝边直起身走出去。

苏颖觉得哪儿不对，看看自己空握的手，又看看对面桌上一口未动的牛奶："你干吗总喜欢抢我的，我的好喝是吗？"

郭尉头都没回一下。

苏颖跳下椅子，光着脚追上他，吊着他的手臂使劲往后拉，脚掌擦着地板，整个人几乎要赖地坐下了。

他含笑问她："几岁了？"

"还我牛奶。"

"回卧室还。"郭尉垂着手臂，拖着她向前移动了几步，忽地一停，"不起来？"

苏颖没有反应。

"要抱？"说着，郭尉已将杯子随意地放在脚边，轻松地抱起她。

第二天早上，苏颖勉强起床把顾念和晨晨送走，郭尉也西装笔挺、神采奕奕地出门了。

昨天睡得太晚，苏颖哈欠连天提不起精神，本想回去眯一会儿，再睁眼竟然起迟了。最近几次两人合拍得有些可怕，苏颖隐隐担忧，害怕这种来自情感以及身体接触的默契不会一直顺畅。苏颖看着上方的水晶吊灯发了会儿呆后，开始起床洗漱。

她临近中午才到店里，路上给自己和周帆分别买了蒸饺和小馄饨。

苏颖去时，店里没有顾客，周帆正同一个男人站在角落低声争论着什么，不时有小幅度的肢体拉扯。苏颖猜测他可能是周帆的男朋友张辉。这个人体格健壮，个子挺高，头发应该很久没理过，看着不太清爽，两眉间的距离很窄，过高的眉骨和颧骨间有双大眼睛，目光却十分锐利凶悍。

周帆先看到了苏颖，把张辉往外推："我在上班，有事儿回头说。"

男人反手捏住她的胳膊，情绪看上去挺激动："你的手机号码换了，家里的锁换了，敲门也不开，我抓不到你，怎么回头说？"

"你这样纠缠有意思吗？我们已经分手了，分手懂不懂？就是从今以后你跟我没有任何关系，各走各的路，更没有什么好谈的，你快滚。"周帆一口气说完，眼中的厌恶和气愤不加掩饰。

"我没同意，你他妈休想提分手。"

"你到底想怎样？"

张辉问："总给你发短信的那个男的是谁？"

周帆说："你管不着。"

他咬牙切齿地说："又当又立的贱人，装什么清高？怎么，谈着一个再勾搭一个很爽吗？"

周帆忍了又忍，推着他："别耽误生意，我们出去说。"

张辉不动，双手紧握成拳，周帆绕过他要往外走，他一把把她拽了个趔趄，扯回原地。

原本两个人的问题需要时间和空间去解决，苏颖不想介入。可她犹豫再三，还是叫了一声周帆，朝里面抬抬下巴。货架后方有个小型仓库，里面放着库存的服装和一些杂物。

周帆抿抿嘴，挣脱开他的钳制，快步走进去，张辉跟着。

没多久，里面传出了两人的争吵声。苏颖把餐盒放在柜台上，没有故意去听，但"下贱"等难听的字眼还是传入她的耳中，苏颖蹙了蹙眉。忽然传来一声令人惊惧的响动，随后是周帆压抑的叫声。苏颖觉得事情不妙，停住整理服装的动作，仔细去听，仓库里仍有乱七八糟的声响和男人的咒骂。她挂好衣服，快步走过去敲了敲门。

张辉在里面喊道："滚！"

苏颖抿住唇，猛地拉开门板，张辉的一巴掌恰好落下，将周帆扇翻在地。短短几分钟，仓库里一片狼藉，货架倾斜，叠放整齐的服装全部掉落，挂烫机、吸尘器躺在地上，桶里的水也洒得到处都是。

周帆撑着手臂慢慢坐起，头发凌乱，右侧的脸颊通红一片。

苏颖面色阴沉地去扶周帆："你还是不是男人？竟然动手打女人。"

107

"没你的事儿，给我滚开。"

"该滚的是你。"她抓住周帆的胳膊，"你故意伤人，报警叫来警察有你受的，周帆已经把话说得很清楚了，继续纠缠也没意思，不如好聚好散，撕破脸皮只会让她更恨你。"

张辉猛然明白了什么，缓慢地点着头，脸上的笑容越发狰狞："我说她自从来这儿工作就像变了一个人似的，原来是你这个贱人在背后搞破坏。"

"嘴巴放干净点儿。"苏颖冷声说。

"比你男人的干净，要不要尝尝？"

他的话肮脏不堪，难以入耳，苏颖的指尖不可抑制地颤抖。同时，她也清楚这个人现在不冷静，处在发疯的边缘，随时有可能做出极端行为，她努力忍了忍，一声不吭地想拉周帆离开。

张辉突然大喝一声："都和我作对是不是！"他举起左手，手掌如锋利的刀片般猛地落下，将两人紧握的双手劈开，捏住苏颖的肩膀一把将她甩了出去。

男人体格强健，力量巨大，苏颖只感觉天旋地转。仿佛是一瞬间，她的额头狠狠地磕在货架的棱角上。痛感并不强烈，她只是有些眩晕，没多久，一股温热的液体滑过她的眼眶。她摸了摸，发现指尖暗红一片。

周帆眼看着苏颖受伤，不管不顾地发疯般挠张辉。两人扭打成一团，但她的力量怎能抵得过一个大男人？她很快就被对方压在身下，无力还手。张辉完全失去理智了，毫不留情地一拳拳打下去，似乎忘记了正在伤害的是他爱着的女人。

店里的音乐声盖过了打斗声，不知为何，这会儿一个经过的顾客都没有。苏颖从地上爬起来，抓起货架上的花瓶，没有犹豫，朝他的后脑干脆利落地砸过去。啪的一声，花瓶碎裂，她的手中只剩一截参差不齐的瓶颈。

张辉的身体僵住，有血液顺着他的脖颈流入领口。他转移了愤怒，反手就是一巴掌，抬腿朝苏颖的肚子踹过去。苏颖侧身躲避开，被踹到了腰，倒在地上，他随之压上来朝她挥拳头。

她握紧那截锋利的瓶颈，狠狠地插向他的侧腰。

门口传来一声尖叫，隔壁的女店主终于听见动静了，一边大喊保安一边打电话报警。很快，店铺门口就挤满了人。

张辉捂着腰站起来，血从指缝间汩汩地往外渗。他这会儿终于清醒了些，突然对着苏颖笑了一下，用口型说："你给我等着。"那笑容诡异得瘆人。

苏颖声音虚弱地说："别让他走了。"

保安还没到，门口围观的基本是女人，根本没法儿阻挡，张辉用最快的速度冲了出去，瞬间不见了踪影。

郭尉同赵平江赶到医院时，看见苏颖和周帆正坐在急诊室外的护理床上。走廊里空气污浊，护士奔走于各个病房，椅子上坐满了人，走廊里挤满了急症病人及家属，一片乱哄哄的嘈杂声。

周帆没有其他地方坐，蜷起双腿坐在沾着血污的临时病床上，额头被简单包扎过，左颊红肿，嘴角破口，手臂上还有淤青，有些颓废地耷拉着脑袋，微合双眼，不知在想什么。

郭尉不由得攥了攥拳。

赵平江指着前方："嫂子在那边。"他先快步走过去，郭尉顿了顿跟上。

"嫂子。"赵平江轻声叫道。

苏颖的动作慢了半拍，她缓慢地抬起头："来了？"她忍不住看了看后面面色阴沉的男人。

赵平江问道："嫂子，感觉怎么样？"

"还好。"

"有人帮你们做详细检查吗？"

"没。"她碰了碰额头的纱布。

赵平江掏出手机说："我去安排。"他拍了下郭尉的肩膀，边打电话边朝急诊室外面的安全通道走去。

四周突然间安静下来，郭尉把双手收在西裤口袋里，半晌，终于说了第一句话："怎么回事儿？"他没看苏颖，这话是冲周帆问的。周

109

帆本就心虚，对他过于严肃的表情更加不敢直视，忍痛正襟危坐，将事情原委一字不落地讲述清楚，又说了一连串的对不起。

他问："后来报警了？"

周帆点头。

郭尉沉默了，抽出一支烟刚想点燃，忽然看见走廊上方悬挂的禁烟标志，又将烟塞回烟盒。他的动作有些烦躁，但旁人不细看根本无从察觉。许久，他终于冷冷地瞥向苏颖，声音没什么温度："能耐真不小。"

郭尉说完这句话转身走了。苏颖看着他的背影愣了愣，原本以为最起码能得到几句关心、安慰的话，没承想他会是这种反应。这应该是相识以来郭尉第一次同她生气，她却觉得他有点儿小题大做了。

她咬了下唇，低声嘀咕："有毛病。"可她骂完又觉得后悔，不禁抬眼去寻那个人的影子。

赵平江的办事效率极高，很快就有护士将两人推至二楼做脑部扫描和骨骼检查，所幸苏颖只有轻微脑震荡。大夫非常尽责，详细讲解后，建议留院观察半天再做打算。

两人直接被送入单独的病房，苏颖也赌气般地没同郭尉说话。整整一个下午，郭尉电话无数，多次起身到走廊上接听，他却没有走。

临近午夜，一行人终于可以回去了。郭尉麻烦赵平江跑了一趟，将周帆送回住处。

苏颖不放心，嘱咐说："别回家了，先找个酒店住下吧，指不定他在哪个地方堵着呢。"

赵平江说："放心吧嫂子。"

两人一路无话，回到家，客厅只留着地灯。月光透过落地窗照进来，在地板上留下不规则的浅淡光斑。

苏颖没管头上的伤，拿着干净衣物去洗澡，中途隐约听见浴室的门被轻叩了两下，那个人说："注意伤口。"

苏颖没理，却不自觉地牵了下唇角。她抹掉镜子上的雾气，发现自己的脸颊肿到脱相，腰间的淤青足有手掌大小，一碰就疼。她烦躁起来，穿上睡袍出去，在卧室里没看见郭尉，床头柜上却放着一杯温水和分好的药片。

她十分疲惫，不去管那些是什么药，直接用水服下。

夜色已经很深了，窗帘拉得严，房间里没有一丝光亮。

苏颖睡得不太踏实，意识似乎还停留在下午的惊险场面中，看不清样貌的男人把她压在地板上，拳头如暴雨一样砸着她的额头和脸颊，她用手臂挡住，竟在旁边的镜子中看到自己二十岁时的样子，染着夸张的发色，浓妆艳抹，穿一件黑色小背心和破洞牛仔裤，举刀刺向男人的脖子，有鲜血溅到她的脸上。

苏颖蓦地睁开眼，大口喘气，下意识地伸出手臂摸向另一边，没摸到人，伤口处的神经开始疯狂跳动。她看了看时间，原来才过去了一个小时。

苏颖喝掉刚才剩下的半杯水，起身去顾念房中，小朋友把被子蹬到了地上，手脚摊开，睡得正香。她捡起被子为他盖好，在黑暗中坐了会儿，轻轻地出去。

客房的门缝中透出一丝光亮，房门半掩，却没什么声音。苏颖犹豫片刻，踮着脚尖走过去。床头灯散发着幽暗柔和的光线，钟表嘀嘀嗒嗒地走着，男人背对房门躺在里侧，动都不动。苏颖贴着门缝屏息去听，可怕的是，现在能从他的呼吸声中判断出他是否入睡。

纠结一番后，苏颖决定先服个软。

她蹑手蹑脚地走进去，轻轻爬上床，探头看了看，郭尉闭着眼，呼吸平缓。苏颖撇撇嘴，紧贴着他的后背躺下，男人的背部轮廓很漂亮，肩膀宽厚，后背凹凸有型，腰又窄又瘦，服帖舒适的衣料隐隐透出脊背中央那条长长的窝痕。

苏颖抬手搭在他的手臂上，从后边搂住他，待了会儿，郭尉把她的手挥开。

苏颖再搭上去，他轻轻一耸肩，她的手臂又滑了下去。

半刻，苏颖忽然高高地抬起腿，使劲地搭在他的腰上，这回郭尉没有动。

苏颖晃了晃脚问道："睡着了？"

111

郭尉不吭声。

"幼稚。"她说。过了几秒，他背对着她讥讽地冷笑了一声。

苏颖知道他最吃哪一套，放软了语调贴着他的后背说："我头晕眼花，双腿发软，浑身上下没有一处不难受。"

隔了很久，男人僵硬的脊背终于放松下来。他似乎低低地叹息了一声，温声道："难受还能走到这儿来，真是不容易。"

钟表有节奏的走动声显得房间更加安静，头顶的光线柔和，让人昏昏欲睡。苏颖的右腿仍然搭在他的腰上，偶尔晃动一下，在墙壁上投下模糊变形的影子。郭尉说完那句话就没再开口，侧卧的姿势未变，呼吸又轻浅下来。

等了会儿，苏颖打了个哈欠问道："你没话跟我说吗？"

他的声音懒懒的，带着喑哑："你想听什么？"

"那算了。"她动作不太轻地放下腿，大动静地翻身下床，"睡觉去。"

可还没等脚尖碰到地板，郭尉就扭身坐起来，拉住她的手腕。他半弓着脊背，单腿微屈，原本就不太明亮的光线被他遮住大半。男人的表情她看得不甚清晰，但他眼里的光却能直射过来。

"疼吗？"他过了很久才问。

苏颖努了下嘴："你问哪里？"

"脸或者额头。"

"你不问倒还好，一问哪儿都疼了。"她露出可怜兮兮的表情。

郭尉哼笑，又看了她几秒，忽然倾身过来捏住她的下巴说："我看看。"

这一声温柔了很多，苏颖被迫仰着头，不禁抿了下唇。她脸颊上的淤青比下午时还严重，肿得老高，就像口腔里含了什么东西。郭尉的手背一触上去，苏颖立即龇牙咧嘴："嘶……疼……"

被她的叫声惊了一下，他哭笑不得："根本没碰到。"

"那也疼。"

在过去的很多年里，苏颖已经习惯了不去用女人天生的柔弱博得男人的怜爱。她无从判断自己的行为里有多少假装的成分，却知道郭尉很吃这一套。他的表情不再那样冷冰冰，目光变得柔和了，嘴角的弧度也渐渐提了上去。

苏颖往他怀里凑，问道："不生气了吧？"

"难得你还知道。"他想把她推远，但没真推，随了她去。

安静地待了会儿，郭尉才用一贯的严肃口吻说："你今天处理事情的方法太幼稚。"

苏颖心说又开始了，她使劲眨眨眼，努力打起精神。

"我没想到你会跟那种地痞无赖动手。"郭尉冷声道，"需要枪吗？给你弄一把，直接把人脑袋爆了吧。"

苏颖心说能弄来算你有能耐，不过只想了想，没敢吭声。

郭尉继续说："拿着花瓶就敢往人身上扎，你和他有什么差别？还以为自己二十岁，无恶不作，只懂硬碰硬、黑吃黑呢？"

他这话就不太留情了，苏颖猛地直起身，冷冷地瞪着他。

"先别着急翻脸。"他把她按回来，说，"那次车祸，你对肇事司机说的一番话我现在都记得，我以为你即使不考虑这个家庭的存在，也会先考虑顾念，三思而后行。"

他目光沉沉地看着她，嗓音很低，似乎饱含着某种情绪。

半睡半醒时的梦已经说明苏颖在后怕，她底气没那么足了，反而对他有些歉疚。她想了想，低声说："刚开始我很冷静的，但他伤了周帆，也伤了我。"

"处理的方式一开始就不对。"郭尉说，"公是公，私是私，这点你要分清楚。有事情要处理？好，请假、给假，然后让他们去外面解决，你也不至于引火烧身。"

"我知道，但那个男的是畜生，以前就对周帆动过手，我怕这次也……"

"你帮她打回去，就能从根本上解决问题？"

苏颖一时语塞，顿了顿，讲出她当时所想："我以为在公共场合他多少会收敛些。"

郭尉冷笑："他如果有所顾忌，开始就不会闹到店里去。你是个生意人，应该更理智地对待问题，冲动、易怒、心软、逞能，这些性格

113

特征很可能会成为你的致命弱点。"

"周帆是我朋友，我不能坐视不管。"苏颖用手指卷着发尾，闷声说，"即使今天是一个陌生人，同为女性，也不能光看着吧？"

郭尉沉默片刻，说："你知道我不是那个意思，这种情况应该先报警。"

"等警察赶到，肯定来不及了。"

"保安是摆设？"

苏颖说不出话了。

半晌，郭尉轻轻叹了声："睡吧，你需要休息。"

她嘟囔着："那我回去睡。"

"别折腾了。"郭尉拉着她躺下，抬手关灯，整个房间瞬间陷入了黑暗。

没多会儿，郭尉伸开手臂碰了碰她的头顶，示意她靠过来。苏颖磨蹭了几下，慢腾腾地凑到郭尉怀里。没等她的身体完全转过去，郭尉的手臂快速一拢，她的额头立即贴上了他的胸膛。

这个房间苏颖没住过，有种陌生的味道，混合着他身上万年不变的干净气息，又有些让她安心的熟悉感。

耳边很静，她甚至可以听见他强劲有力的心跳声，她调整了下姿势："你一直没睡？"

郭尉的声音哑哑的，他轻飘飘地吐出三个字："你说呢？"

"为什么？"

他的语速很慢："担心你的伤，怕你疼得睡不着，气你不知错，反而给我摆脸色。"

苏颖的心脏仿佛被什么扯了下，又酸又疼。她抿抿嘴，小声说："太假了。"

郭尉笑笑，没辩解，好像并不介意她怎么想自己，只说："任何时候，我都希望你把自身的安全放在第一位。"

她蛮不讲理地哼哼："最好别给你添麻烦。"

他懒得与她计较，嘴唇贴了贴她的额头。

苏颖又说："我腰疼。"

郭尉在被子里掀开她的衣摆，用手指触了触，问她："这里？"

"上面一点儿。"

他稍微停顿："也伤到了？"

"嗯。"

然后是一阵沉默，苏颖没再听见他说话。他的大手几乎罩住她的侧腰，带着温度的掌心覆盖在皮肤上轻轻揉按。

苏颖反而睡意全无，睁着眼，勉强能辨别他肩膀的轮廓。黑夜把时间无限延长，隔了会儿，她听见他低声警告："手老实点儿。"

苏颖把手缩回来。

郭尉话中带笑："你这状况，还有精力干别的？"

苏颖不吭声。很久后，她没头没尾地说："下次不会了，我会保护好自己的。"她忽然抬头，不由自主地用嘴唇轻触了一下他的下巴。这个举动令苏颖自己也吓了一跳，他每一次靠近，她都会向前走出一小步。

苏颖几乎就要忘记什么时，又有个声音告诉她，坚决不能忘。她的心脏在一种矛盾的情绪中快被撕扯成两半了，前进着也煎熬着，疼痛着也被治愈着……

第二天，郭尉把老陈留给了苏颖。

其实老陈并不老，只比郭尉年长四五岁，跟着郭尉的时间比较久。他虽是个粗人，却忠厚老实、办事稳妥，又身形强健，有过几年格斗经验，郭尉比较信任他。他建议苏颖这几天先别营业，她考虑了一下，也决定休息一段时间。

中午的时候苏颖和周帆去了趟派出所，根据店里的监控录像和医院开具的验伤报告，相关部门立了案。

两人从派出所出来时已是下午。周帆想回出租房收拾随身物品，苏颖想了想，觉得有老陈在要比周帆自己一个人安全一些，于是跟着跑了一趟。

周帆的东西并不多，刚好装满一个行李箱加一个大号旅行袋。她这次断得彻底，把钥匙交还给了房东，预付的半年租金直接不要了。

车子穿出小巷，在太阳落山时驶入宽阔的马路。路两旁的霓虹灯将将亮起，此时正处于白天与黑夜的交替时刻。

周帆扭头看向车窗外，整个人陷在某种消极的情绪里，十分低落。

苏颖握住她的手，周帆蓦地回神，问道："颖姐，你今晚能不能陪陪我？"她的眼睛湿亮，目光中隐隐含着祈求的意味。

苏颖没忍心拒绝，只好让老陈先回去。谁知转身的工夫老陈又回来了，兴许是和郭尉通过电话，说今晚也跟着住下。

苏颖想了想，只说了一句："那麻烦你了。"

昨晚赵平江在湖北路附近给周帆找了家酒店，鉴于郭尉那层关系，标准不低。

可周帆哪儿还有脸麻烦他们，不肯入住，只在附近随便找了间招待所住下。任凭那个人渣有再大的能耐，邱化市那么大，他也不可能找到这里来。

两人没有出去吃晚饭，周帆在前台买了泡面、火腿和榨菜，两人坐在桌前安静地吃面，热气熏在玻璃上。周帆毫无预兆地抽泣起来，脸都快埋到泡面盒子里了，眼泪吧嗒吧嗒地往下掉。苏颖没有说话，任由周帆发泄了一会儿，搁下塑料叉，轻轻摸了摸她的头。

苏颖的这个举动令周帆崩溃大哭："对不起颖姐，是我对不起你。"

苏颖笑笑："别傻了，又不是你的错。"

周帆不知道还能说什么，这份愧疚和感激她无法用言语表达，却记在了心里。

晚一些时候，苏颖仔细检查过门窗后，躺到床上。

招待所条件简陋，两张单人床中间摆着掉漆的棕红色床头柜，床头有一扇窗，隔着护栏可以看到对面大厦的广告牌。苏颖关了灯，眼睛渐渐适应了黑暗，看到窗外霓虹灯的光刚好映在对面的墙壁上。

"颖姐。"周帆叫了她一声。

"嗯？"

"你说我是不是命不好，为什么每次遇见的都是渣男？"

苏颖说："哪有都是，不就两个？"

这句话把周帆逗笑了，她到底年纪小，无论身体还是心灵复原的能力都很强。她翻了个身，趴在枕头上问苏颖："那你呢，有没有遇到过渣男？"

"有。"

周帆来了兴致："讲讲呗。"

苏颖说："谁还记得？早忘了。"

周帆没追问，想了想又问道："那你交过几个男朋友？"

"两个。"

"姐夫和前任？"

苏颖睁眼看着天花板，嗯了一下。

窗外驶过救护车，警示灯交替闪烁，鸣笛声在安静的夜里格外刺耳，不知谁家正承受着生死煎熬。

周帆轻轻叹气："但愿这一切很快过去。"

苏颖没吭声。

周帆低声说："我换了号码，这次和他也彻底断绝来往了。"

"以前的那个？"

周帆嗯了一声，过了很久才笑着说："最后一次说说他吧。分手的那天晚上，我们吵得惊天动地，哭喊声撕心裂肺，最后精疲力竭，几乎失声。第二天早上我从出租房离开，他送我。不知为什么那个画面让我印象很深刻，他站在电梯外，穿着白背心、灰短裤，脸没来得及洗，头发也乱蓬蓬的。他把红白蓝条的编织袋交到我手上，没说一句话，我那时候正恨他，也没说任何话。颖姐，你知道吗？电梯门就在我俩之间一点点合上，直到我们看不见彼此，真的跟演电影一样。"

不知为何，苏颖的手心微微出汗。

周帆说："没想到那一眼就是最后一眼，之后我们再也没见过。"

这句话就像一枚定时炸弹扔进苏颖心里一样，原本规律的时间疯狂减少，转瞬骤减为零，然后轰的一声炸开，让她的身体四分五裂，疼痛难忍。

苏颖知道自己怕什么。她害怕想起那个血肉模糊的夜晚，林子里阴森恐怖，顾维拉着她逃命，耳边不断传来雨声、风声、呼吸声、奔跑声……后来传来枪声，紧接着，耳边响起顾维痛苦的闷哼声……

苏颖也没想到那一眼就是最后一眼。她被抓走了，没能看着他咽气，没有看清他的最后一个表情，甚至没有和他好好告个别。这是她唯一不甘心的，结局或许会慢慢被接受甚至被淡忘，但是遗憾永远像是心头的刺，偶尔想起，不致命，却能让她撕心裂肺地疼。

　　苏颖发现自己已经很久没特意去想顾维了，今天拜周帆所赐，放纵了一回。

　　周帆还在絮絮地说着什么，但苏颖没有听进去。

　　这晚她失眠了，每一分钟都很难熬，越试图入睡越焦虑烦躁，然后脑海里不断蹦出顾维的样子：站着的、走着的、坏笑的、发怒的……

　　更令苏颖崩溃的是，某个瞬间，那个身影又突然变成了郭尉。这种矛盾的情绪让她充满愧疚感，无论对哪一方她都觉得愧疚。

　　苏颖开始疯狂出汗，泛着潮气的被褥黏在后背和大腿上，额头的伤口突突直跳，脸颊和侧腰的疼痛也不放过她。

　　周帆已经睡熟，苏颖耳边传来了隔壁陌生男人的鼾声。

　　苏颖眼睛一眨不眨地盯着天花板，在心中骂了顾维一万遍，发誓从今以后再也不想他。她有了新的家庭，有了事业，有了丈夫，还有三十年甚至更长的路要走。现在她拥有的一切几乎圆满，没有什么理由停留在原地，不去好好生活。

　　很久以后，快速运转的大脑终于感到疲惫，苏颖放松下来，浅浅入睡。可没过几分钟，她又被一阵电话铃声惊醒。

　　她摸到手机，看见屏幕上的来电显示，心中骤然一紧，有种不好的预感。她把手机凑到耳边接听，果不其然，那边的人告诉她，服装店着火了。

　　苏颖接到电话时刚好是凌晨三点钟，老陈载着她和周帆赶到现场时，火势基本已经被控制住。

　　商场楼下聚集了很多人，有附近的居民也有工作人员。墙体四周拉起了警戒线，不准人员进入。三楼的某个窗口冒着浓烟，在墙体上方留下了乌黑的痕迹，旁边的云梯还没撤回，消防员在做收尾工作。

118

苏颖抬头望着那扇破败不堪的窗子，站在原地，半天说不出一句话。

门旁走出几个人，纵火犯被两位警察架紧，口中不停地叫嚣，身体费力地扭动着。周帆一眼认出了那个人，几步冲过去，朝他发疯一样地拳打脚踢。警察愣了一瞬，赶紧把她拉开。

周帆的眼睛能喷火，大声嘶吼："人渣！畜生！打我还不够，杀人放火的事儿你都敢做？"

张辉龇着一口白牙，笑容在阴影里分外诡异："你终于肯出现了。"

"你想让我死！你想害死我是不是？"

张辉把眼睛瞪得很大，压低声音："这就是背叛我的代价，怎么样，还敢不敢了？"

"疯子！"周帆死死地咬住下唇，朝他的肚子狠踹了一脚。

张辉闷哼一声，牵动伤口，竟趁人不备时冲过去，双手被铐着，企图张嘴咬周帆的脖子。

警察立即上前制住他。张辉被迫趴下，脸颊贴着地面，整个人呈现疯癫的状态："贱人，咬死你，咬死你，哈哈哈！"

"简直疯了！"周帆难以置信地后退了一步，手抖得厉害，"我会把事情全部告诉警察，我要告你，你就等着坐穿牢底吧。"

黑夜里，张辉放声大笑。

他被带走了，留下的警员问："你是店主？"

周帆茫然无措地看了看不远处的苏颖。苏颖把视线转到这边："我是。"她走过来，先问了一句，"请问，有没有人员伤亡？"

"目前还没有。"

苏颖暗自松了一口气，又问："那旁边的店铺也被烧了？"

"具体情况还不了解，要等上面的人下来才知道。"警员说，"待会儿需要你们去趟警局，配合我们调查。"

苏颖平静地道："好。"

苏颖和周帆又在空地上站了一刻钟。看热闹的人有增无减，都抬着头，目光聚焦在一处，小声议论着。苏颖环紧手臂，也同他们一样抬头望着上面。她只穿了件毛呢大衣，冷风顺着领口钻进去，先前的汗没有干透，衣服失去了御寒的功效，身体就像裹在一层冰碴儿里。她没怎么说话，脑中一片空白，好像也没想什么。

又过了会儿，上面的消防人员抱着水枪等器材走下来，三楼的窗口黑洞洞的，一点儿火光都没有了。

苏颖琢磨着上前看看情况，于是朝门口走去，却蓦地被人拉住手腕。她回头，郭尉高大的身影遮住了远处的灯光，表情融进夜色里，看着不太真切。

苏颖想都不用想，必定是老陈通知的郭尉。

她咬住唇说："我过去看一眼。"

郭尉瞧了瞧她的状况说："在确定安全之前，你得在下面等。"

苏颖扭了下胳膊，语气听上去仍然挺平静："没事儿，火都灭了。"

郭尉说："烧到什么程度还不清楚，随便掉下来块烧焦的物体都有可能伤到你。"

"我会小心的。"

"别太任性。"

苏颖说："我没有。"

"你上去能做什么？"郭尉皱着眉，"况且警戒线还没撤……"

"我去看看怎么了？"苏颖忽然大声说道，仰着头执拗地看着他。

郭尉微微绷着唇，没吭声，也垂眸看她。

苏颖挣开他的钳制，激动地道："我的店变成什么样了我有权知道吧，你干吗拉着我？难道要我什么都不做，就站在这儿傻等着？"

一瞬间，好像所有情绪通过一个口子宣泄了出来，苏颖没细想此刻郭尉在她心中担任的是什么样的角色，可以让她对着他有恃无恐地发脾气，而且毫无道理。她不再像刚才那样六神无主，这种依赖像细菌一样无孔不入，只是当局者无从发觉。

她转身要走，郭尉一把将她扯回身旁，压着声音说："你冷静点儿，如果不能控制自己就给我回家去。"他语气严厉，不容她胡闹。

那一刻，苏颖觉得鼻子有些酸，将视线转向别处，眨了下眼。

郭尉站在她的侧后方，看见她的侧脸和频繁颤动的睫毛，不忍再冷声训斥。顿了几秒，他扳过她的身体，将整个人往自己怀里拢了一下说："交给我，嗯？"

苏颖用额头抵着他的胸腔，嘴唇紧抿。

"去车上等着？"郭尉建议道。

好一会儿，苏颖闷闷地说："这回血本无归了。"

她揪着他腰侧的衬衫，声音还算正常。郭尉拍拍她的头："怕什么？有我在呢。"

苏颖同周帆坐回车里，外界的噪声立即被隔开，暖气吹在脸上，但苏颖已经僵硬得感受不到了。

周帆紧握着双手，短短一个晚上，张辉把她推到了万难的境地，她竟成了罪魁祸首。她看向苏颖，张了张嘴，却半天说不出话来，此刻说什么都显得太苍白了。

发生这样的事情，苏颖暂时也没有心情安慰周帆了，转头看向窗外。郭尉穿了件单薄的黑色风衣，没系扣子，露出里面洁白的衬衫。他冲老陈交代了几句，老陈点点头，走到远处去打电话。他则点了一支烟，吸了一口，微偏着头吹走烟雾，忽然朝她的方向看过来，片刻后又移开了目光。

不久，有警员走到他跟前，郭尉掐了烟向前迎了几步，将那半截烟虚握在手心里，背到身后。和警员说了会儿话后，他和老陈朝苏颖这边大步走来。

老陈启动车子，问道："郭总，去警局？"

"嗯。"

他们到了警局，苏颖和周帆被带去不同的房间做笔录，一番折腾下来，天已经微亮。

他们要离开时，负责这起案件的张警官把郭尉和刚刚赶来的梁律师叫到旁边，说："昨晚那两个保安发现得及时，听见异响就立即上楼查看，合力把犯罪嫌疑人制伏了。后来警方查看监控，发现他傍晚就在商场里闲逛，应该是关门前藏在某个地方，半夜再出来作案的。好在他只是即兴故意纵火，没携带汽油之类的易燃液体，火势及时得到

121

控制，损毁范围才没扩大。"

郭尉点点头，问："烧了几家店铺？"

"加上你们的，共三家。"

"会怎么判？"

梁律师说："嫌疑人要根据财产损害程度进行赔偿，另外量刑标准是三年至七年不等。"

郭尉想了想，多问了一句："若无偿还能力呢？"

"判定有无偿还能力的过程比较麻烦，一般要等刑事及刑事附带民事诉讼结束，最起码半年的时间。如果没有偿还能力……"梁律师没有说下去，给了郭尉一个无奈的表情。

郭尉明白了，朝张警官伸出手微笑道："麻烦了，张警官。"

对方与他握了握手说："客气。"

把所有事情交涉完后，苏颖想回趟店里看看情况，郭尉一道过去，同行的还有梁律师。

整个商场近期恐怕都无法营业，仍有些路人聚在大厅门口议论纷纷。已经有人取过证了，商场相关负责人才把他们带进去，梁律师将事故责任认定详细地讲给对方，对方比较明事理，知道法律上除了向纵火者追责，损失根本无权让他人承担。而且他心中很清楚，发生这种事情，商场安保部门也存在失察的责任。

他们上到三楼，一股烧焦的气味扑鼻而来，地面满是积水，里面混杂着黑色的污垢。

虽然已经有了心理准备，但看到眼前的狼藉景象，苏颖还是狠狠地怔住了。

店里是一片焦黑色，混乱不堪，货架、木梁横七竖八地倒着，地上的积水里泡着一堆堆的纤维灰烬。苏颖从角落里捡起一块碎掉的紫水晶，是店铺开业之初郭尉送她的礼物。

苏颖抬头看向郭尉，郭尉也正在看着她。

里面已经进不了人，所有服装及库存都被烧了个干净。还好两侧的店铺被波及得不算严重，只是橱窗碎掉，商品被烧毁一小部分，虽被高压水枪淋透，所幸还能分辨原本的样子。

郭尉拢了下苏颖的肩膀，示意她跟着下去。

这时商场门口聚集的一些店主见他们出来，立即围了上去。冲在前面的是旁边店铺的男主人，国字脸，络腮胡，一条小指般粗细的金链挂在脖子上，看着很"社会"。他先看见了苏颖，直接冲她走去。

"元凶在这儿呢。"他冲后面嚷了一句，又扭回头上下打量她："你说你得罪人干什么？把自己的地方烧了，还连累我们做不了生意，说说吧，怎么赔偿？"

苏颖皱了下眉，心情不好，说话也不太委婉："我跟你同是受害者，赔偿不应该找我，我还不知道向谁要赔偿呢。"

男人瞪着眼："跟我耍无赖是不是？"

在场的大多是楼下的店主，虽然没被火灾连累，但不能营业同样会有损失，心中愤愤不平，嚷嚷着同苏颖要说法。场面一时有些混乱，商场负责人承诺不会耽误太久，一楼二楼会尽快恢复正常，其他店主也能得到商场方面的变相补偿。

可是没有用，在"国字脸"的煽动下，一群人仍在起哄，争吵不断。

"国字脸"伸手要把苏颖揪出来，被郭尉挡开了。郭尉把苏颖拉到身后，冷眼看向众人，最后将目光落在"国字脸"的身上："好好说话还是打算找警察解决？"

"国字脸"这才正视挡在面前的高大男人，打量片刻，不屑道："少拿警察吓唬人，谁还不得讲个理？"

"对，我们没吵没闹，就要个说法，赶紧商量商量这事儿怎么解决。"旁边的女人附和一句，正是另外一个被烧店铺的店主。

这些人平时见面都是笑脸相迎、一团和气，可但凡触犯到自己的利益，立即翻脸不认人。苏颖十分理解，但也明白不能松口。事实上，她的确也是受害者。

她往前走一步："放火的人已经在警局，等到事情弄清楚，那边会给我们合理说法的。"

"少拿场面话在这儿敷衍，把老子当猴耍？""国字脸"怒了，指着她的鼻子说，"要不是找你寻仇，我们能被烧？根源还是你。"

闹嚷声渐大。郭尉盯着"国字脸"的手，脸色越发难看。

"大家都冷静点儿。"梁律师试图解释，"根据相关法律规定，如果经济财产受到损失，可以向相关部门提起民事诉讼，法院会依法判定罚金。但是，从法律角度讲，你们的确无权向受害者索要赔偿……"

一听这话，"国字脸"上前揪住梁律师的衣领："说的是什么屁话！"他凶神恶煞的样子令梁律师立即噤声。他忽然举起拳头朝梁律师打过去，却在最后一刻被人阻在半空。

郭尉抓着他的手腕警告道："想好再动手，不然有理可能也变成没理了。"

"国字脸"体型很壮，但身高只到郭尉的肩膀。苏颖不知郭尉用了多少力气，只见对方的脸部肌肉轻微地抽动几下，紧握的拳头无法自控地松开了。

郭尉说："借一步说话。"

苏颖拉住他的手，怕他一时冲动也会动手，郭尉回握，紧了紧："待在这儿。"

郭尉径自穿过人群，站在花坛边点了一支烟。他衬衫的扣子不知何时被解开了两颗，露着过分突出硬挺的喉结，头发微乱，不似在工作中打理得一丝不苟。他一只手插在风衣口袋里，垂眸吸烟的动作不疾不徐，烟雾缭绕间，他微眯着眼躲开，神情中竟带些痞气。

苏颖没见过这样的郭尉，平静的心湖突然落入一颗石子，发出咚的一声响，激起无数涟漪。她远远地看着他，有时人的情感变化很简单，一个眼神、一个微笑都可以让对方义无反顾，何况一个顶天立地、能护她周全的身影呢？

等了会儿，"国字脸"走过去说："说什么？你能做主？"

郭尉没急着答，先从烟盒里抖了一支烟出来，递过去，"国字脸"看了看，不接。

郭尉也没太在意，收回手，一句废话都不说，直截了当道："我愿意赔偿。"他说了个数字。

"国字脸"没想到他这么好说话，面色缓和了几分，仍是说："这点儿钱打发谁呢？"

"我看过上面，足够了。"

"烧掉的衣服不算，重新装修要钱，补货……"

"那也足够了。"郭尉打断他，"你要清楚，赔偿损失不是我的义务，我愿意出这笔钱多半是对你和另外那家被连累的补偿。梁律师说得没错，我们并没违反任何法律条例，过错方是纵火者。你可以起诉，但审判过程会相当漫长，之后你才能拿到赔款，何况我听说那个人的经济能力有限，到时候能不能出得起这笔钱还不知道。"

"国字脸"不吭声了。

郭尉说："你想想吧。"他不再说话，微侧过身去等待，把指间夹的烟慢慢抽完。

时间过去了会儿，"国字脸"似乎还在犹豫，一双不大的眼睛滴溜乱转，不时看向人群。

郭尉走近几步："只有你、我和另外一家交易。说实话，都赔偿不现实，到时候我真的要好好想一想，可能你一分钱也得不到了。所以你散了人群，我给钱，如何？"

"国字脸"不说话。郭尉看着他，把手中的烟盒漫不经心地抖了两下，再次朝他递过去。"国字脸"绷着面部表情，瞧瞧郭尉，这次终于接了。

第六章

相处的方式

郭尉洗完澡出来，在书房里找到了苏颖。她穿着睡袍，整个人缩在沙发里，指间夹了支烟，正一口接一口地吸着。

已经夜深人静，桌上的台灯散发着柔柔的光。

郭尉在脖颈上搭了条毛巾，他擦擦头发，走过去用两指捏着烟身，把烟截下来："怎么还不去睡？"

苏颖没有抬头，用手指卷了卷睡袍的带子问他："你给了那个人多少钱？"

郭尉按熄烟，走到她旁边坐下："不太多，也不太少。"

苏颖没有追问具体的数目："我以为你叫他过去是要打架。"

"我像是容易冲动的人吗？"

苏颖耸耸肩。

郭尉说："打人是最没效率的一种方式，解决不了问题，还会徒添麻烦，一般情况下不可取。"

"是怕打不过吧？"

郭尉半真不假地点头，慢慢地说："的确，有这方面的顾虑。"

苏颖笑了笑，但这笑意却未达眼底。她现在情绪低落，终于体会到不想说话也不想动的感觉了。

隔了会儿，郭尉问："想什么呢？"

苏颖枕着扶手躺下来，有气无力地道："钱你还要吗？我会慢慢还给你。"

郭尉说："记得付利息。"

"你送我的紫晶洞很贵吧？"

郭尉随手拿起旁边的杂志翻了翻，垂着眼说："秘书帮忙选的，没多贵。"

"别安慰我了，我以前偷偷查过。"

郭尉感到无奈，没有搭腔。

苏颖说："你总结得没有错，我冲动易怒、不够理智、太容易情绪化，这些弱点的确能致命，现在我终于自食恶果了。"

他顿了顿说："那天你似乎觉得自己没做错什么。"

"当时的确这样认为。"

人在利益面前容易迷失本心，变得狭隘、自私、丑相毕露。从前她不是这样的，但经历越多越畏首畏尾，如果能够预知结果，那天苏颖未必有勇气帮着周帆出头。金钱的确能测人心，不是她把金钱看得太重，只是身不由己，因为店铺的经营几乎用去了她的全部积蓄，承载了现阶段她对生活的所有寄托。她愿意对周帆施以援手，却也不想一无所有。

苏颖说："如果当时我能再冷静些，不去激怒他，哪怕吃点儿亏，局面都不会这样糟糕。"

郭尉说："别太计较，事情过去了再纠结也没意义了。"

苏颖不吭声，两人安静地待了会儿。

郭尉百无聊赖地翻着杂志，忽然问："想不想听鸡汤故事？"

苏颖怏怏地道："不想。"

他说："成功或许会迟到，但绝不会缺席。"

苏颖掀开眼皮瞥他："这话是从'正义'身上借来的吧？"

郭尉低声笑了，合上杂志，挺由衷地鼓励说："不要气馁，你必须明白做生意首先要学会亏。"

苏颖觉得他说这话纯粹是站着说话不腰疼，拿脚尖踢了踢他的大腿说："不如你言传身教，先亏个给我看看。"

谁知郭尉一把抓住她的脚腕，嘴角含笑地凝视了她片刻："近二十年不太可能。"

"话别说得太满。"

"我以为，你清楚我的'实力'。"

苏颖忽然间读懂了他的言外之意，这个人又一本正经地要流氓。她忽然觉得不自在，目光扫过去，他叠着腿，扭头悠闲地看着她，眼睛黑亮，笑意满满。

苏颖想要收回腿，郭尉紧了紧虎口，轻松一拉，便将她的小腿搭在自己的大腿上。那处皮肤久不见阳光，光滑白皙，像一块温润的玉。

郭尉说："祸兮福之所倚，福兮祸之所伏。一体两面，坏事儿的背后未必都是消极影响，说不准哪一天你还要感谢他。"

"张辉？"苏颖哼道，"真要感谢他全家。"

郭尉捏了捏她的脚说："你不是一直想要转变经营方向吗？这也许是个契机，可以考虑变通一下。"

苏颖把这句话反复咀嚼了几遍，眼前忽地一亮。她愣愣地看着他，几乎忘记了脚上扰人的痒意。

郭尉没注意苏颖脸上的表情，也没说太多，她这次遭受的打击挺大的，估计要缓上一段日子。

"歇歇吧，有什么打算等到年后再说。"他在她的脚背上拍了一记，"晚了，睡吧。"

转天早上，郭尉准时起床。他的生物钟向来规律，每天六点去跑步，七点到家洗澡、吃饭，然后精神焕发地去公司。

住处对面就是邱化市最大的景观湖，湖边有一座小山，山上奇石嶙峋，中间隐藏着亭子，有一条曲幽小径通往外界。每天早上水面静止，雾气缭绕，景色宛若一幅水墨画，别有韵致。湖的四周围绕着灌木，里面是一圈接近四千米的跑道，以郭尉的速度每天早上刚好可以跑三圈。

七点时，郭尉回来，苏颖正坐在梳妆台前，用头发遮挡额头上的纱布。

　　他感到意外："起这么早？"

　　"嗯。"她微张着嘴，贴近镜子涂口红，"送他们去兴趣班。哦对了，把你的车借给我用一下，你儿子不太习惯坐我的车。"

　　"也是你的，说借就没必要了。"

　　苏颖嗯了一声，不再说话，抬起下巴刷睫毛。窗外太阳初升，阳光照在她的脸上。除了还有一些瘀痕，她的气色竟比昨日红润了许多。

　　郭尉瞧了她两眼，脱掉运动衣走进浴室。他迅速地冲了个澡出来，苏颖还在原来的位置坐着，低头摆弄手机。

　　郭尉穿了件白底暗纹的衬衫，边系袖扣边走到苏颖旁边，从镜中看她："和谁发消息？"

　　苏颖回复完这条，抬头与他在镜中对视："周帆。"

　　郭尉没细问，转了话题："然后呢？"

　　"什么然后？"

　　"送完孩子准备去哪里？"

　　苏颖极轻地舒了口气："去店里瞧一眼，然后去南园那边看看旗袍店。"

　　郭尉没想到她这么快就有了计划："不歇歇？"

　　"不歇啦，待着心慌。"

　　"还有一个月就是新年了。"

　　"我知道啊，不过既然决定做旗袍，总要提前多了解市场。"

　　"认真的？"

　　"当然。"

　　郭尉把双手收进西裤口袋，定定地瞧着镜中的人："其实，有时候你不必心急，可以依靠我。"

　　苏颖看着他严肃认真的样子心中微动，笑起来，眼睛弯成两道漂亮的弧线，脑袋侧过去挨着他的胳膊拱了拱："是这样靠吗？"

　　郭尉的身体被她闹得直晃，胸口像是塞了团棉花，有说不出的滋味，只感觉窗外的阳光耀眼了几分。他喜欢看她发自内心的明媚笑容，忽然不介意时间变长，就这么相处一天应该也是不错的选择。这个很普通的清晨，对一些人来说又美妙了几分。

他弯唇说道："你开心就好。"

晚一些，苏颖带着两个孩子出门。平时她多数时间在外面，和顾念待在一起的时间竟不如在洛坪时多，而与晨晨的沟通和互动更加少得可怜。

其实她细想，郭尉从未对她要求过什么，在对待晨晨的问题上更是显出极大的宽容。

苏颖忽然有些歉疚，忍不住看了看后视镜，笑着说："待会儿上完课带你们去吃好吃的。"

"太棒啦！"顾念高兴地拍手。

苏颖视线微转："晨晨想吃什么？"

郭志晨抿了下嘴，眼睛一转，嘴甜地说："阿姨你还有伤，应该多休息，我们还是回家吃吧。"

苏颖从镜中瞄了眼自己的额头——得，又遭人嫌弃了。她抿抿嘴，只好悻悻作罢。

后来，苏颖和顾念偷着溜出来去吃了饭。

饭后，苏颖把顾念送回去，自己去了趟服装城。那里一楼的大门仍然紧闭，玻璃上贴了告示，写着"内部整修"的字样。苏颖去后门的货梯附近看了看，门上同样上了锁，不见人影。

继续逗留没什么意义，苏颖站了片刻，顺着步行街往南走。

阳光很是晃眼，恍惚间，苏颖蓦然想起开店之初的某一天，自己同样走在这条街上，光线同样明亮浓烈。她现在再去回想当时的心情，竟有种无法跨越的距离感。

街上的人很多，新年将至，人们都来置办新衣，每个人手里都提着大大小小的购物袋。

苏颖拢紧领口，竟又走到了街角的那家照相馆，橱窗里曾经摆放着的那张照片已经被取了下来，换了另一张旗袍美女的照片。她不禁驻足朝里看，暗黄的灯光下，隐约有人走动。

苏颖推开门走进去，风铃叮咚作响。

她一直以为照相师傅即使不是一位白发苍苍的老者，也应该是个中年男人，戴眼镜，蓄胡子，穿着白衬衫和一条复古背带裤，谁想到竟是个年轻的小伙子，瘦瘦高高的，穿着时尚。他听见动静扭过头，看见苏颖这番形象顿了顿，但还是问："您照相吗？"

苏颖走进去说："对，不过今天不行。"她指了指自己的脸。

对方一笑："没关系，先随便看看。"

苏颖点着头，打量着这间屋子："师傅，请问有样照吗？"

"叫我阿泽就行。"说着，他搬出一摞样式古朴的相册，"随便坐。"

苏颖翻开厚实的绿色纸皮外壳，就像进入了一个尘封许久的怀旧年代。她翻得很慢，问道："只拍旗袍照？"

"当然不是，喜欢什么风格我们可以事先沟通。"

"就要旗袍。"苏颖说。

四个字仿佛在两人之间建立了某种默契，阿泽腼腆一笑："都在上面了。"

苏颖随意地问："店里就你一个人？"

"目前只有我，我爸出去收旗袍了。"

"收旗袍？"

阿泽说："他经常到全国各地收集这些，还有银镯、簪子、玉佩和香囊等老物件。"

"收藏家呀！"

"算不上，算不上，只是爱好而已。"

苏颖特想亲眼看一看他口中的那些旗袍，但这个要求显然不合理。

两人聊了一阵子，还算投缘。店里冷冷清清，这期间始终没有顾客上门，苏颖说："你这里的生意……"

阿泽不甚在意："老式照相馆比不了影楼，何况很少有人喜欢怀旧风格。"

"怀旧也是一种潮流。"

他遗憾地道："但人们对旗袍的接受度还是不高。"

这句话点了苏颖一下，旗袍样式古朴、雅致、端庄，美则美矣，

131

但毕竟太传统，鼎盛年代又距今甚远，或许女性愿意去欣赏它，却缺乏穿上它的勇气。不得不说，旗袍有一定的局限性。

苏颖问："既然生意这样，不想转变一下？"

阿泽摇摇头。

"为什么？"

"说来话长，又是个老故事了。"

苏颖沉默了会儿说："说实话，我正打算开一家旗袍店。"

阿泽眼睛明显一亮："那很好啊！"

"但听完你的话，我忽然没了信心。"

阿泽着急地解释："我随便乱说呢，平时来拍照的人……还是挺多的，都是因为喜欢旗袍才过来的。"

苏颖笑着点头。

阿泽说："其实，旗袍的美需要大家的传承和推广，就是因为大家顾虑太多，这种有中国特色的传统服饰才渐渐被人们遗忘的。"

苏颖感到意外，他的思想境界显然比她高很多，这样一对比，自己以利益为先的想法简直庸俗至极。

她瞧着这家不大的照相馆问道："这也是你的初衷？"

阿泽不好意思地挠挠头说："从小受家里人的影响，算是吧。"

从阿泽那里出来，苏颖觉得心情复杂。她去了趟南园，一家家店铺转下来，没被什么特殊的样式刺激到神经。

之后的两天她又问了几个同行，在深巷或商场里找到了一些铺子，总结下来忽然发现，有些旗袍被过度仪式化了，成为酒楼迎宾或会场礼仪的服装，以及结婚当日新娘的礼服和敬酒服，消费群体在很大程度上被固定在一个很小的圈子里。而且邱化市市面上的衣服无论是面料、剪裁或缝制都缺乏诚意，不够精细，没有特色，大多千篇一律。

有人跟她说："想找代理哪能在邱化市？必须去江南啊。"那日阿泽也说自己的父亲常在苏杭一带活动。

苏颖动了心，开始试着在网上搜集资料。她明白自己站在一条全新的起跑线上，摸不着门路，或许会像无头苍蝇一样四处乱撞。这是必经之路，她在徘徊犹疑的同时，心中始终有一簇火苗风吹不灭。

几天之后，苏颖手上的资料已经十分充足，她又跟阿泽聊了聊，考虑再三，还是在网上订了往返江南的机票。

初到江南，苏颖感到了不适应。她是北方人，显然把这边的温度想象得太美好。她从没有出门前看天气预报的习惯，只穿着薄外套和牛仔裤过来，刚下飞机便被湿冷的寒风吹傻了。

苏颖预计在这边待三天，随身只带着一个小旅行箱。把东西放到酒店，她按照先前搜集的资料，先去了最近的旗袍城。

下午的天空飘起了小雪，刚落下来就融化了，扑在脸上像雾又像雨。旁边树丛的绿叶上还挂着零星的几点白，青石板的小路却湿润油亮，寒气从脚底渗入，苏颖没走多久就感到两腿发僵。

苏颖刚到旗袍城时感觉眼睛不够用。江南是丝绸之乡，旗袍服饰要比邱化普遍、广泛得多，无论款式还是做工都不能跟邱化相提并论。她没急着找人谈，店铺悬而未定，择址重来也不是轻而易举的，她过来多半是想先了解了解行情。这里的资源十分丰富，苏颖的内心不可抑制地蠢蠢欲动。可半天逛下来，她在审美上竟产生了疲劳，无法分辨美丑，总感觉缺少点儿什么，一时又说不上来。

晚间的气温再降了几度，苏颖在回酒店的路上经过了一个面料集市，在里面逗留了很久，回去时嗓子发痒，在一楼餐厅随便吃了几口便溜回房间。

她钻进被子里看了看时间，给郭尉发了一条消息："还在公司？"

没多久，他回复："没，在家。"

苏颖裹着被子坐起来，直接发送了视频通话过去。

郭尉接起，她先看到屏幕上出现他棱角分明的下颌轮廓、脖颈和干净的衣领。长相好看的男人似乎从不用纠结角度问题，怎么都耐看。

"吃了没？"苏颖问。

"嗯。"郭尉瞥了一眼屏幕，随后又低头认真地看文件。他穿着浅灰色的家居服，额前发丝松散，可能刚刚洗过澡，此刻正在书房里。

苏颖拢紧被子："做什么呢？"

"稍等。"郭尉垂眸在文件落款处签上名字。他今天提早下班，特意带两个孩子出去吃饭，回来才有时间处理未完成的工作。

苏颖立即说："你忙你的，顾念在不在？"

郭尉一顿，再瞥一下她，这回目光不算友好："等等。"他又写了几笔，才拿着电话去客厅。

顾念和郭志晨正在看动画片，邓姐给两人准备了水果和小份的甜点，他们坐在地毯上，偶尔说话交流，气氛倒还和谐。

晨晨凑过来聊了几句，顾念便捧着手机坐进沙发角落同苏颖讲悄悄话，有些委屈地问："妈妈，你什么时候回来啊？我都想你了。"

"妈妈才走一天。"

"一秒看不到都想。"

苏颖心中又甜又难过："妈妈也一样呢。"

从小到大，她都没有把顾念单独放在哪里过。现在是假期，她本应带他一起去的，但考虑到带着他可能拖慢工作进度，再者一切不比从前，家庭情况复杂了，凡事总要多斟酌一分，尽量处理得周到得当，所以才独自前来。这会儿隔着屏幕看到顾念红扑扑的小脸，苏颖忽然有些心酸，不禁质问自己为什么跑到这里来，纯粹是瞎折腾。

不过顾念很容易开心，问她："妈妈，你那边好玩吗？"

"不好玩，还特别冷。"

顾念很体贴，叮嘱说："要记得多穿衣服，小心感冒。"

"好。"苏颖伸手点了点顾念的小脸。

忽然之间，郭尉端着杯子走进屏幕的角落，在餐桌前停住，给自己倒了杯水，倚着桌边慢慢喝。他把一只手收进裤子口袋，视线并没在这边停留，而是扭头盯着电视荧屏的方向，好像也对正在播放的动画片很感兴趣。

苏颖把目光落回顾念身上："在家要听叔叔的话，不许调皮捣蛋。"

"知道了。"他跟她讲条件，"那你会给我带礼物回来吗？"

"时间充足的话，妈妈一定给你……们带。"

两人又说了很久，顾念才把手机还给郭尉。

这杯水郭尉喝得似乎格外慢，他接过手机往书房走，漫不经心地瞥着屏幕："怎么了？"

"你今天回来得挺早的。"

"当爸又当妈，哪里能晚？"

苏颖直撇嘴："不用你做饭、带孩子，瞎抱怨什么？"

他笑笑不解释，关上房门："今天考察得怎么样？"

苏颖换了个姿势躺着，鼻子露在外面，凉冰冰的："资源很多，品质高低不等，一下午只走了资料上标注的两个地方，感觉了解得还很浅显。"

"想一口吃成胖子不太现实。"

"我知道，不过……"

"什么？"

"没什么。"

苏颖吸吸鼻子，往下一缩，被子外只留下两只圆溜溜的大眼睛，再无辜地轻眨几下，那偷偷摸摸的样子很像某种小动物，表情是难得的娇憨滑稽。

郭尉盯着屏幕看了会儿，忽地笑了下："很冷？"

"嗯。"

"你的声音不太对。"

苏颖清清嗓："可能没有休息好。"

郭尉看出她的疲倦："那早睡，记得多喝水。"

"哦。"她要挂掉。

"等一下，就没有什么想和我说？"屏幕对面的那双眼睛随意散漫地看过来，似乎隐隐含笑。他的尾音微扬，这明明是一句平淡无奇的问话，却叫苏颖莫名觉得不自在。

她抿抿嘴："顾念让你多费心了。"

"应该的。"

"那你也早点儿休息。"

郭尉问："没了？"

苏颖声音微扬："也想问我要礼物？"

郭尉挑眉："那有吗？"

"没。"苏颖一时起了促狭心，翻了个身趴在床上，"或者你想听什么？不如直接告诉我。"

"恐怕不太健康。"

"那就快去看医生。"

他笑了笑说："等你回来。"这四个字好像与刚才的话题并无关联，只是作为结束语。苏颖再细想又似回答，更加暧昧不清。她及时掐断了通话。

郭尉把手机搁回桌子上，点了支烟。书房中很安静，他闭着眼不紧不慢地抽完烟，继续办公。

很久后，赵平江忽然打电话进来，邀他出去喝一杯。

郭尉看了看时间，一口回绝道："不去。"

"你大半夜的忙什么？"

"带孩子。"

赵平江像听到了什么天大的笑话，揶揄道："你家的保姆不在，嫂子不在，需要堂堂郭总操心这些杂事儿？麻烦拒绝也找个高级一点儿的理由。"

"老婆出门，总要安分一点儿。"

赵平江啧啧两声："怕不是嫂子装了摄像头，监视你的一举一动。"

"没准儿。"

"那我要作证，得提议给你颁发个好男人奖。"

郭尉随便他怎么说，整理好文件后关灯出去。他先去瞧了两眼郭志晨，转头想看看顾念时，发现从顾念房间的门缝透出微弱的光。

赵平江絮絮不停，说最近梁泰有一个项目赚了钱，他又搭上了一个小明星，那姑娘无论脸蛋还是身材都是一流的，说话温柔，会看眼色，两人打得火热，他几乎走到哪儿都带着。

郭尉对这个话题不太感兴趣，和梁泰不是一个频道的人，处着累。

赵平江问："听着没？"

"没有。"

"瞧瞧你这个人，越来越没劲。"

郭尉说："还有事儿吗？没有就退下吧。"他先掐断了通话，轻敲顾念的房门。

顾念蒙着被子趴在床上，借着床头灯正在看郭尉晚上买给他的《哈利·波特》，见郭尉进来，只抬头看了一眼，少有地没吭一声。

郭尉拽了把椅子坐下，问道："很晚了，还不睡？"

顾念抿住嘴，仍低垂着眼不出声。

郭尉问："想不想喝杯牛奶？"

顾念像蚊子一样很小声地说："不想。"

郭尉察觉出他的反常。果不其然，不过半刻工夫，顾念便憋不住情绪，小嘴一撇，一副努力压制又压制不住的样子，最后放弃压制，呜咽了一声："我想妈妈。"

"妈妈一定不知道你在哭鼻子。"

顾念觉得丢脸，把脑袋埋进手臂里，肩膀抖动，大颗的泪珠掉在被单上，却没发出一点儿动静。

有些时候郭尉觉得这个孩子跟苏颖很相似，偶尔袒露的脆弱总能触动别人少之又少的怜悯心。可他们又是不同的，顾念的性格稳中带缓，不像苏颖，长相也没完全复刻她的样子，眼睛像，鼻子、嘴巴则线条感更强。另一半的基因来自谁无须细想，郭尉没见过，不知对方究竟长什么样子。

他从不庸人自扰，近期却有些反常，当意识到自己思绪乱飞时，难免自嘲一笑。

郭尉将椅子往前挪了挪，对顾念说："我小学三年级时，也因为和妈妈短暂分开而哭鼻子。"

好一会儿，顾念哽咽着抬头问："三年级？"

"比你还大一岁。所以你很棒了。"面对孩子，鼓励永远是个好方法。

顾念眼里还含着泪，沉默了会儿，显然想担起"很棒"的夸奖，说道："要是没人和我说话，我自己其实是可以忍住的。"这个表情像极了苏颖。

郭尉一笑，伸手指了指："介不介意分给我半张床？"

顾念摇头，让出位置。

郭尉关掉房间里的灯，和衣躺在顾念的小床外侧，枕着手臂，叠着腿。顾念小小的身板贴近他的肋下，在严严冬日里带来一丝暖意。他没想过有一天会和这个孩子如此亲近，与苏颖结合之初，也仅盼能维系和睦的关系而已。

窗外光线黯淡，纱帘缝隙里钻进几道调皮的星光。

好一会儿，顾念犹豫着和他商量："别告诉妈妈我哭过，好吗？"

"那要看你肯不肯保守保密。"

"因为我们晚上吃了炸鸡和汉堡？"

"嗯。"

顾念问："保密的话，以后还能吃？"

"偶尔，我想可以。"

顾念觉得划算，立即勾起小手指举到他的面前说："我保密！"

千余千米之外的苏颖这晚也没睡好，一方面因为记挂顾念，另一方面因为某人晚上所赠的"四字咒语"。

清早起来，她头痛欲裂，嗓子很干，拧开一瓶矿泉水，没来得及烧热就喝下了大半瓶。她洗漱好走出酒店，天空仍旧阴沉沉的，飘着雨丝，前台的工作人员说她来得不凑巧，刚好赶上这几天降温。

苏颖在街边买了条披肩裹在身上，看看资料上标注的内容，准备乘车前往附近的商业街。

今天她去的地方性质不同，服饰商品直接面对消费群体，价格要比昨天见过的相同款式及面料的成品高出一倍到几倍不等，取决于商场的档次。

她随便试了几件，走到镜子前仔细观察了一番，忽然间想通了昨天的顾虑——

这里的旗袍文化虽历史悠久，但大部分旗袍还是从流水线上量产的，精细程度和个性化肯定比不了特别定制的。

旗袍讲求与女人体态的契合度和线条感，哪怕一个针脚拿捏不到位，都有可能让旗袍失去原本的美感。

比如现在她身上穿的这件，尺码符合，肩却宽了半寸，让她整个人都显得没有精神，无法凸显气质，小一码又恐怕会腰臀紧绷，显得不够大方得体。

她以前也碰到过这种情况，不过多数店铺提供修改服务。

整整一天，苏颖没停脚步。傍晚时，她的嗓子里就像噎了枚鸡蛋，吞咽困难，伴着丝丝疼痛。她从包包里拿出本子，忽然瞧见阿泽邛日写给她的地址。她看了眼时间，想了片刻，决定趁天还亮着跑一趟。

这是一条临河的历史老街，河路并行，两侧是白墙青瓦的房屋，门前有木栅、藤蔓，遍布很多文艺小店。街道很长，每百米便有一条窄巷，由石板拱桥相连，古朴清幽，极富韵致。

阿泽介绍给苏颖的旗袍店就在窄巷中，不太好找。她去时店主正送一位顾客出门，见苏颖的目光落向这边，便面带微笑地请她进去。

店主叫赵清溪，是个温柔随和的女孩子。

苏颖委婉地说明来意，听到阿泽的名字，对方了然，显然是提前打过招呼的。

赵清溪的旗袍店取名"陌纤旗珍"，店内只有少数高端定制的旗袍挂在灯光下，美艳绝伦，令人惊叹不已。并不像别处一般把所有款式摆在明面上，显得拥挤。

展架上有木制花瓶、手绣山水画、笔架、毛笔等雅致物件。角落有悠远的古琴声传出，不知店里燃了什么香，烟霭缭绕间，苏颖只觉得清心静气，身体的不适感也仿佛消失了大半。

赵清溪穿着一身飘逸的白袍，长发披肩，步伐轻盈地走在前面，将苏颖引到里间的茶桌旁。她的背影让苏颖莫名想起一个人。

两人喝的是茉莉香茶，寒暄了一阵，苏颖问："你和阿泽是同学？"

"不，他和我先生是大学同学。"

苏颖点点头："这次突然过来是想跟你取取经，太麻烦你了。"

"别客气，能帮上忙的我一定尽力。"

苏颖说："我准备在邱化市做旗袍专卖店，但刚开始摸不着门路，不知该怎样定位。"

赵清溪笑了笑："我从普通服装店转型做高端定制旗袍，也只用了一个月时间。"她为苏颖续茶，"其实没那么难，可能我的微弱优势在于与所学专业相关。"

苏颖笑："太谦虚了，对我而言零基础是最大的难关。"顿了片刻，她莫名地问了一句，"我现在学还来得及吗？"

"当然。"

这两个字令苏颖的心跳猛地加快了。

赵清溪说："不会太容易，但只要你肯坚持学下去就可以。参加培训班或是在网上找课程都可以，最好有个经验丰富的师傅多加指点。"

苏颖再一次想到了郑冉。

苏颖问："当初你为什么想转型？"

"我读书时就喜欢旗袍，却考虑到一些局限因素始终没去做。后来我偶然被朋友拉去参加一个旗袍派对，眼见着旗袍对一个人气质上的提升，那种古典优雅的美让我震撼，那是任何服装都无法替代的美。我也就下定决心试试。"赵清溪说话轻声细语，像是跟老朋友闲谈，问道，"你呢？"

苏颖哪里好意思说因为自己的店被烧了才有的这个契机，只说："也是因为喜欢。"

赵清溪轻轻地笑了："会越做越喜欢。"

"其实我的顾虑也是大众接受度的问题。"

"的确有难度，旗袍文化正是因为没人愿意推广，才渐渐走出公众视野的。"

苏颖说："可能我这个人比较庸俗，还是更偏向商业利益。"

赵清溪用手指勾着杯耳说道："等你真正做起来，会发现喜欢旗袍的人绝不在少数。而且并不冲突，在推广旗袍文化的同时把品牌打出去，自然会带来好的收益。"

苏颖没想到，这个女孩儿会对一个陌生人倾囊相授。时间慢慢过去，茶已经没了味道，赵清溪从创业的艰辛说起，直至如今排到一年后的订单。

苏颖吃惊不已。

赵清溪说："我当时身穿自己做的旗袍，站在大街上发传单，遇见多看两眼的女孩子，总要跟在她们后面讲很久。偶尔碰到不耐烦的人，会直接把传单扔进垃圾桶，像赶苍蝇一样摆手。我也沮丧气馁过，好在没放弃，总觉得一定能找到相同志趣和审美的人。那时我把所有筹码都压在热爱上面，没有后路可以退，便坚持下来，现在路越走越顺了，总算不负努力。专业和品质才是根本，做件旗袍用几个月的时间都不过分，我把它当成艺术品看待，剪裁、缝制差一分一毫都不行，花样、款式更要根据顾客的心意设计。态度决定一切，老客户维系好就是最棒的广告，生意自然源源不断。"

苏颖心中微动，忽然懂了什么是匠人精神，听赵清溪说着，半晌没吭声。

她的目光不经意地落在墙边的人台上，上面展示着一件墨绿的真丝旗袍，胸口的银色蝴蝶翩翩欲飞，裙摆绣着数朵艳丽怒放的牡丹，黄粉交叠。在聚光灯下，旗袍光彩熠熠，仿佛被赋予了一种神圣感，有了灵魂，正在安静地倾听她们讲话。

苏颖开窍一般，似乎瞬间有了方向。

和赵清溪互留联系方式后，苏颖再三表示了感谢。

苏颖从旗袍店出来，去酒店退房、拿行李。多待一天也没有意义，她想尽快赶回邱化市。

这里的天气并未因为她要离开而变得友好，苏颖没什么心情欣赏烟雨楼台的江南景色，拦了辆车赶往机场。她没告诉郭尉自己临时改签，到达邱化市已近凌晨。旧伤未愈加之连日来的奔波，苏颖整个人昏昏沉沉的。

苏颖在路边等车时，有辆跑车开过去几米远又慢慢退回来，后窗落下，里面坐着不算熟的男人，他探头笑道："仔细一看，还真是你。"

是梁泰。

苏颖一愣："梁总，你好。"

"见外了，是不是？要去哪儿？我送你一程。"

苏颖勉强打起精神，笑一笑说："不麻烦了，我打车回去很方便。"

"上来吧，甭客气。"

"真不用。"

后面有车不断鸣笛催促，梁泰却自若地靠着椅背，朝里一摆头："赶紧上车。"

苏颖抿抿嘴，不好再拒绝，见梁泰臂弯里搂着个漂亮女人，于是她拉开副驾驶室的门坐进去，倒省去了不少尴尬。

司机回头问梁泰："梁总，现在去哪里？"

梁泰问："回家？"

苏颖说："是。"

梁泰直接给司机报了个地址。

车子开上快速路，车中的气氛有些微妙，清甜的香水味在空气中飘荡，梁泰没特意介绍，苏颖便安静地坐着，不多事。

隔了会儿，梁泰问："弟妹这么晚回来，郭尉也不接机？"

她客气道："麻烦梁总特意送我一趟。"

"说多少次了，没外人就叫表哥吧，或者直接喊梁泰也成。"他笑着说，"回头我得好好说说郭尉，哪能把心思全放在外头啊？他光顾着玩儿命赚钱，把老婆都冷落了。"

这话多少有些挑拨离间的味道，经过几次接触，苏颖觉得他说话办事不够光明磊落，这类人绝对不可交。她只笑笑，没说话。

梁泰把她送到小区外，她道过谢。他玩笑着说要她改天请客吃饭，被苏颖含混着应付过去。

她进门时家中一片漆黑，想必他们都已睡着了。她先悄悄去看顾念，没有开灯，等到眼睛适应黑暗后，看见床上一大一小两个轮廓时，当即愣住了。

郭尉躺在外侧，两手握于腹部，笔直的长腿交叠着，睡姿依旧规矩斯文；顾念倒是狂放，微侧身体，额头靠近郭尉的手臂，一条腿竟不客气地搭在郭尉的大腿上，睡得极沉。

顾念自小缺失父爱，这样的情景苏颖也未曾见过。一瞬间她不禁想，如果此刻躺着的那个人是顾维，她与顾念的人生会不会更圆满？

她又转念一想，也许遇到郭尉才是值得庆幸的。如果以百分制计算，作为继父，他几乎可以得到八十分，而换位思考，自己对晨晨的关注可能也只有他对顾念的四分之一那么多。

郭尉从未提出要求，却在不知不觉中给她示范应当如何做。苏颖难免感到歉疚，将心比心，有些事情是她不够仔细周到，该试着去改变了。一时间，她心情复杂，感冒加重的缘故，思维愈发活跃却凌乱，站了片刻，走过去坐在旁边的椅子上。

窗外月光清冷，如水般从天而泻。

苏颖打量着男人不甚清晰的轮廓，怎么看都觉得郭尉的这张脸帅气硬朗，比初识时顺眼太多。过了会儿，她不禁用手指顺着他的鼻梁轻轻划下来，哪想到指肚刚触上他的唇峰，便被人捉住手腕。

苏颖大惊，差点儿跳起来。

片刻后她定睛看过去，郭尉那双眼睛在黑夜里甚是明亮，正含笑瞧着她，哪有一丁点儿惺忪之态？

苏颖抚抚胸口，小声道："想吓死我，你什么时候醒的？"

"你进来时。"

苏颖白了他一下，抽回手说："醒了你不吭声。"

"没敢打扰你。"他又低声问，"还摸吗？"

苏颖反而不自在，怪自己刚才手太欠，垂眸瞥他："干吗？"

"配合你，继续装睡。"

"谁稀罕。"她嘀咕一句。

郭尉轻轻笑了，又握住苏颖的手问："回来不提前告诉我？"

"突击检查，看你有没有乱搞男女关系。"

他慢慢道："现在是否满意？"

苏颖故意扯动唇角，睨着他："还算乖。"又问，"怎么睡在这儿了？"

郭尉悬起身体，把顾念的腿轻轻放回床上，看看她揶揄道："念念的睡相跟你一样。"

苏颖才不接茬儿，问："不怕晨晨知道吗？"

143

"提前看过，睡着了。"他用手指在眼睛下方比画了一下，"你不在总要多照顾一些。"

"哭啦？"

"别说出去，我们之间有约定。"

苏颖立即配合地点头。

他抬了抬下巴朝门口示意，两人轻手轻脚地走出去，带上房门。

时间不早了，苏颖去浴室前请郭尉帮她煮了碗面。

没多久，她在脖颈上搭了条毛巾出来，想了想，拐进晨晨的房间。小朋友睡得正香，不知在梦中有什么奇遇，嘴巴张张合合地忙个不停，睡相夸张，之前盖好的被子已经被踢到地上。

苏颖把被子捡起来给他盖好，借着月光认真地观察了他一次。他睡着时更可爱些，不像往常那样客气疏离，眉眼间倒是有那个人的影子，睫毛长而浓密。

苏颖没敢去碰，把被角往上拉了拉，待了片刻，悄声出来。

她整个人恹恹的，没什么力气，走去厨房，倚着厨台慢腾腾地擦头发。

外面的房间仍黑着，只有厨房亮着一盏白炽灯。

苏颖歪头瞧着郭尉，挺真诚地说："谢谢你这么照顾顾念。"

"应该的。"

苏颖擦头发的动作慢了下来，她犹豫了片刻说道："我也会和晨晨好好相处的。"

郭尉切着小油菜，看过来一眼，笑道："好。"

一碗清汤素面很快端到她面前，苏颖懒得挪地儿，转过身站在厨台旁吃了几口。郭尉倒了杯温水放在她的手边，却没走开，用两臂顺势撑着大理石的台面，将她圈在怀中。

苏颖感受到他靠近的气息，耸了下肩说："走开，叫我怎么吃？"

"为什么提前回来了？"

苏颖急于同他分享，想转身："我大概有了新方向。"

"那要恭喜你。"郭尉这会儿似乎没心思听公事，用手臂箍住她，

"先吃。"

不多时，苏颖察觉到一些变化，没好气地回头瞪了他一眼。

郭尉笑笑。

"不要脸。"苏颖低声嘀咕。

郭尉收下她的评价，也不辩解，略低着头凑到她耳边，声音哑了几分："礼物呢？"

"没有。"苏颖说。

"那别吃了。"下一秒，他竟抬手啪地关掉厨房的照明灯。

苏颖像是眼前被蒙了块黑布，起初几秒看不见他，心跳一下快过一下："疯了吧？这是厨房。"

"我知道。"三个字仿佛呓言。

如果发展下去，场面注定会热烈而失控。可还没开始，她皮肤的热度就让他察觉出反常，觉得怀里像是抱了个火炉。

他略怔："你发烧了？"

"可能吧。"

郭尉贴了贴苏颖的额头，温度确实有些高。他没说话，抱着她平复着，很久后，深深地呼出一口气，声音听上去竟有些委屈："真要看医生了。"

苏颖迷迷糊糊地笑了两声，十分幸灾乐祸。

郭尉啪地打了她一下作为惩罚，叫她回房躺着，找来体温计测体温。

也许因为过于疲惫，苏颖吞掉郭尉递来的退烧药，很快睡着了。但她睡得并不安稳，光怪陆离的梦一个接一个地骚扰她。她看到一扇散发着白光的大门，一个五六岁的小女孩儿朝那个方向走去，穿着红色百褶裙和小皮鞋，头发上绑的蝴蝶结轻盈飘动。后来小女孩儿忽然消失了，竟变成了唐僧师徒四人的背影，这滑稽的一幕与电视中的人物形象不谋而合。最后她又看到一个男人，竟一眼认出他，大声喊郭尉的名字，对方却好像没听见，渐行渐远，身影很快融入那片白色里。

苏颖心中很慌，迫切地想要追过去，却被另一个男人拦住去路。他的身上染着触目的红，眼神哀怨而悲伤，"小颖、小颖"地唤着，苏

145

颖看见他眼角滑落了一滴泪，竟顷刻变成了瓢泼大雨。一瞬间，她跌回那个雨夜，被他拉着手，奔跑在阴森恐怖的林子中……

她口中梦话连连，体温不降反升。郭尉想要推醒她去医院，她却紧锁眉头，叫着他的名字，一遍又一遍。

她说梦话偶尔分明，偶尔含糊，有时可以把他的名字喊得很清晰，某个瞬间，他又感觉咬字不太对。郭尉听着，想想有些好笑，不是他还有谁呢？

苏颖时睡时醒地折腾到凌晨，还是被郭尉弄起来去医院挂水。三点钟时她醒来了一次，却无法想起这晚都梦到了些什么。

郭尉把插着吸管的水杯递到她的嘴边，她只需张张口，温水便浸润了她干燥的喉咙，身体也舒服了很多。

她一边急切地摄取水分，一边抬头盯着男人看。

郭尉倒是表情自然，嘱咐她："喝慢点儿。"又问，"在看什么？"

苏颖摇摇头。

等她喝完，郭尉把水杯放到柜子上，回头说："还有一袋液体，再睡会儿。"

苏颖的声音不似平时，很轻很柔："那碗面没吃几口呢。"

郭尉摸摸她的头发："饿了？"

她点头。她从昨天中午到现在几乎没吃什么，好不容易有碗热腾腾的清汤素面，还没吃成。

郭尉起身，叮嘱她先别睡，注意观察头顶的点滴液，便穿上大衣出去了，怕便利店的食物不够可口，他开车去外面买。

天空像被泼洒了浓墨，月光也化不开。凌晨三点的街道空旷冷清，万物沉寂，昏黄的路灯更衬托出几分寂寥。郭尉沿途寻找，还在营业的除了烧烤店就是火锅店，连续开出几条街，才在一个不起眼的角落里看见一家二十四小时营业的潮汕粥店。

一去一回不过半小时，他从来不知自己能把车开得那样快，只是着急，怕粥凉了，怕有人等久了，如此上心，自己想想都觉得好笑。

他回到病房时，苏颖听话地没有睡，正抬头目不转睛望着点滴瓶，嘴唇轻抿，整个人傻乎乎的。

郭尉买了两种粥和几份开胃小菜，先端着红豆酒酿圆子的过来，坐在她身后，用小勺舀起，吹了吹，直接送到她的嘴边。

苏颖犹豫片刻，张嘴吞下，红豆绵密，圆子软糯，入口带着淡淡清甜。

她要去接勺子："我自己吃。"

"别乱动，小心鼓针。"

苏颖鼻音很浓地说道："我又不是小孩子。"

郭尉一笑，低声说："不在乎多照顾一个。"

苏颖不吭声了，身体靠回去，默默喝着他喂来的粥。

她已经很久没有生病了，有印象的几次也是吞几片感冒药挺过去的。后来有了顾念，她便对自己的身体状况格外关注，当时情况特殊，怕病了没办法看顾孩子。硬撑的人从来都是她，这种来自另一半的关切和温情她已经很久没有体验过了。

病中的人似乎总比常人脆弱敏感，往昔的点滴艰辛翻涌上心头，她难免揪心。又因心里那个解不开的结，她总觉得对眼前的这个男人不够公平，心中又不受控制地向他偏移了几分。

苏颖往他怀里挤了挤，说："你也吃。"

"我不饿。"

"就尝一口。"她抬着他的手臂推上去，黏稠的汤汁不小心蹭到他的下巴上，亮亮的。

郭尉警告地瞧了她一眼。

苏颖笑了，仰头看着他，忽然挺身吮走他下巴上的汤汁，同时也感受到他尚未清理的、有些硬的胡茬。

郭尉微怔。

苏颖小声问："以后我是不是生病也不用怕了？"

他放塑料碗的手一顿，垂眸看她。她说的话让人心疼，女人在最脆弱时容易勾起异性的怜爱之心，尤其是惯用坚强武装自己的女人。郭尉觉得，苏颖恰恰拥有这种能力。

他在读书时听过这样一句话：爱在本质上是一种指向弱小者的感

情。他一直对柏拉图式的西方言论嗤之以鼻，虽然现在也不认同，却忽然觉得这句话有点儿意思，正是各方面的情绪积攒起来，才形成最终的一种情感，复杂又无从分辨因由。

苏颖见他不语，自觉刚才的话多余了，想直身坐起来。郭尉搁下塑料碗，两手握着她的肩膀说："傻不傻，哪有咒自己生病的？"

苏颖别扭道："我乐意。"

"咱们尽量不生病。"他又说，"病了也有我在呢。"

苏颖抿抿嘴，又仰头瞧他一眼，好像那碗粥终于起了作用，她觉得胃里暖烘烘的，有种难得的满足和心安。

他们从医院回来时天色微亮。折腾了一个晚上，苏颖身上的汗干透又湿，湿了又干。

两人分别在浴室里洗过澡。苏颖出来时，郭尉已穿戴整齐，正靠在桌边喝咖啡提神。他穿着纯黑色带暗纹的西装，面料平整又有质感，里面同样是件黑色衬衫，领口最上面的扣子解开，没扎领带，露出硬朗的脖颈线条，有种严肃的禁欲美。

他已经仔细剃过胡须，下颌清爽洁净，如果不是认真瞧很难发现他眼下的轻微暗影。

苏颖看了两眼，拖着身体钻进被子里，郭尉也不说话，慢慢饮着咖啡，视线越过杯沿落在她的身上。

隔了会儿，苏颖轻轻地唤了一声："老公。"

郭尉挑眉，这个称谓虽然听着受用，却知她眼睛一转又有了小心思，便不动，单手插在西裤兜里，嗓子里轻轻地哼出个音节："嗯？"

"你站着喝咖啡的样子特别好看。"

"怎么个好看法？"

苏颖一时想不出用什么词语形容，只说："与众不同。"

"因为站着？别人都躺着喝？"

苏颖剜了他一眼，故意扭过身结束交谈。

郭尉弯唇，抬腕看看时间，搁下杯子坐到床边，伸手探了探她额头的温度:"有精力想事情,看来退烧了,说说看。"

苏颖坐起来说:"我决定了,准备在年后开一家旗袍定制工作室。"

郭尉点头:"你的想法,我应该都支持。"

"只是,我想和郑冉合作。"

他不由得瞧她一眼:"这可有难度。"

"所以你去帮我说说吧。"

郭尉一时没言语,苏颖双手合十,上下搓了搓:"行吗?"

郭尉不忍拒绝,却不得不客观地说:"你知道我与她合不来,平时碰面问候两句已是极限。她嫌我碍眼,彼此之间也没什么交情可言,说不准能成的事儿,经我传达过去就没下文了。"

她哼道:"不知道你们有多少恩怨瓜葛。"停了停又说,"你都不成,恐怕我更没戏了。"

"那倒未必。"

"老……"

郭尉竖起食指抵住她的唇,含笑说:"这次叫老公也没有用,自己解决。"他安慰宠物一样地揉了揉她的头顶,系上西装纽扣准备离开,完全没有想帮忙排忧解难的意思。

苏颖不由得跪坐起来,着急地问:"那我应该从哪里入手呢?她怎样才愿意跟我合作?"

郭尉说:"无非是利益与共鸣。"

中午时,郭尉打来电话问她的情况。苏颖身体素质好,退了烧,病已经好了大半,当时已经化好妆,正和周帆在约定地点见面,身边带着顾念,还有唠唠叨叨好半天才肯给面子一同出来的晨晨。

他们找了家中餐厅,苏颖病体初愈,只能点一些清淡的菜。

周帆说:"颖姐,我准备回老家了。"

苏颖并不意外,一个女孩子只身在外,经历过那样的事情,最终还是要回到亲人身边的。

周帆说:"我爸妈都知道了,他们要我立即回去,说宁可养我一辈子,也不能留我在这边胡闹。"

苏颖是有些羡慕的。她从小缺少家人的关怀，和北方的舅舅也不时常见面，虽独立惯了，但偶尔也觉得孤独。她说："回家吧，什么时候走？"

"等……等那个混蛋的事情处理完。"

苏颖若有所思地哦了声说："那要很久。"

"年后再过来。"周帆慢慢地嚼着米饭，沉默了会儿说，"对不起，颖姐。"

苏颖摇摇头，又笑笑。

两个孩子并排坐在餐桌里侧，边吃边聊些大人听不懂的内容。

周帆放下筷子，从背包里拿出一张卡，两手推到苏颖面前。

苏颖看了看："什么意思？"

"别拒绝，颖姐。"周帆说，"我知道里面的钱不够，是我的积蓄和我爸妈给的一部分，他们叫我一定交给你，剩下的我会每月转账过来。"

苏颖沉默半晌，把卡片轻轻推回去："没必要的，周帆，这本来……"

"千万别说不怪我，万事总有因果关系，要不是我招惹上他，他也不会烧了店又伤了你，这对你来说也是无妄之灾。我知道以我现在的条件逞强有些可笑，自尊虽不值钱，但我还是希望能保留一点儿。颖姐，你当初为保护我打张辉、在小旅馆里陪着我、店被烧后没责备更没提赔偿的事儿，这些我会一直记得、感激一辈子的。孩子们都看着呢，就别争来争去了。"

周帆是个知道感恩的人，经历过才明白受伤时的安慰和陪伴有多重要，才明白这个世界的麻木和冷漠，所以才倍加珍惜雪中送炭的恩情。

苏颖一直觉得她们在某些方面很相似，虽然过得坎坷，又好像谁都打不倒她们似的。她想了想说："张辉那边的赔偿不见得全落空，这样吧，卡我先收着，剩下的你也不用给。明年如果顺利开新店，你那时还在邱化市或能从老家过来的话，不如继续跟我做，最多……少结报酬。"

周帆很意外："你还愿意用我？"

"为什么不用呢？"

好一会儿，周帆笑了起来："行，只要颖姐你开口。"

吃完饭后，他们分开。

苏颖带顾念和晨晨逛书店，给他们买了各种课内及课外书籍，自己也挑了一些服装方面的读物。之后她又被央求着去甜品店买慕斯蛋糕，原本想拒绝，但考虑到晨晨今天如此给面子，便勉强同意了。

他们到家时已经是晚上五点钟，邓姐在厨房准备晚饭。苏颖的感冒又有复发的迹象，脑袋昏昏沉沉的。

客厅的电话响了几声，苏颖起身去接。除了仇女士，一般没人会给家里的座机打电话。苏颖原本以为是老太太，接起来喂了两声，那边却迟迟没人开口，细听之下，只有极轻极缓的呼吸声。

苏颖的心中莫名升起一丝异样，她忍不住抿了抿唇。她等了片刻，一道舒缓的声音飘了过来，对方没介绍自己是哪位，更没问苏颖是谁，只道："请问，郭尉在吗？"

苏颖微滞，半天才说："他在公司还没回来。"

不知是失望还是怎样，那边的人轻轻地哦了一声，又道："那请问，郭志晨在吗？"女人的语速缓慢、语调轻柔，仿佛让人通过声音就能想象出她是一副温柔随和的模样。

苏颖已经猜出对方是谁，她有些厌恶自己的第六感，说："在的，稍等。"

对方有礼貌地道谢："麻烦了。"

苏颖不死心地侧耳倾听，直到郭志晨那声"妈妈"喊出口，才证实了她内心的感应。初次接到一直存在却相对陌生的女人的电话，她说不出是种什么感觉。

晚上她同郭尉说起时，抬眼偷偷观察他。然而郭尉的表情并无变化，从她腋下抽出体温计，对着灯光认真看，甚至连她想象中的目光躲闪都没有。苏颖清楚郭尉向来喜怒不形于色，看不出还介意或是完全释然。她从未主动打探他的过去，也不知两人感情如何，又因何

151

分开。

苏颖抿抿嘴，拿起床边的杂志问："晨晨妈妈不经常打电话给他吧？"

"她可能比较忙。"

"她现在在做什么？"

"不常联系，具体的不太清楚。"郭尉说，"低烧，待会儿再吃一次退烧药。"

苏颖翻着杂志，点点头说："哦。"

过了几日，苏颖的感冒终于痊愈，心想着给仇女士打个电话，创造机会和郑冉见一面。谁知仇女士那边忙得不可开交，说郑冉健身时小腿骨折在家休养，她正在炒菜、煲汤准备送过去。

苏颖没想到事情会这样凑巧，仿佛是冥冥中特意安排的，虽然有点儿乘虚而入的意味，但未必是坏事儿。她说："那我送您过去吧。"

第 七 章

谁才是笑话

她们去时是傍晚，郑冉仍一个人在家。

仇女士拿钥匙开了门，苏颖跟在后面，手里拎着两样刚买的高级补品，这次过来本就存着目的，心态自然不能与之前相比。

郑冉的小腿裹着绷带。她半靠在床上，见苏颖也跟了来，点点头算是打过招呼。

苏颖客气道："我听妈说你的腿骨折了，就跟着过来看看，怎么样？好些了没？"

郑冉敷衍一笑："好多了。"只说了三个字，她便闭了口，于是苏颖不知如何接下去。

她这个大姑子待人冷淡，对她亦是，甚至多出了些刻薄和敌视的意味，苏颖一直不知道自己哪里得罪了郑冉。有那么一刻，她心里打起了退堂鼓，但转头瞥到郑冉床头摊开的服装杂志时，又迅速打消了这个念头。

十年以前，苏颖是不屑搭理郑冉这类人的，对方高傲，自己总要比对方高傲几分。但多年过去，人会在生活的磨砺下学着低头和迁就，会用更成熟、理智的方式达到目的。此刻摆在苏颖眼前的条件便剂又优质，她由郑冉带着入门，总好过多走很多冤枉路。

仇女士把饭菜和乳鸽汤分别摆在小桌上，忍不住埋怨："这都几点了，也不见王越彬的人影，他知道你现在行动不方便，就应该早点儿回来。"

"可能有应酬吧。"

仇女士说："这样下去怎么行？要不搬到我那里住段日子，把腿养好了再回来，也省得你爸跟着担心。"

"仇姨，我在别处住不惯。"她的语气里难得带了点儿撒娇的味道。

"你呀，对什么事儿都不上心，他没回来也不问一问。纵使男人对你再千依百顺，花花世界里诱惑……"

"仇姨，他不能的。"

"即使不能，你也要留个心眼儿，本来家庭里就缺少孩子做延续，婚姻的根基怎么稳得了？"

"又来了。"郑冉小声嘀咕了一句，慢慢喝着汤。

仇女士直叹气："算了，先不说这些，赶紧收拾一下跟我回家。"

"我不去。"

老太太叉腰说："不去也得去。"

郑冉还是摇头："不去。"

苏颖像空气一样坐在旁边，听了半晌，趁机开口说："要不我每天过来帮忙照顾一下吧。"

两人齐齐地看向苏颖。

仇女士问："你？"

苏颖说："现在店铺歇业，刚好没事情做。"

"歇业了？"

苏颖看着两人吃惊的表情，她们应该是还不知道店里着火的事儿，看来郭尉一个字都没多提。她心里舒服了不少，只说："经营状况不太好。"

仇女士一脸"我就知道"的表情，却还是安慰了两句："你那个小店趁早关门也好，年后再找地方重开吧。"纵使对这个新儿媳有再多不满，既然苏颖和郭尉的婚姻已成事实，她内心还是希望家里人和睦的，也想让她们多走动、多亲近，便默许了苏颖的提议。

郑冉想拒绝，两人的关系远没融洽到如此地步，实在多余，可又怕仇女士强迫她搬回去住，就没有开口。

这天，两人直到离开也没见到王越彬的人影。

把老太太送回去后，苏颖开车准备回家，半途接到郭尉的电话，聊了两句，那个人偏要折腾她接一趟。苏颖不情不愿地应了，打了一把方向盘，慢腾腾地朝他的方向开过去。

等了两个红灯后，她开车驶入一条窄长的单行道。路灯隐在茂密的树叶间不甚明亮，但她还是远远看见那个男人正站在路旁抽烟。他把大衣搭在臂弯上没有穿，把领带也一并捏在手中，身上那件深色西装在冬夜里略显单薄，也更显得这个人身高腿长。

苏颖开近了，降下半边窗户说："走吧。"

郭尉不紧不慢地吸了口烟，半弓着身子从窗口看她，也不动。他喜欢用拇指和食指捏着烟身，掌心朝外，其余三根手指微微蜷起，昏暗中那只手显得更加修长且骨节分明，很大，又有力量感。从她的角度看，男人的这个样子多了几分慵懒。

他目光发直，脖颈通红，想必是在饭局上被劝了不少酒。

苏颖催促道："看什么啊，不认识？快点儿上来。"

郭尉说："也就五分钟的车程，你迷路了吧？"

"嫌慢找你司机去啊。"她尾音上扬。

"司机有事儿。"

苏颖才不信，哼道："就你司机忙，怎么天天有事儿呢？要不把他辞了，请我吧，保管一天十二小时尽职尽责地伺候你。"

"剩下十二个小时呢？"

"睡觉。"

郭尉笑眯了眼："那就是二十四个小时。"

苏颖没听懂一样："资本家也没有这么剥削人的。"

郭尉单手撑着车顶，弓着腰看她："多好，想见就能见。"醉话自然不能当真。

淡淡的酒气随冷风吹进来，苏颖懒得与他废话，又见他衣着单薄

155

地站在外面，终究不忍："你到底上不上？不上我走了，天气这么凉爽，要不你散步回去吧。"

"上。"郭尉这才收起一脸笑意，晃晃指间的烟说，"抽完这支。"

苏颖等了一分钟，他便掐掉烟，拉开车门。谁知这当口儿有人在后面唤了一声，郭尉回头，就见台阶上一群人簇拥着下来。

他微顿，顺手把风衣扔到座位上，关上车门，整个人站得笔挺了些，面上全无刚才放松的醉态。

梁泰笑着说："听人说你在隔壁吃饭，想结束以后过去打声招呼，谁知你们先散了。"

郭尉与他客气了几句。

苏颖稍稍低头瞧了一眼，梁泰挽着一个姑娘，十分年轻好看。他左手边竟是王越彬，身旁同样有个女人不亲不疏地跟着，另外几位也是西装笔挺的官方打扮，均有美女作陪。苏颖想起来，上次在老太太那儿吃饭时随耳听过，梁泰和王越彬似乎在公事上有些联系。

反正不关她的事儿。苏颖静静地坐着，这会儿倒是尽量把自己当司机。

车外一群人互相介绍寒暄，然后各自散去。梁泰上前几步，忽然弯腰朝车里摆手，嘴角斜斜地挂着笑："躲什么，以为我看不见呢？"

苏颖只好拉开车门下去打招呼："梁总。"她又朝王越彬点点头："姐夫。"

王越彬有意和旁边的女人拉开距离，脸上堆满笑："弟妹也在呢。"

梁泰调侃道："瞧人家的腻乎劲儿，出来应酬也不忘亲自接送。"

郭尉淡淡地笑了下，不接话。梁泰瞧他一眼，忽然转头问苏颖："那天回去不晚吧？"

苏颖愣了几秒，下意识地看看郭尉，他面上未见异样的神色。她说："还行，不晚。"

"记得请客吃饭，我还眼巴巴地等着呢。"梁泰半真半假地开了一句玩笑，又冲郭尉说，"咱们回头聚，我先走了。"

郭尉说："好走。"

两人正要上车，梁泰走出几步又蓦地停住。

"对了。"他转身说，"听说那谁年后回来，这都走多久了？"

郭尉搭在车门上的手一顿，他侧头瞧着梁泰，倒是笑了："看来我的消息不如表哥灵通。"

梁泰一顿，没接着话茬儿往下说，而是叹道："想起我当年在大学外面开砂锅店，你们几个跟着老何常来吃夜宵，一闹腾就是半宿……"他停了停，一副欲言又止的样子，"算了，走吧，回头聊。"

苏颖没听完整这句话。背后一阵冷风袭来，她提早钻进了车里。

附近的路都是单行道，苏颖被郭尉指挥得晕头转向，想想平时一个坐车的能认识多少路，便不听他的，按照导航才顺利绕到瀚阳路。

速度提上去后，郭尉解开领口的扣子说："按我说的也能开过来。"

"对，开到明天早晨去。"

郭尉笑笑说："不至于。"他靠着椅背，微合上眼闭目养神。

苏颖想起刚才梁泰的话，想问问"那谁"具体是指谁，可没等开口，他却先问："你前几天见过梁泰？"

本来也没什么好隐瞒的，苏颖同他说了，又顺着话茬儿聊到王越彬和郑冉，先前的疑问反倒被忘在脑后了。

路上清静，苏颖随手打开播放器，里面正放着一首英文老歌：

A locket on a chain（一个项链上的盒式吊坠）

A bow that's made from rain（一张用雨水打造的弓）

A briar grows entwined with rose（一丛和玫瑰交织生长的荆棘）

…………

苏颖屏息两秒，只觉得声音空灵美妙。

车子在红灯前停下，两人都不说话，只有歌声在耳边流淌。

郭尉把她的手拉过来握在掌心，眼睛却看着窗外，微凉的食指在她的手背上随着节奏轻点。

And I hope that you won't mind, my dear（亲爱的，我希望你不

要介意）

When you see my eyes are lined, my dear（亲爱的，当你看到我的眼角长出皱纹）

…………

舒缓的歌声令这个夜晚不那么寻常，背景里的雨声和雷声仿佛带着一种抚慰人心的力量。

"这首歌真好听。"苏颖说。

等红灯时去握她的手，仿佛成为对他而言再自然不过的事情："点睛之处是伴奏吧。"

"你听过？"

"第一次听。"

"讲的是什么？"她不懂英文。

郭尉说："追随与永恒。"

"哦。"

她抬眸看向车窗外，斑马线上的人们行色匆匆，来往的车辆穿梭不停，好像全世界都在快速移动。她却看到一幅傍晚雨雾中陋室烛光的情景，这一刻，她的心里静极了。

苏颖抿了下唇，翻转手腕，也握住他的手。他的手温暖起来，不似刚触碰她时那样冰凉，手指也不再动，力量加重了几分。

不知过了多久，对面的红灯转绿，直到身后车辆鸣笛催促，郭尉才放开她的手。

苏颖的双手放回方向盘上。一曲终了，郭尉忽然说："梁泰这个人复杂，以后尽量少接触他。"

第二天，苏颖当真去了郑冉那儿，仇女士提前把钥匙给了她，她自己开了门。

郑冉正坐在桌前制版，原以为昨天苏颖只是随便客气两句，哪想到她真的会来。两人的交情还没到她会如此尽心的地步，所以郑冉一时猜测她是否另有所图。

郑冉话都懒得说一句，苏颖尴尬半晌，问道："你的脚这样行吗？"她等了等又说，"你这里有什么不方便做的家务，我可以帮你做一做。"

印象里，她没对别人这么低声下气过。她心中记着郭尉的话，为投其所好，特意在大衣里面穿了件旗袍，七分袖，短款荷叶边的款式，杏色 A 字板型，不太显腰身，外面罩着一层同色系小雏菊图案的欧根纱，盘扣颗颗精巧，紧窄的领口把她的脖颈衬托得更为纤长，不是很长的头发被将将扎起，整个人看上去清新又休闲。

郑冉瞥她一眼："穿成这样做家务？"

苏颖无法反驳，沉默下来。

"说吧，有什么事儿想要我帮忙？"

苏颖心中一惊，意外于郑冉如此剔透，又觉得时机不对，忍了忍说道："没有啊。"

"那行了，仇姨也不在，扮演好儿媳的机会就留到以后再用吧，我看着都累。"郑冉垂下眼，用轮刀裁下布料，"我这里自己能行，你趁早歇了吧。"

苏颖没说话，转身就走，砰的一声撞上房门。

她满身火气地走出来，去小区对面的广场坐着看鸽子，冬日的阳光照在背上，风却干冷。苏颖一时觉得挫败，眼睛望着一处，忽然失了神。她一动不动地坐着，心里乱七八糟地想着一些不着边际的事情，很久后终是叹息一声，起身离开。

再次开门时，郑冉愣了好几秒："你怎么还没走？"

苏颖早已换上笑脸，把食品打包袋放在桌子上："我厨艺不怎么好，所以从附近餐厅买了莲藕猪骨汤，你尝尝味道怎么样。"

郑冉不耐烦地说："我刚吃过了。"

"那就等到晚上吃。"比脸皮厚嘛，苏颖这次索性把面子扔了不要。

就这样，她一连几天都过来，有时还会先绕到仇女士的住处取饭菜，中午两人再热来吃。

苏颖哪里干过什么家务活，以前全靠顾津，现在家里有保姆。她拿着抹布东一下、西一下地抹着，总想凑到郑冉旁边瞄几眼。郑冉嫌她在眼前晃悠得心烦，起先还嘲讽几句，后来可能习惯了，直接无视，当她不存在。

啪的一声脆响，苏颖不小心打碎了一个玻璃杯。

郑冉无语，转头看了看，又面无表情地移开目光说："想方设法嫁给有钱人，梦想成真了不去享受，却跑来我这儿当保姆，倒是新鲜。"

苏颖笑着说："钱太多，闲呗。"

郑冉冷哼一声："也就是你，还当成骄傲的事儿。"

"谁叫你弟弟太优秀呢？我也没办法。"通过多日相处，苏颖总结出来，气别人总好过自己生闷气，不过是一张利嘴而已，总有办法顶回去。

果然，郑冉嫌恶心，不再接话茬儿，把目光落回面前的电脑上，在两块面料之间游移不定。

苏颖扫走碎玻璃，端了杯水倚在桌边慢慢喝，屋中安静下来。

苏颖瞧着郑冉的方向，想了会儿，实在忍不住好奇，问："我是不是以前得罪过你，你就这么瞧不上我？"

郑冉这辈子缺朋友，唯一和她感情好的只有杨晨。两人中学时就志趣相投，无话不谈，直到很多年后不约而同地报考了同一所大学。性格古怪的人对友谊更忠诚，杨晨的陪伴令她渐渐开朗，不再那么孤单了。

后来杨晨和郭尉因她相识，她看着这对有情之人一路恋爱、结婚、生子，她和杨晨的关系也从朋友成为亲人。

那一年杨晨的人生陷入低谷，开始抽烟、酗酒，出入各种以前不曾涉足的场所，整个人萎靡不振，变得毫无斗志。郑冉在无能为力的同时，更疑惑杨晨的身边人为何过分纵容、不加约束。

得知两人离婚的消息时，郑冉眼见杨晨万般痛苦，郭尉却仍然外表光鲜、谈笑风生，与平时并无差别。她不用问缘由，几乎瞬间归咎于郭尉，觉得他冷漠寡情，缺乏男人该有的担当。

颓废的日子过久了，杨晨想给自己一个振作的空间，所以独自离

160

开了。

而不过短短两三年时间，郭尉便再婚了。

其实郑冉理智地想，苏颖的出现是之后的事情，与郭尉和杨晨的婚姻失败全无关联。说到底她只是看不惯郭尉，对这个名义上的弟弟失望透顶，所以对苏颖的偏见确实全无道理。

沉默了会儿，郑冉说："你想多了，我这个人习惯了独处。"

"所以才性格孤僻。"

郑冉瞧了她一眼，没搭理她，把目光落回电脑异常上。

苏颖走到郑冉身后说："雾霾蓝水波纹的那块更好看。"

许是刚才一番反省的缘故，郑冉说话难得心平气和："绛红色这块料子的金线很别致。"

"是啊，不过颜色有些老气。"

郑冉顿了顿，反复看了几眼，没有说话。

后来苏颖偷偷瞄过去，郑冉最终还是买了那块雾霾蓝水波纹的布料。苏颖想，郑冉心中应该早有了倾向，或许是希望有个人给她建议吧，能与她沟通探讨一下，意见不同或产生共鸣都好。

周五这天傍晚，王越彬终于提早回来了，手里拎着一兜子生排骨和两份甜品，进屋后还没来得及脱衣服，先弓身吻了吻郑冉的额头，样子十分深情。

郑冉的脸上难得出现笑模样："今天回来得这样早，你们领导倒舍得放了你？"

王越彬摸摸她的头发说："年底确实忙了些，还要老婆多体谅，等来年四月份春暖花开，我一定抽时间带你去旅行。"

他一向嘴甜，几句话哄得郑冉舒展了眉眼，嗔道："就只会说，哪一次去了呢？"

"这回不去是小狗。"说着，他汪汪地叫了两声，逗得郑冉忍不住抿着嘴笑。

郑冉想起来："明天上午我要去趟医院，你有时间吧？"

王越彬顿了一下说："当然有。"他又掏出手机看了两眼，不禁皱

161

眉，"明天啊……我给忘了，明天要去几个关系单位走动走动，你也知道年底了，恐怕……"

苏颖已经准备离开，听他这样说，插话道："我明天有时间，可以带郑冉去一趟医院。"

王越彬转头笑着说："弟妹吃完再走吧，我买了排骨，今天也尝尝我的手艺。"

苏颖穿上大衣说："不了，我回去吃。"

"这些日子劳你费心，这样照顾我们，改天一定好好感谢你和郭尉。"

苏颖笑了笑："别客气，都是一家人。"

转天一早，苏颖开车来接郑冉去医院。整个上午挂号、取药，苏颖忙前忙后，没怎么让郑冉费心。郑冉行动不便，走路要靠苏颖搀扶，两人慢慢跨下台阶。

她们从医院离开时刚好到了午饭时间，便约了仇女士一起在外用餐。她们选了一家小有名气的泰国餐厅，仇女士点了炭烤猪颈肉和青木瓜色拉，然后随手把菜单递向对面。

郑冉加了道红咖喱海鲜汤，苏颖凑过去一同看，建议道："现在最好别吃太辣的，换一道吧。"

"那……"郑冉往后翻了两页，"椰汁嫩鸡汤？"

苏颖点头："这个可以。"又对服务员说，"秋葵炒蛋和椰汁西米糕，先点这些。"

点菜的工夫，仇女士仔细打量她们，忽然撑着下巴眨眼一笑。对面的两人看向她，愣了愣，反应过来后倒被这一笑弄得有些尴尬。她们自己都没发现，刚才那番对话如此自然。

一个月很快过去了，还有四天就是除夕。

苏颖每日都去郑冉家里报到，有时粗心，有时用心。她起先是照料郑冉的日常起居，后来一些搬运布料和剪纸版等零碎活儿也抢着做。

两人偶尔吵架拌嘴，都气得脸红脖子粗，谁也不让谁，冷战几个小时。每每苏颖先服软，郑冉也不好意思再端着，便顺着台阶下来。

磕绊总是有的，她们却不像当初那样水火不容了。

她们共处一室久了，对于郑冉而言，苏颖反倒像一种陪伴。

郑冉明白，长久地坚持一件事情不容易。某个瞬间她会觉得孤独，很想有个人给些意见或共同探讨。她每次更换打版纸时，也特别希望有人能过来帮自己一把，因为那是一个长约一米、大约三十斤重的牛皮纸筒，实在太沉了。她没想到，能帮自己分担重量的会是苏颖。

有时微不足道的小事儿也会触动神经，她对苏颖的芥蒂也随之放下了几分。

腿刚受伤那会儿，郑冉在做一件旗袍，原本打算在新年穿。如今为表谢意，她想着作为礼物送给苏颖也体面。

苏颖接过旗袍时，眼睛明显一亮，问道："给我的？"

郑冉还是那副冷冰冰的样子："先看能不能穿吧。"

"肯定能，我比你瘦。"

郑冉忽然对自己的决定后悔了。

苏颖去卫生间换好出来。旗袍是七分袖修身短款，黑色丝绒质地，左腿前方有一道五厘米的开衩，边缘处配以细细的红色蕾丝，除此以外没有多余的花纹修饰，点睛之笔是脖颈处和开衩上方的盘扣均由一颗小巧圆润的红珊瑚珠子代替。

这样一件旗袍，用在新年当天的喜庆场合，可以避开大红色的艳俗，同时又低调生动，不失优雅。

苏颖走到镜子前，被自己的样子惊艳了一把："好看，很好看啊！"她开心时，尾音总会习惯性轻飘飘地上扬。

郑冉却淡定惯了，眼睛像一把尺子："腰部还需要收半寸。"

苏颖说："你是怎么做到的？款式好看，搭配得好，面料舒服又很显气质。"

郑冉哼道："行了，少夸张吧。"

"真的，你的性子怪了点儿，做衣服的本领却不得不叫人佩服。"

"夸我还是损我呢？"

"当然是夸你。"苏颖脑中一动，"缺徒弟不？我想拜师学艺，不知你肯不肯收。"

"不收。"其实在苏颖在身边晃悠的这段日子里，郑冉已经隐约猜到了她的意图。

苏颖的心凉了一半："那怎样才肯收？"

"怎样都不收。"

"为什么？"

"没那个闲工夫。"

郑冉即便这样说，还是在苏颖离开时顺手扔给她一些参考资料和笔记。

苏颖难免心情低落，回家把东西一股脑儿地扔到床上，坐下随便翻了翻，却不由得一愣。一本服装设计与剪裁的工具书中贴满了便笺纸，上面是一些草图和密密麻麻的注解，这样一看，这本书的含金量挺高的。苏颖翻开便停不下来，直到视物困难，才发现窗外几乎黑透了。

她放下书看看时间，郭尉可能有应酬，邓姐下午带晨晨和顾念去看科技展还没回来，家中只剩她自己。还有几天就是春节，苏颖想着很多天没与顾津通话了，于是打了一个电话过去。

电话接通以后，顾津还在同别人讲话："我没有放盐，你待会儿记得放一些。"

然后传来了李道的声音："放多少？"

"大概小半勺吧，尝着味道放。"她似乎走远了几步，对着话筒说，"喂，苏颖。"

男人的声音再度响起，听上去紧张兮兮的："别着急，留心脚下。"

苏颖沉默一笑，心中是想念他们的。却不知为何，熟悉的声音将她带回了遥远的村落，她回忆起那间房里昏黄的灯光和灯下永远只有自己的影子，心口忽然被什么揪扯了一下。

顾津问："喂？听得到吗？"

苏颖回神，笑着问："李道都会做饭了？"

"会什么？总是帮倒忙。"顾津说话仍然是温温柔柔的，"你一个人在家吗，念念呢？"

苏颖说："去看科技展了。"

"也不知道小家伙有没有想我。"顾津问，"最近你好像没时间，在忙什么？"

"忙着讨好大姑子。"苏颖把近期发生的事情和一些想法对顾津念叨了一下。

顾津听着笑起来："以前瓶子倒了都懒得扶一下，现在的情况真是难为你了。"

苏颖喊了一声："少来，才没有。你那边呢，店里的生意怎么样？"

"这个月我基本没去镇上，店里请了人帮忙。"

"为什么？"

顾津吞吞吐吐的，声音里却透出无法掩饰的喜悦："我怀孕了。"

苏颖反应了几秒，不由得坐直身子激动道："又怀孕了？是真的？李道的效率可以啊，他肯定特高兴。"

"如果还是儿子，他估计要哭了。"

苏颖问："几个月了？"

"不到两个月。"

苏颖扳着手指算日子："你生的时候刚好是今年入秋，温度适中，也不会太难熬。"

她们聊完孩子又提起许大卫，说他和李道旅馆里的打工小妹好上了，平时挺粗糙的一个男人，同那个小姑娘说话时却低眉顺目、细声细气的，生怕吓坏了人家。

苏颖能想象到他那副贱兮兮的样子，忍不住笑起来。

两人讲了很久，卧室里越来越暗。

苏颖起身开了灯，把手机放在梳妆台上，切换成了扬声器模式，去衣柜旁换衣服。

"你今年……回来过年吗？"

苏颖一滞，继而背过手去解开内衣的搭扣："嫁人了肯定要去婆家过年呀，看来回不去了。"

"我明白。"顾津的声音难掩失落，"那年后呢？"

"年后应该能回去。"

165

顾津说："顾维……顾维的忌日，我们带着念念一同去祭拜好不好？"

半晌，苏颖说："好。"

电话那边有短暂的沉默，苏颖能听得见男人的讲话声和孩子的哭声。犹豫了几秒，顾津轻声问："他对你好吗？"

"比预想中好。"苏颖说。

顾津轻笑："你以后肯定会幸福的。"

"比不得你们呀。"苏颖带了点儿调皮的语气，拿起手机，切换成听筒模式，"我没想那么多，磕磕碰碰半辈子过来，什么大悲大喜都经历过，剩下的日子没奢求什么幸福，只要身边人都平平安安的就好。我冻不着、饿不着，再多赚点儿钱留给念念……"

她说到一半，忽然听见些细微的动静，像是开门或关门的声音。她屏息听了听，又起身往外走了几步，客厅里漆黑寂静，仍是一个人都没有。

郭尉返回车中，从储物盒里翻到老陈的香烟，点燃了一支，第一口抽不惯，也没了再抽第二口的兴趣。

他看着某处，手腕搭在降下的车窗上半天没动，等到回过神来，手指碰了下烟卷，一大截灰烬掉下去。

他给赵平江拨了个电话，声音未有异样："出来喝一杯。"

赵平江火大道："涮我呢，哥哥？刚才叫你还说没时间。"

郭尉直接在车门上按熄烟，随手把烟头抛出去："现在有时间了，地址发过来。"

他们去了赵平江朋友开的酒吧捧场，朋友特意给他们留了一间高级 VIP（贵宾）包间。赵平江没去，让人在吧台留了两个位置，说来这种地方在包间里闷着太难受，自然要融入热闹的气氛中释放天性。

酒吧里灯光怒闪，音乐声震耳欲聋，根本听不见说话声。

赵平江解开领带和衬衫最上面的两颗纽扣，叼着烟，身体跟随节奏懒懒地摇摆，端起杯子朝郭尉举了举。

166

郭尉稍微倾身与他碰杯，垂眼抿了一口酒。

赵平江凑到他旁边大声问："有心事啊？"

"没有。"

"怎么又有工夫出来了？"

"家里没人，正好陪陪你。"他说了句谎话。

赵平江哼道："谢哥哥施舍。"又忍不住嘲讽他，"瞧你那一本正经的样子，夫妻生活太甜蜜，来这儿不适应了吧？我当初开导过你很多次，就凭您这英姿和身家，离了就离了，那时您值得拥有一片大森林的，谁知你又栽起小树苗来。"

郭尉扭头瞧他："你说什么？听不清。"

"说你耳背了。"赵平江笑，"来吧老年人，走一个。"

郭尉没理，自顾自地将杯中的威士忌一饮而尽。

酒吧里的音乐被换成一首"嗨曲"，服务生为两人递上马爹利名士。两人今天喝的都是烈酒，赵平江觉得郭尉有点儿反常，可从表面又看不出什么名堂，知道他不是轻易与人谈心诉苦的性子，便陪着也不多问。

郭尉慢慢地抿了口酒，眼睛看向某处失了会儿神。逃避从来不是他的行事作风，他却偏在听到那个名字时第一反应就是退缩，觉得心口堵，有说不出的滋味。

他的眼前有一只手乱晃，赵平江大声说："问你话呢。"

郭尉回头："什么？"

"南非那边的项目进展得怎么样？"

郭尉说："上月的盈利比预期高。"

"高多少？"

郭尉说："商业机密。"

"嘿，没劲了吧这位郭总？"赵平江搭上他的肩，一脸痞笑，'就凭咱们从小撒尿和泥巴的关系，我会出卖你不成？"

"只撒过尿，和泥巴通常是你的活儿。"郭尉笑笑，耸肩让赵平江拿开他的手，"现阶段的数据代表不了什么，具体情况还要年后过去看一看。"

他们聊了些公事，暴躁的音乐声终于停止，一首舒缓的舞曲紧接而来，舞池里立即涌入一群年轻男女，灯光暧昧而迷醉。有什么顺着郭尉的肩膀一路滑下来，在他的手臂上轻轻捏了一把。他尚未回头，一股浓郁的香水味就撞入了鼻腔。

"哥哥，跳支舞吗？"女人的声音甜得发腻。

郭尉看过去，那个女人梳着高马尾，身穿吊带裙，五官极为精致，那只手仍搭着他的臂弯，慵懒地靠在吧台上，水蛇一样。郭尉没躲开也没迎合，只温和地拒绝道："抱歉，不会跳舞。"

"是不会跳，还是不想跳呢？"

郭尉转回视线，心不在焉地摇晃了几下酒杯，抬起手来朝她略微示意，那无名指上的白金素戒甚是碍眼，像是困住男人的紧箍咒。

"不方便。"他说。

女人眼中闪过失望，她们远远看见这个男人西装笔挺、气质不凡，喝洋酒的姿势稳重而优雅，混在一众轻浮狂热的同性中间，想不引人注目都难。满桌子的姑娘议论半天，都怂恿她先来搭讪。

她不想就此放弃，笑着说："没关系，随便玩玩嘛。"

"找他玩。"郭尉牵起臂弯上的手腕，将她一路引领至赵平江那边。

赵平江黑了黑脸，压低声音说："捡你剩下的，爷我也忒没面子了。"

郭尉喝尽杯中的酒，站起来慢条斯理地系上西装的扣子，嘴角含了点儿笑："森林都留给你，慢慢享受，我先撤了。"

九点钟时，苏颖给郭尉打了通电话，他迟迟未接。晚一些时候，两个孩子和保姆都睡下，她洗过澡，只留了客厅的一盏壁灯便回了房。

苏颖一时没有睡意，靠着床头看郑冉给她的资料，只是看着看着就走了神。她扭头盯着光源，渐渐地，眼前白茫茫一片，像是有无数雪花和黑影交叠飞舞。她今晚心情低落郁闷，也知道问题出在哪里，一些人和事的关联注定让她不能割断过去，才致使自己沉溺于消极的情绪中。

苏颖轻轻地叹息一声，将床头灯调暗，合上书本准备睡觉，却隐约听见开门的声音。她本不想理会，稍躺了会儿，那个人始终没进来。一阵窸窸窣窣响动后，餐厅方向忽然传来玻璃碎裂的声音，在寂静的夜里惊心动魄。

苏颖赶紧出去，看到郭尉正在蹲着捡碎掉的玻璃杯。

邓姐也醒了，跑到卫生间取拖把。

苏颖去拍他捏碎玻璃的手，走近了，那股浓重的酒精味直撞脑门儿，她不由得皱眉："你喝酒了？"

郭尉侧头瞧她："喝了一些。"

眼瞅着这个人面色潮红、身形不稳，苏颖扯扯他的袖子说："别傻站着了，醉成这样子，赶紧洗澡睡觉吧。"

"你先去，我不困。"他把手掌按在她的背上，将她推开几步，开了所有的灯，边扯领带边朝客厅里走，把自己扔进沙发里，随手捞过遥控器按了一下，打开了某频道的综艺节目。节目中正爆发出一阵惊天动地的笑声，原本安静的环境被他一个人制造出许多噪声。

苏颖气得不行，跑过去夺他手里的遥控器："你发什么疯？孩子都睡了，想闹醒他们吗？"

郭尉漫不经心地瞥着她，身体后仰，拿着遥控器的手敏捷地躲开。她从上面压下来，遮住头顶的光源，郭尉顺势用另一只手勾住她的腰，用了几分力气，便将人箍进怀里。

她以奇怪的姿势坐在他的大腿上，挣扎几番后已是气喘吁吁，那个人的手臂却越收越紧，让她更加动弹不得。苏颖一时有些吃惊，知道他酒量有限，却从未见过他醉酒后耍无赖的样子，不禁泄愤般地捶了一下他的肩膀。

"关掉声音，大半夜的，你闹什么？"苏颖压低音量。

郭尉沉默地看了她一会儿，开口时声音有些哑："谁的孩子？"

苏颖皱眉："什么谁的孩子？"

"谁的孩子睡了？"

苏颖觉得莫名其妙，懒得对他的明知故问作答，气道："楼下捡垃圾的。"

郭尉竟笑了笑，整个人又沉默下来，挪开视线，把注意力集中到不断变换画面的屏幕上，似乎对嘉宾之间的无聊游戏甚是感兴趣。

苏颖趁他不备又去抢遥控器，郭尉扬手躲开，直接把遥控器扔到沙发的另一头，两人再次陷入无声的纠缠。

半晌后，苏颖说："你捏疼我了！"

郭尉不承认："没有，没用力。"他虽这样说，握着她手腕的力道终是松了松。

苏颖使劲把手抽出来，惯性作用，手背反向磕到对面的茶几上，发出咚的一声响。

她抽了一口气："嗞！"

郭尉终于老实了。

苏颖气得脸通红，挣脱他的控制坐起来，爬到另一边关掉电视，生拉硬拽地把这个人往卧室里拖。

躺下后，郭尉倒是消停了些，手指缓缓捏着眉心，任由她为自己脱鞋、盖被子。房间里终于静下来，床头灯发着橘黄色的暖光，时钟走动的声音都听得很清晰。旁边的柜子上放着一个盛满水的玻璃杯，只是不知搁置了多久，杯中的水已经没了温度。

郭尉扭头看了会儿，挪开手，视线落在苏颖身上，冷不防地问："如果有天我死了，你会改嫁吗？"

苏颖指尖一颤，她本就对"死"这个字眼很敏感，联想到过去的经历，不免更加厌恶心烦。

郭尉追问道："会吗？"

"会。"

他当即没了声音。

"下次醉成这样不要回来了。"

"那我就放心了。"

房间里安静片刻后，两人几乎同时开口，他的语气认真中带着些不易察觉的委屈。苏颖愣了一瞬，这样的郭尉让她有些陌生。

她没再说话，去洗手间拧了条热毛巾，坐在床边，不算温柔地给他擦拭脸颊和脖颈。昏暗的灯光之下，他一半的脸孔掩在阴影中，鼻梁到唇峰直至下巴的轮廓更加立体，一双眼幽沉而迷离。他紧紧地盯

170

着她，仿佛在窥探她的心。

这晚两人都有些反常，苏颖隐隐察觉到他的异常，却猜不出原因。

四目相对，郭尉握住苏颖停在他耳旁的手腕，用指肚轻轻摩挲她手背的肌肤。不过片刻工夫，他忽然用另一只手勾住她的脖颈，将她猛地拉向自己，稍悬起头，便吻住她的唇。

苏颖的呼吸滞了几秒，亲吻来得太突然，让她一时忘记如何反应。

郭尉与以往不同，动作间带了些强势和侵略性。苏颖此刻心中抗拒，蹙了蹙眉，却被他禁锢在怀里无法动弹，她唇上生疼，忍不住呜呜地捶打了他两下："疼！"

经她提示，郭尉好像恢复了一丝理智，稍顿了顿，脑袋变换了一下方向，温柔地吻她。她唇上触感湿润而柔软，鼻端充斥的酒精味盖过他身上干净清爽的气息。郭尉留给她一些喘息的空间，接触变得断续而密集。他很懂得运用技巧调动另一半的情绪，可惜的是这次苏颖整个人不在状态，始终清醒。

很久后，郭尉似乎低低叹息了一声，稍做停顿。

"你在想什么？"他的嗓音哑哑的，身体落回去瞧着她。

苏颖用手臂撑着他的双肩，微顿片刻："什么也没想。"

郭尉说："做任何事情都要认真，可能下一秒就会忘记当时的感受。"他捏了捏眉心，"苏颖，这时候我的脑子里没有别人。"

他说这番话时始终望着她的眼睛，双眸黑亮而清明，仿佛整晚的酒意全部消散，那些醉后的举动也是假的。

苏颖心口如针扎一般，她犹豫着开口："我……"

郭尉缓缓坐起，垂眸看她刚刚被撞的手问道："疼吗？"

苏颖摇头。

郭尉去拿床头柜上的那杯水，仰头慢慢喝完。他稍稍沉默后，用手掌转着玻璃杯，瞧着苏颖："他的名字跟我的很像？是哪两个字？"

苏颖脑中轰的一声炸开，在短暂的几秒中，有种要窒息的感觉。她坐在床边，缓缓地扭头去看他。

郭尉背靠着床头，平静地说："很抱歉，我不是有意听你打电话。"

171

苏颖用手指绕着袖口露出的线头，半天没动。

有关顾维的事情，她只在婚前与他提过一次，可是不知从何时起，她不愿再同别人主动去讲顾维。这个名字连同过去像一道愈合后的疤痕，在她试图忘记或已经忘记以后，潜意识又总是提醒苏颖它始终存在。

改变人生远没有她想象中简单。她抛不开过去，敞开心门接纳郭尉更是让她愧疚不安、百般煎熬。考虑的问题变复杂，比较变多了，她也越发讨厌自己。她就像钢丝绳上的小丑，倾向哪一边都是辜负，终日徘徊在悬崖上空无法抉择，稍不留神必将粉身碎骨。直到这时她才发现，原来自己很懦弱，愿意向前跨出一步，却做不到彻底遵从内心，更没有落子无悔的勇气。

郭尉今天也执着："他是哪两个字？"

苏颖厌恶自己，更抗拒他的问题："与你有什么关系？"

郭尉动了动嘴唇，竟半天答不上来。

两人相对无言，那根线头被苏颖拉断了，袖口缝合处破了个小口子。她站起来："你睡吧，我去客房。"

郭尉问："他在你心里是什么位置？"

苏颖停住，满心排斥地答："你认为是什么位置就是什么位置。"

"相比之下，我能占多少？"这不像郭尉对待问题的风格，他万事云淡风轻，或不在意，或放在心里，从不会把时间过多地浪费在儿女情长上。

当他酒醉会放松一些，苏颖说："我去温杯牛奶，你醒醒酒。"

郭尉放下玻璃杯说："不需要，我很清醒。"旁边没拖鞋，他光脚踩在地板上，步伐稳健地走到她的面前，低声道，"爱情因为止于美好才变得不朽。如果他没死，你们未必……"

从没有人在她面前做过这样的假设，她蓦地抬头看着他，脸色越发难看。

"知道你这话多可笑吗？"苏颖打断他，"你又以什么立场对别人的过去肆意揣测和否定？"

郭尉静静地看着她，半晌，紧绷的肌肉松动了一下："抱歉。"

苏颖情绪激动，语速快起来："无论结局是好是坏，以往的一切经历我愿意接受。走到今天，过去的事情我不想再提，别人更没资格指手画脚。"

郭尉收紧下颌，微冷的视线始终落在她的脸上："有没有资格你说了算，我只希望你明白，既然是你的选择，就为自己好好活。"

"全是屁话，我是酗酒放纵还是哭闹自残了？"

郭尉低了低头，嘴角竟扯出一丝弧度："那你有没有在意过我的感受？"

苏颖一愣。

他的手臂垂在两侧，眼睛看了下别处，又看向她："我今天才知道，你生病时喊的人未必是我。我曾经还为此沾沾自喜过，苏颖，你说我是不是傻透了？"

他的尾音逐渐消失。不知为何，苏颖的心脏像被一只手狠狠地揪住，她无言以对，那种自厌的感觉再次向她涌来。她觉得他是在逼她，他根本不理解长久以来她的内心有多煎熬、多难受。

苏颖咬住唇，越慌乱无措越想找一道防线保护自己："原本也是搭伙过日子，你我半斤八两，不见得多用情，又何必演戏质问？"

"我演戏？"郭尉从不发怒，就连此刻也只是淡淡地笑着，嗓音微凉，"苏颖，你是没有心吗？"

苏颖的声音却难以控制地尖锐起来："怎样才叫有心？没认识过他，没爱过他，没生过顾念？一张白纸，没有过去？"

郭尉的表情渐渐凝住，紧咬的牙关透露出一丝心迹，末了，他点头妥协："我的错，是我期望太高，却根本没有预料到，有些事情越期待越不值得期待。"

苏颖咬紧唇瞪着他，渐渐地竟眼眶发湿。她迅速低下头，气愤的同时，心中涌起一股不易察觉的委屈情绪，脱口而出："那离婚吧。"

话音刚落，两人都愣住了。整个房间里的画面定格，他们面对面地站着，暗淡的光笼罩在周围。这是他们结婚以来的第一次激烈争吵，竟闹到如此地步。

说出的话无法收回，苏颖凭借那股冲动咬了咬牙，转身出去。

郭尉用目光跟着她的背影，到底两大步跨过去，握住她的手腕说："你留下吧，我睡客房。"

苏颖彻夜难眠，迷迷糊糊睡着时天已经微亮。后来她被一阵电话铃声吵醒，闭着眼也没看屏幕，直接贴到耳边接听。不知那头的人说了什么，某个瞬间她蓦地睁开眼，坐了起来，再次确认后说："好，我尽快订机票过去。"

苏颖挂断电话，不可避免地又回忆起昨晚的事情。她呆坐了会儿，心想冷静一下也好，掀开被子下床去。

两个孩子还没醒。厨房里很热闹，邓姐边熬粥边用平板电脑追剧。苏颖朝客房看了一眼，门开着，窗帘似乎也被拉开了，走廊的地板上映着户外透进来的自然光线。

她去厨房倒水喝，犹豫着问了句："郭尉走了？"

邓姐调小音量答道："起来就没见着人，可能有早会吧。"她昨晚隐约听见两人起了争执，主人家的私事不便多管，只当什么也没发生过。

苏颖觉得心中有些空落落的，沉默了一瞬说道："我得出趟远门，可能要几天才能回来。"

邓姐愣了愣，心说不会闹到赌气离开的地步吧，赶紧关切地问："眼看快过年了，准备住到老夫人家里去？"

苏颖说："我舅妈今早过世了，舅舅要我尽快回去一趟。"

"哎哟……什么病啊？"

"他没细讲，好像是心脏方面的毛病。"

邓姐忍不住摇头惋惜道："瞧瞧这大过年的，都是什么事儿啊。那我赶紧做饭，你吃完再走。"

苏颖点点头，背靠厨台，两只手慢慢转着水杯，问道："明天你也休息了？"

邓姐笑着说是。

苏颖说："帮我转告他一下吧。"

邓姐反应了会儿，半天才应声。

苏颖回房订机票，简单收拾行李，洗漱好后去顾念的房间叫他起床，又悄悄地看了一眼郭志晨。这个孩子不知梦见了什么，小嘴一张一合地忙个不停。苏颖帮他掖好被踢掉的被子，留了张字条，大意是告诉他早睡早起，别太调皮，记得做作业。

飞机是上午十点钟起飞，将近两小时才能落地。苏颖带顾念早早地登了机，顾念系好安全带，仰头问："妈妈，我们什么时候才能回来？"

"要在舅姥爷家里过完年。"飞机已经在跑道上滑行，苏颖触屏解锁，盯着手机的屏幕，向后划了两页又划回来，根本不知道要找什么。

"那郭叔叔知道吗？"

"知道。"苏颖直接关了机。

飞机逐渐加速，在短暂的超重感后一飞冲天，窗外的世界倾斜变形，房屋和车子都缩小成积木般的模型。小顾念第一次坐飞机难免兴奋，他把脑袋贴在窗户上，回头冲苏颖用口型哇了一声。

苏颖摸摸他的头发。小孩子的世界单纯无虑，他根本不知道即将见到的是什么样的场合，更体会不到生死离别的绝望和痛苦。

苏颖往座椅里靠了靠："手呢？手给妈妈握一会儿。"

顾念听话地把手递过去，眼睛仍看着窗外。

"如果我睡着了怎么办？"

顾念一拍胸脯："放心睡吧，有我在呢。"

苏颖忍不住笑出来，握着儿子的手合了会儿眼，她脑中有些乱。当飞机再上升一个高度时，双耳的嗡鸣声加剧，她反倒觉得整个世界都安静下来了。起初她还在后悔昨晚在冲动之下放狠话，后来劝自己想开，有点儿破罐子破摔的意思，不如放任事情发展，如果郭尉真的赞成离婚，她也能彻底轻松，不用再挣扎煎熬了。

虽然这样想，当飞机落地，等待手机开启运行的一分钟里，她还是有所期待的。一条信息跳进来，她条件反射地立即点开，可看到上面显示的发件人是郑冉时，一颗心又猛地下沉。

苏颖抿抿唇，拉着顾念的手前往的士载客区，见手机屏幕上写着："携书潜逃了？"

她这才恍然想起，自己走得太急，差点儿忘了郑冉那边的事儿。她直接打了个电话过去，笑着调侃："是什么旷世巨作值得我携带潜逃呀？"

郑冉爱搭不理地哼了声："爱要不要。"

苏颖也没恼："忙什么呢？"

"做盘扣。"

她抱歉地将事情原委交代一番，又说："要不我给老太太打个电话，请她过去照顾……"

"快别，让我清静两天吧。"郑冉终于有了点儿反应，"你别瞎操心了，忙那边的事情吧，刚好王越彬放假在家。"

她又问："你不回来过年了？"

苏颖说："恐怕回不去。"

"跟老太太报备没？"

"没呢，你帮我说一声？"

郑冉哼笑："老太太难搞，休想把难题扔给我，新媳妇第一年不在婆家过年，走前也不提前打招呼。她挑你毛病，我还乐意看笑话……"

苏颖大声说："等离婚你再看笑话吧。"她气得一把挂断电话，不给郑冉讽刺她的机会。

他们打车去火车站，由火车转汽车，一路颠簸，傍晚才到了镇上。

苏颖许多年不曾回来，长大之后才感觉这镇子越发小。马路被压实发亮的白雪覆盖，两旁的矮房前堆着木料和蜂窝煤，昏暗的天幕下炊烟袅袅，空气里有种特别的味道。

每家每户都张灯结彩，红彤彤的颜色绵延至道路尽头，一派喜气。苏颖没打电话，凭着记忆找到舅舅家的老旧小区，这里和其他地方恰恰相反，不见一丝红色。

门前的空地上搭起了蓝色棚子，两侧有花圈，几个男人在腰间扎着白布，站在角落里边说话边抽烟。楼门口贴了一张白纸，上面写着"恕报不周"四个黑字。

第 八 章

原来她爱上了他

苏颖明显感觉顾念往身后缩了一下，于是停下来，稍微弯下腰问他："舅姥姥，你还记得吗？就是白头发、圆眼睛，笑起来很慈祥的那个老人家，上次见面她还捏过你的脸，夸你懂事、有礼貌。"

顾念又朝那个方向看了一眼，缓缓地点了一下头。

苏颖说："舅姥姥今早去世了，我们过来吊唁。"

顾念抿抿嘴，再次点头。

苏颖换了一种方式问他："念念都长这么大了，不会是害怕吧？"

不出所料，顾念立即挺起小身板说："没怕，没怕，舅姥姥特别好，还给我买过文具呢。"

灵堂设在一进门朝西的那面墙边，正中间摆放着一张黑白照片。照片中的老人梳着齐耳短发，穿一件圆领碎花布衫，笑容温和平静。

家属有坐有跪，缓缓地往桌前的铝盆中送纸钱。见苏颖带着顾念进去，有人喊了一声，前面的人立即让出位置来。

苏颖跟随口令下跪磕头，家属谢过礼后，才上前招呼她。

舅舅走过来，只叫了声她的名字就哽咽不止，通红的眼中再次泛出泪来。

177

苏颖也难免湿了眼眶，用力握住他的手说："舅舅，节哀顺变。"

苏颖还记得小时候家里的条件不好，父母去世后她一直跟着外婆过，舅舅一家帮衬了不少，只是那时候他们也有儿女要养活。直至外婆去世，他们实在力不从心，苏颖才背井离乡，独自去了上陵，那之后很久都没联络过。

她与郭尉结婚时，舅舅提起陈年旧事，还为当时没多帮忙而愧疚后悔。

有人为苏颖穿上了孝服，嫂嫂和表姐把她拉到里面的房间，免不了客气寒暄一阵。屋子里有几个和顾念同龄的小朋友，顾念起先腼腆，后来也放开了些，主动过去说话。

女人们坐在床上折元宝和纸钱，偶尔说起老太太离世前的细节，便忍不住低声哭泣，整个房间沉浸在悲恸的气氛中，压抑得让人喘不过气。苏颖垂着头默默听着，把手中的金纸折来折去，掉下的粉末全都粘到指肚上。

渐渐地，窗外的天色如同化不开的浓墨，对面的灯火在结了冰的玻璃上映出一些光斑。

不知是几点，衣兜里的手机振动起来。苏颖愣了一下，拿出来看，郭尉的名字在屏幕上跳动。就在她犹豫该不该接、接了要说什么的空隙，振动忽然停止，屏幕也暗了下去。

随后一条消息发了过来："舅舅那边如果需要帮忙，尽管告诉我。"

苏颖盯着那行字反复看了几遍，觉得对他的客套好像也没有必要回复。

另一边，郭尉却等了很久，直到手机屏幕暗掉才挪开视线。员工们早就下班了，百叶窗外一片寂静，他没心思继续处理那些不太要紧的公事，也懒得起身开灯，桌上的烟灰缸里已经挤满烟蒂。

就在十分钟前，保姆打电话问他何时回去，紧接着就是一句："念念妈妈带着念念走了。"

郭尉心中咯噔一声，短短几秒内脑门儿上竟冒出虚汗。谁知保姆大喘气："说是她的舅妈急病离世，就赶紧过去了。"

郭尉稍微调整了一下呼吸："什么时候的事儿？"

178

"今早。"她顿了下说，"我以为郭总您知道呢。"

郭尉半天没吭声。他一般情况下待人温和，谁知再开口竟没好气地责备道："下次说话前先调整好顺序。"

他没再看手机，掐了手头这支烟站起来，双手插在西裤兜里走到落地窗前。广阔寂静的夜空下，车流密集，猩红色的尾灯连成一条蜿蜒的曲线，在繁华的瀚阳路上缓慢移动。

郭尉不知如何纾解自己一整天压抑的心情，每次当他专心投入工作时，脑中总会蹦出一个没有面目的假想敌，再去想那个女人更是心烦万分。

他又站了片刻，拿着外套离开办公室，走进车库时听见老陈骂骂咧咧的，弯着腰在车门前不知在干什么。

郭尉稍微偏头问道："怎么了？"

老陈直起身："郭总，车门上让人按了几个烟头印。"开车之人都爱车，这车他比郭尉用得还在意，忍不住气愤地低骂，"不知道哪个孙子手欠。"

郭尉没法儿接这话。

"有深有浅，可能还不是同时按的，郭总，你发现没有？"不是老陈想推卸责任，这几天郭尉都是自己用车，老陈猜想他或许也察觉到了。

郭尉说："不清楚。"

"那我明天去保安室调个监控。"

郭尉瞧他一眼，没说话，拉开后座的门坐进去。老陈还在站着看那些印子，郭尉等得不耐烦，降下车窗说："要不你好好研究，我先走？"

在苏颖舅舅家，大家这一晚注定难眠，儿女们都没睡，跪在灵堂轮番守夜。

夜深人静时，苏颖跟着烧了些纸钱。屋中烟雾弥漫，空气闷热，她披了件衣服，想去阳台上透透气。谁知舅舅还没睡，独自坐在一把旧藤椅上，背影显得孤单落寞。

苏颖犹豫了片刻上前问："舅舅，还没去睡？"

"睡不着，过来坐会儿。"他招呼苏颖，已经平静了些，"要是你舅妈还在，肯定埋怨我让你大老远地回来……"

苏颖抿抿嘴："您别这么说。"

两人面对窗户并肩坐着。小镇对烟火管控得不严格，有人提前庆祝新年，五彩斑斓的烟花在天空绽放，喜庆而热闹。

凡事怕比较，舅舅缓缓地说："别人的年照过，我们的合家团圆怕是以后都没有喽，往后是苦是咸也就只有自己受着了。"

就像身体里有病灶，你这般疼痛，别人却感受不到，因为他们没得过。这种无助的滋味苏颖深有体会，而随着时光流逝，她始终期待伤痛痊愈的那一刻。

"是啊。"苏颖说。

"以前我嫌她唠叨，不爱听就拎着鸟笼出去躲清静，饭菜做得没滋味就摔筷子走人，看个电视也能吵起来。"他像是自言自语，"瞧瞧，人家生气了吧，甩手罢工，不管你了。你那臭脾气，谁愿意忍你一辈子？"

苏颖略低着头，安静地听着。

"这叫什么？这叫不懂珍惜。"舅舅念叨着，"人都得有个伴儿，没伴儿多孤单啊，这日子也过得没滋没味儿，没什么奔头了。"

苏颖忽地滞了滞，这句话字字敲在她的心上。她用手指蹭着外套上的纽扣，半天才喃喃道："是啊，应该珍惜的。"

隔了好一会儿，舅舅又忽然摇着头说："太突然了，昨天晚上还一起坐着看新闻，今天人就不见了，再也见不到了……太突然了……"

苏颖不知该如何安慰他，这时候说什么也未必管用。半晌，她只道："舅舅，平静接受吧，一切会慢慢好起来的。"

舅舅不再回应，呆滞而混浊的眼睛盯着窗外，烟花升起在空中绽放，他看得出神。

苏颖忍不住扭过头，老人家的侧影透着凄凉。她似乎看到了这个世上每个人都逃不过的归宿，时间没过去时觉得很漫长，等到过去了，人们就恍然发觉它转瞬即逝。

第二天仍有吊唁者。

家属的情绪已较昨天冷静了些，大概他们也接受了老人家离开的现实。所有人都明白，目前要做的是尽量把葬礼事宜安排妥当，让逝者走得安心。

一些不太要紧的琐事苏颖帮着跑了几趟，其余时间都留在房间折元宝，以及准备三七、五七需要的东西。

中午时，嫂嫂在厨房里忙碌，对前来吊唁的亲朋好友总要照顾周到，苏颖进去打下手，切菜、端盘子、洗碗洗筷，做饭方面她也只能帮到这里了。

看上去是些琐碎的工作，但房中人声不断，迎来送往，加之她连续两晚没休息好，一时头脑发胀，有些体力不支。

表姐见她脸色泛白，眼底的青色也越发明显，就拉她到一旁，把阁楼的钥匙交给她："去上面睡一会儿，地方小了些，但是安静。"

苏颖没硬撑，去瞧了眼顾念便拿着钥匙上去了。

阁楼矮小，不足以让她完全站直身，墙边堆放着杂物，窄窗旁有张单人床，屋外的阳光在白雪的映射下格外刺眼，室内也显得无比亮堂。

苏颖躺下来，原本想翻出手机看看时间，点亮屏幕却忘记要干什么了，暗掉后又重新按了一次。

她把视线转向窗外，盯着看了一阵，拉上窗帘，几乎在闭眼的下一秒就睡着了。

她醒来时眼前一片漆黑，仿佛从白天瞬间跳转到夜晚，这种大差别的变化让人不舒服。她身边没人，周围一片死寂，安静得听不见任何声音，好像世界上只剩下她自己了。她去摸手机，一通电话都没有。

苏颖把手臂横过来盖住眼睛，这种感受不太好，情绪也随之低落下去。

时间静静流逝着，一阵铃声猛然响起，她惊得心脏怦怦乱跳，拿过来一看，竟是郭尉那边发来的视频邀请。

苏颖这次没犹豫太久，随手开灯坐起来接通。

哪想到那头是郭志晨胖胖的脸蛋占据了整个屏幕："阿姨，是我。"

苏颖笑笑："留给你的字条你看见了？"

"看见了，我的寒假作业只有数学没做完，本来是要等顾念一起做的，好让他帮我看看。"

苏颖说："顾念在楼下，我叫他上来你们聊聊？"

晨晨摆了摆小胖手说："现在不用，你们什么时候回来呀？"

苏颖说："过完年就回去，你先挑会做的做。"

晨晨哦了声，看着屏幕挠了挠头，好像实在找不到什么话题聊。只见他用小眼睛往旁边斜了一下，抿抿嘴，又斜一下，憋了半天，最后用自以为这边听不见的虚音问了句："爸爸，可以了吗？"

苏颖不由得屏住呼吸。画面微微晃动，眨眼的工夫，她看见郭尉穿着一身深灰西装坐在沙发上，左腿叠起，笔直的裤线和黑色袜筒把小腿线条拉得修长。他的肘部撑着扶手，拳抵在唇边，另一只手随意地搭在膝盖上，样子很安静，但她没看清表情。

苏颖一时心跳快了半拍。

片刻工夫，他起身过来接手机。晨晨像是完成任务一样地松了口气，撒欢儿似的跑远了。

只剩下两人后他们反倒不知如何开口，相隔两天而已，又像是许久未见。

最后，还是郭尉先问："舅舅那边怎么样了？"

苏颖说："挺顺利的，明早出殡。"

"具体是什么病？"

"冠状动脉堵塞导致的心肌梗死。"

郭尉看着屏幕："该有的礼数做到位，尽量多安慰一下舅舅吧。"

苏颖低声说："知道了。"

那边没接话，空气忽然之间安静下来，苏颖无意间瞄了眼屏幕，郭尉正看着她，她条件反射地问了句："还有事儿吗？没事儿我挂了。"说完的瞬间她就后悔了。

郭尉看了下别处，问道："那条咖啡色斜纹的领带你看见没有？"

"找找卧室衣柜最下面的抽屉。"

"好。"他似乎看到了她的状态，停顿片刻后终是叮嘱道，"多注意休息，回来再聊。"

他要挂断。

苏颖忽然开口："你……"

晃动的画面再次对准他的脸，他问："什么？"

苏颖抿了下嘴："把晨晨送去奶奶家吧，有人照顾。我今天打过电话了。"

郭尉说："好。"

"那我挂了。"

郭尉嗯了一声。

苏颖先挂断，一时懊恼，回忆刚才的语气是否太过生硬，恨不得把话收回重新说，又研究他那句"回头再聊"的含义，再聊什么呢？聊离婚吗？

她一时心烦意乱，恍然发现，自己的情绪已经很久没有因为一个人反复起伏了。

而另一边，暗掉的手机在郭尉手中转着，他看向窗外，出了会儿神。天色几乎黑透了，保姆放假，家中只有他和晨晨，怎么都觉得周围过分冷清了。

他开车带晨晨出去吃饭，晨晨坐在后排低头玩他的手机。他单手扶着方向盘，从后视镜中瞧了晨晨一眼："儿子。"

晨晨抬头："怎么了，爸爸？"

"想吃什么？"

"比萨和炸鸡。"

"换一样。"

晨晨抿了抿嘴，虽不情愿，还是听话地说："那你说吃什么就吃什么吧。"

马路上很清静，两侧的行人也步履匆匆，建筑和树木被人用节日灯精心装扮过，只可惜无人欣赏。

郭尉看着前方，隔了好一会儿才说："那就比萨吧。"

晨晨有点儿高兴，小胖腿不禁晃荡起来。

郭尉换了只手握方向盘，缓缓地说："你妈妈今天打电话问过你，她六月回来。"顿了片刻，他又问，"想不想她？"

晨晨垂着眼，不太在意地点点头。

郭尉又问："这两天家里只有你和我，适应吗？"

晨晨这次抬了下头，有些抱怨地说："本来和顾念一起拼拼图，还差一半呢他就走了。"

"想他？"

晨晨用手比画着："一点点吧。"

"那苏阿姨呢？"

这话问完，晨晨没吭声，不经意地朝郭尉的背影偷偷瞄了一眼，挠了两下额头，半天才答："也想。"

郭尉捕捉到晨晨的神情便知这答案言不由衷，还想说些什么，心中却蓦地涌起一股无力感，深深地叹了口气，终究沉默。

出殡这天，天空飘着雪片，东边没出太阳，阴沉的天空令气氛更加压抑。

苏颖跟在送葬队伍的尾端，抬起头时看见前面高高立起的纸幡，队伍里的人穿着孝服、戴着孝帽，抬眼望去尽是白色。

瞻仰遗容时表姐哭得撕心裂肺，几次去扒棺木都被人拖回。她又拼命往前冲，嘶哑的声音响彻整个礼堂，听上去痛苦又绝望。

苏颖感觉心被揪紧了，有些待不下去，与躺在棺木里的老人道过别，然后转身默默离开。

苏颖隐约记得镇子北面有一座广福寺，想去随便走走，便拦了辆车过去。

以前她觉得这座寺很大，院墙也高。院子里种着大片的山楂树。秋天时，树梢上挤满红彤彤的果实，她每次去都忍不住偷着摘一个，咬进嘴里，酸得让她流口水。

苏颖沿着台阶走上去，寺里很清静，地上的雪洁白无瑕，没有被人踩踏的痕迹。她深深吸了一口冷冽的寒气，觉得呼吸瞬间通畅了，心也不由得跟着变得平静。

远处走来一位僧人。

苏颖迎上去："请问……"

僧人停下。

苏颖问："能做超度吗？"

僧人捻着佛珠问："施主为何人？"

苏颖想了一会儿说："想忘记的人。"她抬起头，抿了抿有些干燥的唇，"只不过他已经过世很多年了。"

僧人说："我佛怜悯众生，即使过去百年，也可帮他消除业障，减轻罪孽。"

知客僧为苏颖安排好。

没多久，她进入了一间偏僻的内殿。

苏颖依照吩咐在黄纸上写下一个名字，牌位前供奉着香宝蜡烛、鲜花供果、米饭馒头、三茶四酒。

佛前燃香，她长跪合掌，耳边响起几位高僧咏诵经文的声音，木鱼声声，像敲击在她心上，仿佛在瞬间，一切变得虚幻起来。

苏颖闭着眼，脑中一片空白，什么也没想。她不知跪了多久，僧人示意她起身坐到旁侧的桌前，翻开经文，跟随几位高僧一起诵读。

殿内十分昏暗，没有灯，唯独佛前几点烛火摇曳。房柱及横梁上积攒了许多灰烬，顶部绘满富有神秘色彩的佛家壁画，只是年代久远，颜色不再鲜亮，而所有墙壁到顶的龛格里摆满了别人供奉的长生牌位，一眼望去，规整而密集。

苏颖回头，看着身后那些牌位上陌生人的黑白照片走了会儿神，不禁想这些亡灵是因何离世，亲人们又是以什么样的心情将灵位供奉在此。

她从小佛缘浅，未曾想过有一天会把心结交托于佛祖。而许多年过去，如今她心中竟住进了另外的男人，这场超度也只不过是寻求心安，给放弃找个借口罢了。

苏颖垂下眼，把目光落回面前的经书上，早已跟不上高僧们的节奏，不知他们念到了哪里。

她静静地看着那些文字，放任自己去回忆前尘往事。她把二十岁

185

给了炽烈的爱情，原本以为那个人可以把她拉出泥潭，是上天的恩赐，未曾料到竟是此生最大的劫数。

诵读经文的两个多小时，也就是她与顾维的所有了。

她双手合十跟在僧人后面，绕着殿内缓慢地走了一圈，跨出门槛，明亮的光线刺得眼睛生疼。苏颖微眯了眯眼，再抬头去看天，雪片更加大了，如鹅毛般落在房檐、落在树梢、落在她的肩头上，悄无声息。

木鱼声犹在耳，她无意间瞥到了黄色的僧服衣角，那竟成为亮白世界里最鲜明的颜色。雪中落下的脚印规整清晰，一步一步，形成一条向前的轨迹。

在某个瞬间，苏颖忽然红了眼眶。

她像是走了很远的路，长跪于主殿前。佛祖金身，用一双慈爱怜悯的眼俯瞰众生，也看着她。

她与佛说："求您度他也度我。"

她抬头望着，渐渐地，周围没有了声音。直到身体快要冻僵，苏颖才站起身来。初时遇见的那位僧人耐心地等待着，尚未离开，将她向前引了几步，问道："施主可有忘记故人？"

苏颖微顿，没有正面回答，只说："内心坚定了，我会走下去。"

僧人满意地点点头，指着一个方向问道："你看那片地上是否一尘不染？"台阶下面，有几个小僧正在用竹枝扫帚扫着便道上的雪。

苏颖看了看天说："还在下雪，只要被人踩踏，怎么可能一尘不染？"

"扫干净呢？"

苏颖困惑："扫完也会再下。"

"那就一直扫下去。"

苏颖说："徒劳罢了，除非雪停。"

僧人望着远处，半天才笑了笑道："阿弥陀佛，愿你摒弃心中的执念，众生皆苦，放下便自在了。"

苏颖被点醒般狠狠怔住。

很久以后，僧人已离去，苏颖仍然站在台阶上。天空已经放晴，而她已泪流满面。

这一回，她是真正要与那个说过"一半生命属于你"的男人说再见了。她抹掉眼泪，将双手放入大衣口袋，迈下台阶。

本来要给你的白头偕老的承诺，如今我要给别人了。剩下的路我会好好走完，想必这也如你所愿吧。

新年这天，仇女士大早晨就精力十足，一会儿工夫打了几次电话，不敢催促自己的儿子，就叫郑冉和王越彬早早过来。一楼客厅被她装扮一新，气球、拉花、福字，所有的喜庆元素都派上了用场，通往二楼的楼梯扶手也被缠上了五颜六色的节日灯。

仇女士和保姆在厨房忙碌，准备好年夜饭的食材，又拉着郑冉出去做头发，折腾到下午。她们进门时，郭尉也带着晨晨刚到。

见门口有动静，小晨晨眼睛发亮地冲过去，声音清脆地说："奶奶新年好！大姑新年好！"

不出意料，两个厚厚的红包到手了。

郭尉在书房陪着郑朗轩喝茶，手机在旁边不住地振动，都是些祝福短信，每年如此。直到仇女士站在下面喊人，他们才下去。

年夜饭中规中矩，没什么新意。但终归郑冉和郭尉同时出现不容易，二老的兴致也高了几分。

吃完饭，所有人挪到客厅喝茶、看晚会，这时仇女士的电话响了，是苏颖打来的。

郭尉一顿，目光转向这边。

仇女士不易察觉地撇了一下嘴，接起电话，换上笑脸。那边的人拜完年，仇女士说："妈妈也祝你新年快乐，刚才还念叨你和念念呢，什么时候回来？念念的红包我都准备好啦。"

苏颖说了些什么，老太太笑道："一家人，就别客气了。你舅舅那边一切还好吧？也别光顾着别人，多照顾一下自己。"

苏颖应着是。

她们又聊了几句，快挂断时，仇女士问："郭尉在旁边，要不要和他聊几句？"

突然间听到那个名字，苏颖猛地心跳加速，竟有些紧张胆怯，下意识地说："不了妈妈。"

"哦……"

郭尉攥了攥拳，起身去接电话。

老太太说："她挂了。"

郭尉的手僵在了半空中。

郑冉默默瞧着，觉得这位冷面神的表情太滑稽，与以往的形象严重不符，实在难见，不由得想到自己和苏颖通话时她最后说的那句话。

仇女士小气地嘀咕："就她事情多，我看她和那个舅舅也不见得多亲厚，大老远跑过去，第一个新年也不在家里过。"

郭尉微绷着唇，瞧了仇女士一眼。

郑冉犹豫片刻，还是说："事情赶在一起了，没有办法吧。"

老太太撇撇嘴。

郑冉又说："本来过年也没什么特别的。"

保姆从厨房端来水果和甜点，晨晨欢呼着第一个扑上去。有人转移了话题，聊起了别的。

郭尉叠着腿坐在沙发一角，垂眼看着手机打了行字、删去、重新编辑、又删去。他合上眼捏了捏眉心，不记得自己何时这样优柔寡断过，思考了片刻，最后发了句不疼不痒的话过去。

周围都是欢乐的笑声，他却是过分的安静。

仇女士凑近些关切道："怎么了儿子，不高兴？"

郭尉稍微坐直了身，略一思索，说道："苏颖有哪里做得不周，我替她跟您道个歉，舅舅那边是她仅有的亲人了，生老病死比不得别的事情，您多体谅一下。"

老太太听着不大高兴。她心里其实一直有怨言："瞧瞧我也没说什么，你就帮着她数落起亲妈来，说两句怎么了？她又听不到。好歹你当初问问我的意见，从小到大你什么事儿让我插过手？学习、工作是这样，婚姻也是这样，以后怕是我说话也要受限制了。"

"您说的是哪儿的话？不是怕您插手，是不想让您多费心。"郭尉放软语气，"我娶苏颖，必定是喜欢她的，她现在是我老婆，只是希望您别对她有偏见。"

仇女士索性把话敞开了说："我就不明白，那么多年轻漂亮的小姑娘你不选，偏偏选个未婚带孩子的，搞不懂她究竟哪里好。"

郭尉用手指蹭蹭眉心说："细数有点儿多。"

老太太翻了个白眼，没吭声。

郭尉想了想，缓慢道："她有情有义，为人豪爽率性、豁达乐观，在生活和工作上独立，积极进取、做事果敢。她不依附于别人，却也有柔软的一面。长得漂亮，身材不错，很会撒娇，是个好母亲……"他顿了顿，"在我看来，她的人格魅力更加出色。"

老太太听得直脸红，心说这些话哪像从她儿子口中说出的，即使对杨晨，也未见他如此夸奖过。她抱着手臂说："你又没说过。"

"凡事非得说出来吗？"

老太太板着脸说："她是仙女吗？反正我没觉得多出色，这样的年轻姑娘外面一抓一大把。"

郭尉笑笑："当您儿子有多大魅力呢，人家只图我人，不图钱？我娶回来宝贝着，等到某天公司破产时，她想方设法地搜刮财产，再踹上一脚，翻脸不认人。"

老太太气得直打他："呸呸呸，什么破产不破产的？大过年的净说些浑话。"

郭尉接着道："我不是过分看重钱财，就想找个相对纯粹的人。"他顿了顿，轻叹了口气说，"我们只是缺少时间……她绝对是能与我共渡难关的那个人。"

想了半天，老太太又挑刺："你说她是个好母亲，她却只对自己的儿子好。"

"您和晨晨又从心里真正接受过她吗？"

仇女士用手指绕着披肩的穗子，半晌才哼了一声："别把我说得像个恶毒的老太太……那她就没有缺点？"

郭尉不禁在心中苦笑，可能她唯一的缺点是没把心全放在他这儿。沉默了一瞬，他反问道："郑叔的缺点您能不能包容？"这几天他反复想过，最后妥协了，如果心中认定了那个人，便不想多计较了。死去的人本就没有可比性，在时间上他已经是胜者。

189

手机蓦地振动了一下，苏颖总算有了点儿回应，接收了他的转账。

　　在仇女士的印象中，这个儿子极少与她推心置腹地聊天。她好像听明白了，表情有所松动。她不是个不明事理、胡搅蛮缠的人，既然儿子喜欢，一家人圆圆满满，她也只好真正去接受。她一仰脖子，松口道："瞧你啰哩啰唆的，那孩子我其实也挺喜欢，只要对你好，将来对晨晨……我话没说完呢，你干什么去？"

　　"打个电话。"

　　苏颖两耳发热，不知是被谁念叨还是被谁骂了。

　　周帆从老家打来了拜年电话，她躲去阳台聊了会儿，刚挂断便看见郭尉发来的消息。内容一如既往地不带什么感情色彩，很像郭尉的风格，他说："祝你冲破眼前的困境，事业顺利，新年快乐。"

　　他紧接着发来一条转账消息，金额是一连串的"8"，出手相当大方，也很官方，态度像给员工发年终奖励。

　　苏颖忍不住在心中揶揄，嘴角牵起了个弧度却不自知。她盯着屏幕看了会儿，接收了红包。

　　她刚想转身进去，他的电话直接打了过来。

　　今天表哥、表姐两家人都在，大家吃了年夜饭也看了晚会，但整个房间的气氛仍有种难言的压抑，尤其当外面的爆竹声响起，更显出一股凄凉来。

　　傍晚时，表姐在厨房偷着哭过，苏颖没作声，悄悄地退了出去。亲人离世的这种痛旁人无法劝解，总需要一个过程自己治愈。

　　苏颖轻手轻脚地关上阳台的门，把窗打开一道缝隙，趴在栏杆上接通电话。

　　起先，两端的人默不作声，苏颖有些焦躁地用指甲蹭着指肚，抿抿干燥的唇，隐约能听见那边轻缓的呼吸声。

　　苏颖决定先找个话题："新年快……"

　　"吃了没？"

　　两人几乎同时开口。

　　苏颖答："吃了。你呢？"

"也刚吃完。"

北方天气干冷，寒风从窗户缝隙吹入，带进来一股股冷空气。外面的窗台上有些积雪，在橘黄色路灯的映照下如碎金般闪闪发光。苏颖把手指戳上去，凉意顺着指尖一点点蔓延。

郭尉说："家里的天气暖和起来了，我换了单衣。"他顿一顿，问道，"你那边很冷？"

苏颖说："很冷，还下雪，雪花像鹅毛那样大，但是天很蓝，光线也很充足，走在外面……"

没等她描述完，男人忽然说了三个字。苏颖不由得指尖一顿，他刚好抢了她还在犹豫着不知怎样开口的台词。

沉默了一瞬，郭尉缓缓道："我为那天的荒唐行为向你道歉，我不应该否定你们的过往……有些话不该我来说，我们应该给彼此最起码的空间和尊重，但我没做到。虽然用饮酒过度作为挡箭牌不太负责任，但那天我的确无法冷静思考，希望你能谅解。"

他语调温柔，态度诚恳，一番话条理清晰，虽是示弱却不卑不亢，维持着往日的体面与风度。

苏颖不感动都难。要说谁亏欠谁更多，她绝对不是理直气壮的那一个，结婚这么久，她没几日不是三心二意过来的。不知不觉她心里、眼里有了这个人，恰好对方也在意她，愿意包容她，肯放下身段、肯低头，她已经很幸运了。

她张了张口："我……"

郭尉却说："原本应该当面解决，但有点儿久。"他认真道，"你的离婚提议，我不接受。"

苏颖的心脏猛然间颤了一下，不知何时，她出了一手心潮湿的汗，指尖的雪也融化了。她有些窃喜也有些慌乱，不知怎么想的，忽然就问了句："为什么不接受呢？"话尾的语调已不自觉地轻轻扬了上去。

那边的人沉默下来，半晌，泄气般地轻叹了声："苏颖，如果我说单纯想要维系这段婚姻是假话。'我需要你''舍不得你离开'这些话很难说出口，但如果你想听，我……"

"老公……"这两个字就这样截断他的话，郭尉的呼吸滞了几秒，

191

她的声音一如往常那样轻软慵懒，似乎又用心了几分。

顷刻间，郭尉低了下头，嘴角漾出笑意，轻轻应着："嗯？"

苏颖小声说："对不起。"

郭尉动了下喉结，一时没吭声。

她咬咬唇，说道："顾维……顾维曾经对我来说是个很重要的人，因为有遗憾，长久以来才在心里拧了一个结……好在已经被敲醒，我应该更坚定些，不再回头看，也清楚了与谁去走以后的路……"

苏颖轻轻地松了一口气，发现在他面前提起顾维的名字也没有想象中那样难。她用手指在松软的雪上乱画着，最后的痕迹首尾相连，竟是个有些缺陷的、不规则的圆。

"老公。"她又唤一声，"你愿意多花一点儿耐心吗？"

这样的语气叫他怎样拒绝？

"你说呢？"他反问。

苏颖收回手，目光往远处挪了挪："离婚这种话，我不会再说了。"

好一会儿，郭尉嗓音克制又低沉地说："记住你的承诺。"

她嘻嘻笑道："遵命。"

郭尉鼻息一松，也笑了，没问她这些天经历了些什么，也没问她什么时候回来，只要求她尽快："我年后可能会出趟差，在这之前想见一见你。"

苏颖返程这天，邱化市的天气格外的好。

她提前将航班号给某人发过去，落地后打开手机，便有信息跳进来。她知道他已在到达处等候，步伐不自觉地轻快了些。

她牵着顾念的手穿过廊桥，扭头去看，大片的玻璃窗外天空蔚蓝澄净。苏颖用手遮了下光，不自觉地笑了笑。再次回到这座城市，她变得平静释然，阳光那样明媚，好像生活里也有很多事情值得期待。

苏颖走向出口，不需要特意去找，一眼便瞧见郭尉身穿黑色西装站在护栏外。人群之中，他从来是醒目而特别的那一个。

他显然也看见了她，目光锁在这里，一路跟随她的脚步过来。

没有激动的狂奔，也没有热情的拥抱或亲吻，她只在离得还远时朝他挥了挥手，然后看到男人嘴角弯起的温柔弧度。

苏颖在心中庆幸一切还不晚，顽皮地眨一眨眼，也不由得扬起一个大大的笑容。

郭尉抽出收在西裤兜里的手，手指不经意地蹭了蹭鼻翼。

她身穿一条米色针织打底长裙，把羽绒衣挽在臂弯上，发丝柔顺，素着脸，明明样貌没有变化，笑容却不太相同了。周围人潮涌动，因为眼中关注的人是她，他才捕捉到那些不经意的小动作，她此刻的样子也越发真实而清晰起来。

顾念刚巧看见了郭尉，松开苏颖先扑了上去。郭尉弓身将他接住，抱起来掂了掂，低头打量了会儿问道："飞机上睡了一路？"

顾念用小手压了下翘起的头发说："妈妈在看书，我不能乱说话，又很无聊，就睡了一下。"

"想家没有？"

顾念猛地点头："舅姥爷家的床特别硬，睡得我腰都快断啦。"他还故意背过手捶了两下，郭尉轻笑，用手弄乱他的头发。

苏颖走近，他把顾念放下来，稍垂着眼仔细瞧了她一阵。

苏颖挑眉揶揄："看什么？不认识了？"

"有点儿，像是变了一个人。"

她摸摸自己的脸："变憔悴了？"

"更漂亮了。"

她一笑，哼道："夸人拜托走点儿心，参加葬礼回来能变漂亮吗？太假了。"

郭尉也笑笑，没再辩解，去接她手上的羽绒衣和行李："看的是什么书，不让人打扰？"

苏颖说："郑冉给的，一些服装方面的教材。"

"路上累吗？"

"还行。"她问，"来很久了？"

"也就一会儿。"

两人没再提起之前的不快，一切都已过去，他们明确了目标，方向相同，今后只需要并肩向前走。

他们正说着话，秘书从不远处小跑着过来，先对苏颖抱歉地笑笑，又朝郭尉指了指自己手腕的位置，为难地说："黄经理他们已经先去安检了，现在时间有些紧，如果再去改签，下一趟航班要夜里……"

郭尉说："稍等。"

秘书立即点点头，礼貌地往后退开。

苏颖这才发现他并非是一个人来的，除了总经办的秘书，不远处还站着老陈。她话里话外也能听出来，他改签了航班，在这里不知等了多久。她心中触动了一下，有些内疚。

郭尉把东西腾到一只手中，用空出的手去握她的手："南非那边的事情临时有变动，原本打算后天过去，不得已改成了今天的航班。"

苏颖哦了一声，失落是有，却知他的工作态度一丝不苟，向来规范严格。她说道："不是一定要你来接机的，我们叫辆车也可以。"

郭尉语气平常地说："亲眼看见你回来才能安下心工作。"

苏颖喊了一声，晃晃他的手催促道："快走吧，快走吧。"

他略微停顿，拨开袖口看了下时间说道："保姆放假，月底才回来，晨晨这几天住在老太太那儿，你要是想清静清静就不必管，要是愿意就接他回来。平时没人做饭可以去老太太那儿吃，车留给你了……"

苏颖把手指按在他的唇上说："好像我没自理能力一样，真啰唆。"

郭尉便不再说话，瞧了她几秒，定住的身形忽地一动，偏头躲开那根手指，前倾身体去吻她的额头。他稍垂眼睑，又在她的唇上柔柔地轻啄了一下，说道："等我回来。"

他的鼻息很近，苏颖不自觉地轻声说："好。"

"你乖。"他的嗓音低到不能再低。

苏颖抿了下唇，像被羽毛轻缓地扫过心口，被蛊惑般地小声答："我会乖乖的。"

这中间没耽搁多久，两人很快分开。

他把手中的行李交给老陈，声音恢复正常："老陈送你，走吧。"

郭尉目送她离开。没走几步，苏颖回了下头，他已朝另外的方向走去。机场中嘈杂吵闹，他侧身避开逆向行走的人群，臂弯里搭着件风衣，另一只手插在裤兜里，身姿挺拔，肩宽腿长。他步伐迈得很大，稳健又潇洒，却忘了照顾旁边的女士，秘书要碎步快走才能跟上他。

苏颖发觉，自己好像从没用心留意过他的背影，对于他身边的一切似乎也忽略了。

很快，他的身影消失在转角。苏颖收回视线，走出机场，带着顾念在门前等待。没多久，老陈把车开了过来。

行李已放好，苏颖拉开车门，先让顾念进去，自己再坐进后座。

老陈打了把方向盘，询问她接下来去哪里。

苏颖想了想："麻烦你，去老太太那儿。"

途中，苏颖买了几样高级补品，回老家参加葬礼不好带什么，大过年的却也不能空着手去吧。

苏颖到家的时候是下午两三点钟。老太太把郑冉扣下住了几天，加上晨晨顽皮，平时冷清的房子终于有了点儿烟火气。

保姆来开门，顺便把苏颖手上的东西接过去。仇女士从楼上探出头，高兴道："小颖回来了。"

这个称呼让苏颖不由得一愣："是啊，妈妈。"

"怎么不提前说一声呢？晚上好多准备两道菜。"仇女士朝厨房说，"阿姨呀，快去超市看看，买些海鲜回来，要最新鲜的。"

苏颖受宠若惊地说："不用麻烦了，妈。"

"怎么会麻烦？"仇女士笑意盈盈地边说边往楼下走，"念念快过来，让奶奶看看你瘦了没有。红包都准备好啦，就等着你回来呢。"

苏颖拍拍顾念的肩膀小声说："快去吧。"

小顾念瞧瞧苏颖，一笑，踢掉鞋子，欢快地跑向仇女士。

郑朗轩带着晨晨出去遛弯了。苏颖在楼下转悠了一圈，最后在书房的阳台上找到郑冉，她身上盖着条毛毯，正歪在躺椅里晒着太阳看书。

苏颖悄声过去，从玻璃窗旁探头，拉长了音叫她："师父！"

郑冉早就听见外面的动静了，瞥她一眼："叫谁呢？"

苏颖努一下嘴，转个身，倚着玻璃窗："少装傻，旁边又没别人。"

郑冉哼了声："我可没说收你当徒弟。"她翻了两页书，又问，"婚离了？"

"你可真记仇，我心情差，说话自然没什么遮拦。"她低头弄着指甲。

"又不离了？"

苏颖瞥她："你就那么盼着我和他离婚？我们离婚对你有什么好处？"

郑冉嘴角扬了扬，那笑容融进一片暖黄色的阳光中，还挺温柔可亲的。可她说话却欠揍："好处就是看热闹啊。"

苏颖狠狠剜了她一眼，扭头出去。

仇女士已经去厨房准备晚饭食材，苏颖想了想，挽着袖子打算过去套套近乎、帮个忙。她父母离世早，跟长辈之间没那么多相处的机会，一时不知如何沟通交流，又暗想听话乖巧的性子总不会叫人太反感，便笑着凑到老太太旁边说："妈妈，我帮您洗菜吧。"

她扭开水龙头，紧张之下没掌握好力度，水流太大，水花淋到蔬菜上又溅到池子外面。

老太太轻拍了下她的胳膊，嫌她笨手笨脚："哎哟，快去外面跟他们玩吧，别在这儿给我添乱了。"

恍惚间，苏颖仿佛看见她与郑冉相处时的样子，不禁抿了抿嘴，大胆地挽住她的手臂说："明年我在，一定帮您分担家务。"

仇女士说："家务用不着你们管，肯回来多吃几顿饭就成。"她拿抹布擦着水，"你们都有事业，忙不过来时就把晨晨给我带，把念念也一并带来，这家里还能热闹点儿。"

苏颖感到意外，一时竟不知说什么好。袖口沾了些水，她反复蹭了蹭，问道："您不嫌闹吗？"

老太太笑着说："我们这个岁数，闹也闹不了几天了。"她塞了盘水果到苏颖手中就把人往外轰。

苏颖慢慢走出去，拿了颗草莓放进口中，草莓酸酸甜甜的，水分很足。她忽地顿住脚步，又折回去，鬼鬼祟祟地趴在厨房门口，探着头小声说："谢谢您。"

在老太太扭头前她先逃了。仇女士放慢了择菜的速度，不禁想到郭尉对她的那些评价，觉得她好像忽然之间讨喜多了。

苏颖端着果盘走到顾念旁边。

顾念正独自坐在沙发上，手里的红包里露出厚厚一沓钞票。他低着小脑袋，手指唰唰地划了两下。苏颖凑过去坐下。

顾念抿抿嘴，小声说："奶奶给了很多钱。"

"那你有没有谢谢奶奶？"

顾念点头。

苏颖托着下巴说："给你就收起来吧，但是不许乱花，用时必须提前问问我。"

顾念忽地抬头，眼睛亮亮的："真的可以吗？我还是第一次收到这么多压岁钱。"他高兴了一瞬，表情又瞬间垮下来，"以前都是姑父给我，姑姑还会给我买新衣服穿呢。"

"姑父今年也有给，在妈妈的手机里，还有郭叔叔的，红包比你手上那个还要大。"苏颖说，"所以疼念念的人更多了，你应该高兴才对呀。"

顾念嘻嘻地笑起来："真的吗？"

"当然。"

"那我们什么时候能回趟洛坪？我已经很久没有见到姑姑他们了。"

苏颖在心中默默地计算了下日子，搂着他的肩膀说："我们下个月回去好不好？"

两人正说着，门口忽然传来一阵闹嚷声，郑朗轩半路碰见保姆买菜回来，手里拎着很多提袋，所以就帮忙提着一起回来了。苏颖迎上去给郑朗轩拜了个晚年，又低头捏了捏晨晨的脸。

这孩子与她不太亲近，同顾念相处久了，几天未见面倒是兴奋热情。俩小孩儿凑到一起说话去了，顾念没提葬礼的气氛，只说北方的天气好冷，雪好白、好厚，踩在脚底咯吱咯吱地响。

晨晨很是好奇，多问了几句，顾念耐心地给他描述。

晨晨又说过年那天自己吃了很多甜点和零食，本来想留些给顾念，但一时没忍住，都吃光了。

顾念问："妈妈说你有不会做的数学作业，可是我们不是做完了吗？"

晨晨从果盘里拿了个大苹果，咬了一口，皱着小眉头直叹气："唉，被迫那么说的呗。"

很快到了晚饭时间，餐桌上还算热闹。

饭后郑冉又提起想回家的事儿，老太太直瞪眼，又冲苏颖说："郭尉出差了，家里没人，你们正好也在这儿住下吧。"

苏颖婉言拒绝，冲顾念使眼色，顾念背地里拉了拉晨晨的衣角。晨晨也被老太太的唠叨烦了好几天，加上顾念刚回来一时新鲜，两人便异口同声地说想要回家住。

仇女士还想留人，郑朗轩赶紧在桌底下踢她的脚，老两口儿对视了一眼，她便明白了他的意思，忍了忍，终究没开口。

又聊了些别的，天色不早了，仇女士准备上楼收拾晨晨的东西。

客厅终于安静片刻，郑冉用口型对苏颖说："把我带走吧。"

苏颖挑眉，用口型回："听不见，说什么？"

郑冉瞧了她一下，抱着手臂靠向椅背，这次倒是不慌不忙地说出声来："我说，你还想不想拜师学艺了？"

苏颖无奈，应了下来。

今天仇女士对她好像格外宽容，最终苏颖还是把郑冉解救了出来。老陈早已回去，她开着车先将郑冉送回家。

临别前，郑冉从手袋里抽出一个红包说："给念念的，不比仇姨那个厚，算是一点儿心意吧。"

整个下午，所有的事情顺利得有些不真实。苏颖开着车，偶尔侧头望一眼外面，天幕黑沉，五颜六色的光影下行人如织。

她已经走过瀚阳路无数次了，路上有几条岔路、几个红绿灯都记得清清楚楚。记忆是个很可怕的东西，它会把许多看似不重要的点滴无声无息地输入人的大脑中，搞不清从何时起，这座城市也变得熟悉亲切起来。

车窗开了一道缝隙，湿润微凉的风吹进来。音响中放着音乐，身后是两个孩子叽叽喳喳的吵闹声，苏颖一时恍惚，明明昨夜还在漫天飘雪的北方，今天却开着郭尉的车，行驶在回家的路上。

好像她根本没离开过，只是做了场梦而已。

第二天，苏颖起来准备早饭。她认真地回忆以往邓姐做了些什么，发现自己一样都不会，最后只能给每个人做了一份菠菜面外加煎蛋。

她在厨房折腾了许久才把面端到桌子上，两个小朋友也洗漱完毕坐了过来。

面条煮得久了些，汤汁有些黏稠，卖相不太好，倒是没有什么奇怪的味道。她抬头瞧瞧两人，问道："怎么都不吃？动作快些，一会儿还要去大姑家。"

这时，电话忽然在卧室响起，苏颖放下筷子跑进去接听。

晨晨看着她的背影消失，悄悄地问顾念："这是什么？"

顾念抿一下嘴说："面条。"

晨晨挠挠头，小声说："我突然不怎么饿了。"

顾念劝他："你尝尝，也许好吃呢。"

"你先尝。"

顾念很想给妈妈争回点儿面子，捧着碗吃了一大口，面条却像糨糊一样滑进嗓子，他没尝出任何味道。他不由得皱了下小脸，咳了一声。

晨晨问："怎么样？"

顾念抹抹嘴，苦着脸支吾了半天："我好像也不太饿了。"

他们互相看了一眼，忽然耸着肩膀低声笑起来。

苏颖当然不晓得自己遭到了俩小孩儿的嫌弃。郭尉发来了视频邀请，她从梳妆镜中看看自己，稍微整理了一下头发，接起来。

那边的背景是酒店房中，光线不太明亮，周围非常安静。郭尉只穿了件白衬衫，解开了领口的扣子，撑着额头坐在沙发中，见视频接通，瞧着屏幕笑了笑，只是淡淡勾动唇角，面容有些疲惫。

苏颖看着，心中莫名揪了一下："我以为你还在补觉，就没敢打扰。"

"睡不着。"

"你那边现在是几点？"

"凌晨四点半。"

苏颖坐在床边，两腿蜷上来："时间还早呢，闭着眼休息一下也好啊。"

"待会儿还要看一看相关资料，天亮以后有会议。"他看着她说，"在这之前先醒醒神，说会儿话吧。"

苏颖抿嘴笑："我有提神醒脑的功效吗？"

他缓缓地说："简直是灵丹妙药。"

"以前怎么没发现郭总的嘴这么甜？"

郭尉没再接话了，起身给自己冲了杯咖啡，轻抿一口问道："晨晨也跟着回家了？"

她点了一下头："和念念在餐厅吃早饭呢。"

"早饭是你做的？"

苏颖奇怪："你怎么知道？"

"围裙还在身上呢。"郭尉笑着，再次坐下，"倒是有了些贤妻良母的样子。"

也不管他是真心夸奖还是故意笑话她，苏颖抬了抬下巴，声线柔软："我身上的闪光点多着呢，只是你没发现而已。"

郭尉觉得好笑，嗓音极低："哦？看来还要好好挖掘。"

他说完这话，苏颖没理他。她一时想起个人，抿抿嘴问："姓季的那个女孩儿没去接机吗？"

郭尉半天才明白她说的是季妍，忍不住逗她："接了，就住隔壁。"

苏颖哼道："人在他乡，寂寞长夜，就算她住在你房间里我也鞭长莫及。不说了，去吃饭了。"

她坐直了身子，装模作样地准备结束通话，却见他那边忽然切换了镜头，摄像头直对房门口，门厅处的顶灯散发着暖黄色的柔和光线，偌大的空间里一个人影都没有。

郭尉问："瞧瞧，有人没？"

苏颖努嘴："说不定人在浴室藏着呢。"

那个人倒是很乐意配合她胡闹，站起身来。画面微微晃动，他开了浴室的灯，在明亮的光线下，整个空间一览无遗。

"有吗？"他问。

"衣柜里。"

郭尉好脾气地笑笑，打开衣柜给她看。

苏颖说："床底下。"

这床是实心的，郭尉说："能钻进去的也就只有母老鼠了。"

苏颖咯咯笑出声来："那……准在窗帘后面。"

郭尉有片刻的走神，不禁去想，这个女人究竟是个怎样的精灵，他会心甘情愿地花费时间和耐心做些幼稚的事情，只为哄她开心。

屏幕上露出她捉弄人的小表情，郭尉在心中自嘲一笑，走过去拉窗帘。

天色不知何时已泛青，东方的天际露出一线橘粉色霞光，几片云彩缓慢地翻滚，城市在苏醒，远处的建筑形成一片错落有致的黑色剪影。

郭尉撑着窗台看了一瞬，有一会儿没开口。蓦地，两边都安静下来。

不久，画面切换回他的脸上，他刚想问她还有什么地方要检查。

苏颖忽然唤他："郭尉。"

她第一次对他直呼其名，郭尉下意识地应道："嗯？"

"你觉得我是不是不够温柔体贴？"

郭尉略怔了两秒，他不会正面回答这种"送命题"："让另一半有

201

这样的疑问，多半是自己做得不够周到，我会尽力完善。"

苏颖抿嘴笑了笑，挺感激他的包容和谅解。

"我会认真反省的。"她表情严肃道，"不闹你了，我相信你。趁着还有时间快去忙吧。"

"好。"

"晨晨我会照顾好的，你尽管放心工作，不必担心。"

他看着她认真的样子，停顿几秒，柔声说："郭太太多费心。"

"早些回来。"

"好。"

两人对视几秒，苏颖先挂断，又盯着屏幕呆呆地看了会儿，很久后才放下手机，起身去窗边拉开纱帘。

唰的一声响，阳光毫无遮挡地照进来，苏颖不由得眯了眯眼。窗外视野良好，大地回春，晴空万里，往后应该都是好天气吧。

原本想放弃那碗面的顾念有些犹豫了，见晨晨要去房间拿饼干，赶紧叫住他。

顾念悄声说："我妈妈其实不怎么会做饭，能把面煮熟已经很好了，要不我们还是吃完吧。"

郭志晨平时挑食得很，把脑袋摇得像个拨浪鼓，拒绝道："不要，看着就难吃。"

"如果我们都不吃，妈妈的心里肯定会难受。"顾念说，"我不想看到她不开心。"

晨晨抿了抿嘴，倒是没有走，又慢吞吞地蹭回椅子上，问顾念："那你是怎么长大的？"

"以前有我姑姑在，后来到这里就是邓阿姨做饭了。"顾念小口吸溜着面条，"那你呢？"

晨晨说："我妈妈做饭很好吃，但是很少给我做。"他说这话时语气平常，从脸上的表情看不出有多失落和难过。

顾念不理解："好奇怪，会做为什么不给你做？"

晨晨摇头。

顾念没再问，劝他："其实也没有那么难吃的，不信你尝尝看。"

晨晨只好磨磨蹭蹭地拿起筷子，却眼珠一转，来了鬼主意："要不我们做个交易吧，我吃一口你给十块钱，怎么样？"

　　顾念心中警铃大作，耳朵瞬间支棱起来："我没钱！"

　　晨晨贼贼地笑："奶奶和大姑给我们的红包一样多，你说没钱谁信啊？要不……我还是不吃了吧。"

　　"别……"

　　晨晨是一个格外机灵的小孩儿，把一碗面条小口小口地抿着吃完了。

　　顾念心疼地数着，感觉整个红包都保不住了，一时苦恼要怎么同苏颖说。但顾念也隐约明白，晨晨平时并不缺少零花钱，肯吃面还是因为愿意这样做。

　　等到苏颖与郭尉通完电话出来，俩小孩儿的碗已经空了。她一时沾沾自喜，以为自己的厨艺见长，拿起筷子吃了几口，发现面条寡淡无味、难以下咽，这才明白其实是两个孩子肯捧场。

　　苏颖坐在椅子上，目光稍移。不知他们在说笑着什么，身影在洒满阳光的客厅里晃动。

　　她总是把时间安排得太紧凑，不曾停下来，等到真正开始审视自己时，却想不出她为这个家做过什么，又是否发自真心地去了解和接受郭志晨。苏颖第一次觉得自己差劲透顶，狠狠地咬了下嘴唇作为惩罚。

　　半晌，她呼了一口气，扬声说："你们俩，过来。"

　　没等两人动，苏颖声音轻快地说道："待会儿想不想去海洋公园玩？"

　　顾念问："不是要去大姑家吗？"

　　"明天再去大姑家也可以。"

　　他们到底是孩子，很容易变得开心。顾念和晨晨对视一眼，眼中闪着光，发自内心的喜悦已经无法控制，欢呼着朝她跑过来。

　　苏颖也不自觉地笑了，两人在她身旁蹦跳不止，她的耳边都是他们叽叽喳喳的闹腾声。

　　顾念忽然踮起脚，搂住她的脖子亲了一口："妈妈万岁！"再自然不过。

苏颖犹豫片刻，转过头去看晨晨，指了下自己的脸："晨晨呢？要不要也亲下阿姨？"

郭志晨挠挠额头，把视线转到别的地方去。

苏颖说："那不去了哦。"

郭志晨蓦地回头看她，把眼睛瞪得溜圆，心中矛盾，又好像不适应与她太亲近。隔了好一会儿，他抿了抿嘴，到底不情不愿地"吧嗒"亲了她一口，之后小脸红透了。

其实与孩子相处并没那么难，只要她肯花心思、花时间陪伴他们，他们很容易敞开心扉、与人亲近的。

苏颖带着顾念和晨晨在外面疯玩了一整天，在回来的路上偶尔牵一下晨晨的手，他也不会借故挣脱了。

三个人玩得有点儿野，不想回家，就在路边买了三支冰激凌，并排坐在公园长椅上慢慢吃着。

转暖的季节，风也温柔了许多，夕阳慢慢坠入树林深处，在天边留下一缕淡淡的粉色霞光。

小顾念举着冰激凌，盯着树枝上筑巢的鸟儿看得认真。

苏颖转头喊他："念念？"

"嗯？"

她握着他的手腕轻轻一抬，冰激凌蹭到了他的鼻尖上。

顾念愣了愣，噭的一声蹿起来，令两人哈哈大笑。

苏颖又扭过身去打算逗晨晨，谁知那个小孩儿竟提前躲到花坛边站着，眼中亮晶晶的，好像早就看透了她的小把戏。

生命里的每一段温馨时光都值得被铭记，就从现在开始吧。苏颖随手拍了一张三人的合影给郭尉发过去。想必他正在忙，半天没回应，很久后她才收到一个竖起大拇指的表情。

苏颖在心中揶揄郭总是个老古董，一时记起两人刚认识那会儿，他也是以一个微笑的表情作为开场白。她想想似乎有些遥远，原来两人在一起已经很久了。

转天早起，苏颖特意给邓姐打电话取经。由邓姐远程指导，苏颖经过一番折腾后，终于做出一顿味道尚可的早餐来。

他们吃完饭去了郑冉那儿。

伤筋动骨没那么容易复原，郑冉走起路来仍是不便。她来开门时，见苏颖后面还有两个小跟屁虫，冷嘲热讽道："你可真行，直接把家搬过来算了。"

苏颖也不气："我不来，谁为你当牛做马，听你使唤？"

"脸皮可真厚。"

苏颖低声："在孩子面前说话小心。"

郑冉这个人太无趣，平时没什么社交活动，除了服装设计其他爱好几乎为零。她想起年前买的那块雾霾蓝水波纹的布料，准备赶在寒假结束以前再做件旗袍。

她坐在电脑前制版时，苏颖凑过去叫她："师父！"

郑冉没理她。

苏颖问："什么时候可以教教我？"

"我不记得答应过你什么。"

苏颖也是个说翻脸就翻脸的主儿，站直身，音量立马大了："之前是谁死乞白赖地要我把她带回来？用人朝前，不用人朝后，你是不是人品有问题、性格有缺陷？难怪……"

"给你的书都看了？"

苏颖的话被堵回来，她一顿："看了。"

"做一件旗袍需要测量多少个数据？"

考核来得太突然，苏颖稍微反应了下答道："至少十八处。"

"具体哪些？"

"领围、胸围、腰围、臀围……"她一一细数。其实她还是很聪明的，只是从没试过静下心来钻研一件事情而已。

郑冉补充："还有胸高和前腰节长。"她又问道，"衣长的测量方法？"

苏颖回忆道："从肩颈点过……胸突点量至所需长度。"

"背长呢？"

苏颖说:"从后颈骨至臀部……"

郑冉瞧她一眼:"臀部吗?是腰部。最基本的知识点都记不牢,你想学什么?以为做件衣服就是缝缝剪剪那样简单?那些十年八年才混出点儿名堂的服装师傅估计要笑掉大牙了。别指望一口气吃成胖子,欲速则不达的道理小学生都知道。"

苏颖被她数落得狗血喷头,紧紧抿住嘴。

郑冉见她不说话,缓了缓语气:"这就生气了?"

苏颖摇头:"师父教训得对。"

郑冉哼笑了下:"别光嘴甜,还是先脚踏实地把书看透吧。"

即便这样说,午饭过后,郑冉还是教给她各类机器的用途及使用方法,又找来几块废料,演示如何车直线。于是整个下午,苏颖坐在桌子前什么也没干,专门练习车直线。

郑冉喜静,之后的几天,苏颖早晨把顾念和晨晨送到老太太那儿,晚上再去接。她在剩下的所有时间里只有背书、车直线、背书、车直线……

苏颖差点儿被自己感动到,如果当初上学时这样用功,估计也是清北的料子了。

一日,郑冉忽然问她:"你学做旗袍的初衷是什么?"

"喜欢呗。"

郑冉抱着手臂说:"太敷衍了吧。"

"没有啊。"

"我在跟你正经聊天,别一副懒洋洋的样子行不行?"

苏颖原本歪在沙发里看教材,窗外大片阳光打在身上。她撑着头,有些昏昏欲睡。

听郑冉这样说,她瞧过去一眼,坐直身子说:"其实我心中有个打算……"想了又想,她试探道,"我想同你合伙开一家旗袍定制工作室。"

"同谁?"

"你。"

206

郑冉问："认真的？"

"当然。"

郑冉摇头笑笑，讽刺道："舒舒服服地做个有钱人的太太不好吗？瞎折腾什么劲儿。"

通过多日相处，苏颖知道郑冉只是嘴毒了点儿，内心还是热情柔软的。她靠回去，翻着书慢声慢气道："不知道你对我的这些偏见是从哪儿来的，但我比你想象中有追求得多。"

"追求不是随便说说就能实现的，也要认清自己是什么水平。"

苏颖眨眨眼，哄孩子似的柔声细语道："所以你要认真教呀，我才能认真学。"

郑冉冷声说："我对撒娇卖乖那套有免疫力，留着用在你家郭尉身上吧。学无止境，你离出师早着呢，把开店安排到下辈子吧。"

苏颖说："都说是合作了，我投资金股，你投技术股，"手机蓦地振动两下，她拿起来看了一眼，回复几个字后才继续说，"我们明确分工，一步一步慢慢来，将来肯定会把工作室办好的。"

紧接着又有消息蹦进来，苏颖低头去看。

郑冉直接拒绝："你趁早打消这个念头吧，无聊的时候教教你倒可以，办工作室就算了。我没想过把爱好当成事业，掺杂太多金钱利益反而……你笑什么？"

苏颖把目光从手机上挪开，压了压嘴角说："没笑啊。"她又看了眼郭尉发来的那几个字，没再回复。

苏颖知道这事儿急不来，起身说："爱好和利益一点儿不冲突，有时间我们再细聊。"

她拿上风衣，去门口穿鞋："我先走了。"

"你干什么去？"

苏颖摸摸鼻尖："去送点儿东西。"

"送什么？"

"郭尉回来了。"她说，"人在饭局，要我送套衣服去。"

第九章

未来可期

苏颖走出郑冉家的小区时，郭尉发来一个位置。

她开车回家，从衣帽间取了件黑色高领打底薄衫和竖条纹的休闲西装。

郭尉在的地方不太好找，岔路多，车流多，红绿灯也多。她跟着导航七弯八拐，最后在一条种满槐树的路的尽头找到了那家私人俱乐部。

苏颖透过窗户朝外看了一眼，坐在车里给郭尉发消息："我到了，你出来取一趟。"

郭尉倒不废话地发来一句："208，上来。"

苏颖撇撇嘴，熄火锁车，拿着衣服往里面走。

她报上郭尉的名字，由专人引领到电梯口。苏颖独自走进去，不知为何，在电梯门闭合的瞬间竟然心跳过速。头顶的光线明亮，四面是擦得发亮的镜子，苏颖往前挪了几步，弄了弄发尾，又整理了一下衣领和束带，然后忽地一顿，赶紧弄回原来的样子，不由得冲镜中的自己翻个白眼。

走廊里铺着吸音地毯，高跟鞋踏上去没有一点儿声音。208 的房门虚掩着，里面悄无声息，缝隙里隐约透出光来。

苏颖伸手推开门，穿过玄关便一眼瞧见郭尉仰靠在沙发上，他身上的那件白衬衫有些皱，双手松松地交扣，搭在腿间。他合着双目，似乎没察觉到有人进来。

几日不见，他清瘦了些。

苏颖小声唤他："喂！"

郭尉蓦地睁眼看过来，目光中带着没退尽的醉意。

两人对视了一瞬后，她把衣服放在床边，问他："什么时候回来的？"

"早晨。"他开口时声音沙哑，不由得清了下嗓子。

"怎么没有提前告诉我？"

"惊喜吗？"

苏颖口不对心地说："才没有。"又问，"晚一天应酬都不行？"

郭尉抬起左手，用拇指和食指捏了捏两个太阳穴："没办法，实在推不掉。"

苏颖没有继续问，四处走了走，忽然瞥见转椅旁边搁着他的行李箱，提手没有降下去，上面搭了件黑色的西装外套。

苏颖说："你随身带着行李，干吗故意叫我跑一趟？"

"知道不也来了？"

瞬间，苏颖有种被拆穿的难为情："那我走了。"

"别……"郭尉笑了笑，把头摆正。他应该是喝了不少酒，两颊泛红，露在外面的脖颈也染上了些红色，一双眼迷离地看着她。

他极缓慢地拍了两下自己的腿说道："过来。"

苏颖本应对这种调情应对自如，却不知为何，他一个简单的动作就撩得她心跳加速、脸颊红透。

她白了他一眼，没有动。

她平常不喜欢用彩妆，至多涂个口红提气色。她原本打算一整天窝在郑冉那儿，更是无须打扮，便素着一张脸来了。郭尉细细地瞧了她一阵，慢悠悠道："听没听过一句话，大概意思是，很久以前，女子不用胭脂，她们的脸只为情郎红。"

苏颖嘀咕着："可真够酸的。"她顿了顿，又画蛇添足地补上一句，"我穿多了，是热的，行不行？"

郭尉笑出来，又情不自禁地锁紧眉头说："我这会儿头特别晕，别磨磨蹭蹭的，快点儿过来帮我按一按。"

他焦急催促的语气倒有些孩子气，苏颖这次听话了，慢吞吞地挪到他面前。

郭尉前倾身体，手肘撑在膝盖上。苏颖站在他的两腿之间，手指搁在他的太阳穴上顺时针轻轻揉按。离得近了，她便闻到了他身上那股浓重的酒精味儿，没过多久，这种味道又被一种熟悉的味道掩盖。她的心跳逐渐恢复平稳，整个人也不再那么浮躁了。

小别后的重逢总让人有种不安和期待，何况再见面时她的状态不同了。她从前不称职，没有彻底融入妻子这个角色，这一刻真正把他看成心仪已久的男人和丈夫，难免变得小心翼翼又忸怩反常，有一瞬间不像自己了。

她偷偷叹口气，声音软下来问道："力度可以吗郭先生？"

郭尉合着眼，额头轻抵着她的小腹说："再重些。"

苏颖便又用些力气。

一时间，周围静悄悄的，没有半点儿声音。窗开着，纱帘飘动间，吹进来缕缕清凉的风。

很久后，郭尉按住她的手说："坐下，说会儿话。"

苏颖便任由他拉着，坐到旁边去。

郭尉没有放开她的手，牵着搁在自己的大腿上："原本饭局可以缓两天，谁知今早在机场凑巧被老何撞见了，刘总和赵总都是他牵线介绍的合作伙伴，不太好拒绝。"

苏颖说："我以为快要结束了。"

"看情况还要周旋一阵。"

"那干吗叫我来？"

郭尉瞧她一眼，学着她往常的语气说："为什么叫你来，你自己心里没数吗？"

苏颖笑了："人还在，你这样出来不怕礼数不周？"

"没办法，都知道我酒量差，我总不能醉倒在饭桌上。"

苏颖轻斥一声："装模作样你最在行了。"她一时间想起刚结婚那会儿那几个朋友对他的评价，问道，"所以你另开房间都是单纯为了躲酒？"

"不是每次，偶尔吧，否则怎么谈生意？"

"那偶尔的……"

郭尉不用猜也知道她脑子里想什么，都懒得再问一句逗她，直接说："没那个爱好。"

紧接着，苏颖又问："是婚后没有，还是一直没有？"

郭尉觉得好笑，问道："你到底想问什么？"

"我就是好奇，你会不会与人发生一夜情，或者有个长期固定的伴侣。当然了，我没有怀疑你的意思，是指在你单身的情况下。"她无意识地用手指蹭着他的掌心，说完这段话，又自言自语地答，"不过也可以理解，像你这样的男人，没有才奇怪。"

郭尉好一会儿没说话，目光幽沉地歪着头瞧她，嘴角那抹笑意若有似无，再开口却不是为她解惑："等你来主动了解我，真的不太容易。"

苏颖一滞，无理辩三分："你们男人不是需要自由空间吗？"她半天才发现没得到想要的答案，抽出手在他的腿上打了一下，"别转移话题，到底有没有啊？"

郭尉说："一夜情没有。"

"那有长期伴侣？"

郭尉揉了揉太阳穴说："不长。"

"那……"

"啧……"郭尉瞧了她一眼说，"换个话题。"

苏颖抿抿嘴："你与晨晨妈妈为什么离婚？"

这个问题有些突兀，郭尉把目光落到别处，顿了几秒才说："性格不合，感情破裂。"

"太官方了吧？"

"但的确如此。"

211

苏颖还要继续问什么，郭尉打断她说："你今天的问题额度已用完，但我能保证的是以后都不会有。"他但凡给了承诺就会遵守。

苏颖没有别的话要说了。

郭尉侧头，不愿挪开目光。半晌，他抬手拨了拨她的耳垂："时间紧张，做些更有意义的事儿才值得。"

他的声音很低，一字一顿地说着，浓浓的酒气随他灼热的鼻息扑在她的脸上，使她也染上了几分醉意。两人之间还隔了些距离，苏颖却觉得周围空气稀薄，后背冒汗，一时怀疑今天是不是真的穿多了。

苏颖问了句可有可无的话："什么事儿才算有意义？"

这之后便没人再吭声，他们转头看着彼此，时间仿佛被拉得很长，然后某一瞬间，他们几乎同时向对方靠近，双唇相贴。

起初的几秒两人都是静止的，渴望接近又小心翼翼，呼吸是紊乱而颤抖的。

郭尉捏着她的胳膊，极缓慢地叹了一口气，短暂地厮磨过后，先启唇吻她，力道温柔。

苏颖轻轻闭上眼，认真去感受。

他抬起手来扶在她的耳后，拇指蹭过她的脸颊，和她稍微分开，问道："有没有想我？"

几个字仿佛在两人的唇间被认真咀嚼，他嗓音暗哑，声音低沉得快被她的心跳声掩盖住了。苏颖抿了下嘴，从嗓子里哼出个声音。

一场战役这才算吹响了号角，喝过酒的缘故，他总不比清醒时能够自如地拿捏分寸，忽略了对方的感受，亲吻变得急切而失控。

却在这时，门口蓦地传来响动。秘书开门进来说："郭总，刘总他……"

沙发上的两人惊出一头冷汗，空气瞬间凝固了。秘书的脸也在瞬间变成番茄色，她愣了片刻，慌忙退了出去。

房门发出了一声轻响，被撞上了。

郭尉撑着沙发扶手瞧她一眼："你没关门？"口气有些埋怨，像极了没睡饱被人叫醒后带着起床气的责问。

苏颖愣愣地说："我关……没关？"

212

他几乎被气笑了，退开一些，端正地坐好，慢慢平复着自己的呼吸，整理袖口时又扭头目不转睛地瞧她。

苏颖不知何时已被他逼到沙发的一角，双腿蜷起，唇色红润，整个人有着不同以往的乖顺安静。被他盯得久了，她也抬起头来，不甘示弱地瞪回去："看什么看？"

郭尉笑笑，问："晨晨和念念呢？"

苏颖这才说："在老太太那儿。"

"晨晨这几天听话吗？"

苏颖不由得坐直身体，想了想说："那天从海洋公园牵着他的手走到停车场，后来他还主动要求买冰激凌吃。我们的眼神交流多了些，故意亲近他的时候他好像也不像原来那样抵触了。"

郭尉听着："我一直相信你能处理好和他的关系。"身体恢复如常后，他站起来，用手掌轻轻揉了几下她的发顶说，"晨晨这孩子心思重，如果你愿意多花些时间与他相处，我会很感激。"

这还是郭尉第一次同她提要求，苏颖一直觉得对他有所亏欠，看看他，又点点头。

他直起身，没再叫秘书进来，拿上西装外套说："等我回来。如果觉得累，可以先洗个澡。"

这个暗示太过明显，苏颖没有理他。

他开门出去，秘书还傻愣愣地站在房门口。

郭尉瞧她一眼，径直走过去。秘书惴惴地跟在后面，小声报告道："郭总，刘总叫我来喊您，说您要是再不下去，他要亲自过来请人了。"

郭尉含糊地应了一声，微侧头说："以后进来先敲门。"

秘书答了一声是，又不免在他身后龇牙咧嘴地做鬼脸，心中大喊冤枉：我敲了呀，只不过您老正忙着，没听见而已。

郭尉留下一句话就轻松地走了，苏颖却不知如何是好，听他的显得太过顺从，不听又难免显得有些矫情。苏颖在沙发上做了会儿思想斗争，光着脚下去，走到浴室瞧了一眼。

这里简直是用钞票堆砌起来的销金窟，每个角落都恨不得做到极致奢华。冲浪浴缸用的是白瓷与透明玻璃的材质，大得夸张，几乎占了浴室一半的面积。前方有电视，旁边是一整面墙的装饰镜子。

苏颖心说到底是取悦男性的消费场所，浴室都装修得这样胆大直接。她先前出了些汗，现在只有自己，索性不想那么多，进去洗了个热水澡。

冰箱里有红酒、果汁和各种进口休闲食品，她抱了些出来，关窗帘，开投影，窝进沙发里。猜想着他不会那么早回来，苏颖找了部片子看，当片中男女主人公的感情发展得如火如荼时，她睡着了。

苏颖再次醒来时太阳快要落山了，一缕晚霞从窗帘的缝隙钻进来。影片播完一遍，又在播放第二遍。

她看看时间，摸到手机给郭尉发消息："你还回不回得来？我先走了，去接孩子。"

他回复："五分钟后开门。"

这个男人倒是把时间掐算得精准。五分钟后，房门被人轻叩了两下，之后他便耐心地等待着，没了声音。

苏颖跑过去开门，尚未看清来人，便被他抱了个满怀。他身上的酒精味更浓重了，呼吸灼热，几乎把全部力量压在她的身上。

"喂喂喂……"苏颖站不稳，连退了数步，后背猛地撞到了墙壁。好在他还不算浑蛋，把手掌隔在了中间，她耳边漾开他悦耳的笑声。

醉酒后的男人力量大得惊人，苏颖挣不脱，泄愤般地捶了他一把："到底是真醉还是假醉？给我起来。"

郭尉不动，稍稍偏过头便嗅到她发间有些陌生的洗发水味道，问道："洗过澡了？"

苏颖抿着嘴不言语。

郭尉在她的脖颈间轻蹭了一下，喃喃道："我变得不那么敬业了，刚才和刘总聊着天，不自觉地走神了，想到老婆还在上面等着我，就想立即回来与她在一起。"

苏颖清楚这番话有哄她的成分，可心中难免还是轻飘飘的，闷声哼道："单纯在一起吗？"

郭尉一愣，反倒笑了，终于站直身，恶人先告状地点了下她的鼻尖："思想就不能健康点儿？"

苏颖假笑道："好吧，是我把您想龌龊了。那么时间不早了，郭总是想与我一同接孩子去，还是坐下来醒醒酒呀？"她眼中亮亮的，一片狡黠之色。

郭尉很喜欢听她句尾上扬的语气。半晌，他蹭蹭鼻翼："等我，我去洗个澡。"

苏颖挑衅道："你醉成这样子，到底能不能行？"

郭尉不由得垂眸瞧她一眼，那眼神极其诡异，语气倒一如往常，好似轻风细雨："怎么办呢？尽力吧。"

说完，他在她的唇上轻啄了下，边脱西装外套边朝里面走。他身形忽然就不摇晃了，腰背笔挺，步伐稳健，哪里有半点儿酒醉的样子？

他回头朝她挑了挑唇角，她恨恨地白了他一眼。

浴室很快传出哗哗的水声，没隔多久，他又在里面唤她。

苏颖没好气地问："干吗？"

郭尉说："帮忙拿下洗漱包。"

苏颖起身去他的行李箱中翻找，拎着给他送过去，敲了敲门，里面伸出一只湿漉漉的手臂，却没碰那洗漱包，直接抓着她的手腕，一把将她拽了进去。

惊呼声全被这扇门藏进了里面。

夜色旖旎，苏颖有得熬了。

时针慢慢指向数字"8"的时候，一切才停歇。

仇女士给苏颖打电话，问她什么时候过来接晨晨和顾念。两位不称职的父母这才停止温存，收拾妥当下楼去。

初春的夜晚，空气带着温温的热度，路旁的柳树抽了新芽，枝条在细风中轻轻摇摆。人们也从冬日沉闷的气氛中脱离出来，换上轻薄的衣物，在饭后散步、遛狗。

路边的几个小女孩儿带着粉色的头盔，穿着滑轮鞋，小企鹅一样笨笨地向前滑行，大概四五岁的样子，脸蛋圆嘟嘟的，小辫子松散凌乱，正处于最可爱、最讨人喜欢的年纪。

苏颖没注意，郭尉倒是忍不住多看了两眼。

他洗过澡又吹了风，此时身上的酒气去了大半。两人在台阶上站了片刻，郭尉拉着她的手问道："走走？"

苏颖点点头。

他们沿着种满柳树的路慢慢地向前走，平时节奏快，很少停下来，像这样并肩散步更是从来没有过。

有一处路面凹凸不平，苏颖本就腿软，脚尖磕绊了下，蓦地向前栽去。郭尉手疾眼快地扶住她的双肩，问道："很累？"

苏颖捏了几下大腿上的肌肉，闷闷道："有点儿不想和你说话。"

郭尉觉得好笑，道："哪里惹到你了？"

苏颖上上下下地打量着他，嘲弄道："现在衣冠楚楚、一本正经的，脱光了不就是臭男人一个？"

郭尉也不由得低头瞧了眼自己的着装，挑挑眉说："臭男人才更接地气一些，郭太太是在夸奖我？"

苏颖直身，仰脸说："你还挺骄傲？能听出反正话不？"

郭尉笑着耸耸肩。

她嘀咕一句："简直跟四处寻食的饿狼没什么区别。"

"谁说没区别？我是家养的，不吃野食。何况，过程也不见得只有我享受，你给我的反馈明明是喜欢的。"他顿了顿，纠正道，"应该是很喜欢。"

"你……"苏颖脸红透了，羞恼道，"鬼才喜欢。"

郭尉愉悦地笑开，见她转身要往回走，不逗她了，伸手拦住，手臂从后面环紧她的肩膀，倒是从容地说："谅解一下，太久没见面了。"又垂眸轻声问，"很难受？"

苏颖点点头，半天才嘟囔了一句："也不是。"

两人沿着这条路一直走下去，前面是个五岔路口，纵横交错的车尾灯为黑夜增添了几分热闹色彩。两人的影子在昏黄的路灯下时而缩短、时而拉长，气氛有种难言的美妙，他们安静地走着，没有回去开车的打算。

216

不知不觉地，他们进入了跨江大桥的人行道。

郭尉说："这次出差行程比较紧，没有单独空出时间为你选礼物，在香港转机时看见一个包，觉得应该适合你，就买了回来。"

苏颖问："很贵吗？"

"说是今年春夏的限量款。"

"大概是什么样子的？"

郭尉说："酒红色方款，很小巧，牛皮质地，纯手工打造，包身除了压纹和品牌标志没有多余的装饰，比较低调。"他说得像背书一样流利，没带什么抑扬顿挫的语调。

苏颖忍不住抬头看他问道："手提包？"

"是。"

"讲得很专业嘛。"

他轻描淡写地说："店员介绍时留意了下。"

苏颖有点儿高兴："听着就觉得会喜欢，相信你的眼光。"

郭尉顿了下："不觉得没心意？"

苏颖缩在他怀里，绽开笑容，逗他说："贵就是心意呀。"

江风带些凉意，几根发丝搭在她扬起的唇角上，她的鼻尖不可避免地微微泛红。郭尉低头瞧了一会儿，也没来由地跟着淡笑，将人拢紧些，嘴唇贴了贴她的额角。

再往前就是横跨桥梁的"城市之眼"，紫色光带连成美轮美奂的圆环，在暗黑的天幕下，如同一只沉默却明亮的眼睛。

郭尉抬抬下巴问她："坐没坐过？"

"摩天轮吗？"苏颖说，"没有。"

"去试试？"

她以为他在开玩笑，说道："你还是带着两个孩子来吧。时间不早了，我们叫个车去老太太那儿。"

他看看腕表说："一圈下来也就半个小时，不急。"然后他当真去窗口买票了，买完票站在前面朝她勾了下手。

两人跟着队伍进入小小的座舱内。

摩天轮转动的速度相当缓慢，苏颖这个人没什么浪漫细胞，起初

217

还担心自己中途会歪在椅子里睡过去。可当摩天轮上升到一定高度时，她却觉得视野所及之处格外震撼。整个城市的夜景被尽收眼底，观光游船在蜿蜒的江面缓缓行过，划开的水波上倒映着碎掉的光影。两侧的马路上车流如织，尾灯连成红色长龙。

她向远处看去，无数灯光没有规则地洒向大地，让人如同置身于神秘的银河里，而每个人都像一粒世界尽头的微小尘埃。

苏颖扭头看了一眼郭尉，他薄唇微抿，正瞧着下面出神。

某一瞬间，他冷不丁问了一句："他是哪两个字？"

苏颖微愣，半天才反应过来，如实说："照顾的顾，维护的维。"

"顾维。"郭尉轻声念了一遍，下颌稍稍绷紧又松开，手肘撑着窗沿，仍是看下面，半天才问出第二个问题，"有我帅吗？"

苏颖看他一眼说："类型不同，没法儿比较的。"

"比我年轻？"

她粗略算算："大概小你一岁。"

郭尉不禁轻轻皱了下眉，又问："比我有钱？"

苏颖无语道："你有钱。"

"有我对你好吗？"

苏颖一时没回答。她在人生的不同阶段遇见两个不同的男人，好与不好没有标准。

一个不会约束，愿意纵容她，可以陪她疯、陪她闹，甚至陪她浪迹天涯；一个给她一个家，给她未来，认真地在白纸上为她画出正确的路。前者她深爱过，后者是她今后的爱人、伴侣及人生导师。每一段历程都值得被珍惜，没有轻重之分。

苏颖的语气不自觉地轻松起来："要不然你叫他上来比较比较？"知道他没恶意，她笑他，"可真够幼稚了。"

郭尉没说话，握住她的手。他用了些力气，苏颖疼得直龇牙，气得打了他一下。

直到现在，她才能坦然地与郭尉聊起顾维。她发现再想起顾维时，心中已经没有如锥刺的那种感觉了。回忆像一面镜子，映出故人的脸，或许将来的某个瞬间他出现在脑海里，她笑一笑，会觉得很温暖。

之后两人很久没开口，摩天轮升至顶点，下面的世界又缩小了几分。

郭尉再说话时，又恢复成往日冷静客观的模样，身体靠着椅背，缓缓道："别满足于能吃饱穿暖的状态，那是'活着'，生活不应该这样。比如坐在这摩天轮上，或许你觉得太慢、太无聊，但是换个角度，当你发现，有那么一刻能把世界踩在脚下时，是不是会觉得这一趟很值得？"停了停，他轻轻地捏着她的手指说，"我希望你每一天都过得充实而美好，品尝美食、打扮自己、与人交谈、去看风景，为柴米油盐烦恼，也为孩子的课业进步而开心，生意时好时坏，偶尔软弱或迎难而上。不过分看重，却也记得每一个纪念日，与我约会庆祝，接吻或拥抱……"

他说得很慢，每句话都在为她描绘出一个画面。

苏颖眼眶发热，紧紧抿着嘴。

"生活并非苍白无味。"他扭头看她，低声道，"苏颖，未来可期。"

苏颖一直觉得在别人面前掉眼泪是件很丢脸的事儿，怕他看见，把脑袋猛地抵住他的手臂，眨了眨眼，便有一滴眼泪悄悄地掉下去。

她声音闷闷的："你可真讨厌，偷听人讲电话还不够，回头又来教育我。"

郭尉并没有揭穿她："你离开的那几天我认真想过了，我甚至愿意退让，只要你在我身边，许你思想自由。"他笑了笑，笑容有些苦涩，"但我发现自己并没想象中的大度，偶尔心里也会有些不好受。"

苏颖内心颤动，偷偷抹干净眼泪，直起身来坦诚地说："完全忘记我做不到，心中肯定有个小小的角落是属于他的……但我必须承认，剩下的部分都给了你。我从前不愿接受，觉得那是背叛，当认清自己的内心时，才知道未来不该辜负的人是你。"

这话说完，周围彻底静下来。郭尉用目光锁着她，半天没言语，掌心密密实实地出了一层汗。

苏颖被他盯得直发毛，见他不语，舔舔嘴唇试探道："你不懂我的意思？不够……直白？你……没有别的话要说了？"

"没有。"半天，郭尉身形一动，却是倾身过来吻住她。他用手掌轻轻扣着她的后脑，吻得克制而温柔，不久后，苏颖闭上眼，手臂攀住他的脖颈慢慢回应。

很久很久，座舱内悄无声息。两人在两百米的高空，万千情绪，融于长吻。

四月末，苏颖带着顾念回洛坪祭拜顾维，逗留了几日后返回邱化市。

郑冉的腿伤基本痊愈，寒假过去后她照常上班，只是职业院校的课程没那么紧凑，相对有不少空闲时间。苏颖就像块牛皮糖，对学校的课程安排比郑冉自己都清楚，只要郑冉在家，她一准笑嘻嘻地来敲门。

郑冉已经习惯了，多余的情绪都懒得给，不过对她的坚持和努力倒有些刮目相看。

也许是她本身聪慧又有几分天赋，上周竟用胚布做了件传统衬衫。她没有绘画基础，郑冉帮她画草图、打版，而剪裁、锁边、缝制是由她独立完成的。

苏颖拿着成品回家时也颇有成就感，站在镜子前左扭右扭地欣赏了好半天，脱下后，没一会儿又穿上试起来。

俩小孩儿正凑在一起写作业。苏颖近期留意顾念比较多，怕他从洛坪回来后情绪受影响。好在他的接受速度比她想象的要快，至少表面上依旧快乐开朗。

苏颖溜过去找存在感。

"念念。"她慢慢从门框后移出来，问道，"看妈妈穿这件衬衫好看吗？"

顾念毫无悬念地捧场："好看！妈妈穿什么都好看。"

苏颖心里直冒泡，又满怀期待地去看晨晨。晨晨咬着笔头，寻思了会儿说："是和大姑学来的吗？"

"是呀，不过这件是我自己完成的。"

晨晨说："还需要努力啊，奶奶都不穿这个样子的衣服啦。"

这个小孩儿太不给面子了！苏颖走过去，用手指挑开那支铅笔，故意板着脸说："你，别咬笔了，赶紧做作业。"

她转身离开，身后传来俩小孩儿的偷笑声。

郭尉还在书房办公，听不太真切外面的动静。刚才他与南非那边的人开了一个视频会议，已经结束一个小时。他捏了捏眉心，一时烟瘾犯了，顺手打开抽屉取出烟盒，抖出一支含着，眼睛望了下窗外，却没把烟点着，半晌，又放回烟盒里。

他关掉电脑，拿着水杯走出书房，苏颖正窝在沙发里翻教材。

郭尉去倒了水又折回来，微弓下身，垂着手臂轻轻捏她的脸，苏颖起先没理睬。谁知这人捏起来没完没了，她便缩着肩膀躲开。

郭尉笑了笑，又用食指拨弄她的嘴唇和下巴。他指尖的气息很好闻，是家里惯用的沐浴露味道里夹杂着淡淡的烟草味，指腹微凉，却不粗糙。

他另一只手还拿着水杯，修长的双腿挡在她眼前，就那样随意地站着，好像对逗弄她这件事情乐此不疲。苏颖抬眼瞪他，企图张嘴咬住那根手指。谁知郭尉反应十分敏捷，手腕一收一翻，随后两指快速捏住她的脸颊。

苏颖的嘴唇被迫嘟起来，隐约露出几颗洁白的牙齿："你可真幼稚。"她吐字不清地说。

郭尉大笑，这才撤回手坐到沙发上。

"念念和晨晨都睡了？"郭尉问。

苏颖点头。

他喝着水问她："看什么呢？"

苏颖抬起脚，很自然地搭他的大腿上："款式设计和服装制版。"她忽然想起身上的衣服他还没看过，坐起身来抻着下摆问，"看看，这件衬衫怎么样？"

郭尉稍微偏头，正式地看了下，已经猜出来："你做的？"

苏颖点头。

郭尉说："平整合体，简约舒服，比我想象中学得要快些，还

221

不错。"

"是吧。"苏颖抬了抬下巴，压低声音告状，"你儿子说他奶奶都不穿这种衣服了，意思是说款式老土。"

郭尉觉得有些好笑："那你觉得呢？"

苏颖努努嘴承认："是挺老土……不过新手当然从基本款开始啊。"

他点头赞同道："只是这料子……"

苏颖说："是之前废弃的雪纺料子，质量自然不过关，原本是想做来当样品，看看哪里不协调再改进的，结果我试了试还挺合身的。"

因为他真的不懂，所以听时比较认真。

"明白了。"郭尉说。

衬衫是米白色的，他抬起一截衣摆搭在手上，不用借助灯光，隐约就能看见掌心的暗影，说："在家里穿穿就好。"

说完，他瞧她一眼。那目光苏颖太熟悉了，她抽回衣服，小声说："臭流氓。"

郭尉无辜道："我什么也没说。"

"眼神代表一切。"

郭尉摇头失笑："那问你个问题，如果有个男人对你有很多副面孔，时而幼稚，时而色迷心窍，看你做错事情想训斥，看你受委屈又心疼……"他扭头看她，"你说这个男人怎么了？"

苏颖想都没想地说："疯了。"

郭尉微顿，随即朗声笑起来，肩膀也跟着不自觉地抖动。隔了会儿他才收住笑，搁下杯子起身，捧着她的脸抬高了几分。

苏颖的下巴被迫抬着，脖颈格外纤长。

她呜呜两声，拍他的手："脖子断了！脖子！"

郭尉俯身，低沉着嗓音调笑："之前还奇怪自己怎么了，原来是疯了。"

他随即贴过来，快速地在她唇上啄吻了一下，却没想到苏颖圈住他的脖颈，又将他拉了回来。吻被加深，她站在沙发上向前一蹿，便手脚并用地吊在他身上。郭尉赶紧抱住她，贴着她的唇，不觉挑了挑眉。

客厅里一时悄无声息，没多久，他便抱着她朝卧室走去。

转天下午郑冉没课，叫上苏颖去南园的面料市场转了转。

苏颖慢慢打着方向盘，在附近找了很久停车位。南园这边聚集的批发市场比较多，从服装鞋帽到文具用品，从卫浴家居到图书玩具，种类繁杂。区域编号由 A 到 F，面料市场刚好在最尽头的厂区里，虽然整栋楼都卖各种丝绸布料，但款式和花样自然比不得江南。

苏颖忽然想起来："我年前去江南那边买了块布料，是质感很好的米白色料子，上面带了些祥云暗纹，我想试着做件旗袍。"

郑冉说："行啊，想做就试试。"

"你说得好简单。"

"做不好还做不坏吗？就是块布料而已，大胆做呗。"郑冉虽然还是满不在乎的口气，苏颖细想却觉得有道理。

"那还要师父您多帮忙呀！"苏颖说话间挽住她的胳膊。

郑冉倒没太大反应，把手收进衣兜里，问她："心中有什么想法？"

苏颖摇摇头。

郑冉的目光在一块料子上逗留片刻，又看向她说："剪裁、缝纫都是些技术性的东西，熟能生巧，通过多练、多做自然会得到提高，但款式设计要靠自己的想象和领悟，这些东西太抽象了，别人帮不了你。"

苏颖叹气："我也担心这个问题，你给个方向吧。"

"多看，多收集。"郑冉在一个摊位前停下来，翻看每块布料，"我大学到现在至少有二十几个图画本，可以借给你看看。就是说，要擅长收集生活中的元素，画下来，再加入自己的理解，然后创造出不同的花样或款式，运用到服装中去。脑子要灵活，这些素材可以是路边的一朵小黄花……"

"也可以是飞鸟的翅膀、变幻的云、缠绕的藤蔓或翻涌的浪花？更抽象的还有音乐、色彩、情绪、光芒，其中都有可能藏着一些美好的元素，对吗？"

郑冉吃惊地瞧她一眼，笑笑："也不笨嘛。"

苏颖得意地扬扬眉。

郑冉给她泼冷水："别光说，做好才难。"她想了想，"家庭作业就试着设计一款旗袍吧。"

最后两人选了十几款布料。她们出来时，苏颖在家居用品的摊位前瞧见一个花瓶，简欧款式，做工有些粗糙，但颜色和线条看着很顺眼。同系列有两款，一款细高，一款矮圆，旁边立着牌子，明码标价。

苏颖问老板："两个都要，能不能便宜点儿？"

郑冉站在旁边差点儿乐出来，凑过去小声说："就这还讨价还价呢？鞋子和手里的包都是 A 货（仿冒产品）吧？"

苏颖没理郑冉，又和老板讲了几句，老板让利十元，她付钱。

郑冉摇着头嘲弄："郭尉的品位虽一般，吃穿用品的档次倒不低，家里的名人字画、古董花瓶也不少，你把这个带回去不怕他嫌弃？"

苏颖嘀咕："嫌弃就别看啊，不信他能给我扔出去。"又说，"况且郭尉从不用金钱衡量物品价值，认识这么久，你不知道？"

郑冉懒得评价郭尉，看了看花瓶问道："你喜欢这些？没觉得你心思这么细腻。"

苏颖顿了下说："就是过得太粗糙，才错过了许多生活的乐趣。"

郑冉不禁扭头打量她几眼："我现在对你有点儿好奇了，你这个人还挺特别的。"

"千万不要爱上我，我和男人生活起来比较有默契。"

郑冉假笑："想象力太丰富。"

苏颖没接茬儿，左右看看，把细高的花瓶递给郑冉："送你一个。"郑冉不要，苏颖硬是塞给了她。

两人把所有东西搬回车上后，天色已经发暗。苏颖原本想先绕路把郑冉送回去，郭尉中途来电话，说准备带着顾念和晨晨出去吃晚饭，问她在哪里。苏颖知道郑冉不会同去，索性把车留给她，自己下去发了个位置，在路边等着郭尉。

俩小孩儿都想吃火锅，他们便去了瀚阳路的老字号铜锅店，正是饭点，店外摆了几排塑料凳，都坐着拿了号码等位置的人。

这种接地气的饭馆郭尉平时很少来，他今天的穿着比较随意，灰薄衫搭配黑色休闲裤，他去餐台给两个孩子端来零食，坐在塑料凳上，自己也尝了尝。

在杂乱闹腾的气氛中，他眉目平和，倒多了些普通男人的烟火气。

他们等了将近一小时，前面还有十来桌。郭尉叫念念去服务员那里要了棋盘。

两人对一人，郭尉根本没有让着两个小朋友的意思。那些零食念念和晨晨没怎么动，却叫他慢悠悠地吃了小半碟。

顾念冥思苦想，小手伸到半途又缩回来，嘴里嘀咕着："不对，不对。"

晨晨不禁与他对视一眼，急得直挠头，眼珠转了转，想趁郭尉没留神悔一步棋。

郭尉悠闲地叠着腿，边吃零食边转过视线说："你爸眼睛没花呢，快放回去。"

晨晨吐吐舌头，立即缩回了手。

苏颖坐在旁边看得直乐，吹着温温的风，竟觉得这样的夜晚美妙而惬意。

她把包包放在郭尉身边，去里面找卫生间，顺着台阶上二楼，在窄窄的走廊尽头看到了左转的指示牌。转过去是扇窗，光线昏暗，一对男女正缩在角落里接吻。苏颖蓦地顿住脚步，立即扭头折回来。卫生间没去成，她回想了一路，隐约觉得那个男人的背影甚是眼熟。

苏颖坐回塑料凳上，看着某处，心里有些硌硬。郭尉在棋盘上落了一子，转头问她："怎么这么快回来了？"

苏颖闷声道："我刚才看见一个人。"

郭尉把身体稍稍扭转过来，没说话，等着她继续往下讲。苏颖沈豫了几秒，看他一眼说："我撞见王越彬和一个女人在走廊里接吻。"

郭尉表情十分平静："然后你没去成卫生间？"

他关注的重点似乎不对吧……

苏颖压低声音，强调说："是接吻，那个女人不是郑冉……你早就知道？"

对面那俩小孩儿偷偷地把棋子换了许多位置，郭尉这次没阻止，

225

随便走了两步输给他们。

"也是去年偶然知道的。"他说。

苏颖问:"那你怎么没告诉郑冉?"

郭尉说:"暗示过一两次,或许她不信。"

"你脑袋里弯弯绕绕的想法那么多,用词谨慎,说不准你以为的暗示别人根本没有听出来,倒不如明说。"

郭尉无语两秒,淡笑道:"怎么经你描述,我就成了一只老奸巨猾的狐狸呢?"

"你以为你不是?"

与她说着,郭尉仍分出一半精力关注念念和晨晨:"你们两个,活动范围最好别超出我的视线。"

见他们走过来些,他这才继续说:"以她对我的成见,即使我明说,你觉得她会信我还是信她老公?长期生活在一起的夫妻,只要足够在意,总会发现一些蛛丝马迹。她好面子,这种事情还是自己察觉比较好。"

苏颖想想有道理,旁观者总能客观冷静,可是遭遇出轨算是一个家庭的重大灾难了。郑冉这个人只是难接触了些,却也外冷内热,无论样貌还是气质,各方面条件都不差的。

苏颖心中隐隐有些不舒服:"要不要换个地方?"

郭尉好笑地说:"该躲的不是我们吧。"

他回车上取来两瓶水,先拧开一瓶递给她。他知道苏颖这段日子与郑冉相处得不错,免不了多说几句:"这两人在某些观念上就存在问题。打个比方,拿处理人际关系来说,一个喜欢结交比自己层次高的人,为达目的不惜放低姿态,阿谀奉承;而另一个优越感比较强,即使目标无法实现,有些事情她也不屑去做。这只是一方面,在我看来,他背叛婚姻没什么好奇怪的,他们这段关系不算牢固。"

"你分析得很神一样。"

郭尉难免想起了什么,说道:"别人的问题,才看得清楚些。"

苏颖毫无察觉地问:"那他们当初怎么会走到一起?"

他喝了口水:"你要知道,这世界上的很多事情都无解。"

两人的谈话暂时停止，他们终于排到了，由服务员引领着来到大厅靠窗的角落。

郭尉带着晨晨和顾念去洗手。苏颖在菜单上画了几项，忍不住扫视了一圈，便看到王越彬与那个女人坐在墙柱后面的单桌旁，隔着一段距离，视野不算清晰。两人背对这边，吃着饭也难舍难分，不时凑近低语或亲吻。

苏颖看得直反胃，心说这两人够饥渴了。她咬了一下唇，不知出于什么心态，用手机对着两人接吻的背影连拍了数张。

苏颖忽然想起以前还在洛坪时，服装店隔壁鞋店的女主人与老公青梅竹马，婚后求子心切，四处奔波，受尽苦痛。

这方面总对女人不太公平。她经历了流产、刮宫、生产、大出血，把身体上所有的痛苦一一忍受下来，终于有了自己的宝宝，却因是个女孩儿，决定继续求医，好在几年后总算生下一子。

然而当夫妻相互扶持、经历种种以后，男人认识了一个姑娘，便把以前彼此相依的岁月全抹去，毫无留恋地出轨了。之后她毅然决然地与他离了婚，在小镇上独自经营着一间不太大的鞋店，养育儿女。

这样的事情太普遍了，人生本就是一场闹剧接着一场闹剧。苏颖佩服她，拿得起也放得下的人才算活得明白。

没多长时间，他们点的羊肉和配菜全部上齐，铜锅里翻涌着奶白色的水花，热气氤氲，玻璃上挂着薄薄的一层雾气。

这顿饭郭尉没吃几口，只顾着照顾家里的大朋友和小朋友。最后苏颖硬是和他交换了位置，他才安静地坐着吃了些东西。

她很久没有关注身后的人，再回头时发现那对狗男女不知何时已经离开了。

饭后他们回家，郭尉洗完澡出来，在书房中找到苏颖。她坐在办公桌对面的椅子上，埋着头认真地画着什么。郭尉走过去看了看。

苏颖抬头，忽然问他："你喜欢什么款式的旗袍？"

郭尉说："简洁大方，带点儿性感又不显轻浮。"

"简洁大方我明白，后面的要求太抽象，本设计师无法满足。"苏

227

颖在本子上大概画了几笔，是长及脚踝的基本款："这样的？"

"差不多。"他笑了笑说，"苏大设计师这画工不怎么样啊。"

其实这段日子，苏颖已经开始学习人物身体线条的勾勒和服装褶皱及动态下的画法。她对着电脑上的图片反反复复地练习、修改，已经有了些样子。

苏颖才不在意他的嘲笑，哼了声："能看懂不就行了吗？袖子呢？"

"中袖。"

"那就是无袖款。"

郭尉摇头笑笑。

苏颖又问："领子和前襟？"

郭尉哪懂这些，伸手在自己胸前比画了下："这叫什么？"

苏颖哦了声，画完问他："对吗？"

郭尉歪着身子看了看，好像不太满意，把原本抵在唇边的手放下来，撑住桌沿，弓着身，另一条手臂竟绕过她，去握她握笔的手。苏颖的手背温温的，被他的大手紧紧地包裹住。一瞬间，郭尉把她圈进怀中，他的气息轻轻打在她的耳郭上。苏颖后脑一麻，像有小蚂蚁在上面爬来爬去。

他带动笔尖勾画着："这样看着顺眼些。"

苏颖稳了稳心神，已经切换到玩闹状态："那……我加个水滴镂空。"

"不好吧，太暴露。"他改掉。

苏颖用肩膀轻轻撞了一下他的胸膛，笑道："肩膀到领口之间要用水晶纱，超级透视的那种。"

郭尉带着她的手画掉："黑色，用黑色面料。"

"全部用水晶纱，简单直接，看得一清二楚。"

"不好，缺乏神秘感。"郭尉装作一本正经的样子涂涂改改，"全部换成黑色。"

苏颖的手不再用力了，跟着郭尉走，只是她已经在他怀中乐得不行。最后她扔掉笔，靠着椅背，抬起脚抵住他的腰问道："这是什么啊，修女服吗？"

两人闹了一阵，原本好好的一张草图被郭尉弄得不成样子，苏颖推着他的后背将人赶出去，又翻过一页，才开始仔细认真地画人物，再画旗袍。

　　过了几天她去郑冉那儿，把画好的款式给郑冉看。郑冉倒没说什么，拿起铅笔在上面稍微添加了几笔，感觉完全不同了。

　　郑冉说："肩膀这里用纱可以的，不过上面要做些花朵和藤蔓的刺绣丰富一下，利用它们的颜色为旗袍增加生气，然后花与藤蔓缠绕的姿态勾勒出胸部轮廓，再顺着两侧下来，到腰部收窄，这样能令身材曲线更加流畅柔和。胸口处小小的水滴镂空很好，但领子要高些，用来拉长颈部线条。领口放一枚别致的深蓝色盘扣，以及用同色系面料整体做绲边。"

　　苏颖听得很认真，米白、深蓝再加上花朵藤蔓，似乎是种不错的搭配，这个设计经郑冉修改，好像也有了些"性感却不轻浮"的感觉。

　　苏颖不佩服都不行，叹气道："这里面的学问好深啊，不知哪年才能达到你的高度。"

　　"我算什么呀？人外有人，天外有天的。"郑冉难得夸奖她，"你很聪明，只要肯钻研一定能行。"

　　苏颖点点头："我那天的提议你认真考虑了吗？既然喜爱这个行业，不做些事情挺可惜的。"

　　郑冉说："正因为真正热爱，才不想用它换取利益。"

　　苏颖摇头："你的思维完全被金钱套住了。试着换一种心态，如果有一天你所钟爱的东西被推广，被更多的女性接受和喜欢，你会不会有种成就感？就像你毫无保留地教我，难道真是因为我们的关系好到如此地步？别否认我进步过程中你的成就感和满足感。有付出总会有回报，你把开店当作一种对旗袍文化的传播，其次才是赚钱，那么，还抵触这件事情吗？"没等郑冉回答，她又凑过去笑嘻嘻地补充了一句，"当然了，我们的关系也越来越好，越来越亲近了。"

　　郑冉嫌弃地一耸肩，半天没言语。苏颖这番话倒叫她刮目相看。她过了会儿才问："那你呢，你到底为什么喜欢旗袍？很严肃的问题，需要你端正态度来回答。"

其实对郑冉也没什么好隐瞒的，苏颖就将老照片的故事讲给她听。她觉得自己受郭尉的影响变狡猾了，故意把当时的心情多加渲染。

听罢，郑冉沉默了半晌才说："你独自带着念念，一定很难熬吧？"

"还好。"苏颖轻描淡写道。

郑冉叹息着摇头："所以生孩子到底为了什么呢？"

这话倒是提醒了苏颖，她在心里斟酌一番，问道："别说我了，你没想过再找医生看看？你和姐夫也该要个孩子了。"

郑冉瞥她："被老太太洗脑了吧？"

苏颖没理这句话，继续问："就不觉得有遗憾？"

"没遗憾又怎样，不会死吗？"这个回答倒是很符合郑冉的个性，苏颖自认活得够随性，但郑冉的这种潇洒恐怕是她永远达不到的高度。

苏颖问："你满意现在的状态吗？"

"还行。"郑冉想了片刻说，"是因为我觉得生不生孩子无所谓，所以生不出才没那么重要。"

"也许姐夫的想法相反呢？"

郑冉垂着眼，握着铅笔在纸上随便画了几笔说："谁知道呢，很少听他提起。"

苏颖抿了下嘴："今天是周末，姐夫也出去了？"

郑冉不太在意的样子："单位忙吧。"

苏颖觉得自己爱管闲事的毛病又要犯了。

从郑冉家离开后，她开车心不在焉的，思来想去总感觉是郭尉拎得太清，把自己完全放在了旁观者的位置。郑冉要强，却有知情的权利。如果她换位思考，这种事情发生在自己身上，周围的亲人都对她百般隐瞒，这才是最大的刺激和羞辱。

苏颖觉得自己和郑冉在某些方面很相似，应该也有相同的心态，可又见郑冉一副满不在乎的样子，好像说什么都多余。

她想着乱七八糟的事情，却错过了左转的路口，发现再往前走，路不那么熟悉时，这才集中精神找地方掉头。

过完年后，都是她亲自接送晨晨和顾念的。从前她把心思都放在搞好店铺上，如今精力偏移，重新在工作与家庭之间去找支点的位置，这种平衡感好像也不太难适应。

房门一开，俩小孩儿高声欢呼着冲进自己的房间。

邓姐正在厨房忙碌，旁边支着平板电脑，仍然是部家庭伦理剧。苏颖换好衣服去帮忙，看见菜板上已经削好的胡萝卜问道："这个需要切？"

"对。"邓姐走过去说，"你的手法不行，要先倾斜着切段，对……对喽……再横过来切成菱形。"

"这样？"

邓姐笑着说："薄点儿，小心手。"

苏颖问："胡萝卜准备做什么呢？"

"番茄虾的配菜。"邓姐把平板电脑关掉，问道，"那天的排骨做得还不错，今天也准备试一下？"

苏颖说："那您教教我。我太笨了，这么多年，无论如何也学不会做饭。"

邓姐洗着菜花，心无城府地说："老话讲，世上无难事，只怕有心人。做饭和你们的工作一样也算份职业，你剪剪缝缝做得好，烧菜也能学会，觉得有难度，只能说明没用心。你们这代人哪，很少进厨房了，除了吃外卖就是吃泡面，条件好点儿的顿顿在餐馆吃，不是学不会，是懒得学。"说完，她自己先爽朗地笑出声。

苏颖也跟着干笑了下，心说您可真诚实啊。其实她并不介意邓姐怎样解读，却明白自己是想为谁做出些改变。她也没生气，现在心态不同了，感觉邓姐也变得可爱起来。

番茄虾她做得不算顺利。邓姐在旁边指点，她有点儿手忙脚乱，好不容易出锅盛入盘中，偷偷吃了一只，味道还行。

端到餐桌上，苏颖没敢说是自己做的，躲在厨房墙边偷偷地看他们的反应。她看得正入神，耳边忽然吹来一股凉飕飕的气息："看什么呢？"

苏颖猛地抖了一下，一转头，嘴唇擦过郭尉的脸颊。他弓着身，

231

双手背到身后，下巴轻轻地搭在她的肩膀上，并没看苏颖，而是顺着她的视线朝餐厅瞧。

他回来的时候毫无声息，房门的嘀嘀声也被电视声掩盖住了。

苏颖直皱鼻，悄悄地说："你是鬼吗？干吗不出声音？"

"我说话了，你没听见。"

"才怪。"明明是光明正大的事情，她却放轻了声音说，"以为你在外面吃呢。"

郭尉也学着她的样子低声说："被甲方放鸽子了，改在明天。"

离得太近，两人都快看对眼了，苏颖往后撤一步，转个身，整个后背贴在墙壁上。

郭尉也直着身子，解开西装纽扣，朝餐厅的方向抬抬下巴："刚才在看什么？"

她顺手接过他的西装，小声说："今天我做了一道菜，想看看他们到底喜不喜欢吃。"

郭尉说："直接问不就好了？"

苏颖摇头："即使难吃，顾念也会说好吃，关键是晨晨的态度。你儿子最会嫌弃我了，我脸皮薄，等哪天他先说了好吃，再告诉他是我做的，那多有面子。"

苏颖刚说自己脸皮薄时郭尉就忍不住想笑，也真没控制好表情，勾了下唇角："做了什么？待会儿我来评分。"

苏颖稍稍歪头："不如到时你猜猜看。"

郭尉没走开，站在她面前慢慢地卷着衬衫袖子，不禁多瞧了她几眼。

她身上挂着围裙，前襟沾了些红色汤汁，头发有些长了，在脖颈处松松地扎着，几缕发丝搭在耳垂旁。她挑眉眨眼，一脸骄傲的样子比任何时候都要生动些。

郭尉说："不如我闻闻，我嗅觉灵敏得很。"他倾身过来，鼻子凑近她的耳根。

苏颖也不躲，目光跟着他，笑眯了眼睛问："闻见什么了？"

郭尉稍稍离开一些，皱了下眉，一副不苟言笑的样子："再闻闻。"

于是又凑了过去，这回距离更近了，鼻子擦着她的皮肤轻轻地抽动两下，像是某种大型宠物。

一时间苏颖被他闹得脖子发痒，浑身像触电似的，不禁缩着肩膀笑出声，又赶紧伸手捂住嘴。

厨房中邓姐在炒最后一道青菜，晨晨和念念坐在桌旁聊着什么，这俩人躲进俩小孩儿和邓姐看不见的角落，细声细语，没完没了。

天气渐渐暖和起来，晚饭后天空仍能看见少许青色。

等到顾念和晨晨做完功课，苏颖想叫他们一起出去散散步。两孩子默契地摇头，三千块的拼图从年前拼到年后，再不完成就快疯掉了。

原本四人的亲子时光变成了二人世界，出了电梯，苏颖落后半步。

郭尉穿着普通的白色薄 T 恤和牛仔裤，脚上是双帆布鞋。他出来前洗过澡了，发丝半干，微垂着头用手挥了挥，又不经意地甩动了两下。他走在她的前面，背影格外高大。

脱去成功人士的外衣，他又有了另一种样子，随和亲切，也不过是个做了别人老公的平凡男人而已。

苏颖碎步追上去，牵住他垂在身侧的手，郭尉几乎下一秒就回握住了。两人不由得对视一眼，没说话，却都笑了笑。

苏颖说："跟你商量个事儿呗。"

郭尉说："说说看。"

"我想买些缝纫器材和打版台回来，需要腾出个房间做工作间，你看可以吗？"

"当然。你的家，你有安排它的权利。"

苏颖顿了顿，想起最近一直萦绕在脑中的问题："你……你和晨晨一直住在这个小区？"

郭尉瞧她一眼，轻易就猜透了她的那些小心思："没多久，将近四年。"

"以前住在哪里？"

"城东中央新城的别墅区，离婚后判给晨晨的妈妈了。这边的房子与你结婚前只有我和晨晨……还有保姆住。"

苏颖长长地哦了一声。

郭尉把身体稍微倾向她，眉眼含笑地问道："还想问什么？"

她摇着头说："没了。"然后忽然接着之前的话题说，"既然我有权利，那我拆家可以吗？"

郭尉努力跟上她的思路："不怕四个人露宿街头的话，只要你开心。"

苏颖笑起来，另一只手挽住他的小臂。

这时天色完全黑透，小区内的照明灯和景观灯相继亮起来。他们不知不觉走到了千鸟湖公园，正是每天早晨郭尉跑步的地方。两人没怎么说话，牵手走着。

饭后来遛弯的人很多，夜跑的年轻人也有，湖面映着五彩斑斓的灯火，对岸要稍微热闹些，地方上小有名气的歌手受邀在阶梯广场演出。

郭尉接了两通工作电话，讲话时用词格外严谨。苏颖在一旁乖乖地跟着他，相握的手不时被他捏紧、放松，或牵起来一同挠挠脖颈、蹭蹭鼻梁。

脚下的红色塑胶跑道踩上去很软，苏颖沿着白线歪歪扭扭地走着，几乎不曾体验过这种舒适惬意的时光。

半晌，他打完了电话。两人找了张长椅坐下来，背后是湖水，眼前是悠闲慢步走的人群。郭尉好像也很放松，长腿伸直交叠，靠着椅背，双手相握扣在脑后。

苏颖托着下巴，扭头问："今晚的番茄虾打几分？"

郭尉动作没有变，目光落在她的脸上，问道："想听真话？"

苏颖耸耸肩。

他把手放下来，两指捏了捏她的后颈，然后很自然地把她搂进臂弯说："十分制，味道五分，诚意也占五分。"

"就是满分咯。"苏颖不禁心花怒放，用手指去挑他的下巴，扬着眉，一副坏坏的样子，"郭总嘴巴抹蜜了吧，怎么这样会夸人呢？"

郭尉凑近了，低声道："想让我怎么接这句话？你来尝尝看，会不会太老土？"片刻后，他的声音更低，"我猜你是成心这样问的。"

他的呼吸要比周围的空气炙热得多，分毫不差地吹入她耳中。

苏颖头皮发麻，败下阵来，轻打他的胸口，把人推远了："大庭广众，注意言行。"

郭尉十分听话地应了声："好。"

苏颖不禁抿唇笑笑，往他怀里靠去，没再说话。路两旁种着一种她不认识的树，微风轻荡，她只感觉在呼吸间闻到一股生杏子的味道，十分新奇，又特别好闻。

苏颖行动力惊人，这之后短短几天时间，分别在网上和实体店看了不同型号的机器，又订购了几组多宝槅，快递到家，自己组装。现在的房子是将近三百平方米的平层，她挑了间比较大的客房改成二作间，刚好在郭尉的书房对面。

郑冉没课时，苏颖哄着她一起去买剩下的那些零碎工具，忙活了一上午终于买齐。吃过饭后，两人顺便去附近的商场逛了逛。

苏颖在专柜看见一对袖扣，圆圆的款式，上面是低调简单的银色双"G"图案，比较符合郭尉的风格。

苏颖看了看价牌，价格还算合理，但对她目前的状况来说确实稍贵。她又不由得联想它们系在郭尉袖口的样子，实在是喜欢，便狠心付了钱。

店员将袖扣包好，交给苏颖。苏颖一转头，看到郑冉正坐在沙发上喝水、翻杂志。

她现在面对郑冉时心中虚得很，总感觉她的隐瞒已经对两人的关系构成背叛，咬了下嘴唇，走过去问道："不给姐夫选点儿什么？"

郑冉说："我的心意未必符合他的风格。"

苏颖哦了声，慢慢坐下来。店员为她端来一杯水，她道了谢。

苏颖绞尽脑汁想要说些什么或透露些信息，思考着怎样才能不着痕迹又能起到警示作用。她咬着纸杯边缘想了会儿，半天才随意地问："对了，一直挺好奇，你和姐夫是什么时候认识的？"

郑冉瞧了她一眼："读书那会儿。"

"一定是他先追的你，甜言蜜语加情书鲜花，每日早饭、热水全承包，死缠烂打的那种？"

郑冉笑笑，没否认。

"真让人羡慕。"苏颖问，"后来就顺理成章地结了婚？"

"嗯。"

苏颖抿抿嘴："问你个问题啊，假如有天姐夫出轨了，你会怎么样？"

郑冉一顿，合上杂志："你无不无聊？"

"就随便说说话，急什么？"她装作不在意的样子。

郑冉笑："那就先说说你吧，要是郭尉出轨你打算怎么办？"

苏颖说："先废掉他，弄个半死是肯定的了。"一时不知道谈话该怎样进行下去，她没敢看郑冉的眼睛，搁下水杯说，"走了，逛逛别的地方去。"

郑冉脸上的笑容渐渐消失，她望着苏颖的背影，若有所思地皱了下眉。

回去时还早，苏颖随郑冉上楼。最近她刚刚开始跟郑冉学习电脑制版，还有许多难题等着解决，想趁还有时间再问问，待会儿顺便去学校接顾念和晨晨。

两人进门后，却见王越彬从卧室走出来。他穿着 T 恤衫和黑色休闲裤，样貌倒是够英俊，又瘦又高，整个人都是精神焕发的样子。

郑冉问："回来得这么早？"

王越彬笑着说："换身衣服，晚上有个饭局，张局前些天刚做的心脏搭桥手术，叫我过去挡个酒。喝起来不一定什么时候结束呢，你困了就先睡。"说着，他凑近亲了亲郑冉，又对苏颖说："弟妹也在呢。"

苏颖没说话，敷衍地笑笑。

王越彬越过她们去换鞋，站起身不经意地照了照镜子，用小指拨弄了几下头发，然后开门出去。苏颖的视线一直落在他身上，也许是厌恶的情绪没来得及收起，她转头看郑冉时，郑冉正在目不转睛地观察她。

苏颖怔住："你看什么？"

郑冉反问："你有什么话想说？"

第十章

郭尉前妻

苏颖靠在沙发扶手上，一时没吭声。

郑冉静静地看着她，语气是超乎寻常的冷静，问道："你在暗示我……他有外遇了？"

苏颖吃惊地抬头，又把目光转开，仍是说不出一句话。

一整天下来，郑冉心中多多少少有些预感。她不再问，思考几秒后，向苏颖伸手说："车钥匙借我。"

她越是平静，苏颖越是心慌，不敢放她一人走，便随她一起下楼去。

苏颖坐进驾驶位，等王越彬的车子启动后，她们不远不近地跟着。郑冉始终沉默，目光锁在前面自家的车上，脸绷得很紧。

苏颖也不说话，脑中转得飞快，原本还猜想郑冉是知情的，现在看来并非如此。她开始反省自己跟下来是不是太冲动了，郑冉知道真相会是什么反应？如果王越彬真的是与领导有饭局怎么办，她要不要直接同郑冉说明……

想得太多，苏颖慌了神，路口的信号灯还差几秒变成红灯时，她在犹豫间踩了脚刹车，没有过去。

她把王越彬跟丢了，车中的气氛紧张得让人喘不过气。

苏颖把车开过路口，郑冉说："靠边停车。"

苏颖只好打右闪，找了处不碍事的地方把车停好。

下午两三点钟的光景，阳光十分充足。车中没开空调，有些闷热，苏颖降下车窗，温温的空气涌了进来。她转过头呼吸几次，胸口的郁闷感才被稍微缓解。

郑冉问她："你是怎么发现的？"

虽然立场没有错，但苏颖觉得这件事情由她戳破还是欠妥当，便含糊了句："发现什么？"

郑冉的声音很冷："如果以后还想继续来往，知道什么就告诉我。"她用一只手的拇指指甲轻轻抠着另一只手的手背，"我最烦别人把我当傻子，你应该清楚。"她表面虽平静，但一些细微的动作还是泄露了此刻的心情。

苏颖沉默着，低头摆弄手机，不经意间点开相册，可犹豫片刻又锁了屏幕。她冷静下来，觉得这件事情自己插手到这里已经可以了，转头看着郑冉说："别人把你当什么不要紧，最关键是你的感受和态度。你们夫妻之间的问题，我其实没资格插手……希望你能理解。"

郑冉没有回应，稍微偏移视线瞧着车窗外。许久，她收回目光，在包包里翻了几次，最后在裤子口袋里找到手机。

她给王越彬打电话过去，声音未有异样："你在哪里？"

那边的人说了些什么。

郑冉说："我扔垃圾忘记带钥匙，如果方便的话，先回来给我送一下。"

苏颖已经打了转向灯掉头。

车子停在小区对面的马路边，郑冉下车等待。王越彬或许是还没走多远，很快就返回来。

两人站在花坛边说了几句话，距离有些远，苏颖看得不太真切，只见王越彬拉起郑冉的手，贴近了去吻她的额头，一脸深情，恋恋不舍的模样。

苏颖不得不承认，这个男人很会演戏。

过了会儿，王越彬再次离开。苏颖见郑冉快步走来，拿着手袋下车把钥匙交过去，只说："有事儿记得打电话。"

郑冉垂着眼没吭声，坐进驾驶位，终是点了点头。

苏颖看着车子转弯消失，想起手机里的照片，翻出来删除，不自觉地轻叹一声，去路边拦车。

郑冉开着车，一路跟到展贸国际下面的西餐厅。透过巨大的落地窗，她看到王越彬与人见了面，对方却不是什么张局，而是个打扮精致的年轻女人。他们面对面坐着，边聊边笑，有时牵起手亲昵互动，偶尔彼此喂食。

周围是熙熙攘攘的人群，郑冉坐在车里许久没有动，脸色逐渐变得煞白。直到现在她仍不敢相信，那个人就是平日里对她甜言蜜语、体贴入微、万事百依百顺的丈夫。起初她心中还抱有一丝幻想，要不是眼见为实，可能还会责怪自己太多疑，如今才发现自己简直愚蠢透顶。

王越彬的这顿饭吃了将近一小时，对她来说，时间仿佛又被拉长几倍。

很快，他们结账出门。郑冉松开咬得泛白的嘴唇，在裤子上抹掉手心的汗，再次跟上去。

晚高峰时段交通拥堵，她与前面的车隔了几米距离，走走停停。半小时后，王越彬开着车进入一家KTV（唱歌的娱乐场所）的停车场。

他们前后差了几分钟，郑冉进去时一楼大厅已经没有人影了。电梯刚到二楼，几个化着浓妆、穿着性感的姑娘走进来，不同的香水味混在一起，她只能闻到阵阵浓香。

郑冉皱了皱眉，侧身出去。水晶灯散发着幽暗又暧昧的光，几条走廊复杂弯曲，两侧的墙壁贴着似真似幻的金色琉璃。音乐声像是闷在罐子里，一旦某道房门打开，变调的嘶吼便像流水一样涌出。郑冉极少踏足这种地方，只感觉放纵奢靡的气息令人不舒服，偶尔溢出的爆炸似的音乐刺激得她脑仁生疼。

郑冉顺着包房门上的窄窗一一看过去，找了很久，忽然在一扇门前定住脚步。她顿了顿，透过窄小的玻璃窗看见王越彬与那个女人缩在沙发角落，正吻得难舍难分。

一阵寒意从脚底袭向头顶，忽然之间，郑冉觉得天旋地转，立即扶住门框支撑着身体。冷静片刻，她用指尖狠狠抠着掌心，感受到刺痛感后，用力推门进去。

好像终于发现危险靠近，王越彬抬起头来，看见郑冉后整个人瞬间傻掉。几秒后，他忽地推开了面前的那个女人。

郑冉一句话都没说，拿起桌上的一桶爆米花扣在王越彬的脑袋上，之后是坚果、薯片、水果拼盘、冰激凌……王越彬满身狼藉，来时精心打理的头发贴着额头，T恤衫上一片污渍。

他抹了把脸，起身试图去握郑冉的手，郑冉躲开，端起一杯啤酒朝他脸上毫不留情地泼过去。王越彬跌回沙发中，大张着口呼吸。

却在这时，郑冉的眼前一晃，旁边女人拿着另一杯啤酒，扬手泼向了她。郑冉原本一个目光都没赏给那个女人，也未防备，被泼了满脸酒。

女人是港式衬衫加黑西裤的打扮，一头鬈发搭配着凤眼红唇，看面相并不简单。她放下杯子，视线在郑冉身上停留了片刻，估计心中明镜似的，却装傻充愣："你疯子一样地冲进来撒泼，信不信我叫保安？"

郑冉却只看着王越彬，问了句："你有什么话想说？"

王越彬说："冉冉，我……"

音响里还在播放："从今以后他就是你一生的伴……"

可真讽刺。

郑冉抹了抹脸，走到墙边关掉音乐，房间里突然之间静了下来，连高跟鞋踏在地砖上的声音都清晰可闻。

那个女人恨铁不成钢地瞧了一眼王越彬，沉默半晌，倒先开口说："既然你已经找来了，就把话说清楚，我和越彬在一起很久了，我们真心待彼此，希望你能先放手，做个聪明……"

话没说完，郑冉一巴掌抽在她的脸上。郑冉这下用了十足的力气，自己的掌心都发麻。那个女人趔趄了一下，身体不受控制地向后退了两步，震惊之下想起要还手，却被郑冉一把捏住手腕："谁给了你这样身份的人嚣张的权利我不清楚，但请你为自己保留最后的底线和尊严，要么出去，要么站在旁边安安静静地听。"

女人挣脱开："你……"

郑冉转向王越彬说："抽个时间把婚离了。"

只听到这一句话，王越彬从沙发上滑下来，瘫在地上恳求道："冉冉，冉冉，你听我解释……是我一时糊涂，我错了……"

郑冉轻轻吞咽了一下，干脆利落："婚房的首付是我家出的，我只要房子，家中其他的财产都属于你。我给你半个月时间回去收拾东西，之后我会换锁。"她顿了下又说，"我嫌丢人，不会去你的单位闹，更不会把真相告诉双方父母，所以离婚这件事儿基本不会给你带来困扰，你尽管放心。"

王越彬抱住她的腿："别……别，冉冉，你听我说……我们是有感情的，这么多年了，我们……"

"现在谈感情我感到恶心。"郑冉一根根地掰开他的手指，轻声说，"你们俩真般配。"

她向后退开，然后毫无留恋地大步走出去。

外面太阳刚刚落山，最后一道晚霞褪尽，天空是沉闷的深灰色。

郑冉没去开车。起初她步子又大又急，顺着围墙边往南，见到路口就转弯，后来把速度降下来，漫无目的却始终没停，很久以后，不知走到了哪里。

天色完全黑透，路灯亮起，马路上的车辆川流不息，时而传来焦躁的鸣笛声。郑冉终于感觉到一丝疲惫，在路边的长凳上坐下来。兜里的手机响了几次，她没有管。

她的面前是一条完全陌生的街道，建筑、桥梁、商铺……找不到丝毫令人心安的影子。让她克服陌生环境带来的不适感和恐惧感，真的需要很大的勇气。

郑冉紧紧咬住唇，蜷起腿，把脑袋埋进双臂间。她心中害怕极了，很想有谁能陪在她身边，这时候心中却只能想到一个人，便摸出电话打了过去。

苏颖一整晚心不在焉。吃过晚饭后邓姐带着两个孩子去了附近的

241

书店，她则钻进工作间，取下人台上先前固定的料子，车缝倒回针时却总是歪掉。她习惯性地给郑冉打电话请教，没等接通赶紧挂断。她去查资料，教材上给出的答案是回针针数过多。

苏颖重新试了试，仍没改进多少。她有些泄气地靠进椅背，嘴里叼着根铅笔，望着头顶的水晶灯出神。

房门被轻叩了两下，郭尉探身进来，歪歪头问："出去散步？"

苏颖瞥过去，有气无力地拒绝道："不想去。"

郭尉插着裤兜走进来，摸了摸她的头发问道："有心事？"

苏颖抬眼瞧瞧他，努了下嘴没吭声。

郭尉靠坐在她面前的打版桌上，一条腿轻松地撑着地板，另一条腿稍稍悬起来。他穿着黑色的阔腿家居裤，面料舒适柔软，上身是一件白色半袖，同样轻薄，隐隐显现出腹部结实的轮廓。

"看来你没放多少心思在工作上。"他说。

苏颖拿下口中咬着的铅笔，想了想说："有件事情，我觉得应该同你说一下。"

郭尉点头说："当然，遇到问题时，我一直不希望是你面对我或我面对你，而应该是我们共同面对问题。"

苏颖嗯了一声，搬着椅子往前凑了凑，坐直身体，双手搭在他的大腿上："今天……今天我向郑冉暗示了王越彬的事情。"

郭尉点点头，以苏颖直率仗义的本性，这件事情在他意料之中："怎么暗示的？"

"做了个假设，问她如果王越彬有外遇，她会怎么办。"

郭尉忍不住勾了下唇，倾身凑近她，放柔声音说："傻孩子，这基本等于明示了。"

苏颖推开他的额头，皱眉道："难道像你一样不疼不痒地提醒两句，叫郑冉蒙在鼓里，继续被你们这些臭男人骗？"她小声埋怨道，"我觉得在某种立场上，你不太负责任。"

虽与郑冉认识的时间很久了，但说实话，他不如苏颖与郑冉相处得融洽，没掺杂太多感情，所以一直站在旁观者的立场，也保持着事不关己的态度。

苏颖说得并没错，郭尉虚心点头道："接受批评。"

苏颖接着说："然后她反问我，如果换成是郭尉，我会怎么办。"

郭尉挑了挑眉："我更感兴趣你的答案。"

苏颖看看他，食指不经意地点了两下他大腿靠上的位置，慢吞吞道："我说，先废掉他，弄个半死是肯定的了。"

郭尉一滞，忽然觉得那根手指有些危险，脊背凉飕飕的，不太舒服："狠了点儿吧。"他摸了摸后颈，又攥着她的手凑到唇边吻了一下，"然后呢？"

苏颖轻声叹气："这种事情不说心难安，但说多又怕错多，总归是他们夫妻间的问题，别人不好过多介入。所以我把车子留给了她，不知她现在怎么样了。"

她这样的做法倒叫郭尉有些意外。从前以她的性子，遇见这种情况她有可能比当事人还气愤，看不得朋友受委屈，没准儿会第一个冲上去。现在她够理性、够冷静，没有失本心，更增添了几分惹人喜爱的成熟魅力。

苏颖等了一小会儿，问他："你怎么不说话？我做多了？"

"刚刚好。"郭尉笑笑，戏谑道，"有种做父亲的欣慰感，我家的女儿好像长大了。"

苏颖的汗毛瞬间竖起来，她一脸嫌弃："叫谁女儿呢？"

"你。"

苏颖噫了一声，甩掉他的手说："好恶心呀，郭总还有这个癖好？是不是回应你一下才开心？"

郭尉心情愉悦地说："那要试试了。"

苏颖一时没说话，靠着椅背瞧他，心想怎能认输，眼神便在瞬间变得不同了。她把一侧的头发别到耳后，站起来靠近她，勾住他的脖子，轻声细语地吐了两个字。

郭尉只感觉血液直冲脑顶，自己的声音飘得很："没听清。"

苏颖捧着郭尉的脸，嘴唇抹了胶水一样完全贴到他的耳朵上，轻轻地吐着气，连续叫了好几遍。他躲她便追，还咯咯地笑个不停。

这次郭尉认输，蓦地圈紧那截细腰，有些冲动地去吻她的嘴唇。

她站，他坐，高度和角度都很完美。

苏颖有些被动，闭着眼被他亲得迷迷糊糊时，忽然听他说："不如真生个妹妹吧。"

这是郭尉第一次同她说生孩子的事儿，由于场合不够严肃，苏颖一度以为他在开玩笑，便说："郭总这么快就忘了，我是你女儿，难不成乱……"

郭尉掐了她一下。

苏颖呜呜地抗议："轻些……"

两人又吻了会儿才停下。苏颖很乖顺地趴在他的肩膀上，沉默了许久，忽然说："如果有一天我们遭遇了这种情况……你有了别的女人，不要隐瞒欺骗，麻烦你一定坦诚直白地告诉我。"

郭尉微滞，慢慢说："放心，我还不想丧失某方面的功能。"

苏颖没忍住笑出来，过了几秒又站直身体，捧着他的脸郑重道："没开玩笑，我很认真。对我来说，坦白比欺骗更容易接受些。"

她这样子挺叫人心疼的，也许她还是打心底缺乏安全感，此刻再多的甜言蜜语都没有价值，这种不安要靠时间和彼此的态度去消除。

郭尉将人抱紧了，轻抚着她的背说："好。"

"你要记得。"

郭尉点头："虽然几乎没有这种可能，但我答应你。"

苏颖很满意，凑过去轻啄了下他的唇，稍稍分开，笑笑，又轻啄一下。后来郭尉没有放开她，场面有些失控时，苏颖的电话忽然响起来。

屏幕上显示是郑冉，苏颖推开郭尉，背过身去接听。

郭尉闭了闭眼，拿起桌上苏颖的水杯喝了几口水，放回去，从后面把下巴搭在她的肩膀上继续闹她。房间很静，他便将那边的说话声也听了个清楚。

不到一分钟，苏颖挂断电话。

"不准去。"他的语气并不霸道，更像可怜巴巴的埋怨。

苏颖缩着肩轻笑："不去干吗呀？"

"家里缺个妹妹。"

"你自己生呗。"

他低声道："真要命。"

苏颖又一笑，去系搭扣："麻烦有点儿同情心。"

他暗自调整着呼吸，好脾气道："好。"

"帮下忙。"

郭尉帮她系上，无奈地轻叹道："晚了，送你。"

苏颖转身，重重地奖励他一个吻。

两人收拾妥当后很快出门，按照郑冉给的地址找来。郭尉把车停在马路转角，没跟着过去。

郑冉仍然坐在路边的长凳上，两手撑在腿边，埋着头不知在想什么。直到苏颖靠近，她才把视线稍稍挪上来，却在看见苏颖的那一刻，忍了整晚的眼泪忽然不受控制了。

她从来都是一副淡然冷漠的样子，很少将脆弱的一面展现出来。苏颖看着挺揪心的，紧挨着她坐下，轻声问："要不要借个肩膀给你？"

郑冉摇了摇头，眼睛看向别处。两人都不说话，苏颖坐在旁边安静地陪着，看马路上来来往往的车辆。

很久后，郑冉的眼泪流完了。她松懈下来，稍微倾斜身体，轻轻倚靠着苏颖说："都是真的。"她的嘴角讽刺地拉出个弧度，"可笑吗？我怕丢脸，老公却干了最丢脸的事儿。"

苏颖问："是生气还是伤心呢？"

郑冉一愣，说道："都有。"她咬了咬唇，又问，"家里的其他人都知道了？"

苏颖犹豫了片刻，终究没说郭尉早就知情，摇摇头说："我也是那天偶然在街上看见的。你如果不愿意让家里人知道，我会帮你保守秘密。"想了想，她还是说，"出现这种问题不是单方面的责任，你也疏忽了。"

"我没想过他会这样。"

"你心思很细腻，是没想到还是很少去在意？两个人在一起生活那么久了，难道毫无察觉吗？"

"他应酬很多，但每次的理由都很充分合理，其他有限的时间都留在家里，会主动承担家务和三餐。工资卡是他主动交给我的，手机也

245

从不设密码……他跟上学时没什么不同，温言软语、体贴入微，所以我很少去想……"郑冉深呼吸一次，继续说道，"他近半年是有些不同，我只以为是他职位升高了，各方面都需要改变，包括形象……但从没往那方面想过。"

苏颖问："那你打算怎么办？"

郑冉不假思索道："离婚。"她不知道便罢，真相大白就没什么可犹豫的。

苏颖其实不太会开导人，沉默了一下，握着郑冉的手，用柔柔的、商量的口吻说："别想那么多了，回去吧，我送你，先洗个澡，睡一觉，有什么事儿等冷静下来再说好不好？"

"不想回去，看到他就恶心。"

郑冉不会考虑去老太太那儿，更不可能跟着苏颖回家。苏颖忽然想起婚前与郭尉过夜的地方，说："去郭尉其他的住处吧，在城南，那边比较清净。"

郑冉的离婚风波闹了将近一个月。起初王越彬又跪又求，发誓和那个女人断绝来往，并承诺这方面的错误以后绝不再犯，甚至用自残、自杀等极端方式博取同情，说什么也不同意和她离婚。

认识多年，郑冉还是比较了解他的，他胆小惜命，未必有抛开一切的勇气。她态度相当坚决，找了个时间，到底和王越彬把婚离了。

这天的天气格外晴朗，前一夜那场雨将整座城市冲刷一新。

郑冉走出民政局的时候觉得应该说些告别的话，但想了想，好像也没什么值得说的。直到这一刻她也有些恍惚，自己居然能够如此果决地为两人的过去画上一个句号。

手里的本子依然是红色的，含义却不同了。

郑冉回头冲王越彬笑笑："那再见吧。"

王越彬的眼眶是红的："冉冉……"他的喉结滚动了一下，"有时候我很疑惑，你到底有没有爱过我？"

他这话挺可笑，郑冉无力回答。

王越彬继续说："与你结婚的这些年，你哪怕对我多一些热情和在

246

乎，我也不会……"

直到现在他还不明白，两人之间存在的一切问题都不是他出轨的理由。郑冉的性格如此，从认识她的第一天起他就应该清楚，她从未变过。

然而现在与他争论这些并没有任何意义，郑冉只说："昨天又整理出一些你的东西，有时间过去取一下，就祝你……祝你以后工作顺利，生活愉快，照顾好自己吧。"

郑冉迎着阳光最后打量了他一遍，笑了笑转身离开。

她没走多远，他的声音很轻地飘过来："冉冉，我还爱你。"

一瞬间，郑冉的眼前模糊了。这句话无论是真是假，她都难过。

她没回头，紧咬着嘴唇，快步向前走去。暖暖的风吹在她的脸上，地面的影子中，发丝扬起的频率有些焦急。

郑冉迅速拐过转角，双腿一软，蓦地蹲在地上，好像浑身的力气被耗尽了。她靠向墙壁，捂着嘴，在明晃晃的太阳下不顾形象地号啕大哭。

一切坚强和若无其事都是演给别人看的，她非完人，怎会不心疼？

即使最亲密的伴侣也成为过客，她终究是孤身一人，可是怎么办呢？往后的路还那样长，不能放弃，她也只有好好爱自己了。

这边的事情结束后，郑冉跟学校请了长假，独自出门散心。

她倒是走得干脆，离婚手续办完后老太太那边才知道消息。家里翻了天，老太太工作日就给郭尉打电话，叫两人抽空回去一趟。

傍晚时，他们带着晨晨和念念进了门。保姆做好饭却没人吃，老两口儿靠在沙发中唉声叹气。

仇女士急于知道内情，没等两人坐稳就赶紧问："这到底怎么回事儿？他们为什么突然离婚？"

郭尉说："我也知道没多久，具体原因不太清楚。"

仇女士知道从郭尉口中问不出什么，转向另一边说："小颖，你说。"

苏颖忽地一滞。

"别说你也不知道，你们俩天天凑在一块儿，有什么小心思能不和

247

对方说？我就不明白，是不是我们老了，不中用了？离婚这种大事也是最后才知情。"

郑朗轩重重地叹了口气，闭着眼直摇头，刚刚吃过降压药，这会儿仍然感觉天旋地转。

苏颖抿抿嘴："妈妈，郑叔，你们别跟着着急了……他们没什么原因，就是性格不合。"

老太太问："在一起十多年了，现在才开始不合？"她倾着身，"还是王越彬嫌弃咱们冉冉没孩子？"

"可能吧……"

"他有外遇了？"

苏颖连忙说："没有！"

"那到底为了什么？"老太太一时心急，重拍了两下苏颖的手背，抓紧了，大有不问出原因不罢休的架势。

苏颖脑门儿急出一层汗："其实具体原因她也没说。"

"你刚刚还说性格不合。"这老太太脑袋一点儿也不糊涂，苏颖差点儿被她绕进去，背地里掐了两下郭尉的腰，叫他解围。

这位先生这才瞧了她一眼，坐正了，不慌不忙地说了几句话："郑冉年纪不小了，去做任何一个决定之前都有自己的想法和考量。现在再纠结原因意义不是很大，她的性格你们很清楚，她不想说的事儿，别人未必问得出来，我和小颖确实不知情。给她些时间吧，将来或许会有个交代。现在的重中之重是您二老的健康，郑叔多注意下血压，别太操劳了。"他顿了顿，又看向老太太，用开玩笑的口吻说，"您也别急了，手都快被您捏断了。"

老太太一低头，发现自己确实还攥着苏颖的手，可哪有那么夸张，她根本没用多少力气。正寻思着，老太太忽然觉得不对味儿，赶紧没好气地轻打了下苏颖的手背，扔开了，撇着嘴小声嘀咕道："谁稀罕。"

叫他一打岔，老太太倒忘记了要问什么。

郑朗轩摆了摆手，闭着眼道："算了，算了，让她自个儿闹去吧。"

这顿饭除了俩小孩儿，谁都没吃好，苏颖和郭尉准备回去时，郑朗轩出来送他们。他难得叫住苏颖，两人落后半步，多说了几句话。

郑朗轩道："冉冉这孩子太倔强，性格又有些孤僻，她妈妈过世早，许多心事也很少与我这个爸爸聊。"他背着手，语气真诚地说，"你们小姐妹关系好，以后还要麻烦你多开导开导她，帮她渡过难关。"

苏颖连忙说："您客气了，我会的。"

郑朗轩平时很少表达，却是个看问题十分通透的老人家，对苏颖的印象一直不错，今天不免夸奖几句："你这孩子看上去就让人很安心，平时在生活中应该也是脚踏实地的类型，不消沉、不浮躁，或许正是郭尉看中的。"他停顿片刻，"无论是对郭尉还是郑冉，郑叔都该感谢你。"

苏颖有些不好意思，摇着头笑了笑。

郑朗轩重重一叹："叫她散散心吧，希望回来以后有个新的开始。"

人无论多大，在父母眼中永远都是孩子，即使拥有独当一面的心智与能力，父母仍然害怕孩子在外受委屈。也许是真的老了，他们才想着尽自己所能，在有限的时间内继续承担那份早该卸下的责任。

苏颖安慰说："相信郑冉，她可以做得很好。"

之后郑朗轩目送他们离开。直到车子绕过花坛，他们才在后视镜中看见他转身返回院子。

这天回来，苏颖睡前肚子咕咕叫，晚饭她只吃了几根青菜，米饭一口都没动。

房间里关了灯，墙壁上的时钟嘀嘀嗒嗒地走着。

郭尉面朝着这边，一只手臂压在她的脖颈下，另一只手臂搭着她的腰。苏颖忍了会儿，碰碰他小声问："你睡了吗？"

"没。"

"我饿了。"

郭尉睁眼问她："去厨房给你弄点儿吃的？"

"我想吃泡面。"

"垃圾食品。"

苏颖眨巴两下眼睛说："我想吃垃圾。"

郭尉鼻息一松，被逗笑了。

家里基本找不到什么速食产品。两人看了看时间，还不算晚，便换了衣服偷偷溜出去。

最近的便利店也在小区外隔壁街的街角，附近没什么行人，马路上安安静静的。往前走是下坡，两人的步子随惯性又大又快。

夜里的风带了点儿凉意，吹动着发丝和裙角，还挺惬意爽快。

苏颖忽然想到什么，没忍住，感慨地叹息一声。

郭尉问："又想什么坏主意呢？"

"发现一件事情。"她歪着头说，"我说出来你可别生气。"

"那别说了。"

苏颖哪能忍得住，挽着他的胳膊说："你看啊，老太太和郑叔是再婚，你也不是第一次，现在就连郑冉也离婚了……"她小声嘀咕一句，"你们家人心真齐。"

郭尉哼笑道："我怎么听出点儿讽刺的味道？"

苏颖说："没有，没有。"

郭尉不疾不徐地说："有调查数据显示，去年的离婚率高达百分之四十，这意味着每五对夫妻中就有两对选择离婚，这是缺乏感情交流或不能同步成长的婚姻的最终归宿，是挺普遍的社会现象。"他轻弹了一下她的额头，凑近了问，"不连在一起想，还觉得稀奇吗？"

好像总是他比较有道理，苏颖努了下嘴，勉强摇摇头。郭尉将人搂着，拉开便利店的门，让她先进去，里面亮如白昼，没什么顾客，收银台里站着个年轻小伙子。

他们走到后排货架，苏颖站在前面，拿了盒海鲜味道的泡面，忽然说："再高都不怕，只要我们好好的。"

郭尉当然明白她在说什么，稍稍低头，便在她脑后落下一吻。

海鲜面很快泡好了，苏颖坐到窗前的高脚凳上，捧着盒子小口地吸溜着，稍一歪头便看见他站在旁边慢慢喝着矿泉水。她在意一个人时，觉得他连转动瓶子的细微动作都帅气有型。

郭尉看过来问："怎么了？"

苏颖问："你吃不吃？"

"等你吃剩下。"

"哦。"她又埋头吸溜了几口，"给你吧。"

"饱了？"

苏颖点头。

他把手从裤兜里拿出来，接过她的塑料叉和泡面盒，端到面前慢条斯理地吃着。

玻璃窗外是黑沉沉的天幕，偶尔有车驶过，车身在一束灯光下映出温暖的颜色。

叮咚一声响，有顾客进门，年轻的女孩子们说说笑笑，给店里增加了许多热闹的声音。

苏颖仰头看他，抻长了脖子："给我喝口汤呗。"

郭尉端着泡面盒直接送到她嘴边："小心，还有些烫。"

苏颖扶着他的手腕，顺势低头吸了一口，汤汁不小心溢出唇角："唔……"

"别动。"手边没有纸巾，郭尉索性用拇指指肚替她抹去，仍没地方擦，他略低头，很自然地送到嘴边吮了下。

这动作太要命了，苏颖心尖一颤，面上却嫌弃："咦，恶心。"

郭尉笑笑没理她，继续吃面。

苏颖也不再打扰他，托着下巴静静看向窗外。

很平凡的一个夜晚，矿泉水加泡面总共十三块，他们吃到额头微微冒汗，这份小小的幸福感好像只有彼此才能体会到。

苏颖隔天晚上收到了郑冉发来的图片。手机里连续跳进来数十条消息，她点开看，很多是静物细节拍摄图，有叶子的脉络、湖边的波纹、充满民族色彩的帽子、跳跃的篝火……

苏颖没看完，先退出来打字问："干什么？"

郑冉很快回复："家庭作业，加点儿自己的想法，画出来。"

苏颖笑了笑，继续敲字："心真大，还有工夫管我。"

屏幕上方显示对方正在输入，紧接着有条消息蹦进来："工作室未来的发展怎样，还要看合作伙伴是否给力。你加油，尽量别拖后腿。"

苏颖愣了片刻，把这行文字反复读了几遍，咬了咬食指关节，嫌打字慢，直接发送视频邀请过去。

郑冉接通了，对着屏幕笑笑。她穿着一身宝蓝色民族服装，上面印着丰富的花纹，帽檐上缀满精致的银饰，随着步子有节奏地左右晃动。她素着脸，气色倒是不错，周围是涌动的人群，气氛杂乱却热闹。

苏颖直接问："你刚才的话是什么意思？"

"这也需要翻译？"

苏颖顿了顿："没有……我是问，你决定同我一起创办工作室？"

郑冉侧身躲避行人，抿着嘴想了片刻说："从没有过的尝试，希望是个好开端吧。"

苏颖心中已经涌起了小雀跃，不自觉地晃动几下小腿，但仍是怀疑："逗我的吧？"

郑冉瞥着屏幕："我可没那闲工夫，挂了，回去聊。"她倒干脆，说挂就挂了。

苏颖愣愣地握着手机半天才反应过来，傻笑了一阵才想起去书房找郭尉，也忘了穿拖鞋，光着脚嗒嗒嗒地跑过去。

到门前她反倒放轻了脚步，把门轻轻推开，做贼一样先露出一只眼睛，发现郭尉正在讲电话。他缓缓地转着手中的笔，有些散漫地靠在椅背上，语气平常，不太像在讲公事。

苏颖心中有些异样，稍一迟疑，准备退回去。郭尉却在这时蓦地转头，朝她勾了下手。

苏颖没动。

郭尉对着电话说："国内的餐饮行业我不太了解，恐怕给不了你太明确的意见。"他说着，又示意苏颖进来，却见她光着脚。他不由得皱了下眉，伸手指了指，目光中带着些责备。

苏颖抿抿嘴，不知怎么就走到了郭尉面前，垂着的食指轻挠两下他的手臂，又蹭了两步便软绵绵地坐到他的大腿上。

郭尉弯了下唇角，抬眸瞧她，手机贴在另一边的耳朵上，并不避忌。

电话那头的人还在讲着什么，这回苏颖离得近了，可以准确地分辨对方是个女人，声音还特别细腻柔和。她猜出来了，垂着眼皮轻轻

252

白了郭尉一眼，噘着嘴，有些不高兴地圈住他的脖颈，手指在他的皮肤上捣乱。

郭尉说："中餐和西餐都有市场，具体还要看你的喜好。"

这回答已经很敷衍了，但苏颖还是想闹点儿小脾气，凑近他的脸颊，鼻子吸着气，小狗一样地嗅来嗅去，然后稍微偏转脑袋，一口咬在他的耳垂上。

"哎！"

那边讲话的声音蓦地停下来，好一会儿，对方才试探地问："你旁边有人？"

郭尉没回答，只说："现在不太方便，改天聊吧。"他惩罚性地捏了一把苏颖的腰，问那边，"要不要同晨晨讲两句？"

停顿了片刻，她说："好。"

郭尉把手机塞到苏颖手中，脱下自己的拖鞋，在她的屁股上拍了一下，打发她道："送去。"

苏颖装作不经意地瞟了眼屏幕，便看见了"杨晨"二字。

她穿着郭尉的拖鞋，不情不愿地把手机给郭志晨送过去，想了想又返回书房。她这次没往郭尉身边蹭，而是坐进办公桌对面的椅子中。

郭尉合上笔记本，要笑不笑地看着她说："过来。"

苏颖没理："你这人心思可真重，我不过来就悄悄讲电话，被发现了又急于要我听见讲话内容，你好及时撇清关系。"

郭尉失笑："是你主动凑近了听的。"他又叫了一次，"你过来。"

苏颖白他一眼："不去。"

郭尉没说话，抖出一支烟含着。他近几个月已经尽量减少了吸烟次数，还是有些难度，却也懂得节制，实在忍不住时才会吸上两口。他把烟点着，微眯着眼享受的样子带着几分邪气。苏颖瞧过去，他偏开头吹走烟雾，又慢慢地吸了两口便在烟灰缸里碾灭。

苏颖板着脸开口："你想什么呢？"

郭尉问："我平时是不是太好说话了？"

苏颖没明白："啊？"

"叫你几遍都没有用，老婆不乖，像什么样子？"他的语气极轻，

253

却带着十足的危险味道，"你的男人总有许多方法令你听话。"

苏颖心脏莫名一麻，抿着嘴看他。

"再问一遍，你过来，还是我过去？"他的样子一点儿都不凶，嘴角的笑容甚至还挺温柔，"后者有得让你受。"

苏颖觉得自己能屈能伸，不是害怕，只是在适当的时候应该软下来。她自我安慰完，起身走过去，不太客气地坐到他怀中问："怎么，想家暴不成？"

"再不乖准家暴。"他声音低缓，故意把最后两个字咬重一些，意有所指。

苏颖抵着他的额头笑了笑说："谁叫你偷着打电话？下次还咬你。"

郭尉纠正道："没有偷着打。"

"明着打也不行。"

郭尉说："毕竟是晨晨的妈妈，以后肯定会有接触的机会，我不能保证……"

"我懂，开玩笑的。"苏颖截住他的话，乖乖地倚着他的肩膀，委屈道，"只是……有点儿不舒服。"

"哪里？"

她指指胸口："这里。"

他一笑，哑声："我很愿意助人为乐。"说着已经先行动，又亲亲她的唇，逗她，"醋精变的吧？"

苏颖哼了一声。

之后两人有一会儿没说话。室内的温度渐渐地升了上来，郭尉拿遥控器开了空调。

时间还早，他没有太过分。

郭尉结束了一个吻，问："你原本过来想说什么？"

苏颖还晕晕乎乎的，脑袋转了片刻才想起要说什么。她拿开他的手，稍微坐直："郑冉发消息过来，说愿意和我开一间旗袍工作室。"

"好事情。"

苏颖点点头，可刚开始的激动情绪好像被浇熄了一些："还需要再确定一下。"

郭尉目光疑惑。

苏颖说："等她回来再谈吧。"

晨晨接完妈妈的电话，有点儿忧愁地叹了口气，把手机放到旁边，拿起笔继续做作业。

顾念在他对面好奇地问："你怎么愁眉苦脸的？"

晨晨说："我妈妈要回来了。"

"不应该开心吗？"

晨晨看他一眼，咬着笔头说："有时候也是负担啊。"

顾念被他像模像样的大人口吻逗笑了，用自己的笔挑开他的："妈妈叫我看着你，不让你咬笔头。"

晨晨倒是把笔拿下来了，小声哼道："那天我经过她的书房，看见她还咬笔呢。"

顾念无语，妈妈太不争气了。

两人同时低下头，又在本子上认真地写了会儿。

这一回换顾念叹气了："其实，我从来没有见过我爸爸。"

晨晨有点儿诧异："怎么会呢？"

顾念翻过一页作业纸，用手铺平："我从生下来就没见过爸爸，他在很早以前就生病去世了。上次我回老家才看过他的照片，长得可帅了。"

晨晨问："那你想他吗？"

顾念心里有点儿难受："也不经常想。所以你既能和爸爸生活在一起，也能偶尔见到妈妈，已经很幸福了。"

晨晨打开抽屉偷着吃糖果，又塞了一颗给顾念："反正大人的事情好麻烦。"

甜甜的味道在口中化开，顾念想到了什么，又开心起来："不过，我有妈妈就够了，她是全世界最爱我的人。还有郭叔叔，他对我那么好，有时候感觉挺像爸爸的，然后还有姑姑、姑父、奶奶、爷爷、大姑……我其实很幸……"

晨晨竖起耳朵说："嘘！"

两人心照不宣地闭上嘴，立即埋下头认真写字。

脚步声越来越近，郭尉走过来，抱着手臂倚在门框边看他们。等了半天，晨晨抬起头："爸爸，有事儿吗？"

　　郭尉不知道两人的谈话内容，只在外面听见他们嘀嘀咕咕的声音："你们再聊天，以后分开做作业。"

　　他严肃的时候，俩小孩儿比较怕他。顾念抬头瞄了他一眼，乖乖答道："知道了。"晨晨也哦了一声。

　　郭尉放下手走进来，拿起桌边的电话在两人中间站了会儿。房间里的气氛立即变得紧张，他们头顶的那双眼睛比老师的还有威慑力。

　　他问顾念："这个字你下笔对吗？"

　　顾念看看刚写完的那个字，一吐舌头，赶紧拿橡皮擦去重新写："我给忘了。"

　　斗争的斗，他总是先写横竖再写剩下的两点。

　　郭尉说："点在上方或者左上方的要先写，比如'方''门''间'，下次记住。"随后他看着晨晨说，"你也听着，这些小细节不能忽略，做什么都一样，要有先后顺序。"

　　两人乖巧地点头。

　　他又把注意力挪去郭志晨那边，沉默片刻后刚想说话，手中的电话开始振动。他在晨晨的本子上点了点说："有错字，好好检查一下。"他边接通边往外面走。

　　郭志晨这才稍微松了一口气，晃荡着小胖腿，嘎嘣一声，把嘴里的糖果嚼碎。

　　又过了几日，郑冉终于玩够了回来。

　　苏颖装作不经意地向郑冉问了航班信息，提前一小时开车去机场。她在路边看见一间花店，想了片刻，稍做停留，买了束花。

　　她到时，接机口已经聚集了不少人，电子屏幕上显示那趟航班准点落地。苏颖撑在围栏上东张西望，等到人散得差不多了，才见郑冉边看手机边不紧不慢地往出口走。

　　苏颖挥着手叫她："郑冉！"

　　郑冉抬头看见苏颖时显然很意外，不由得一笑，收起手机走到她旁边问道："你怎么来了？"

苏颖没说话，先把藏在身后的手举到她面前。郑冉下意识地往后退了少许，定睛看，是一捧黄灿灿的向日葵。

苏颖眼睛亮亮的："惊不惊喜？感不感动？"

郑冉没忍住抿嘴笑了，接过花。向日葵的颜色鲜艳而浓烈，硬挺的叶片上沾着湿漉漉的水珠，她捧在怀里，心里仿佛也照进一缕阳光。

郑冉低头看得很认真，之后向前走几步，抱住苏颖："虽然有些肉麻，但真的谢谢你。"

苏颖也将人抱紧了，拍了两下郑冉的后背，挺期待地问了一句："感动吧？想不想哭？"

"不想。"

"喊。"

两人很快分开。苏颖上上下下仔细地瞧了瞧郑冉，问道："你还好吧？"

郑冉明白她问的是什么，没有正面答："以后会越来越好的。"

苏颖点点头不再问，郑冉也没继续往下说。两人默契地转移了话题，又聊了一些郑冉在这次旅行中的见闻和趣事。

刚好到了午饭时间，苏颖开着车，在心中盘算着去哪儿吃东西。

邱化市的温度比郑冉走时高了些，路边杨树的飞絮已落尽，嫩绿的叶子在风中轻轻摆动。郑冉侧头看了会儿，感慨地轻叹了一声，升起车窗问苏颖："什么时候具体聊聊工作室的细节？"

苏颖扭头瞧她："你真决定了？"

"我像是跟你开玩笑？"

苏颖有一会儿没说话，在郑冉又追问时才缓缓道："总感觉这个结果是被你离婚促成的，而你离婚和我多多少少脱不了干系，所以……我有点儿内疚……"

郑冉哼道："神经病。"

"真的，如果我不多嘴，也许你们……"

"也许我们不会离婚，然后我继续被他骗，继续以为婚姻美满没有第三者，继续让他和别的女人鬼混完再和我睡到一张床上？"郑冉

257

忍不住讽刺道，"你怎么越来越畏首畏尾了？我记得你以前不是这样的。别跟着什么人学什么人，好的没学来，那副心思深重、事不关己的样子真够让人讨厌的。"

苏颖瞪她："你别说我老公，我不愿意听。"

"真恶心。"郑冉汗毛差点儿竖起来，"我这儿受着情伤呢，少在我面前秀恩爱。"

苏颖努了努嘴，没有顶撞。

两人去吃上次吃过的泰国菜，也许是都饿了，点了满满一桌。她们先各自埋头吃了一阵，把肚子填饱才继续之前的话题。

郑冉说："这不是个冲动的决定，与离婚无关。其实我考虑很久了，你说得很对，既然喜欢这个行业，不做点儿事情挺可惜的。"

苏颖喝着汤点头："对的对的。"

"以前我的想法偏激了点儿，换个角度，把自己热爱的东西传播出去，应该是件挺幸福的事儿。"

苏颖又点头说："对。"

"何况今后房贷、三餐、其他生活开销都由我独自承担，现实条件不允许我再继续安逸下去。"郑冉想到了什么，释然一笑，"也当给自己一个重新开始的机会吧。"

"这么想就对了。"

"那还犹豫？"

苏颖一时没搭话，向后靠去转头看了看窗外，今天的阳光似乎格外温柔。直到这一刻，她心底的喜悦情绪才彻底释放出来。她搓搓手，仰起笑脸："所以，工作室取个什么名字好呢？"

郑冉反应了几秒，瞧她一眼，也蓦地笑了。

最后，她们给工作室取名"映染"，简单且好听，来自两人名字的谐音。

苏颖和郑冉都是行动派，办起事情不拖泥带水，有股干脆利落的劲头。她们经过许多个日夜的商讨和策划，进行了细致的分工。选店址、跟进工作室的装修和内部布局、注册商标及其他手续、与阿泽合作拍样照、联系宣传……这些事情基本由苏颖一手揽下，郑冉则专心负责改进原有旗袍和新款旗袍的设计，并尽快做出样衣。

两人拿出孤注一掷的态度，认真做着这件事情。

苏颖几乎投入了全部的积蓄。她手里还有一张存折，是顾维活着的时候留给她的。后来有了顾念，苏颖就把这笔钱全部存起来，想着做他的成长基金。苏颖斟酌良久，最终还是把存折收了起来，将来万不得已，向郭先生寻求帮助才是正确的。

时隔半年，苏颖再次忙碌起来，甚至根本见不到人影。无奈之下，两个孩子又恢复到保姆管接管送的状态，而郭尉深知这是她享受的状态，所以即便心有怨言，也大度地表示理解支持。

苏颖的压力很大。外面的事情好跑些，但她本身的专业技术不行，担心将来太拖后腿，只有利用余下的所有时间拼命学习和练习。

刚开始那段日子苏颖和郑冉几乎住在工作室。每天的事情琐碎而重要，两人只睡三四个小时，有时看着彼此蓬头垢面、眼下青黑的样子都能笑出来。好在初期工作进展得很顺利，苏颖在专业技术方面也有惊人的进步，除了设计部分，基本可以独立完成旗袍制作，而且手艺很精细。

一转眼到了六月末，某天苏颖去郑冉家里送一批服装配饰样本。

一进门她先脱掉了被汗打湿的连衣裙，又从果盘里拿了个苹果，咬了一大口，慢悠悠地走到镜子前左照右照："我是不是瘦太多了？胸都小了。"

郑冉正在用珠针固定面料，转头看她一眼说："太大是负担。"说完，郑冉又忍不住多瞧了两眼。正是午后，客厅里洒了许多阳光，她站在大片的暖色光束下，穿着内衣裤。"小蛮腰"三个字安在她身上一点儿不夸张，她胸挺臀翘，大腿与小腿的曲线过渡明显，不是干巴巴的细，紧实且并不骨感。她的头发一直没有剪，随意地在头顶扎了个丸子，颈后的碎发在阳光照耀下像是孩童的绒发。

紧凑而忙碌的生活并未将她变得狼狈，她精力充沛，神采飞扬，

259

光着脚，脚掌一抬一放间，她像是个活力四射的少女。郑冉开始相信，一个人的魅力可以由内而外地散发出来。她说："你现在的样子很美。"

苏颖嘴里塞满苹果，吐字不清地问："干吗夸我？"

郑冉语气微扬："不愿意听啊？"

"愿意。"苏颖抿嘴笑，朝她一挤眼睛，"我师父也不赖。"

苏颖在郑冉家待到傍晚，接了通郭尉的电话才急急忙忙准备离开。她一开门与人撞了个满怀，吓得心脏扑通扑通直跳，包包也掉在了门外的走廊上。苏颖抬起头，对方正看着她，目光里带着几分打量和探究。

短短几秒，两人站着没动。

那个女人是杏色V领衬衫加黑西裤的知性打扮，一头长直发未加漂染，发尾呈现出自然的弧度，不是十分惊艳漂亮的长相，但胜在五官精致、舒服耐看。

过了会儿，对方先蹲下，左手拎着手袋，用另一只手帮她捡散落在地上的东西。苏颖的包包里多是些书本教材和布料板卡等笨重物品，那个人顿了片刻，把自己的手袋放在地上，用双手去拾。苏颖反应过来，跟着蹲下说："我自己来吧，谢谢。"

对方一句话都没说，在起身前只弯唇笑了笑。

郑冉听到门口的动静，快步走来后一愣。

"这么早就到了，赶紧进来。"她笑着，没唤对方的名字，也没为彼此介绍。把人迎进去后，她回过头来嘱咐苏颖，"小心开车，到了发个消息给我。"

苏颖应了一声，不由得再次看了一眼那个女人的背影，转身下楼。心头奇怪的感觉只维持到走出楼栋口，郭尉的电话又打来，她才加快步伐去取车。

郭尉与人应酬，要她陪同。

苏颖迅速赶回家中，简单冲澡、化妆、换衣服，出门时，郭尉的车子已经等在车库门口。

她拉开后座的门，男人穿着一身黑色西装端坐于另一边，叠着腿，腰板笔直，目光随动静幽幽地扫了过来。他不苟言笑，浑身上下自带一种正经的禁欲气息。

苏颖心中窃喜，提着裙子坐进去，先倾身在他的脸颊上吻了一下。

郭尉不为所动，瞥她："您哪位？"

苏颖笑嘻嘻道："登徒子。"

郭尉轻轻嗤笑一声，示意老陈开车，沉默了半刻才扭头打量她："几天不见，郭太太倒是有了另外的身份。"

"一直贪恋郭总的美色。"她声音腻腻的，说这话时她与郭尉贴得很近，在黑暗里去握他的手，他不配合，她便硬是把手指从他的指缝间穿进去，强制地与他十指相扣。

慢慢地，郭尉的手软下来，回握住她的，惩罚性地轻捏了下。

苏颖小声狡辩："哪有几天？明明我昨天是在家吃的晚饭，只不过……去工作室时你还在公司。"她再忙，傍晚都会回来看一眼念念和晨晨，郭尉连着几天下班晚，他还没到家她就出去与郑再碰面了。

半刻，郭尉的态度有所缓和，轻声问："你也知道？"

"我想你了。"

这四个字把郭尉要讲的大小道理全部堵回去了。这个女人的能耐见长，总有办法令他心软妥协。

车子在立交桥上稳稳地行驶。老陈打开广播，声音恰到好处，既不会打扰到后面说话的两人，又不至于让他听到些夫妻间的暧昧私语。

苏颖用脑袋枕着他的肩说："等工作室步入正轨，我保证每天按时接送他们，按时回家，我做晚饭，我帮孩子辅导作业，我给你擦背揉肩，给你暖床，好不好？"

郭尉瞥她："说得像我虐待你一样。"

"我怕家暴。"苏颖说完抬眼观察他的表情，郭尉这次真没忍住，嘴角一弯，露出几颗洁白的牙齿。他无奈地摇着头，胸腔不自觉微微震颤。

见他乐了，苏颖也抿着嘴直笑。

郭尉敲她的脑门儿，只说了一句："投入时间和精力没有错，但我希望所有事情你都循序渐进地去做，切忌急功近利，更应该懂得照顾自己。"

苏颖猛点头，求安慰般地赶紧告诉他："我都瘦了。"

郭尉稍稍扭身仔细瞧了她一阵："好像下巴尖了些。"

"胸也小了。"她全程用口型说，"不信你摸摸。"

郭尉薄唇一抿，压低声音警告道："别撩，打个电话应酬就能取消。"

于是苏颖乖乖地闭了嘴。

饭局在一家高档的星级酒店里。出席的都是郭尉工作上的朋友，看样子都是正经商人，各自带着老婆，没有乱七八糟的莺莺燕燕。一般出席这样的场合郭尉都愿意带着苏颖，吃顿便饭，简单聊聊天，不见得涉及工作，却总能在无形中促成长期合作。

饭后，他们去楼上打了几局牌，结束时差一刻钟零点。

回去的路上苏颖开始打盹儿，感觉一闭眼、一睁眼的工夫就到家了。郭尉把西装脱下来将人裹住，搂紧了，任她闭着眼软绵绵地靠在他的怀中。

两人半个多月没有在一起过，他上次见她也在三天之前。理智告诉他，她需要休息，他一时又想确认她是否真的瘦了，寻求答案的过程一发不可收拾。他到底哄着她如了愿，谁想到她中途竟呼吸平缓，眼皮发沉。

郭尉愣在当场，险些气晕。

两人分开时，苏颖脑中还残存最后一丝清醒，勉强睁了下眼说："要不你继续？不用管我。"

郭尉气笑了："我也是要面子的。"

"那明天好不好？"苏颖往他怀里钻，"太困了。"

郭尉侧着身，手臂空悬着，无奈地摊了摊。怀中的女人像无尾熊一样紧贴着他，软软的、温温的，十分折磨人。半晌，他用手指慢慢梳理着她的头发，凑到她耳边问道："那它怎么办？"

苏颖不负责任地嘀咕："冷静冷静就好了。"她又提要求，"拍拍我。"

"要不要再唱首摇篮曲？"

她闭着眼柔柔一笑，之后便没再吭声。郭尉枕回去，终是在她的背上极缓慢地轻拍着。很久后身体恢复如常，他再低头去看，她鼻息绵长，已经睡熟。

郭尉拉过被子给她盖好，把空调定时，关掉头顶的灯。

黑暗中手机在柜子上振动，郭尉拿起来看了一眼，对话框里有一行字："蹉跎了几年，我终于明白生活要往前看的道理。"

郭尉回复："那很好。"

他按熄屏幕，把手机搁回去，不久后对方又发来一条消息。郭尉的大脑已经停止思考问题，他习惯性地拍了拍怀里的人，闭着眼没有理会。

苏颖睡饱睁眼时旁边已经没有人了。太阳初升，她的手机被他调成振动模式，有一条郑冉的短消息，提醒她别忘了先去接老太太。

苏颖回复完，又闭眼眯了会儿。

在被子里面，她仍然什么都没穿。她隐约记起昨晚的一些细节，揉着鼻子笑笑，不自觉地把脑袋钻入被子，往他的位置拱了拱，使劲去嗅他的味道。

隔了会儿，她藕节似的手臂伸出来乱摸一气，抓到手机又缩回去。几秒之后，她的声音从被子里闷闷地传出来："你去哪里了？"

郭尉说："上班。"

"已经到公司了？"

"正准备开早会。"

背景里是一些拖拽椅子和窃窃私语的杂音。苏颖想象着他安静地坐在长桌之首，秘书分发完文件，其他参会人员正襟危坐，他却低着头打电话的样子。

苏颖说："噢，那不打扰你了。"

"你说吧，"郭尉顿了下，"还有时间。"

苏颖压着声音道歉："我昨晚不是故意睡着的。"

电话那端暂时没有回应。他像是起身走了出去，低声说："做到晕过去倒有可能，做到睡过去闻所未闻。"

苏颖一笑："实在太困了。"

他顺着她说："嗯，困得很及时。"

"也许是你不够卖力呢。"反正人不在旁边，她肆无忌惮地挑衅着。

郭尉吸了口气，倒是笑了："怪我。"

苏颖没反应过来："怪你什么？"

"对你太心软。"

她在被子里翻来翻去，肆无忌惮地撩他："不心软又能怎么样呢？"

他挺流氓地说了句："狠狠来准清醒。"

苏颖呼吸一滞，浑身的力气像被他隔着电话抽走了："不要脸。"她骂完又咬咬唇，软下声音说，"今晚不会了，一定拿出十二分的热情认真对你……"

郭尉弯唇："已经开始期待了。"

"现在才早晨，郭总别太想我。"

他忽地压低了声音说："你别想我才好。"

两人说了几句不着边际的话，也就占用了两分钟。会议室那边全部准备好后，秘书探出头来示意。

郭尉点点头，边往回走边问她："睡好了？今天打算做什么？"

苏颖说："约了老太太，商量好请她做模特，找了位画师为工作室画个主背景墙。"

郭尉握住门把，脚步短暂地停下说："老太太爱美，心里肯定乐意得很。"

她假笑了一下说："但愿吧。"

"开会了，再聊。"

苏颖嗯了两声说："快去快去。"

她先挂了电话，没再赖床，终于翻身坐起来伸了个懒腰。窗外阳光大好，这是她在工作室成立以来睡得最安稳的一觉，感觉把所有的精神都补回来。

邓姐送完孩子之后直接买菜。苏颖随便温了杯牛奶，在吐司片上抹了薄薄的一层蓝莓酱，边收拾东西边小口吃完了。

苏颖动身去接仇女士。仇女士踏着小碎步出门，看见苏颖的车时笑得心花怒放。

"我们现在就去工作室吗？"她用手掌托了托耳后的头发。

"是啊，您先上车。"

老太太拉开车门坐进去，路上用粉饼的镜子反复地照："小颖啊，我今天的皮肤状态怎么样？"

苏颖笑着说："看上去气色很好。"

"为了今天，我昨晚连敷了两张面膜呢，美白加补水，效果不错吧？"

苏颖没敢说实话，怕老太太中途反悔闹着要回去："其实不用的，把最自然的状态表现出来就很好。"

"那怎么行？要挂在墙上叫别人看的。"仇女士又问，"冉冉呢？"

"她先去了，估计都等半个小时了。"

画师是郑冉大学时的一位师兄，对人物写实油画和抽象派创作都擅长。两人到时，他们正在调颜料，阿泽也在，他还把父亲压箱底的古董旗袍也带来了。

几个人之前已经商讨过背景墙的想法和意境。其实苏颖最开始就想到了洛坪的那张老照片，也许当初看到照片的那一刻就是个新起点，她相信照片中释放的力量和情感能够感染其他人，新旧旗袍更迭，也是很好的对传承的表达。但她心里不想再与过去有太多牵扯，况且贸然去借照片也不妥。她和郑冉商量过后，十分默契地想到了仇女士。

可仇女士换完衣服出来，怎么都觉得与想象中不太一样。她原以为身穿高档华贵的旗袍，精致的妆容配上珠宝首饰，是优雅的、端庄的，再加一个大方得体的笑容，简直完美。哪会想到现在这样，身上这件没什么板型的青色棉布旗袍不知是从哪儿弄来的，皱皱巴巴的，还有股霉味。

化妆师又来给她卸妆，把头发也绾成了个简单又老气的髻。

老太太不干了，坐在那儿生闷气。

苏颖和郑冉过去哄着，把她们的想法讲给老太太听。

老太太摇头说："不要，太丑了。"

郑冉说："怎么会丑呢？我们想要的就是这种怀旧的风格，美丽有很多种，奢华贵气不见得能满足所有人的审美。"

苏颖忙接话："对啊，朴实无华的衣服才能真正体现一个人的气质。"

老太太身子扭了扭，背对着她们。

苏颖绕过去坐在她对面，哄着说："您看啊，我们随便找个模特也可以的，为什么没找呢？因为身边就有一位形象、气质都十分符合的人啊。"

郑冉也说："您不会那么没自信吧？我倒是觉得您什么风格都能驾驭得了。"

苏颖点头："只要自然一些，温柔一些，您的本色表现应该就很完美。"

"我师兄收费挺高的，一般很难预约，而且见面之后还要看模特的条件和感觉之类的。"郑冉弯着腰小声说，"我向您保证，看到成品后您一定满意。"

苏颖说："我也期待得很。"

她们说到最后，老太太有些飘，不知怎么回事儿，迷迷糊糊地就按着她们的要求做了。事后她反应过来，总感觉被两个臭丫头合伙忽悠了。

这幅画画了整整三天，拿去剪裁装裱、运回来，再挂到墙上已经是一周以后了。画被裁成圆形，直径足有一人高，整体画面色彩淡雅，在细微之处又加入了些冲击性的元素，只在内容上做了些改变：是普通妇人身着朴素的旗袍，在烛光下缝制衣服的场景。

两束灯光从两侧的墙角上柔柔地打下来，画的上方印着品牌名称和一行小字——一针一线，只为您专属打造。

老太太喜欢得不行，要苏颖帮她拍照，然后发到朋友圈里炫耀，后来每次去工作室时都要站在那儿欣赏赞叹好一阵。

所有的前期工作都完成了，她们选了个日子准备正式开张。

某天傍晚，郭尉问苏颖："想让我送你什么开业贺礼？"

266

苏颖当时正在画图，托着下巴想了想说："反正不要紫水晶、绿水晶、金鼎玉器什么的。"

"缺什么不如直接告诉我。"

苏颖心想最缺钱，但哪儿好意思张口说。她原本志气很高，打着自己创业的旗号，也十分清楚在事业方面必须做到独立，不能什么都依靠他。虽然郭尉不介意，但她还是希望在这段婚姻关系中，他们某天能达到一个勉强对等的局面。

她咬着笔头，懒懒地瞥着地面，半晌后看向他，摇了摇头。

郭尉的视线也落了过来，他只抬手揉了几下她的头发，倒没有继续追问。

开业时间定在七月十八日，最后一个暑伏，室外烈日炎炎。

苏颖没想到，工作室接的第一笔订单来自郭尉。他为公司业务部的所有女性预约了定制服务，作为季度业绩奖励。苏颖和郑冉最初的产品定位是中高端，他那边加起来足有二十人，投入多与少先不说，他的心意她全都接收到了。

郑冉说："看来还是得找个有钱人当老公。"

苏颖挑着眉："我记得你以前说过，最厌恶他身上的铜臭味。"

"今非昔比，他现在就是拿钱砸我，我都不见得会拒绝。"

苏颖嘲笑她没立场，又说："要不让他把身边的朋友给你介绍几个，非富即贵……"

"歇着吧，不稀罕。"郑冉说，"收收你的表情，嘴角快咧到耳根了。"

苏颖的确开心，同时也感动得不行，回家后他走到哪里她跟到哪里，扯扯衣角、勾勾手指地搞些小动作。郭尉去厨房倒水喝，苏颖从后面搂住他的腰，脸颊在他硬实的背脊上蹭了又蹭。

他好笑地向后侧着头说："都没睡呢，不怕被看见？"

苏颖还挺理直气壮的："抱一抱你怎么了？又没做坏事儿。"

郭尉手勾着杯耳扭过身来，臀部倚着厨台，双腿修长，向前挪了挪，倾斜着撑在地板上。苏颖两脚岔开，凑过去环住他的腰。

郭尉问:"待会儿我去接晨晨,你要不要一起?"

杨晨回国半个多月了,向他提出每周和晨晨见一面的要求,她是晨晨的生母,郭尉没理由拒绝。昨天早上他们约定了个地点,他把孩子送了过去。

苏颖目光里似有探究,反问:"那你想不想让我一起?"

"想,单独见面不太方便,时间晚了,总要避嫌……"他顿了顿,又轻轻地嘲弄,"也省得某人再闹着心口不舒服。"

苏颖没接茬儿,问:"你会乱来吗?"

"你说呢?"

她严肃道:"正面回答。"

"不会。"

对于这件事儿,苏颖内心矛盾抵触,却清楚无法避免,只有慢慢消化、慢慢接受。女人在这方面心眼儿小得像针鼻儿,带着点儿理所应当和蛮不讲理的劲头,先把自己扔进醋缸里,总感觉对方是个未解之谜,谜底在某人手里,始终不愿揭晓。

其实郭尉已经做得很到位了,也许女人总是喜欢发散思维,给另一半乱加戏。她也想大度,除非不在乎。她咬了会儿嘴唇说:"我今天有点儿累,才不去呢。"

郭尉轻轻皱眉,还准备说些什么,她快速转移话题:"订单的事儿,郭先生用心良苦了。"

他转换了下思维,轻描淡写道:"那点儿钱不值一提吧。"

不是钱的问题,是他太了解她了,愿意在一些事情上照顾及尊重她的感受。郭尉知道苏颖最缺什么,而正好他有,却不能随手甩给她,用产品和服务换取对等的报酬也许是一种她愿意接受的方式。

苏颖说:"这笔订单能让工作室正常运作起来,一个好开端比什么都重要。"

郭尉喝了口水,点头:"有道理。"

"用这些钱再做一次推广,就会产生新客源。"

"前期应该都是投入的状态,慢慢来。"郭尉说,"但要记得,必须认真对待每一位顾客,如果一对一服务是亮点,就应该把这个优势放到最大，让对方深切感受到。"

苏颖忙说："我懂。"

郭尉单手插着裤兜："女人的宣传力和号召力有多强大你应该比我更清楚，维系关系对挖掘潜在客户能起重要作用。"

她的身体软软地贴着他的脊背，小腿弯曲，脚尖有一下没一下地轻点着地面。

"旗袍从量体到完成有好几次见面机会呢，我一定好好把握，努力宣传。"苏颖得意道，"我这张嘴可厉害了。"

郭尉意味深长地瞧她一眼："清楚，早就领教过。"

苏颖掐一下他的腰，轻斥："思想能不能健康点儿？"

"我是说吵架吵不过你。"他笑得不怀好意，"你在乱想什么？"

"我……"苏颖竟被他堵得没话说，脸都气红了。

郭尉的心情更加好了，他又逗了她两句，放下水杯，用手臂紧紧圈着她和解。两人抱着，对看了会儿，竟随着同一个节奏左右轻轻晃动。

郭尉继续先前的话题："这么说，我功劳倒挺大。"

苏颖抬起下巴，吻了他一下："所以我该怎么感谢你？"

郭尉没答话，低着头回吻。转瞬间，周围安静得过分，厨房中光线明亮。苏颖的心脏扑通乱跳，她一时担心念念突然跑过来，一时又被他吻得五迷三道，要醉了一样。

她说话含糊不清："嗯？说呀？"

"给我个妹妹吧。"

苏颖蹭着他的唇，没正形地笑："我就是妹妹呀。"

郭尉一顿，也笑了，不知该把面前这个人怎么办，手掌在她的屁股上狠打了一下，成功听到痛呼后，又得逞地将那个声音迅速吞进嘴里。

两人正缱绻难分时，门铃响了。两人惊了下，分开来。

邓姐在房间打电话，似乎没听到，郭尉去开门，谁想门口竟站着晨晨和杨晨。

苏颖跟着过来，看清外面那个人的样貌，瞬时愣在原地。她恍然想起半个多月前曾在郑冉那里见过那个人，瞬间恨自己竟如此后知后觉。

长久以来，她控制着好奇心，不去打探那些过去，也不去翻找老太太家的纸箱，杨晨在她脑中一直是个面貌未知的对手。然而这一刻，她的眼前浮现出许多美好的词汇：温柔娴静、落落大方、才貌兼备……苏颖的心脏没来由地狠狠疼了一下。

场面一度陷入尴尬，郭尉没想到杨晨会把晨晨直接送到家里来。短暂的沉默后，他先开口说："介绍一下……"

杨晨淡笑："我们见过。"她朝苏颖点点头，又看向郭尉说，"我和晨晨在这附近吃饭，想着别让你另外跑一趟了，就把他顺路送回来了，你……们不介意吧？"

晨晨趁三个人没留意，顺着旁边先溜进去了。

郭尉瞧了瞧苏颖，稍微挪开一步："进来坐吧。"

杨晨没应声。门内的两人若即若离地站着，没有任何肢体碰触。也许是这种对立的位置，或是房子中自然又和谐的气氛，让人总感觉他们之间有种暧昧缠绵又密不可分的牵连。

杨晨心中一阵酸涩，透过他们之间的缝隙看了一眼，房子里有很多与她风格不符的女性元素。

她想自己很难跨进这扇门，拒绝道："不了，时间不早了，我先回去了。"

苏颖定了定神，十分大度地客气一句："进来喝杯水再走吧。"

杨晨这才稍微正视她，礼貌地拒绝："就不打扰了。"她想到什么，忽而一顿，用玩笑的口吻问道，"借你老公送一送我，你不会多想吧？"

苏颖一愣，不太高明地答了句："怎么会？"

郭尉蓦地看向苏颖，眉头轻皱，隐隐有些不悦，却稍微勾动唇角："你们或许应该问一下本人的意见。"

杨晨问："那本人的意见呢？"

郭尉没答，反而扭过头瞧苏颖："刚才还闹着没吃饱，正好，一起下去吧。"

第十一章

爱与责任

三人一同出门。苏颖短暂锈住的大脑终于活泛起来，她避开心底没来由的不安和慌张，反省刚才的回答是否过于没底气，那种短暂的被比下去的感受不太好。她往中间凑了半步，挽住身边人的手臂，心中有点儿宣示主权的幼稚意图。

电梯里静默无声。

杨晨独自站在前方，抬头看着红色的数字逐渐减小。镜子中的郭尉和苏颖十分亲密，他的两只手随意地收进裤兜，高大的身体遮住苏颖的半边肩膀，苏颖则搭着他的臂弯，微垂着眼，显得乖顺听话。

直观讲，苏颖比她更年轻、更漂亮，但除此之外好像也看不出其他的。杨晨用指甲慢慢地划着包带，转着思绪，面上却不露痕迹，毕竟现在这种局面，最难堪的还是她自己。

走出单元门，杨晨客气地叫两人留步。她不能开车，拎着包包独自朝小区门口走去，身影慢慢融进夜色里。

苏颖蓦地抽出手，郭尉被她的大动静弄得一晃，看了看她说："走吧，回去了。"

苏颖没动，郭尉把手从裤兜里拿出来，拢了下她的背。

苏颖抬起头迅速地瞧他一眼，他也垂眸瞧着她，两人还站在原地。忽然之间，气氛不太对。

苏颖说："这边走出去还有好远，叫车困难，你不想再送送？"

郭尉听出了她的阴阳怪气，只道："她能过来，应该知道怎么出去，没那个必要。"

"还是我在旁边你们不自在？"苏颖又问道。

郭尉一顿，眉头轻蹙了下。

苏颖脸色没那么好看，问道："所以你干吗非把我拉下来？"

郭尉也不爽，但声音还算柔和："我还想问你呢，什么叫'怎么会'？"

苏颖知道这干醋吃得毫无道理，心里却一揪一揪地难受。她怨不着他，可又不知道该怨谁，只能反问道："那你想让我怎么说？"

外面的温度很高，吹来的风像蒸笼里的热气，不过片刻工夫，皮肤上就裹了一层汗。

郭尉拉着她的手臂往花坛边站了站："玩笑着拒绝不难吧？刚才还有人说自己嘴厉害呢。"他微垂着头，表情稍显严肃，"季妍的事情就是前车之鉴，我不想再因为一些误会闹得我们不愉快，所以尽量减少接触机会，你反而……"

苏颖烦道："能不能别训我？"

郭尉停了片刻，语气缓和下来："没训你。"

苏颖抿唇看了他几秒，不再说话，转身朝外走。

郭尉问："干什么去？"

"你说的，去吃饭。"

郭尉摊摊手说："我身上一分钱都没带。"

苏颖像是听不见一样，仍然低着头，慢吞吞地挪着步子。

郭尉始终用目光跟随她的背影，两手松松地撑着胯，无奈地摇头。他终于知道了女人翻脸的速度有多快，她刚才还腻在他怀里又亲又抱，嘴巴像抹了蜜一样，能把人哄到天上去，一转眼就碰不得、说不得了。

郭尉轻叹口气，大步上前说："我道歉。"他握住她的手腕，轻声道，"不闹了，都穿着睡衣拖鞋去吃饭像什么样子？"

苏颖停住，忽然问："你们谁先提的离婚？"

郭尉反应了片刻："婚姻走到一定地步，谁先提已经无关紧要了。当时已经分居了很久，是我提的。"

"然后她就同意了？"

郭尉点头。

"那我更加好奇了，她各方面看上去都无可挑剔。"苏颖又问，"离婚原因还是之前的答案？"

郭尉没说话，借着头顶不太明亮的光线凝视她，她也执拗地回看着，眼中有茫然也有探究，光洁的额头上凝聚着许多晶莹的汗珠。郭尉随意又自然地用掌心给她抹去，扭头看了下别处，心中似乎犹豫着什么，半晌，长长地呼出一口气，最终还是答："是。"

苏颖抿住嘴，好一会儿才点点头，转身朝家走，这回步子又快又急。

晨晨回来就跑到顾念房里说话，知道他们出去了，没过多久就听到有人回来，房门却连续响了两次。

他好奇心重，跳下床去门边偷看。

苏颖独自进来，一阵风似的不做停留，直接走入工作室，砰的一声撞上房门。紧接着郭尉也进门，却在客厅里站住脚，侧着头去看那扇门。

晨晨眨眨眼，把门的缝隙关小了些。

郭尉站在那儿不知在想什么，半天才握拳轻咳一声，然后忽地掉转方向朝这边看过来。晨晨吓得一激灵，赶紧缩回脑袋，快速跳到顾念的床上藏着，怕被波及一样小声说："好像吵架了。"

念念放下漫画，也降低音量悄悄地问："为什么啊？"

"不知道。"

顾念有些苦恼地挠挠头，轻声问："我们要不要出去看看？"

"大人的事儿，我们还是少管吧。"

顾念想想有道理，踮着脚把门关严，跑回来和晨晨一起躺到床上，这回说话的声音大了些："这两天和你妈妈去哪儿玩了？"

晨晨说："就去了趟奶奶家，然后待在我们以前的房子里，倒是吃了不少好吃的。"

顾念重新拿起漫画："一定很开心吧。"

晨晨跷着腿说："妈妈总是问来问去，好烦的。"

"她都问了什么？"

晨晨在开口的瞬间转了转眼珠："就平常那些事儿呗。"

顾念没在意，两人很快又聊起别的。

这晚，苏颖和郭尉正式生气了，一晚上没理他。

转天中午，郭尉没去餐厅用餐。秘书给他带来午餐时，他正在接仇女士的电话。他点了点桌面，示意秘书把东西放下，她照做，隔着办公桌小声提醒他待会儿看邮件。

郭尉没抬头，摆摆手，冲着电话那边的人问道："她说什么了？"

仇女士说："倒是没说什么要紧的话，她带了不少礼品，就感谢我和你郑叔这几年照顾晨晨，反正挺客气的。"停顿了下，她拣重要的说，"今天打这个电话，妈妈是要提醒你，虽然她是晨晨的生母，可离了也就离了，没法儿补救，这中间的关系还要处理好。现在你和小颖才是一家人，万事多考虑，别叫人家受了委屈。"

"我知道。"

老太太说："那孩子不错，我挺喜欢的。"

郭尉调侃一句："您又觉得她好了？好在哪儿啊？"

"我的画像还挂在她的工作室呢。"

"行，您一点儿都不肤浅。"

老太太乐了一阵，不开玩笑了："总之记住我的话。"

"好。"

和仇女士又聊了几句，郭尉挂断了电话，合上文件夹，瞥向手机，又把屏幕按亮了，点进和苏颖两人的聊天界面。他早上给她发过消息，至今没收到回复。

聊天界面的背景图在前些日子被她强制换成了两人的合影——某天傍晚的车中，他打着方向盘掉头，眼睛看着身侧的后视镜，并没关注她那边。她则面对镜头展开笑容，露出八颗牙齿的那种。

郭尉的目光停留在她的脸上，其实相处久了，人还是那个人，可有时他偏偏没办法移开目光，也不知道自己究竟在看什么。

274

半晌，他退出界面，直接给她打电话，刚响了一声，苏颖挂了。郭尉稍稍绷紧唇，又拨过去，她仍然挂断。他再打，电话里头倒是嘟嘟地响，但苏颖彻底不理他了。

而另一边，苏颖和郑冉在工作室忙得不可开交。

郑冉抖开一块面料，抽空瞧着苏颖说："我要是你，直接关机最清净。"

苏颖不说话。

"心中有气，但又不忍心关机，你到底是想叫他哄你还是不哄你呢？"郑冉难得八卦，"你们吵架啦？"

苏颖冷着脸说："懒得理他。"

"因为什么啊？"

苏颖帮她把面料摊平，用剪子从中间剪开："鸡毛蒜皮那些事儿呗。"

郑冉返回电脑前，撑着下巴："夫妻之间本就该这样的，蜜里调油也吵吵闹闹，就是俗称的烟火气，一眼看到底的婚姻还有什么乐趣呢？"她似乎极轻地叹了口气，"有些人从不吵闹，还不是早早地走到了尽头？"

苏颖瞧她一眼："你又在胡思乱想什么呢？"

郑冉没接话，劝她说："不是原则性的错误，小闹一下是情趣，否则时间久了容易有嫌隙。"

苏颖瞥了眼暗掉的手机，低声嘀咕："你倒帮着他说话了。"

"帮理不帮亲。"停了停，郑冉自嘲一笑，"当初我如果能看清，或许婚姻也不至于失败收场。"

音响中放着一首极舒缓的曲子，角落里燃着一炷香，清新的茉莉味在鼻端淡淡萦绕。两人各自埋头忙活了一阵，暂时没说话。

过了会儿，苏颖忽然问："他……他和杨晨离婚的原因，你知道吗？"

郑冉微微一愣，回过头先问："你和她碰过面了？"

"她送晨晨回来时见到的。"

郑冉若有所思地哦了一声，隔了片刻才说："具体原因不清楚。那年杨晨从楼梯上摔下来，右手骨折了。当时治疗得不及时，她没恢复好，不能拿重物，握画笔久了也会手抖。所以她被迫终止事业，情绪

275

消沉，算是人生低谷了。而另一个人又漠不关心、任其发展，两人总吵架，估计也就分开了吧。"

苏颖怔住，完全没想到，第一反应问道："她的手是郭尉造成的？"

郑冉摇摇头说："她走路不小心。"

苏颖竟莫名地松了一口气，没吭声，低下头默默地裁布料。

郑冉观察她的表情，大概猜出两人为何而吵架了，免不了开解几句："都是过去的事儿了，再纠结也没多大意义，你平时是挺洒脱的一个人，不会这点儿道理都不懂吧？"

苏颖说："没上心时当然怎么潇洒怎么来喽。"

郑冉直撇嘴："肉麻兮兮。"

苏颖一笑，心情倒是好了不少。

郑冉又想起什么，移动转椅："你应该知道我和杨晨是朋友，现在跟你也……一般吧，所以关系有些尴尬。我事先说一声，如果你提什么过分的要求，我是不会答应的。"

苏颖乐出声来："这位一般的朋友请放心，我可没那么霸道，也没那么多闲工夫搞事情。"

下午，仇女士带着几个好姐妹来了工作室。那些人都是与她年纪相仿的有钱妇人，一进来先夸这里布置得舒适有格调，又称赞苏颖和郑冉人美手巧。老太太帮两人卖力地宣传，她们轮流试了几件样衣，当场就付了定金。

她们说说笑笑一下午，临走时，老太太朝两人得意地挤挤眼睛。

两人的耳根子好不容易清静下来，外面的天色也有些黑了。

苏颖瞄了一眼手机，郭尉没有再打来电话。她无意识地用指尖蹭了蹭屏幕，出神片刻，挪开视线。

两人还有许多工作未完成，又闷头忙活了一阵。

不知何时，玻璃门被人轻叩两下，苏颖下意识扭身，看见门口那个人，心脏猛地颤了两下。她目光亮了一瞬，又赶紧控制住表情，板着脸转回头。

郑冉靠着椅背说道："郭总大驾光临，顿使小店蓬荜生辉。"

郭尉没理她的奚落，走进来，把两盒蛋挞放在桌子上，也不知是冲谁说的："刚刚出炉，尝尝看。"

苏颖没吭声。

郑冉的视线在他们的身上轮番转了一遭，她收拾东西给人腾地方："先走了，剩下的拿回家去做。"她对苏颖说，"明早我有课，晚来会儿。"

苏颖点头："哦，知道了。"

郑冉走后，室内一时安静下来。郭尉返回车中，没多久又走回苏颖身边："有花瓶吗？"

苏颖低着头没搭理。

郭尉垂着手臂，在她的耳垂上揉捏了几下说道："问你话呢。"

他的指肚微微有些汗湿，力道拿捏适中，食指关节偶尔刮过耳后的皮肤，弄得她心痒难受。

苏颖缩着肩躲开，一抬头，见他怀里抱着一捧黄玫瑰。她神色略微变换，把视线挪上去看了看他，又看看那捧花，朝一个方向抬抬下巴。

郭尉取来花瓶，倒入营养液，再有条不紊地把花一枝枝地插进去。

工作室的网络咨询页面响了两声，苏颖去回复。

郭尉收走掉落的叶子，问道："吃了吗？"

半晌，苏颖答道："没。"

郭尉拉来一把椅子坐下："尝尝蛋挞。"

一股浓郁的奶香味已经飘出来，苏颖觉得胃里正在造反，所以没客气，拆开盒子拿了一个吃。

郭尉用手肘撑在膝盖上，抬着头，目不转睛地瞧她："好吃吗？"

苏颖慢了半拍答道："嗯。"

"我尝尝。"他说。

苏颖扫他一眼，把蛋挞盒子推过去一点儿，意思是尝就尝呗，问我干什么。

郭尉却握住她的手腕向前一拉，就着她的手，将她吃剩的半个蛋挞放入口中。

苏颖直皱眉。

郭尉说："我的手脏。"

苏颖说："我的更脏，挖过鼻屎的。"

郭尉笑了笑，慢慢嚼着："不介意。"

"那你吮干净吧。"说着，苏颖把沾满碎渣的手指往他唇上抹。

郭尉下意识偏头躲了下，被她抹在脸上。苏颖一气，前倾身体，另一只手揪住他的领口，把手指继续往他唇上蹭。

这回郭尉也不躲了，任她揪着自己胡闹，半晌，好脾气地笑笑："可以了吧？小祖宗。"

苏颖靠回去，斜了他一眼。

她又从盒子里取来一个慢慢吃，目光却落在那捧黄玫瑰上："送我的？"

郭尉点头。

"表达歉意？"

郭尉柔声说："别气了。"

苏颖轻哼了一下，问："你错在哪儿了？"

郭尉说："只要惹老婆不开心，一切都是我的错。"

苏颖知他避重就轻，也懒得再钻牛角尖，把蛋挞吃完，拍了拍手说："吃不饱，晚上想吃点儿好的。"

郭尉问："想吃什么？"

她恶狠狠地说："什么能把你一顿吃穷就吃什么。"

两人就算和好了。苏颖偶尔会觉得自己好哄了些，但仔细琢磨郑冉的一番话，也觉得在情在理。所以那个疑问被她压在心底，随着每日的忙碌暂时搁置了。

工作室的推广做得还算顺利，地推传单、创建微信群、当地论坛的宣传、在自媒体上录制小视频……在这个过程中两人逐渐发觉，旗袍在女性心目中的地位并非之前料想的那样悲观，虽说消费者对旗袍的接受度不如对时尚服饰的高，但仍存在一部分志趣相投的旗袍爱好者，即便顾客群体年龄偏大，但还是不断有生意上门，工作室也能维持正常运作。至于改善年龄层的问题，她们只有后期在产品上慢慢调整。

278

时间过得很快，一转眼已是深秋。

两人连日来的工作量巨大。一些剪裁、车缝的基础部分由苏颖负责，设计、盘扣制作、刺绣等技术含量较高的细活留给郑冉完成。郑冉的要求近乎苛刻，出现极为细小的瑕疵她都要求苏颖返工重做。

所有订单同时进行，过程中还要约顾客试穿、沟通、微调，一整天下来，她们十分疲惫却也充实、有干劲儿。

苏颖半夜两三点钟睡觉已成家常便饭。郭尉偶尔醒来找不到人，却见工作室灯火通明，脸上明显带着不悦，苏颖硬是软声软语就给糊弄过去了。

郭尉建议："应该加强规范化管理，多招几个人，细分职责，如果想提高收益，缩短一件成衣的工时是关键。而且这样的一对一服务更有针对性和专业性，顾客会觉得更周到。"

苏颖明白他的意思："这是个很好的发展方向。还是资金的问题，一些经验丰富的设计师和制版师酬劳都不低，以现在工作室的接单数量来看还没必要花费这笔开销。我和郑冉目前可以应付，一切等年后再说吧。"

郭尉寻思片刻，还是说："别太逞能，如果需要我尽管开口。"

"我知道，不会客气的。"她看着他，"最起码让我先努力试试看。"

郭尉很欣赏她对待工作的态度，揉揉她的头发说："可以考虑先招一个人分担旗袍制作以外的工作，这样你和郑冉的时间也会相对充裕一些。"

苏颖眨了眨眼，倒是想起一个人。

在他们说话的工夫，墙上的时针即将指向凌晨三点。

郭尉起身，一摆头："睡觉。"

"我还差一点点……"

"啧。"郭尉眉头深锁。

"五分钟。"

"马上。"

苏颖一努嘴，看了看工作台上车了一半的领子，揉揉眼睛说："那你抱我过去。"

郭尉站在不远不近的地方："自己走。"

"我的眼睛都花了。"

"走路不用眼睛。"

苏颖说："腿也麻了。"

郭尉站在那儿看着她不说话，苏颖一副笑嘻嘻的样子，也专心致志地瞧着面前的这个人，还耍赖地张开手臂。她见他不动，几根手指灵巧地勾了勾，意思是快啊，别磨蹭。

半晌，郭尉舒了一口气，无奈地上前，张开手臂。没等他完全弓下身，苏颖身体前倾，一把勾住他的脖颈，往上一蹿，敏捷地用两腿盘紧他的腰，哪有半点儿行动不便的样子？

郭尉本能地托住她的臀，抱孩童一样地抱着她："身体是自己的，透支太多以后想补救都难。"

苏颖把脸颊枕在他的肩膀上，嘟囔着："生活所迫，谁叫我没人疼呢？"

"对，没人疼，我现在就把你扔大街上去。"

"不行！"

郭尉侧头蹭蹭她："看楼下收垃圾的肯不肯要。"

苏颖用双腿更牢地盘紧这个男人："粘住了。"

"赖皮。"

"我老公，我乐意。"

郭尉一笑，关掉工作室的灯，抱着她穿过漆黑的走廊："用热毛巾敷敷眼睛？"

"好。"她哼哼着，"眼睛真是又酸又干涩。"

"用眼过度，需要休息。"

苏颖扭头，也不知道在他哪里随便亲了一下，说："谢谢你。"

郭尉心中软成一团，再也说不出责备的话，只剩一种感受。

"郭太太客气。"他轻声说。

回到卧室，郭尉把她放到床上，去卫生间拧了一条热毛巾，叠成两寸宽的长方形搭在苏颖的双眼上。温度缓缓地传递过来，她眼睛的酸涩感更加明显。慢慢地，疲劳随着热气释放，随后她感受到的便是得到缓解后的舒适感。

郭尉坐在床边静静地等着。苏颖用手指按了按毛巾，跷起一条腿搭在另一条腿的膝盖上。

"想起一件事儿。"她说，"顾津生了。"

郭尉顿了下，瞧着她，嗯了一声。

苏颖说："孩子出生时六斤七两，眼睛水汪汪的，特好看。"

"男孩儿还是女孩儿？"

"女孩儿。"

郭尉半天才说："我看看。"

苏颖伸手摸索半天，郭尉直接拿起了她的手机递过去，用她的拇指解锁。

他点开相册，便看见一张被抱在男人怀里的小婴儿的照片——她有稀疏柔软的毛发、粉粉嫩嫩的肌肤，眼睛明亮，嘴唇红润，身体的每个部分和男人的手掌比起来都小得过分。一个神奇的小生命诞生，为人父母必定激动欣喜，沉浸在一片欢乐中。

苏颖问："好看吗？"

"还行。"他说。

"你这回答……"苏颖去寻他的手握着："眼光太高了吧？明旷已经很漂亮了。"

郭尉没说话。他清楚苏颖的事业正处在紧张阶段，无论时机还是两人的状态都不合适，要孩子的事儿肯定要延后再议，所以索性不提了。

"要分是谁家的。"郭尉说。

过了两天，苏颖给周帆打了通电话，省去寒暄，直接问她最近在忙什么，愿不愿意来这边帮忙。周帆爽快答应，因为苏颖是值得她这样做的人。

三天后，她提着两个大行李箱，从老家风风火火地过来了，不用租房子，可以直接住在工作室。苏颖为她介绍郑再时，她自来熟地用两手握住郑再的手："姐姐好，你长得可真漂亮，皮肤好白，看着比我

281

都小呢。"

开办工作室以来，郑冉每天要面对不同的人，说不同的话，性格讨喜了很多。她回握住周帆，笑着说："听你说话的夸张程度，就知是苏颖的好朋友。"

"颖姐比我亲姐还亲呢，你是她姐，就是我姐，以后有什么事儿，尽管吩咐我。"

苏颖说："我可没承认这关系。"

郑冉立即顶回去："就算你承认，我还得考虑考虑呢。"

周帆看看郑冉又看看苏颖，觉得这俩人挺有趣，不自觉地抿着嘴笑了笑。

周帆来后，把预约、接待、试衣等零散的活儿揽了过去。她聪明能干，适应得很快，人又伶牙俐齿、能说会道，每次都把顾客哄得心花怒放，一般交代给她的工作基本不用担心。

苏颖私下对周帆说："工作室起步没多久，可能现阶段的待遇不理想。但我保证，只要生意稍见起色，一定不会亏待你。"

周帆只回了她一句话："你同我说这些都是多余的。"

一瞬间，苏颖鼻子有点儿酸，她特别庆幸自己遇见的都是这样的朋友。

两人也聊过张辉的事情。他早在几个月前就已被定罪，刑期不短。好在他的父母还算明理，承诺即使倾家荡产也会将损失赔偿给苏颖，只是目前为止苏颖还没见到钱的影子。

某日，店里来了个高挑的女人，是驼色羊绒大衣搭配烟管裤的利落打扮，一头长发又顺又直。

周帆迎上去笑着招呼："您好，请问有预约吗？"

对方面带微笑，并不应答，视线越过她往里瞧了一眼，伸手一指："我找她。"

当时苏颖和郑冉都在，她们同时回头，见那个人是杨晨，均是一愣。

杨晨步伐款款地走进来："听你大概讲过店址和名字，今天刚好在

282

这边办事，想着四处转转，还真碰到了。"一番话她是冲郑冉说的．随后稍稍偏转视线，冲苏颖点头笑了笑。

苏颖勾唇："坐。"

"好。"她应了声，却并没坐，四处看了看，"这里布置得挺舒服。"

郑冉起身，挽着杨晨的手臂说："都是苏老板拿的主意，一些小心思和小创意我也觉得挺棒的。"

苏颖说："少来，我记得你以前说过我土得掉渣。"

"怕你骄傲。"

苏颖撇撇嘴。

郑冉拉着杨晨四处转了转，聊了些别的。

"吃了没？"郑冉问道。

杨晨说："早晨吃过，刚才喝了杯咖啡。"

"这附近有家店的比萨味道不错，要不要过去尝尝？"

"好。"

郑冉和苏颖说了一声，拎着大衣和包包准备出门。

杨晨想起了什么，让郑冉稍等，自己返回去从手袋里抽出一张请柬递给苏颖："我开了家私房菜馆，定在元旦后开业，今天过来就顺便给你吧，省得我再去找郭尉。"

苏颖一顿，接过来。请柬封面素雅，并不是那种热闹的大红色，她说："那要恭喜了。"

"诚意邀请，到时你和郭尉别缺席呀。"

苏颖说："一定到场。"

杨晨没再说什么，微笑之后转身离开。

苏颖将请柬搁在桌子上，继续忙眼前的事情。隔了会儿，她又不自觉地走神，一时有些心烦意乱，索性把那张纸片塞进抽屉里，眼不见心不烦。

比萨店就在对面街道的转角，郑冉和杨晨走过去差不多十分钟。

两人就座，只点了个意式香肠比萨和两份饮品。其实她们都不太饿，主要是想坐下来聊聊天。

杨晨脱掉大衣说："刚才瞧着你们关系不错。"

郑冉没细说："还可以，比较聊得来。"

杨晨抬头打量了她几眼："感觉你和之前不太一样了，我有点儿嫉妒，是不是我离开得太久了？我感觉我们的关系疏生了很多。"

郑冉白她一眼："你也知道，再到处乱跑，我就忘记你长什么样了。"

杨晨一笑："私房菜馆开起来，大概不会走了。"她小口抿着橙汁，忽然说，"你来帮我怎么样？"

郑冉不由得抬头问道："你讲真的？"

杨晨分了一块比萨给她："旗袍店散伙很难吗？感觉不太好做。"

郑冉心中忽然有些不舒服，面上却依旧平静："开始是比较难，不过各行各业都一样吧。"

"说得也是。"杨晨漫不经心道，像是说了一个玩笑话题，之后两人没有继续聊下去。

她们的位置靠窗。这片区域解放前是英租界，对面的建筑是些样式复古的花园洋楼，有的变成了西餐厅或咖啡馆，小资情调比较浓郁。

朝外看了会儿，杨晨转回视线问道："苏颖……她这个人怎么样？"

郑冉说："挺好的啊。"

"对晨晨呢？"

郑冉说："苏颖有点儿小孩子心性，看两人相处倒是没问题。"

杨晨转了转杯子："她身上的闪光点很多吗？"

"你是想问我郭尉为什么会选择她？那你要去问他自己了。"郑冉忽地反应过来，眼神戒备地问，"你不会还有什么想法吧？"

"当然没有，好奇而已。"

郑冉点点头："其实一开始我还挺为你抱不平的，但毕竟过去了这么久，你们也该各过各的生活了。"想了片刻，她问，"其实我一直纳闷儿，你和郭尉离婚就没什么隐情？"

杨晨笑了笑，撑着下巴说："能有什么隐情？我当时什么德行你也清楚，现在想想都觉得丢脸。郭尉是这样的人，哄你、开导你几次都可以，但希望看到你的改变。他从不介意失败，更看重另一半在面对

284

失败时的态度和做法。很可惜这些道理我当时不懂，就感觉全世界都亏欠我，其实现在回头看也没什么过不去的，不能画画而已，仍然有很多事情值得做。"她抬起头看着郑冉，无奈地笑笑，"人生就是这样，懂得向前看时，才知道付出的代价太大了。"

郑冉不禁轻叹："即使这样，我觉得郭尉也不至于提离婚。"

杨晨心中一惊，想想又觉得可能性很小，只说："也许是他失望透顶了吧。"

两人在比萨店里坐了许久，临走时，杨晨又点了份比萨、薯角、炸鸡和可乐。

郑冉奇怪道："你没吃饱？"

"今天是周日，晨晨在我那儿。小馋猫要我给他带好吃的回去。"

"晨晨正在长身体，吃太多油炸食品不健康。"郑冉拎起大衣，随意道，"郭尉和苏颖他们很少这么纵着他，小家伙过分了。"

杨晨不由得抬头瞧她一眼，终究没说什么。

杨晨回家时，晨晨正在一楼的沙发上看动画片。听见门口有动静，他动作麻利地跳下来，光着小脚丫跑过去："妈妈，你回来啦。"

杨晨摸摸他的脸，指尖的温度冰得他直缩脖子。她问道："功课做完了吗？"

晨晨点头。

杨晨笑着抬起手上拎的东西："妈妈给你买了比萨和炸鸡，想吃吗？"

"哇，妈妈好棒！"

杨晨又捏了一下他的脸蛋，说："快把鞋子穿上，我拿去热一热再吃。"

她放下包包，拎着比萨去厨房。手机在大衣兜里不断振动，她拿出来，看见屏幕上男人的名字不由得皱了下眉，并没接听。

她把比萨放入微波炉，加热半分钟。手机又响，这回是条短消息，那个人想约定时间与她见一面。杨晨想都没想，婉言拒绝了。

她放下手机，望着微波炉里的橘色灯光出神。

这间房子很大，回来以后她没有请阿姨，晨晨不来时家里冷冷清清的，只有她一个人住着。装修摆设还是几年前的样子，结婚照早被摘下来了，那天她无意间在某个抽屉翻到一张遗留下来的两人的合影，照片中的两人正值韶华，笑容干净而纯粹。

她回想当年那个人的样子，想起她告白时他淡笑着说的"我知道"，独特又笃定的回答，她在那一刻对他的迷恋又增添了几分。

杨晨抱着手臂，转头望向窗外，花园已经许久无人打理，杂草枯黄，土壤也干裂泛白，没有半点儿水分。

晨晨的脚步声由远及近，杨晨收回思绪，把食物拿出来，分别摆在餐桌上。

她在晨晨旁边坐着，看着他吃。一转眼小家伙已经这么大了，眉眼间可以看到郭尉的影子。

杨晨用手肘撑着桌面说："以后要少吃这类东西，你有点儿胖，必须适当控制一下。"

晨晨边吃边点头。

她又问："你苏阿姨平时对你好吗？"

晨晨顿了下，心中叹气，不知是这个月第几次听到类似的问题了，说："挺好的。"

"照顾你多一些，还是对另一个小朋友更好？"

晨晨有点儿不想回答这类问题，吃着薯角说："都差不多。"

杨晨搂了下他的肩膀说："最近妈妈经常想，要是能时刻看见晨晨就好了。"

他扭头瞧着她，眨眨眼说："这不是看见了？"

杨晨说："每天都见面的那种，妈妈错过了很多，很想在以后的日子里看着你长大。"

晨晨内心抗拒："我会想念爸爸的。"

这个回答难免令她心酸，她放轻语气说："是啊，我们三个还像以前一样就好了。"

晨晨没说话，低了低头，忽然觉得手里的炸鸡不香了。这个年纪的小孩子早已知道离婚就是分开生活，也隐约明白她这番话的含义。他心中的是非观还没那么清晰，不知道怎样做才是正确的，只觉得大人们的关系好复杂、好麻烦。

他放下炸鸡，蹭了蹭手问："爸爸什么时候来接我？"

这天直到傍晚才有电话打过来，说车子在门口，叫晨晨直接下去就可以。

杨晨原本是一身居家打扮，想了想，她还是从衣帽间挑了件杏色大衣穿上，又在镜子前快速涂好口红，稍微整理了下头发才跟着出门。可花坛边却只有司机一个人，郭尉并没来。

她和郭尉的交流基本停留在那晚的信息中，他发了三个不痛不痒的字，之后便极少回应，只言片语也仅与孩子有关。

杨晨压下那股失落的情绪，忽然感到前所未有的卑微。现在内心的每一个想法都偏离她的本意，她越来越不认识自己了，恶毒、偏激、阴暗，这些明明是她所不齿的词语。

直到看见自家小区，小晨晨才彻底放松。

他慢吞吞地跳下车，觉得肚子有点儿饿，忽然想起那些香喷喷的比萨和炸鸡，一时后悔得直摇头，心想着应该吃光再离开。

他按铃时是苏颖开的门。一见是他，苏颖扬起笑容说："晚饭时间，欢迎回家。"

晨晨抬头打招呼："苏阿姨。"

"周末和妈妈过得开心吗？"她只是随便问了句，其实这话并没其他含义。

晨晨却敏感地抬头，目光戒备，躲开她要摸自己脑袋的手说："还行吧。"

苏颖的指尖只碰到他的头发丝，手臂僵在半空中。她瞧着晨晨从自己眼前溜过去，总感觉这个小孩儿最近有些反常，态度疏远，两人的关系仿佛又回到最初那段日子。他与顾念也不像之前那样要好了，总是皱着小眉头，一副忧心忡忡的样子。

苏颖的担心不是多余的。之后的某天，她在工作室时忽然接到一通电话，是孩子学校打来的，说顾念和晨晨跟同学打架，叫家长尽央

287

过去一趟。

苏颖开车赶到时，郭尉已先一步到达了学校。

她快步走进老师的办公室，里面十分吵闹。对方的家长坐在里侧的沙发上，面部因激动泛红，正与班主任高声争辩。旁边的小男孩儿哭泣不止，脸颊有两处擦伤，衣服破了，裤子上都是泥垢和尘土。

而郭尉坐在对面的沙发上，视线略垂，始终没有开口说话，挺安静的样子。顾念和晨晨则站在同一侧的沙发旁，都垂着脑袋，抿着小嘴，一副做错事儿的样子。

苏颖进来先看孩子，顾念倒没受伤，可身上脏得像在泥地里打过滚儿，晨晨自然也好不到哪里去，脸颊上还比顾念多了一道红红的刮痕。

苏颖想捧起他的脸仔细查看，晨晨一歪肩膀，低着头躲开了。

苏颖抬头，视线与郭尉的碰了一下，走过去坐到他旁边。

对面的夫妻俩仍旧一人一句，一副不给个说法就不罢休的架势。

苏颖压低声音："吓死我了，以为他们两个伤得很严重。"

郭尉把身体倾过来些，像是开玩笑："两个打一个，能重到哪里去？"

苏颖顿了一下问道："因为什么？"

"还不清楚。"

对面学生的母亲见两人低声说话，都是冷静镇定，完全不着急的样子，心中更加恼火，原本还不想直接与他们争吵，这下有点儿忍无可忍了。

她把身体摆正，面朝这边说："你们的孩子打了人，别光顾着讲悄悄话，声音大点儿说出来，一起讨论，到底怎么解决？"

孩子的父亲也说："小孩儿之间吵吵闹闹没什么问题，再怎么样也不能动手打人。"

"说得对，无意便罢，明知是错还这样去做，就是父母平时教育的问题了。"

对方说话有点儿难听，苏颖不禁抬头瞧了他们一眼。这种时候有

288

郭尉在，她知道不用多言，便忍了忍，靠着沙发没吭声。

郭尉稍微调整了坐姿说道："想解决，二位没给说话的机会不是？"紧接着将视线转向班主任说，"赵老师，我想先听听几个孩子怎么说。"

赵老师也被这夫妻俩吵得头疼，拿起保温杯喝了口水，先问那个孩子："宋阳，不要哭了，说说到底是怎么回事儿。"

叫宋阳的小孩儿抹了把眼睛，支吾半天，指着晨晨说："是他先动的手！"

室内所有人都把目光落在了晨晨身上。晨晨一脸不服气，紧抿着嘴，眼睛仍执拗地看着地面。

郭尉侧头："郭志晨，讲讲你打人的原因。"

晨晨不说话。

"瞧瞧，是他先动的手吧。"宋阳的母亲更加振振有词，手背在另一只手的掌心中拍了两下，问晨晨，"我们家孩子老实听话，从不和同学吵架、闹别扭，你倒是说说为什么动手打他？"

晨晨低着头，仍旧一言不发。一时间，包括赵老师在内的几个人都针对郭志晨发问。

顾念忽然一抬下巴，上前半步，指着宋阳大声说："是他先说我是个没有爸爸养的孩子的。"在说话的瞬间，他的眼泪像断线珠子一样地往下掉。

苏颖的心脏仿佛被什么狠狠戳了一下。对顾念的这种亏欠，她永远无法安慰和弥补，这也是唯一一件不能理直气壮替他反驳别人的事情。她把顾念拉到身前，从包包里拿出纸巾为他擦掉眼泪和鼻涕。

郭尉面色发沉，扭头看着身边的这两个人。

隔了几秒，宋阳出卖晨晨道："是郭志晨告诉我的。"

晨晨猛地抬头，憋了半天："我只是告诉过你，要你说他了吗？"他眼睛红红的，"谁要你那样说他的？我再也不会相信你了，你太坏了，我们不是朋友了。"

"我也跟你绝交。"宋阳哭着说，"他都没事儿，你就……就使劲把我推在地上。"

"都哭了叫没事儿吗？"

三个小孩儿你一言我一语，事情基本被弄清楚了。

宋阳父母对视一眼，从两人的名字中隐约猜到什么，瞬间安静下来。

郭尉面色沉了沉，平静地开口："我说一些看法。不能用成人的标准将孩子间的纠纷弄得太复杂，自己犯错自己承担。作为父母，我们不能因为自家孩子被同学语言中伤骂回去，同样，二位也不会打他们俩一顿为求平衡。"他停顿片刻继续说，"赵老师，您看这样公平吗？对宋阳造成的伤害我们愿意赔偿，但前提是他必须道歉。"

没等赵老师开口，宋阳的母亲小声说了一句："道歉没必要吧？说两句也不至于动手打……"

旁边的男人比较明事理，踢了下她的脚，把宋阳拉到屋子中间说："赶紧跟同学说句对不起。"

宋阳抽泣着，一挺脖子："我不，我没错。"

男人抬手，可巴掌悬在半空始终不忍落下来："是你有错在先，听话，快点儿，道个歉有什么难的？"

宋阳看着别处，就是不出声。

郭尉离那孩子近一些，往前坐了坐，把手肘撑在膝盖上对他说："郭志晨打人是他不对，叔叔回去一定好好批评他。"

宋阳一抹眼睛，委屈道："本来就是他不对。"

"嗯。"郭尉点头，"所以你只需要同顾念道歉。"

宋阳抿着嘴没说话。

郭尉说："有些话说的时候非常容易，却很伤人，会在对方心里留下坏影响，就像挤牙膏，挤出来容易，但想收回去就是难事了。"

宋阳抬起头，瞄了郭尉一眼，不哭了，仿佛听进去一些。他挣扎了一小会儿，看看对面站着的两人，往前走了几步说："顾念对不起，我不应该和你说那些话，是我错了，对不起。"

在座的几个大人短暂地沉默着，赵老师满意地点头，对郭尉的印象不错。

郭尉直起身，扭头看着晨晨说："换你了，道歉。"

郭志晨其实倔得很，却怕爸爸，听到爸爸这样要求，只好不情愿地嘟囔了一句："对不起。"

郭尉问："对不起什么？"

几秒后晨晨抬起头，端正态度："对不起宋阳，我不应该动手打人。"

郭尉又看向顾念问道："你动没动手？"

顾念靠在苏颖旁边，抿抿嘴，点了点头。

郭尉没说话，只是轻摆了一下头。顾念明白他的意思，站直了些，对宋阳说："我也错了，不该打你。"

整件事情没让赵老师太费口舌，算是妥当地解决了。

最后郭尉把顾念拉到跟前，拍了拍他身上的尘土说："下次有人再这样说你，记得大声告诉他们，你有爸爸，你爸爸是郭尉，明白吗？"

顾念的眼睛又有点儿模糊，他赶紧垂下视线，乖乖点头。

宋阳的父母这回说不出任何话了，只觉得脸上一阵阵发热。所幸宋阳擦伤不严重，郭尉留下名片，告诉对方后续的赔偿问题可以直接打上面的号码商量。

他们从老师的办公室出来，宋阳的父亲追上前道歉："刚开始只顾担心孩子的伤，所以态度不太端正，还请谅解。"

郭尉笑了笑："动手打人的确是我们不对。"

"阳阳也说了不该说的话。"

郭尉客气了一句："都是小孩子，没关系的。"

宋阳爸爸把名片还回去："赔偿就算了，只是蹭破点儿皮……"

"应该的，到时一定联系我。"

顾念和晨晨坐苏颖的车回家，郭尉独自开车跟在后面。

车子开进车库，没等停稳，晨晨立马跑下去按电梯。苏颖和顾念跟着，在郭尉下车前电梯门刚好关严。他们住在七层，一户一梯式。

进门后晨晨扔掉书包，迅速冲向自己的房间，要锁门的瞬间被苏颖给挡住了。

小孩儿的力气还挺大，苏颖两脚在地板上直往后滑。她夸张地叫了声："手……手夹到了。"

晨晨一惊，这才停止抵抗，苏颖趁机溜进去，笑着晃晃手，说："骗你的。"

晨晨不想理她。

外面响起开门的动静，晨晨见她还赖在这儿不出去，只好把她推到旁边，迅速关门上锁。

苏颖说："至于吗？你爸爸又不会打你。"

晨晨这会儿心情极差，低着头坐到书桌前，不想跟任何人说话。

苏颖跟过去问："我们聊聊？"

晨晨把脑袋扭到另一边，拒绝的态度。

门把手被人转动了两下，随后响起了敲门声和郭尉的声音："郭志晨，开门。"

两人都没理郭尉。苏颖拉来椅子坐下，和他离得稍微近了些，怕他不自在，又挪开一段距离，说道："不一定是今天的事儿，就是随便聊聊天。"

苏颖一直想通过时间磨合两人的关系，从未有过和晨晨正式谈心的想法，但郭尉是个好榜样，今天说的每一句维护顾念的话都敲在她的心上。她恍然明白，哪些才是应该正视并值得认真去对待的。重组家庭本就脆弱，不能光靠郭尉一个人向前走，要所有成员都往中心聚拢，他们才能真正成为一家人。

苏颖用掌心撑着椅子："这段日子你看上去好像不开心，能告诉我有什么原因吗？"

晨晨没有说话。

"和同学相处得不好？"

他还是沉默。

"老师讲的内容听不懂？"

她还是没有得到回应。

苏颖寻思片刻，小心翼翼地问："想妈妈了？"

晨晨一抿嘴，仍不吭声。

苏颖绞尽脑汁，愣是问不出一句话。在两人沉默的间隙，郭尉仍在敲门，节奏不疾不徐，说话的声音却像是处于发火边缘。

苏颖又问："你今天是因为顾念才打架的对不对？"

晨晨动了下，终于抬头瞄了她一眼。

苏颖说："虽然打架不对，但说实话，阿姨挺开心的，因为遇到问题时你肯维护顾念，作为哥哥……"她话说到一半，忽然扭头冲着门的方向大声说："你走开！"

这一声倒把晨晨吓了一跳，外面也没动静了。苏颖扭回头，忽然忘记自己讲到了哪里。

隔了几秒，晨晨终于主动说话："其实我不是有意的。"

"什么？"

晨晨说："宋阳是我的好朋友，有些事儿是我告诉他的，但我没要他那样说顾念。"他最近被妈妈弄得很烦，与家里人不能说，憋在心里又不舒服，就把一些心事唠叨给朋友听。谁想到今天课间碰见顾念，宋阳嘴快，就把他出卖了。

苏颖说："我相信你，不然你们也不会打起来。"

晨晨随便翻了翻面前的漫画书，忽然问："你以后会和我爸爸分开吗？"

这个问题太跳跃，苏颖愣了一下，还是答："应该不会。"

"那爸爸会和你分开吗？"

"可能性很小。"

"为什么？"他问。

这个问题难住了她，她想了半天："因为……"

"因为你们很相爱？"

苏颖真没想到他会说出这个词，汗毛都立了起来。她忍不住捏捏他的脸，笑着问："从哪儿学来的？小小年纪懂这么多。"

脸快被她捏变形了，晨晨逃开："电视里都这么演……到底是不是？"

苏颖觉得有点儿难为情，不清楚他是否懂得"相爱"的真正含义，但还是认真回答："是。"

"那如果有一天你们分开，谁会更不开心？"

苏颖一挑眉："当然是你爸爸。"

这个话题结束后，两人暂时安静下来。晨晨把目光落在漫画上，抿着嘴，像在思考什么。

苏颖无意间拉开旁边的抽屉，在角落里看见一堆花花绿绿的糖纸，动作顿住，眼神不是很温柔地瞧了他一眼："叫你爸爸停你的零花钱。"

晨晨没听见似的说："其实你做的番茄虾很好吃。"

苏颖感到意外："我在慢慢学，慢慢进步吧。"

"你带我们出去玩也挺开心的。"

苏颖从一堆糖纸里摸到一颗糖，拆开放入口中："我也想经常带你们出去玩，但是最近太忙了。"她说着，把抽屉里剩下的糖果捡走了。

"忙啊忙，你们都忙，还好有顾念陪我做功课。"

"或许他也这么觉得。"

晨晨说："你很久没接我们放学了。"

苏颖扭头看他："我以为你不情愿。"

晨晨没吭声。

不知不觉中，天色暗下来，苏颖走到门边开灯，关了窗帘。

晨晨在后面说："告诉你一个秘密。"

苏颖坐回去，很捧场地说："好啊。"

晨晨说："我小时候有一次肚子饿了，想拿桌上的苹果吃。妈妈在画画，叫她不理我，我个子太矮又拿不到，不小心踩进一桶颜料里，摔倒了。"他挠了挠额头，慢悠悠地说着，"我的手很疼，一直哭，一直哭，妈妈好像很生气的样子，因为我弄脏了她的画。"

苏颖侧头瞧着他，愣了半晌，忽然不知道应该说什么。虽然当时他还小，但成长过程中的某个特殊片段会留存下来，成为一段模糊却深刻的记忆。

晨晨抬起胳膊："都流血了，还有疤呢。"他翻着手臂找了半天，苏颖也凑过去看。

晨晨嘟囔着："可能掉了。"

苏颖觉得好笑，心中又有些不舒服，问他："这事儿你爸爸知道吗？"

"说了是秘密。"

苏颖没想太多，把他当成顾念搂进怀里拍了拍。晨晨起初没有动，过了会儿才开始挣扎。

苏颖松手，笑着逗他："小时候就是个小馋猫。"

晨晨说："我觉得妈妈根本不爱我。"

如果自私一点儿，苏颖应该感到庆幸，晨晨和杨晨有隔阂才能和她更和睦，现在的局面中她似乎更占优势。但她不能这样做，左右孩子的思想太不道德了。

想了片刻，她慢慢地说："世上没有不爱孩子的妈妈，当你还在妈妈肚子里时，她就已经在受苦了，生你时更疼，无法想象的那种疼。母亲很伟大，单凭给了你生命这一点，你就该好好爱护她。"

晨晨半晌才说："我懂。"

"那不错啊。"

他很含糊地说了句："我就是觉得现在这样挺好的。"

苏颖没太听懂，但隐隐觉得今晚赚到了，这几乎是与晨晨沟通时间最长且顺畅的一次。她拉着椅子凑近一些，手肘撑在桌边托着下巴："你与我分享了秘密，是不是说明我们的关系更好了？算得上是朋友了？"

晨晨抬头瞧了下，哼哼着："别老是抱啊、亲啊什么的就行。"

苏颖没忍住笑出来，摸着他的头发，忽然很正经地说："我是第一次当别人孩子的……阿姨，还有很多缺点和不足。我已经在学了，希望以后可以让你看到我的进步。"

晨晨这回低着头让她摸，有点儿想哭，他赶紧揉着鼻子转移话题："我今天闯了祸，爸爸会揍死我的。"

"他揍过你？"

"可狠了，屁股疼了好几天。"

苏颖说："这次他不敢。"

话音刚落，房门被人缓缓敲了三下，郭尉的声音隔着门板传进来："还没聊完？面煮好了。"

苏颖与晨晨对看一眼说："哦，就出去。"

两人没继续聊，一前一后地走向门口。晨晨拉了拉她的衣角，用很低的声音说："我也是第一次做别人妈妈的孩子，以后我听话，会努力不调皮、不闯祸的。"

两人开门出去，顾念正在餐桌前摆筷子。郭尉放下碗，朝这边瞧过来一眼。

接触到爸爸的目光，晨晨下意识地往苏颖的身后躲，没多久，见爸爸朝这边走来，心中直叫糟糕，赶紧拉了几下她的衣摆。苏颖背过手，安慰地拍了拍他，两人慢慢地往餐厅的方向挪。

郭尉走近，垂着眼看藏在后面的小孩儿。没等到他说话，苏颖往前挡了一下，朝他挑衅地抬抬下巴："事情就这么过去了，晨晨承诺不会再打架。"

郭尉脸上的表情平常，他瞧瞧她，又歪头向后面看了一下，并没应答。

苏颖的心里直打鼓。她刚才在房间里还说着豪言壮语帮晨晨撑腰来着，现在又怕郭尉不给面子，真的把晨晨拎过去暴打一顿。她这样想着，已经想象出了画面。

郭尉却什么也没说，往旁边挪了一步，苏颖也紧跟着挡上去。

郭尉好笑道："我去厨房，面坨了。"

苏颖眨了下眼："哦……"

他屈起食指和中指捏捏她的脸，往旁边摆了一下头。两人侧身，自动给他让路。

晨晨松了一大口气，步伐轻快地去餐厅了。

苏颖转身跟在郭尉身后。邓姐不在，晚饭是郭尉准备的。厨房的温度要比外面稍微高些，玻璃上有一层水汽，空气里弥漫着浓郁的鸡汤香味。

郭尉站在厨台前，用筷子和汤匙把面盛到碗里。苏颖过去，稍一弓身，从他的腋下钻入他的怀中。

郭尉的视线被挡住，暂时停下了手上的动作，目光从厨台上挪到她的脸上，蓦地勾唇笑了下。

苏颖觉得他这一笑极好看。

296

郭尉问："沟通得不错？"

苏颖抬手圈住他的脖颈，喜上眉梢："出乎意料的不错。"

"那要说声恭喜了。"郭尉的心情似乎比她还要好，他用两手掌住厨台边缘，低着头含笑瞧她。

苏颖眉眼弯弯，用手指轻挠了下他后颈的皮肤，然后仰起头贴上去。郭尉本能地吻住她的唇，只感觉她推过来个什么东西，随即一股甜丝丝的味道在口腔里蔓延开。

两人利用不太充裕的时间无声地亲了会儿，等到他们的呼吸微微急促时，郭尉把人放开，问道："哪儿来的糖？"

"你儿子的抽屉里翻到的。"

糖块已经被她含了很久，只剩小小的一颗了，是甜橙口味。他问："你怎么知道我不嫌弃？"

她歪着头："那你嫌弃吗？"

"嫌弃。"

"你敢吐！"她凶巴巴地威胁道。

郭尉笑笑，嚼了两下，把糖变成糖渣。

苏颖抓出剩余的糖果，塞进他家居裤的兜里："晨晨偷着吃糖，我给没收了。"

"应该仔细找，别处或许还藏着。"

苏颖说："我说怎么一直控制吃甜食还胖呢，净偷着吃了吧。"

"等到了耍帅装酷的年纪，自己就知道节制了。"郭尉问，"手干什么呢？"

"放糖。"

"位置偏了吧。"郭尉板着脸轻斥，"待会儿我怎么出去？"

苏颖得逞地坏笑一下，乖乖地拿出手。郭尉直起身，松开手臂。

苏颖转过身，拿起刚才的筷子继续夹面。郭尉走到旁边盛鸡汤，鸡汤是邓姐离开之前煲好的，一直温在砂锅里。

苏颖问："你之前打过晨晨？"

"次数不多。"

"他说你打得特别狠，屁股疼了好几天。"

"太夸张了。"他说，"手上有轻重。"

苏颖把碗放在托盘上："你不像那种会和孩子动手的父亲。"

郭尉挑挑眉："那我像哪种？"

"就讲道理啊，直到把人讲晕为止。"

他轻笑了下："晨晨太皮，如果不让他害怕我，估计能上天。"

苏颖想想也是，但今天情况特殊，便跟他商量："这次能不能就算了？我刚吹过牛，给点儿面子呗。"

"无条件地配合你的工作。"郭尉端着鸡汤路过她身边，凑近了说，"想想怎么感谢我。"

四人的晚餐吃得比较简单，下午发生了那样的事情，俩小孩儿还有点儿别扭。

郭尉的注意力没太放在这里，电视里正播着新闻，他扭着头，边喝汤边关注新闻内容。

苏颖偷偷地瞧了眼顾念和晨晨，两人闷头吃面，不吭声，餐桌上没有往常那样热闹。她想了想放下筷子，拿起顾念的碗笑着说："念念啊，下午哭得太多了吧，快喝点儿鸡汤，把眼泪补回来。"

晨晨鼓着腮帮子，噗的一下笑出声，顾念幽怨地瞧了瞧苏颖，脸颊通红。

苏颖又把鸡腿夹给晨晨："打架费力气吧？也补补，脸上还挂着彩呢。"

这回换顾念没忍住，哈哈地笑起来，也把自己的鸡腿夹过去说："我的也给你，你多吃点儿。"

晨晨才不拒绝呢，看了看自己的碗，忍痛把荷包蛋与顾念分享："下次可别哭了，真丢人。"

说着，两人脸上的笑容多了起来，动作也不那么僵硬了，气氛瞬间变得轻松欢快。

郭尉仍没看这边，却极轻地勾了下唇角。

夜里，孩子们都睡了。郭尉洗过澡出来，苏颖难得没去工作，正侧身歪在床上看杂志。她只裹了件普通的白色睡袍，腰带束得紧了些，使得身体曲线很明显，小腿露在外面，那双脚一点儿也不安分，慢节奏地轻晃着。

郭尉慢慢擦着头发，站在旁边瞧了她好一阵，走过去把门反锁。苏颖轻飘飘地看过来，问道："锁门干吗？"

郭尉没答，顺手把毛巾搁在旁边的床头柜上，半跪着捧起她的脸，与她深吻。

这晚气氛极佳，过程堪称完美。直到结束，他们才发现外面不知何时飘起了细细的雪。

房间里没开灯，落地窗外不至于一片漆黑，天幕是深深的蓝色，隐约可以看见云的暗影。视线里没有任何建筑物遮挡，雪花调皮地落在玻璃上。

苏颖静静地看了会儿，说："我想去阳台。"

郭尉在她身后，嗓音是平静下来的沙哑："不累？"

"你抱我过去呗。"

郭尉稍微挪动了下："躲过来，我要开灯了。"苏颖一翻身，迅速地把脸藏进他的胸膛。

卧室里瞬间亮如白昼，郭尉稍微眯了下眼，起身穿衣，连同被子一起把她抱到阳台的贵妃榻上。苏颖往里挪了挪，郭尉坐在她身边圈着她。她趴在扶手上看外面，问他："这是今年第一次下雪吧？"

"嗯。"

苏颖又问："还记得去年下第一场雪时我们在哪儿吗？"

郭尉稍微回忆了一下，发现没有太特殊的记忆："忘了。"

苏颖拿肩膀撞他的胸膛，哼了一声，觉得他心思再细腻，终究是男人。可她想想，那确实是个挺寻常的夜晚，也就没有继续说下去。

落地窗上映出了两人的影子，郭尉情不自禁地凑过来，在她耳后轻缓地蹭了蹭。

苏颖说："你今天在赵老师办公室时特别帅。"

"哪里帅？"

"说话、表情、动作……所有。"

郭尉弯弯唇角："评价很高。"

苏颖把下巴垫在手背上，抬眼向上瞧着，慢慢地说："我很久没试过像今天这样，遇到棘手的事儿，可以不说一句话，安心地待在他旁边了。"

"这个'他'做得还不错？"

"简直满分。"苏颖扭头亲了他一下。

郭尉说："你夸奖了我，或许我以后会做得更好些。"

"为什么？"

郭尉说："男人需要被崇拜。"

"嗯。"苏颖点点头，挺淡定地说了句，"身体棒极了，还特持久呢。"

郭尉愣了片刻，随即没忍住，笑出了声："怎么说着说着就跑题了？"

苏颖无辜："没跑，就是很崇拜你呀。"

郭尉敲她的头，可能有些疼了，苏颖龇着牙伸手打他，两人不知怎么就闹到了一起，一时间气息又乱了。

半晌后，他瞧着她，目光有些危险："我怎么听出点儿不满的味道？"

苏颖直摆手："绝对没有。"

"再验证一下。"

"不用了吧……呜……"

郭尉封住了她的唇。

这之后，晨晨恢复往常的状态，甚至更加活泼调皮。郭尉在时，他有所收敛，面对苏颖却不再拘谨。两人之间的沟通和互动也越来越顺利，他对她偶尔的亲近举动也没那么抗拒了。

他周末仍去杨晨家里过，听到杨晨再说起类似话题时会笑着哄她："虽然不能总见面，但我常常想着妈妈呀。"

久而久之，杨晨也不再提了。

晨晨与顾念一动一静，两个特征不同的小孩儿都在快速成长着。

元旦这天，一家人去老太太那儿吃团圆饭。

苏颖和郑冉是从工作室直接过来的，停好车后在门口意外地遇见了两个人。苏颖边走边玩手机，忽然发现旁边的人没有跟上来，回头去看，郑冉停在原地，目光落向一处，没有再动。苏颖顺着她的视线往前看，便看到了对面缓缓走来的王越彬与梁泰。

大冷天里梁泰只穿着薄夹克和休闲裤，走过来说："巧了，在门口遇上了。"随即把注意力放在苏颖的身上，稍一打量，抬起手打招呼。

苏颖点了下头，笑笑回应。

郑冉问："你来干什么？"

王越彬的手上提着各种礼品："过节了，我来看看爸爸和仇姨。"

郑冉挺平静地说："这个家里的人跟你没多大关系，你还是走吧。"

王越彬低了下头，半天才说："冉冉，其实我很早就想找个时间和你谈谈。"

"没那个必要，都挺忙的，不用浪费时间了。"郑冉站在院门口，没有让人进去的意思。

梁泰说："越彬是我带来的朋友，你总不应该拒绝吧？"

郑冉一点儿面子都不给这位表哥："那你也别进来了。"

梁泰摇头笑了笑，拍拍王越彬的肩膀说："老兄，只能帮到这儿了。"他又对苏颖说："让两人再聊几句，我们先进去？"

苏颖犹豫了片刻，见郑冉没说什么，便同梁泰进了门。

郭尉是几分钟前到的，与郑朗轩坐在沙发上喝茶，保姆和老太太在厨房里忙活晚饭。苏颖没见到俩小孩儿的身影，估计在楼上郭尉的房间。

听见门口的动静，郭尉看了过来。

梁泰让苏颖走在前面，虚扶了下她的背，嘴角含笑地说着什么。郭尉愣了片刻，才端起茶杯抿了口茶。

郑朗轩撑着膝盖站起来，笑问道："你们俩怎么一起过来了？"

苏颖边解大衣纽扣边往里面走："刚刚在门口遇见，还有郑冉，她待会儿就进来。"

郑朗轩招呼着："过来坐。"

梁泰有一张巧嘴，很会哄老人开心，与郑朗轩说了几句，又去逗老太太。他也不知说了什么，厨房里传出阵阵笑声，没多久硬是把老太太半搂着请出来，到客厅里歇着聊天。

苏颖和郭尉坐在沙发的另一头，见他沉默，小声问："你怎么了？"

郭尉侧头："没怎么。"

"哦。"她又问，"晨晨他们两个呢？"

"在楼上。"

苏颖卷着袖子说："王越彬在门口想进来，郑冉没让。我去厨房看看有什么忙要帮的，五分钟后再见不到她，你记得告诉我。"

"好。"

苏颖说完起身，刚好郑冉进了门，只有她一个人。

老太太很高兴。家里的气氛难得如此热闹，她一年到头也就盼着这几天。所有人聚在客厅里聊天，俩小孩儿也欢快地跑下来。

梁泰与老太太在那边说着话，抽空转过头看郭尉，笑道："最近还好？不知你是生意太忙还是真的修身养性，更加难请了，攒饭局都不见人影。"

郭尉喝着茶，半晌后含笑说了四个字："不太想去。"

梁泰竟一时没答上话来，瞧着他轻哼一声："越来越直白了。"

郭尉轻挑了下唇，没应声。

梁泰觉得没趣，拿上烟盒起身去阳台，低头给那个人打电话，她仍是不接。梁泰盯着屏幕看了好一会儿，把手机揣回兜里，用手掌撑住窗台眯眼往外面瞧。他烟吸得急，几口就没了。他将烟蒂顺窗户缝隙弹出去，发消息问她今天和谁过节，却久久收不到回复。他又吸了支烟，才折身往回走。

他路过厨房，脚步忽地一顿。厨房里只有苏颖跟保姆，苏颖穿着修身款高领薄衫和牛仔裤，身材很好。她正在低头切菜，动作并不娴熟却认真。

梁泰两手插着兜，脚尖一转走了进去。

"亲自下厨？"他离她不算远，这一声像在耳边响起，苏颖忽地一抖。

梁泰问道："吓到了？"

苏颖回头，心脏咚咚直跳，把刚冲上来的一股火生生地压下去，笑了下说："没事儿。"

梁泰捡起一片黄瓜放在嘴里："厨艺怎样？哪天有幸尝尝弟妹的手艺？"

"不太会，给阿姨帮忙而已。"她不着痕迹地往旁边挪了一步。

"说起来你还欠我顿饭没还呢。"

苏颖敷衍地问："什么时候的事儿？"

"瞧瞧这记性。"他用手指点了点她，倾身过来，又拿起了菜板上切好的黄瓜片。

苏颖把剩下的一截递过去，玩笑着说："喜欢吃都拿去，我刀功不行，别再伤到你。"

梁泰接了，却没有要走的意思。

苏颖问阿姨："这些够不够？"

阿姨点头。

梁泰在后面问："记起来没？"

苏颖心烦，刚想回头顶他一句。

"别动。"梁泰说，"肩膀上落了些灰。"

没等他碰到她，有一只手蓦地将他挡开。郭尉不知何时进来了，脸有些冷。

梁泰却笑笑，嚼着黄瓜说："饿了，进来找点儿吃的。"

半晌，郭尉的表情稍微缓和了些："表哥是客，想吃什么尽管说一声，我给你端出去。"

梁泰瞧了他两眼，点点头出去了。手机在兜里振动，他拿出来看，竟是那边的人回复了他，三个字："一个人"。

梁泰动了动手指，把消息发过去后，去客厅跟老两口儿告别。老太太意外地问："怎么这就走了？饭还没吃呢。"

梁泰拎着外套，笑着说："有点儿事情要处理，仇姨，下次吧。"

第 十 二 章

提前知晓的惊喜

　　杨晨发完那三个字后彻底清醒了，想赶紧撤回却已来不及，屏幕里蹦进一条回复。

　　杨晨闭了闭眼，把手机倒扣在桌面上。偌大的房间里漆黑一片，桌旁只燃着香薰蜡烛，跳跃的火焰映在手边的红酒杯上。

　　杨晨坐在地板上，头枕着手臂看窗外，安慰自己这只是很普通的一天。一个人久了，她应该早就适应了这种孤独感，寂寞不是与他再有瓜葛的借口，同样的错误绝对不能再犯第二次。

　　她关掉手机，摇摇晃晃地站起来去放音乐，续了红酒，托着高脚杯窝进沙发里慢慢喝着。她不可避免地回忆起往事，好的和不好的，在内心深受煎熬的同时又有些享受这种痛楚。

　　结局似乎在几年前就已写好，改变的可能性应该很小了。郭尉与苏颖的感情看上去十分牢固，即便她不愿承认，苏颖必定拥有与众不同的魅力。

　　郭尉对她避之不及，晨晨与自己关系生疏，她同郑冉之间似乎也存了芥蒂，只感觉自己失败透顶，可这一切都是她一手造成的。从前的她傲气又自我，有追求、有梦想、眼界很高，是浪漫主义和理想主

304

义的追随者。可她现在不那么夺目了，与其活成自己讨厌的样子，倒不如洒脱一些彻底放手。

但她想到要放弃的那个人是郭尉，内心又不可抑制地疼痛难忍。她仰头喝完红酒，杯子倒挂在指尖，最后一滴液体滴在沙发上，慢慢渗了进去。

杨晨不知何时睡着的，醒来时只觉得耳边分外吵闹，意识渐渐恢复，才知是震天响的敲门声。她来不及细想，光着脚去开门，门外站着小区保安和梁泰。

保安上下观察一番，问道："没事儿吧，杨小姐？这位先生说与你联系不上，怕有什么意外，让我带他进来看一眼。"

杨晨要关门："没事儿，费心了。"

梁泰一把拦住，对保安说："谢谢兄弟，先回吧。"

保安看看两人，犹豫道："这……"

杨晨不想弄得人尽皆知，松了手说道："没关系，我们认识。"保安这才离开。

杨晨并没请他进去："有什么话在这儿说吧。"

外面寒风阵阵，梁泰穿着这一身单薄的装束早被冻透了。她那点儿力气还阻拦不了他，他两手插着兜侧身顺旁边挤进去，将人一带，反手关了门。

"你……"杨晨扭动手腕，后退一步与他拉开距离。

房间里仍是漆黑一片，她视线受阻，听觉却变得尤其灵敏，两人的呼吸声分外清晰。杨晨刚想开口说话，只感觉有个黑影压过来，随即嘴唇被那个人狠狠吻住。

"你就逃吧。"他吐字不清。

起初的几秒杨晨没反应过来。当那股陌生的气息将她包围，她心中一惊，用力挣脱，抬手甩过去一巴掌，声音尤为响亮。梁泰歪着头，却哼笑出声，并不气。

"你出去。"杨晨手抖着，指着门的方向。

梁泰抹抹嘴："你叫我来的，又赶人？"

"我没有。"

305

梁泰到墙边摸索着找到开关，室内骤亮，这才见她有些狼狈地光着脚，这与数年前第一次见到她时完全不同。梁泰瞧了她两眼，用脚把拖鞋踢到她旁边说："我刚从仇姨那儿过来，郭尉夫妻都在，气氛很好，一家人别提多热闹了。"

杨晨扭头看他："你和我说这些做什么？"

"挺替你不值的，人家美人在怀，把你忘得一干二净，你还有工夫在这儿借酒浇愁？"他走过去拎起沙发上的高脚杯，看了看，随手放在桌子上。

杨晨咬了下唇："和你没关系。"她打开房门说，"太晚了，你走吧。"

梁泰没动，轻飘飘道："真没关系吗？"

杨晨把门大力拉上，快步走过去说："一次酒后乱性而已，你要记多久？都是成年人，能不能别再纠缠了？如果今天那条消息令你误解，我道歉，我说对不起。"

梁泰冷下脸，许久才吐出两个字："而已？"

"不然呢，想再乱一次？"她口不择言地讽刺，"到底是郭尉的女人足够吸引你，还是你嫉妒他比你优秀、比你出色？"

梁泰目光阴鸷，两指捏住她的脸颊，咬牙切齿地说："就想给他添堵，就看他不顺眼来着，但你他妈的知不知道是因为谁？"

杨晨被他捏得生疼，无法挣脱，挣扎着说："所以你满意了？"

梁泰盯着她看了半晌，勾着唇角："也就那样，和我玩过的女人没多大区别。"他甩开她，"多有打扰，老子不玩了，再见。"

郭尉一整晚都情绪低落，晚饭没吃几口就提前下了桌。苏颖看了他一眼，没说什么。一向神经大条的老太太也发现不对，偷偷问苏颖两人是否吵架了。

回家路上的气氛同样有些压抑，他先前喝了一点儿红酒，苏颖来开车。俩小孩儿坐在后排，抢着用郭尉的手机玩游戏。

等红灯时，苏颖侧头问道："你怎么了？"

他说："没怎么。"

"好像不太高兴。"

"可能累了。"

苏颖没再问,一路把车开回车库。她让顾念和晨晨先上去,自己靠着椅背没有动。他从前一直开的都是那辆奔驰大G,有一次她说自己喜欢,郭尉便让给了她,他用别的。

周围的光线十分昏暗,车库不是很大,却停着几辆车,其中有两辆老年代虎头奔,也有她的银色金杯。

苏颖决定与他严肃地谈一次:"我记得你说过,无论什么时候我们都不是对立的关系,遇到问题时,应该共同面对。"

郭尉点头:"我说过。"

"我想知道你为什么有情绪。"她紧接着问。

郭尉慢慢解开西装纽扣,松了领带,却没说话。

苏颖说:"你这样让我很没安全感。"

郭尉把目光定在前方数秒才转头看她,极无奈地叹息:"说出来,可能换我没有安全感了。"他这样说着,已经有了讲故事给她听的念头,顿了顿,说道,"你之前问我为什么离婚,现在还想知道吗?"

苏颖感到意外,可在大脑做出反应前已经下意识地点了头。

郭尉又看向前方,像是自言自语:"从哪里说起呢?"

苏颖垂下眼说:"反正不想听你们以前如何恩爱,只想听吵架、有分歧的部分。"

这话让郭尉有了点儿笑容,他把手伸过去握住她的手:"好。"他说,"我和杨晨大学时因郑冉相识,接触了段日子,她提出交往的想法,恰好我对她也有些好感……"

"说了不想听这些。"她着急地阻止。手工粗糙的纸模、饭卡、相册、他惯用的香水……很多物品都是两人曾经相爱的见证,苏颖觉得听他讲述会很虐心,有些抗拒。

郭尉立即说:"好,不说。"想了想,他继续说道,"恋爱、结婚是个水到渠成的过程,之后有了晨晨。一切的改变从她的右手意外受伤开始,她再也不能拿画笔了。"

这段苏颖听郑冉讲过,点点头,没说什么。

307

郭尉说："她整个人变得极端并且消极，怎样安慰开解都没用，大概闹了半年，我们分居了。"

苏颖问："只因为这样就分居？"

"半年是个反省期。我逐渐意识到这段婚姻中潜在的一些问题，我们缺乏默契，不够合拍，似乎在朝着两个不同的方向走，包括对待事情的态度，也包括对晨晨的教育问题。"郭尉说，"她凡事追求完美，喜欢浪漫，注重另一半对她的心意。这些放在恋爱期完全没问题，但结了婚我更希望务实一点儿。当然，不是说她有错，我们对婚姻的解读不同而已。"

停了停，郭尉说："这些我可以配合，但偶尔会觉得累。"

苏颖稍微回忆了一下说："其实你不是很无趣呀，也挺浪漫的。"

郭尉看着她说："情绪到了，浪漫可以顺其自然地发生，刻意安排就会成为负担。"

苏颖大概理解了这些问题："分居后就离婚了？"

郭尉沉默，这回隔了很长一段时间才淡淡开口："巧合下我见到杨晨与别的男人在一起。"

苏颖有些震惊，本来捏着他手指的动作蓦地停下，万万没想到："她……"

郭尉说："那个人是梁泰。"

她反应了几秒："谁？"

"梁泰。"

这太荒唐了，苏颖彻底说不出话来。

周围短暂地安静下来，车库里的灯闪了一下。

稍微消化掉这些信息，苏颖小心翼翼地问："你还好吧？"

郭尉笑着："有什么不好的？"

"看到她还会难受吗？"

"傻不傻？难受就有问题了。"郭尉摸摸她的头发说，"没有太大感觉，但她毕竟是晨晨的妈妈，表面还要来往。"

关于这件事情，郭尉无论是为自己还是为了她都留足了面子，从未对苏颖以外的第二个人说起，甚至当事人都不清楚他知道。

"所以今天……"

"希望你能认清梁泰这个人，他的品行一般。"

苏颖没应声，隔了几秒，朝他的方向指了指，征求意见："我可以过去坐吗？"

郭尉拍了下腿，示意她可以。

车里的空间比较大，苏颖弓着身先迈腿，郭尉伸手，一把将她抱过去。

苏颖跨坐在他身上，比他高出一些，周围的光线不是很明亮，她捧着他的脸看了会儿，忽然凑过来轻轻地亲了他一下，问他："这就是你一直不愿坦白的原因？"

郭尉无奈地笑了笑："我毕竟是男人，被绿可不是光彩的事儿。"

苏颖柔柔地说："怕什么呢，我又不会笑话你。"说着，她用手掌托着他的后脑放到自己肩膀上，安慰地拍了两下，动作像在哄小孩儿，郭尉意外地觉得自己被她呵护着，仿佛她瘦小的身体里充满了保护的力量。他轻滚了一下喉结，抬起头反将她揽入怀中，玩笑着说："要不换你来当男人？"

"好啊。"她倒是不客气。

郭尉又一笑，扭头看着窗外，半晌才说道："苏颖，我把全部的底牌亮给了你，这让我很不安。"

苏颖能听见他的心跳声，觉得这才是他隐瞒实情的主要原因："怕我也出轨？"

郭尉僵了一下，说话时却仍是温柔的语气，自嘲道："不会那么倒霉吧？"

苏颖抬头："如果是真的呢，也离婚吗？"

郭尉枕着椅背，垂眸盯着她瞧，脑中当真幻想出一幅画面，然后发现自己十分抗拒。他拍了两下她的背，轻轻叹息道："玩够了、伤透了再回来，我在这儿等着你。"

苏颖不清楚这话里含了多少哄人的成分，但听着莫名心动又心疼，还隐隐地想笑。

郭尉又说："不敢保证到时能像现在一样淡定。"

309

苏颖憋住笑，手掌抚着他的胸口，凑过去亲着他的下巴说："放心，我不会的。"

郭尉看着眼前的人说："我知道。"

苏颖撇嘴："还挺有自信。"

"你估计没那心思，脸上只写了一个字。"

"什么字？"

"钱。"郭尉笑着说，"见钱眼开。"

"你才见钱眼开！"苏颖炸毛一样坐起来，不太安分地动来动去，"难道你不爱？那你怎么不满世界撒人民币去呢？"

"犯法吧？"

"不爱财是傻子。"

郭尉攥住她的两只手腕，低声警告道："别扭了。"

苏颖脑中一动，有意逗他开心，凑过去贴着他的耳朵说了一句话。郭尉表情很微妙地将人推远："像什么样子？不行。"

"自家车库又不会有人来。"她大声说。

他看了她片刻，说道："影响不好。"

苏颖咬咬唇，又贴过去，把手掌拢在两人的脸颊中间，恐怕别人听去似的，嘀嘀咕咕说了一大串。

郭尉只觉得耳朵发痒，好像那股气息顺着耳孔蹿入大脑，连带着整个后背一阵阵发麻。

郭尉闭了闭眼说："你离远点儿我也能听见。"

"车里空间够大，可以的。"

半晌，郭尉似乎心动了，不自觉地朝外面打量，环着她腰的手收紧了些，问她："来真的？"

苏颖一笑："当然……假的。"

看着郭尉的表情，苏颖哈哈大笑，几乎笑出鹅叫，嘴角弯弯，露出几颗洁白整齐的牙齿。郭尉快被她气出内伤，就那么看着她，很久后也憋不住地摇头失笑，心情彻底变好了。

闹腾一阵后，苏颖被他按了回去，听话地趴着。

车中开着暖风，他们没多久就感觉到阵阵闷热。两人贴得近了些，空气又不太流通，苏颖的鼻端都是他身上那股干净清透的淡香味。

苏颖口是心非："其实你用的香水一点儿都不好闻，没想到你这么念旧，还在用它。"

郭尉猜出她的心思，如实说："早些年从赵平江那儿抢的，我闻着还行，一直没有换。"

半刻后，苏颖眨了下眼："不是杨晨送的？"

郭尉直接问："还觉得难闻吗？"

苏颖立即改口："一点儿也不难闻，特好闻。"

她又问："你说和杨晨生活没默契，可不可以举例说明？"

"给你讲课呢？"

"就随便聊聊天。"

"不说。"

"说说呗。"她晃了晃他说，"想听。"

郭尉拿她没办法，用手肘撑着窗沿，想了片刻说道："她喜欢听歌剧、逛画展，我倒觉得空闲下来去公园散散步没什么不好。"

苏颖点头："还真是接地气，你和遛早儿的小老头爱好相同。"

郭尉没理会她的奚落："再比如出差回来送你的那个包，她可能会觉得没心意，不够特别。"

其实苏颖当时真挺开心的，想了想觉得不对劲："难道是我太俗气？"

"我也俗。"

苏颖勉强接受了他的安慰："还有呢？"

郭尉不愿多说："没了。"

苏颖问："那你觉得跟我相处很舒服？"

"很舒服。"

"我好吗？"

郭尉亲了一下她的鼻尖，低声道："出乎意料的好。"

苏颖抿住唇，没有说话，心中想着，可能是她妄自菲薄了。

考虑了几秒，郭尉缓缓地说："这是第一次也是最后一次与你谈论杨晨，无论出于什么原因，评述事实听上去也像对前任的埋怨，我不

311

想这样。"

苏颖理解他这番话的意思，摩天轮那次以后，两人也没有再谈论过顾维。

"好，只说我们自己。"

郭尉没忍住，脱口说："那我们要个孩子吧。"苏颖刚想打趣他，他索性添了一句，"我是认真的。"

两人乘电梯上楼，苏颖看了眼增长的数字，扭头问："生气啦？"

郭尉说："没有。"

苏颖挽着他的臂弯，忽然间想到："你还没戒烟，我们得对孩子负责，是不是？"

郭尉淡淡地瞥她一眼，把手臂抽出来："你是多不关注我？我戒烟很久了。"

苏颖认真回忆，好像最近真没见他吸过烟，一时心虚得很，又悄悄地去牵他的手，嘟囔着："老狐狸。"

"什么？"

苏颖摇头。

走出电梯，他们用指纹开了锁。

时间很晚了，顾念和晨晨已经洗漱好，各自回房间准备睡觉。苏颖分别进去看了看两人，关了灯，把房门轻轻地关好。

郭尉没有回房换衣服，靠在沙发里用遥控器换台，电视音量很小。

苏颖坐过去说："酒也是要戒的。"

郭尉停住动作，转过头正色道："应酬的时候没有办法，但我能做到尽量避免。"

苏颖知道再也没有借口了，说出了自己的顾虑："工作室现在还不稳定，顾客群体比较单一，而且生意也时好时坏。原本我和郑再计划再请几位师傅，然后设计新系列，等到年后重新推广。如果我们现在要孩子，恐怕一切计划都要搁置。"她顿了顿，声音小下去，"我不想重新再来了。"

郭尉忽然觉得自己的这个要求有些难为她，搁下遥控器，把人搂进怀里，劝慰道："怎么会重新再来呢？你们已经做得很好了，也有了一定的基础。我并不是叫你放弃，互相权衡，可能我们的事儿更重要些，所以只是希望你能把工作暂时延后。"

苏颖说："可是我好心急，想让那边尽快稳定下来。"

"工作没有做完的一天，但时间却不会等我们。"郭尉扭头看她，问道，"你懂我的意思吧？"

苏颖瞥他一眼："我还年轻着呢。"

郭尉笑笑："我老了行不行？"

"还是很好用的……"她说完觉得自己脸皮厚，低着头直往他怀里钻。

郭尉勾了下唇，点着她的鼻尖说："也不能光顾着自己舒服不是？繁衍生息才是正经事儿。"

苏颖在他的腰上不轻不重地拧了一把。

郭尉没逼她："你想想，我们改天再谈？"

苏颖把目光定在电视荧幕上没动，抿着嘴没吭声。

沉默片刻，郭尉又说："如果你现阶段还是想把重心放在工作室上，我会尊重你的决定。"他用下巴蹭蹭她的头顶，"晚了，去睡？"

苏颖仍不作声，这件事情他明里暗里已经说过好几次了。她其实是明白的，只是为了自己的那点儿私心玩笑着敷衍过去。她现在心很软，越来越无法面对他失望的眼神，如果这是他一直所期盼的，她愿意为了他做出些牺牲。

苏颖抬起头问他："你真的很想再要一个？"

郭尉说："比较想。"

"晨晨和念念还不够闹？"

"女儿应该安静点儿。"

苏颖哼了下说："别想得太乐观，要是男孩儿怎么办？"

郭尉有点儿自我安慰的意思："我的预感还算准，感觉会是女孩儿。"

苏颖气他："我的预感更准呢，就是男孩儿。"

他抚了抚额说："有的头疼了。"

苏颖想到什么，忽然挺身坐起："万一是男孩儿呢？要我打掉吗？那你可真够渣的。"想象完毕，她划清界限一样地往后挪了挪。

郭尉却问："你同意了？"

苏颖盘腿坐着，努了努嘴说："最多以后不用'雨伞'了，顺其自然呗。"

沙发旁只开了一盏落地灯，不断变换的荧幕光线映在两人的脸上。他们对视了会儿，眼里都有晶晶亮亮的小星星。

郭尉倾身去吻她，虽然动作不疾不徐，但苏颖可以明显地感觉到他的情绪激动。她闭上眼，不自觉地搂住他的脖子，用指肚轻轻蹭着他颈后的发茬，从没有一刻她的内心这样柔软过。他是男人，可以是兄长、是良师，但她忽略了他偶尔的脆弱，他同样会缺乏安全感、渴望被保护、被安抚，像孩子一样小心翼翼地讨要心仪的礼物，得到后欣喜若狂又极力掩饰。

苏颖主动去吻他的眼睛、鼻梁和脸颊，忽然觉得这个决定是值得的。而下一刻郭尉无法冷静，伸手快速地将她的腰肢揽过来，加深了亲吻，有些狠。苏颖的整颗心被提起来，仿佛身体和思维都不由自己控制了。

很久以后，当意识到两人处在一个不太私密的空间时，郭尉松开了她。

两人仍离得很近，呼吸尚未平复，对视了会儿，郭尉哑着嗓子问："去洗澡？"

苏颖委屈道："这次再赔了，你要负责。"

郭尉将她抱起，扬扬唇角："负责到底。一起洗？"

"不要。"

"能快些。"

"那也不要。"

"那好，你先洗。"郭尉嘴上答应着，却抱着她直接走进浴室。

这一年的冬天格外冷，积雪也比以往的厚些。

工作室外是一片白墙灰瓦的旧式洋楼，雪还未停，棉絮一样悄然落下。马路宽阔，有车缓缓驶过，便在白霜一样的路面上留下清晰的车辙。

室内却很温暖，角落里仍燃着一炷香。三人并排坐在工作台前，手托腮，姿势相同，一起看窗外的雪景。

这几天店里冷清，新顾客有些少，她们一半以上的时间都在赶制先前的订单。

再次降温时就已进入淡季，旗袍相较普通服饰的弊端也慢慢暴露出来，按理说新年将至，是人们添置新衣的最佳时期，她们的店里却鲜少有人光顾。

不知是谁轻叹了一声。周帆忽地站起来，去衣架上取大衣。

苏颖奇怪道："你做什么？"

"闲着也是闲着，我去街上发个传单。"

"外面下雪呢，还是别去了。"

周帆把围巾一圈圈缠在脖子上，笑着说："暖和着呢，不怕冷的。"她抱着一沓宣传页风风火火地出了门，路过窗前，朝两人大力挥手，做了个鬼脸，跑远了。

郑冉感叹："到底比我们年轻，浑身上下都是活力。"

苏颖扭头瞧了郑冉一眼，小声说："我和她年纪差不多的。"

郑冉反应了几秒，板着脸转身要走。苏颖赶紧抱住她的胳膊，一脸谄媚道："开玩笑呢，别生气啊，冉冉妹妹。"

郑冉嫌弃地推开她，正色道："这样下去肯定不行，我们真应该计划一下接下来怎么走。"

苏颖觉得腰有些酸，调整坐姿，手背过去捶了捶："先做好眼前的事儿，缩减开支，剩下时间学习充电，年后天气转暖，肯定会迎来一个旺季。我先前看过一些品牌，他们用夸张的图案和配色去做改良旗袍，很受年轻人的青睐，我觉得我们可以适当做一下改变。"

郑冉说："工作量可不小。"

"没办法，不断摸索改进呗，想要找准定位都要经历这个过程的。"

"我在想……我们当初选择做旗袍的想法是不是错了。"

这话把苏颖气得够呛："想放弃？我看你还不如周帆，一点儿拼搏

315

精神都没有。”

“是啊，是啊，我老了，那散伙吧。”郑冉大声说。

苏颖更大声地说："散就散，谁怕谁！"

两人幼稚地吵着架，却回到自己的位置上认真地做事。

隔了会儿，郑冉忽然想起来："杨晨的私房菜馆快开张了。她给你送过请柬，你打算去吗？"

苏颖说："我凑什么热闹？人家的本意不在我，反正我把请柬给郭尉了，去不去是他该考虑的问题。"

“你这话正着听还是反着听？”

苏颖笑道："正着听。"

“你不介意？”

“以前或许会，现在完全不担心了。”

郑冉不解："为什么？"

“才不告诉你。”

郑冉喊了一声，说："我才懒得听呢。"

转天是休息日，郭尉不用去公司，但仍有一大堆事情需要处理。他按照往常的生物钟起床跑步，吃过早餐就去了书房。

苏颖十点钟才醒，小腹传来一阵胀痛感，坐在床上缓了会儿之后又什么感觉都没了。

郭尉最近不知道节制，好像终于明确目标，每次都把她弄得呜呜求饶才肯罢休。两人没有花时间计算排卵日，在保证质量及次数的前提下，想在一个相对舒适放松的环境中迎接新生命。

苏颖又跌回床上，赖了会儿床，给郑冉发消息说自己今天不过去了。不知最近是否因为工作劳累，她总感觉精神倦怠、食欲不振。她闭上眼往被子里缩了缩，实在太舒适、太温暖，没多久又睡着了。

中午郭尉叫她起床吃饭，唤了两声没有回应。他走进来，一只手撑在床边，另一只手伸进被子挠她痒痒。他穿着一身宽松睡衣，头发蓬松，整个人清清爽爽的，看上去比平时更加温和。

苏颖睡眼蒙眬地看了他一会儿，硬是把人拉进来，抱着他的腰一

316

起躺着。

"邓姐还在。"郭尉轻声提醒。

"又没做什么。"

"门开着，她看见未必这么认为。"郭尉想要拉开她的手，把她一同拉起来。

苏颖不愿意："你晚上可不是这态度。"

郭尉笑笑："那我是什么态度？"

"就求啊哄啊……这样那样的。"

郭尉一脸淡定地瞧着她说："说反了吧，我怎么记得有人求我呢？"

苏颖啪地捂住他的嘴。这一声很响亮，接触到他警告的目光，她才缩回手，揉了几下他的脸颊，又凑上去安抚地亲了亲。

两人闹了一阵，郭尉把她从温暖的被窝中拽出来。

晨晨和念念昨天晚上留在了奶奶家，邓姐摆好餐具去了同乡那里，饭桌上只有他们两人。一时间周围很安静，连筷尖碰触碗沿的声音都分外清晰。

郭尉问："明天曹建结婚，你要不要和我同去？"

苏颖想了半天，问道："哪个曹建？"

"你只见过一回，在去年某次饭局上。"

"会不会很久？"

郭尉说："礼数到了就可以，感兴趣的话再观个礼。"

苏颖点头："好啊。"

郭尉犹豫了片刻说："可能会遇见梁泰，如果不想和他有太多接触，可以不去。"

苏颖淡淡道："躲他干什么？他再敢过来蹦跶，你看我什么意思。"

郭尉想笑："你什么意思？"

"反正我不是好惹的。"

午饭后，郭尉仍要工作，苏颖没有打扰他，也去工作间继续完成手头的订单。

两人的房间相对，房门稍稍错开一些，他们只要抬头便能看见对

317

方正在做什么。

连续几日的小雪终于停止，天空放晴，万籁俱寂，阳光从走廊尽头的窗户照进来，落在棕红色的地板上。时间在流逝，光也慢慢移动。

苏颖很享受这种状态，眼睛累了便托着腮抬头观察他。他偶尔一脸严肃地轻蹙眉头，偶尔撑着额头认真思考，也许是感觉到她的注视，动作不变，只抬眸瞧过来。

隔着一条走廊，两人无声地对视了会儿。

苏颖把指尖凑到唇边亲了下，又摊开手朝着他的方向轻吹了口气。

半晌，郭尉一笑，拿起手边的文件夹，像有灰尘一样掸了掸。

苏颖气坏了，稍微拉下肩膀处的衣服，叠起腿，绷着脚尖，朝他快速地轻眨了下右眼。她的动作太过刻意，一点儿妩媚的感觉都没有，反倒滑稽得有点儿可爱。

郭尉彻底败给她，扶额笑着，把刚才扫掉的"灰尘"用手拢回来，搁在身旁，轻轻拍了拍。

苏颖这才满意，拉回领口，朝他得意地挑挑眉。

整个过程两人没有语言交流，无声地玩了会儿，又各自忙碌，一整天都在这种平淡的相处中度过。

第二天两人去参加曹建的婚礼。

看到曹建本人，苏颖才有了点儿印象，还是婚后第一次参加郭尉的聚会时见过一面。

不出所料，梁泰也在。令人意外的是，他穿着一身黑色西装与人谈笑，看见他们只淡淡地瞥过来，目光在苏颖身上停留半秒便挪开了。

郭尉自然不会过去寒暄，两人完全像是陌生人。

婚礼是中式的，会场以大红色为主色调，灯光、纱幔都用尽心思，整体布置极为喜庆大气。

新娘子身穿一身红色中式喜服，细腻光泽的绸缎面料上绣着吉祥的图案，立领盘扣，古典袖口，裙摆又融入西式婚纱的梦幻蓬松感。她静静地站在新郎身边，整个人优雅端庄，凤冠霞帔，笑容含蓄，立即成为全场的焦点。

苏颖觉得这一幕很是惊艳，望着台上光彩夺目的美丽新娘，心中忽然闪现一个念头。

这晚回去，苏颖失眠了。她一闭上眼，满脑子都是大红色的喜服飘来飘去，翻了几次身，越想越激动，越激动越清醒。她看了眼身边的人，拿上手机轻手轻脚地去了卫生间。

她坐在马桶上给郑冉打电话，响了很久之后，那边终于不再是单调的嘟嘟声。

苏颖小声试探着："喂？"

那边的人哼了一声。

苏颖问："你在睡觉吗？"

郑冉反着说："没有，跑步。"

苏颖捂嘴笑笑，做贼似的小声说："精力还真好。"

郑冉不耐烦："你有毛病吧？现在几点了？你家没表吗？用不用我送你一块？挂了。"

"别别别，"苏颖急道，"有事儿跟你说。"

郑冉给她一次机会："要不是要紧事儿，准饶不了你。"

苏颖说："咱们不是一直找不准工作室定位吗？我想到了，主做中式嫁衣吧。"

郑冉蓦地睁开眼："中式嫁衣？"

"对啊。婚期不分淡旺季，中式婚礼现在挺普遍的。我们仍然做高端定制，品牌标语我都想好了，就用'一件唯你独有的手工嫁衣'这句。女孩子在乎形式和意义，更在乎结婚当天的美丽程度，一般不会在服装上太吝啬。"她想了想说，"而且还可以和各大婚庆公司合作，发展平台也会大很多。"

郑冉不由得坐起来补充道："技术方面要更专业才行。"

"可以聘请几位经验丰富的手工艺技师。"

"面料零件也要更高级。"

"那当然。"

"工作室网站要重做，重新做推广。"

苏颖说："肯定是要的。"

"旗袍作为日常服饰继续做下去。"

"对。"

安静片刻，郑冉问："我们哪儿来的资金？"

苏颖蜷起腿，把下巴垫在膝盖上，咬了咬牙说道："我老公有钱，大不了先向他借，到时候连本带利还给他呗。"

郑冉说："就等你这句话呢。"

…………

两人聊了很久，都有点儿意犹未尽的意思，但时间太晚了，准备明天见面再谈。

苏颖挂断了电话，坐得久了，起身时只感觉眼前发黑。她赶紧扶住旁边的墙壁，小腹仍有一种坠坠的感觉，这种反应令她有些害怕。她翻开日历看了一眼，脑子发蒙，忽然想不起上次的生理期是几号。

她一夜辗转反侧，好不容易挨到天亮，在去工作室的途中买来两支验孕棒，心神不宁地去卫生间测了测，看到结果，顿时有些不知所措。

五分钟后，苏颖从卫生间出来。

周帆已经起床拉开窗帘，正准备打扫卫生。郑冉也刚进门，鼻尖冻得通红，围巾上沾着晶莹的小水珠，学校放寒假，她几乎每天都来工作室报到。两人同苏颖说话，苏颖却没什么反应。

郑冉脱下大衣挂在衣架上，坐过来说："昨天聊完我失眠了，感觉做中式嫁衣真的可行，我翻了一些相关网站，有的品牌十分出色。"

苏颖没应声，只知道盯着手机看。

郑冉说："跟你说话呢。"

"我昨天也没睡好。"

"所以你有什么想法？"

苏颖忽然问："我上个月的生理期是几号？"

郑冉有点儿蒙："我怎么知道？"

苏颖咬了下唇，把手机、钥匙通通塞进包包里，说道："我约了位阿姨过来量尺寸，记得帮忙搞定。我有事儿，出去一趟，先走了。"

两人还没反应过来，她一溜烟出了门，原本准备去后院取车．走到一半又返回马路边，决定打车去医院。

　　她排队挂号，抽血化验，拿到化验单是一个小时以后。她给医生看过，出来直接坐到门口的长椅上，手心里都是汗。

　　她有点儿不敢相信，仔细掐算时间，应该在初雪那天晚上就已经有了，第二次兴之所至，两人并没有采取什么保护措施。偶尔一回，苏颖哪能想到命中率会这样高。

　　她胡思乱想着，一时后怕最近几天的不节制，蹭蹭手上的汗，又低头去看那张化验单的数据。医生要她明天再过来抽血，并建议放松心情，尽量多休息。

　　苏颖想到工作，感觉自己事业上困难重重，前面总是横着无数阻碍与难关，昨晚还和郑冉计划着改变工作室定位，看情况恐怕要延后了。

　　苏颖叹口气，心中郁闷又感觉到挫败。

　　身边环境喧闹，有电子叫号声也有小孩儿的哇哇哭声。

　　她把化验单对折，放进大衣的口袋里，呆坐半晌，思绪乱飞，不自觉地想象郭尉知道后会是什么反应，自己又该在什么时机告诉他才恰当。

　　苏颖忍不住往自己平坦的小腹上看了两眼，再摸一摸，渐渐有了一种奇妙的感觉。她忍不住抿唇笑笑，心中百感交集，最终都转变成一种情绪——这是她与郭尉的孩子啊，她放弃一些东西又有什么关系呢？

　　苏颖从医院出来没去工作室，直接打车回家了。

　　顾念和晨晨正在放寒假，差点儿把家闹翻天。邓姐头疼，威胁、吓唬都不管用，只好跟在两人屁股后面打扫。见苏颖进门，两个小孩儿稍微收敛，朝她围过来。

　　苏颖吓坏了，赶紧侧身躲开："别撞，别撞，摔倒啦。"

　　晨晨无语："我们离你还有好远呢。"

　　苏颖不禁揉着鼻子笑笑，坐到沙发上。俩小孩儿又跟过来问她怎么没上班，是不是准备带他们出去玩。

321

苏颖看了看俩小孩儿顽皮的模样，想着肚子里这个万一也是男孩儿该有多头疼。

顾念趴在沙发扶手上，好奇地问："妈妈，你笑什么？"

"我笑了吗？"

两人齐齐地点头。

苏颖慢吞吞地叠着围巾，想到了什么，试探着问："问你们个问题……你们介不介意家里多一个新成员？"

顾念不解："谁呀？"

苏颖咬了下唇："弟弟或是妹妹。"

两人不由得对看一眼，都没说话。

苏颖忽然意识到这个问题有些唐突，不清楚他们是否对此抵触，语气轻松道："那么严肃干吗？就随便聊聊天啊。"

顾念抠了会儿手指，再抬头时却说："我希望有个妹妹，要眼睛大大的、嘴巴小小的那种。我们班王晓阳就有妹妹，总和他妈妈来接他放学，跑起来像小鸭子一样，特别可爱。"

晨晨在旁边直摇头："可爱有什么用？跟屁虫似的，多烦啊。弟弟好，弟弟能帮我们跑腿、买零食。"

顾念说："妹妹安静还听话。"

"就表面听话，有什么事儿肯定第一个去告状。"

顾念说："到时候多哄哄就跟我们一条战线了。"

"浪费时间。"晨晨说，"哭起来让人脑袋疼，哄都哄不好。"

"为什么让她哭？"

这一问可把晨晨难住了。他想了半天，一脸嫌弃地说："反正女孩子都麻烦。"

还没怎么样，俩小孩儿先争了起来。苏颖笑歪在沙发上，笑着笑着眼睛竟有点儿湿。她把他们拉过来，在两人脸上分别狠狠地亲了一口。

傍晚，郭尉在下班的路上接到杨晨的电话，说明天私房菜馆开张，她问他能不能到场。他推说自己有事儿，婉言拒绝了。挂断电话后，

322

他直接拨给秘书，要她订两个花篮送到杨晨那里。

他回到家中，饭香扑鼻。客厅里开着电视，俩小孩儿坐在桌前的地板上边看动画片边讨论。他解着西装纽扣，踱到厨房门口，见苏颖在家一时新鲜得很，问道："没去工作室还是回来得早？"

苏颖解下围裙，走过来给他一个大大的拥抱说："没去。"

"怎么了？"他边松领带边低头看她。

"没怎么。"

郭尉被她抱着，挪不了步，倒退着往卧室方向走去，苏颖搂紧他的腰，笑眼弯弯，跟随他的步伐走。

回到卧室，郭尉拿遥控器开了顶灯，稍微后倾身体观察她的表情："有什么开心事儿，笑得这么甜？"

"向来都甜。"

郭尉眉眼舒展，顺手把西装外套扔到床尾凳上，一低头便在她唇边偷了一吻："尝尝。"

"尝到什么了？甜不甜？"苏颖改为捧着他的脸，追过去深吻。

郭尉嘴被占着，从嗓中低低地哼出一声，抬眼朝外看看，顺手带上房门。他被她缠得不行，只好揽着她的腰向前走几步，把人抵在墙壁上，仍吻着，唇角漾出笑意。

不久后，郭尉松开她，慢慢平复自己的呼吸。

"接到大单子了？"两人的距离仍很近，他低声问。

苏颖摇头，犹豫了几秒钟，话到嘴边忽然不想说了。她把郭尉推远一些，一脸崇拜地看着他，摸摸他的脸颊，手掌在他结实的胸膛上摩挲两下，接着揉捏他的腰，又伸手过去拍他的屁股。半晌，她摸够了也瞧够了，忽然感慨了一句："身体还真是好。"

不知道她脑子里在想些什么乱七八糟的东西，郭尉并起中指和食指，在她的额头上弹了一下说："擦擦口水。"

苏颖喊了声："才没有。"

"我不是你随便想想就能得到的。"

苏颖笑出声："怎样才能如愿？"

"自己想办法。"

"你教教我呗？"

"晚上教。"他搂着她的肩说，"走了，出去吃饭。"

郭尉没能第一时间知道她怀孕的消息，先被分享喜悦的反而是郑冉和周帆，这件事情总要同她们有个交代。

中午三人相约出去吃，在工作室附近找了家中餐馆，等菜时苏颖宣布："我怀孕了。"

对面的两人正在喝茶，表情相同，瞪大了眼睛瞧过来。

"真的。"苏颖说。

周帆一惊一乍地问："哇！什么时候的事儿？"

"昨天刚刚查出来。"

"姐夫知道吗？"

苏颖摇头说："本来想说的，又觉得缺点儿仪式感，准备找个特殊的日子给他一个惊喜。"

毕竟年纪小，周帆一脸向往地说："你们好浪漫！"

"花样还真多。"郑冉向来不太解风情，对小孩子也没有太大感觉，反倒比较镇定，"不过你们结婚这么久，也该要个孩子了。"

苏颖心虚地捧着杯子没吭声。

其间服务员进来上菜，四菜一汤，都比较清淡。

半晌，郑冉终于反应过来，抬头看着苏颖，问道："中式嫁衣没戏了？"

"怎么会没戏？只不过……得缓缓再说。"苏颖立即甩锅，"我本不想这么早要孩子的，可郭尉年纪越来越大，怕以后生不出来。"

"你再说一遍，我录个音给他听听。"其实郑冉挺理解她的，只是由很高的期望到失望，心理落差太大，不怎么舒服罢了。

苏颖认真道："原以为有孩子也要半年或一年以后，这段时间足够搞好工作室。"她拨了拨米粒，没什么胃口，索性放下筷子说，"现在的情况你们也清楚，可以做下去，但想赚大钱还需要改变，近期恐怕没办法实现……如果你们不想跟我一起浪费时间，离开或是拆伙我都同意。"

她说完这一大串，另外的两人没吭声。隔了会儿，周帆弱弱地问了一句："你刚才是想夸姐夫的业务能力强吗？"

苏颖想拿筷子敲她。

郑冉噗地笑了，摸摸周帆的头说："大人说话小孩儿别插嘴，好好吃饭。"

郑冉问苏颖："你真同意？"

苏颖忍痛点头，又拨浪鼓一样地摇头。

"太虚伪了。"郑冉夹了几片菜叶，瞥了苏颖一眼，"安心生你的孩子去吧，店里有我和周帆呢。"

她说完用眼神询问周帆，周帆说："除非你们赶我走。"

苏颖快哭了，特别庆幸结识了两个这样的朋友。

苏颖终于没了后顾之忧，把工作上的事儿先放了放，准备安心养胎。她这次跟怀顾念时差不多，身体素质好，基本没有什么不适。

她在家的时间变多了，偶尔店里忙碌，周帆就会跑腿把活儿送过来一些。她傍晚总能迎接郭尉回家，想吃甜食时会眼巴巴地盼着他回来给自己带点儿好吃的。

郭尉这个人精明，隐隐地发现了些端倪，问过她两次，苏颖都含含糊糊地应付过去，他也没强迫。

这晚关灯后，郭尉翻过身来吻她。苏颖承受了几下，当他要有进一步动作时，苏颖立即隔开了他的手。

周围忽地一静，郭尉悬着脑袋，没有说话，这已经是她第三次拒绝他了。

苏颖咬着唇，在黑暗中根本看不清他的表情，但能猜到那双眼必定紧紧地锁着自己。

她小声说："我生理期。"

半晌，他动了下："哦。"

从单单一个音节中，苏颖听出了失落。她心中不忍，几乎要和盘托出，又紧紧地抿住嘴，侧着身快速地缩进他怀里。

外面又在下雪，整个世界都静悄悄的。

苏颖说："时间好快，还有半个月就是新年了。"

郭尉用嘴唇贴了下她的头顶，嗯了一声。

她仰起脸问他："你有想要的新年礼物吗？"

他慢慢地问："物质上还是精神上？"

"都算。"

"物质上应该不需要，精神上不用我多说了吧？"

苏颖的嘴角快要咧到耳根了，她往回收了收，一本正经地说："那你到时别忘了许愿，说不准能马上实现呢。"

郭尉什么也没说，只是把手掌轻轻地放在她的小腹上。

苏颖条件反射般地拍掉："别摸，没有呢。"她这个人不太会说谎，还没等到郭尉开口就已经有点儿不打自招的趋势了。

静默片刻，郭尉越过她，按亮床头灯，整个人悬在她上方，目光幽幽地盯着她使劲看，薄唇微抿，脸上更没什么表情。头顶的光线昏暗柔和，他的视线里却带了几分锐利。

苏颖一慌，凶道："看什么看？"她回手啪地把灯关掉。

郭尉的身体落回去，结合她这几天的表现和刚才的询问，他心中不免有所猜测。这个美妙的念头一旦形成，他心中便涌起了一股难以言说的情绪。他没有再问，只是将人拢紧了。

苏颖乖乖地没有动，本以为他在酝酿睡意，谁知低沉悦耳的声音又从黑暗中传来："你呢？想要什么新年礼物？"

苏颖认真地想了一下说："我也不知道。"

"想想。"

苏颖问："都会实现吗？"

过了会儿，他声音很低地说："没准儿。"

之后的几天平静无波。

一日晚归，郭尉进小区时刚好看见邓姐抱着洗好的衣服回来，见她走路不便，直接把人叫上车来一同回去。

从车库进电梯的时候，邓姐笑着搭话："忘了恭喜你们，看来家里要添新成员了。"

郭尉忽地定住身形，隔了几秒后扭头看她，用目光询问。

邓姐拿出两张折过的纸，说道："店员在小颖的衣兜里翻到的，瞧

326

瞧，这不是怀孕了嘛。"

郭尉只觉得自己的心脏蓦地收紧，半刻后才接过那两张纸，展开来，却看不太懂上面的专业术语。

邓姐给他解释："这是化验单……数值比对，在这里……这是怀孕周数……"

郭尉听着，半晌，只是笑了，表面一如往常那样淡定。

电梯门开，两人走出来。

"拜托你一件事儿。"郭尉把化验单对折，指着邓姐怀里的衣服问道，"是这件吗？"

邓姐茫然地点头。

他把叠好的化验单放回那件大衣的口袋，嘱咐道："回去别说，就当我们都不知道。"

第十三章

新年快乐

听见有人开门，苏颖扔了杂志，穿着拖鞋几步迎上去："我的黑芝麻糊呢？"她说着去接郭尉手里的袋子，却看都没看他一眼。

郭尉把目光从她的脸上移开，视线稍垂，不自觉地多看了几秒她的小腹。苏颖无所察觉，已经回身往客厅去了。

"慢点儿走。"郭尉说。

苏颖脚步一顿，回过头来不解地问："怎么了？"

郭尉掩饰地笑笑说："多买了一份，不用着急。"

苏颖哦了一声，站在那儿招呼顾念和晨晨出来吃芝麻糊。

芝麻糊是城南老陈记的，他从公司出来特意绕到那边去买，包装加了保温层，揭开盖子时还在冒热气。

两小一大去餐厅坐着吃，苏颖抬头瞄了眼晨晨，从他碗里舀出一大勺："这个热量太高了，你少吃点儿。"

"啊！不要！"晨晨差点儿哭出来，用小胖手护住碗，赶紧把身体扭到另一边。

苏颖觉得好笑，又倾身去逗他。

"别抢！别抢！"晨晨皱着脸哇哇叫，无助地喊，"有没有人管

328

管她？"

两人差点儿用勺子打起来。

郭尉听见动静走过来，瞧见她半跪在椅子上，手撑着桌沿和对面的小孩儿打闹。他不觉轻蹙了下眉，揽着她的腰把人弄回来说："好好坐着，多大了？"

"你多大了？"晨晨重复，抱着芝麻糊躲回房间吃，到了门口不忘喊顾念。顾念还没笑完，跳下椅子跟上去。

一转眼餐厅里就剩他们两人，郭尉在她旁边坐下，扭着头，目光里饱含某种情绪。

苏颖老实了，小口抿着芝麻糊。她感受到他的注视，觉得奇怪："你今天怎么了，干吗老看我？"

郭尉不答反问："好不好吃？"

"好吃。"苏颖舀了一勺递过去，"你尝尝。"

郭尉偏头说："你吃吧。"

这晚两人规规矩矩地躺下睡觉，关灯后照例聊了一小会儿，苏颖很快睡着了。

郭尉闭着眼，竟意外失眠了，大脑无法放空，总幻想着小企鹅一样的孩童朝他奔来，或许眼睛、嘴巴像苏颖，眉毛、鼻子像自己。郭尉没再强求自己入睡，睁开眼，轻轻转身朝向苏颖那边。她平躺着，睡相比较规矩，他借着窗外淡淡的月光，隐约能看见她长而翘的睫毛。

郭尉往前挪了挪，屈肘垫在太阳穴下，另一只手向下握住她的手，十指相扣，再轻而缓地一同放在她的肚子上。这些动作并没有惊扰苏颖，她只是扭过脸，脑袋在他怀里蹭了两下。

郭尉悬起头，凑上前轻轻地吻她，直到她呼吸微乱才停下来，把人拢进怀里。

新年一天天临近，喜气热闹的气氛也愈发浓烈。

一日晚饭后，苏颖想去外面走走，两人便换好厚衣服出了门。

物业人员将小区装扮一新，树枝上缠绕着层层彩灯，大门口拉起

329

写着新年祝福的红色横幅。这个时间外面没什么人，几乎每个窗口都灯火通明，有的还提前挂起中国结和红灯笼。也许是气氛所致，让人感觉那些灯光要比往常绚丽明亮。

苏颖仰脸看了会儿，对他说："去年这时候我们好像在吵架。"

"嗯。"郭尉说，"有人还离家出走了。"

苏颖哼了一声，学着他的样子压低声音说："是我期望太高……对你越期待越不值得期待……"

郭尉略怔了几秒，没想到这些话她记到现在。

苏颖仿佛猜中他内心所想："我可记仇了呢，当时还委屈了好久。"

她太缺乏安全感，即使现在郭尉也这样认为。他改用外侧的手握着苏颖的手，另一只手搂住她的肩膀："那是气话，你应该知道，我心中的想法恰恰相反。"

苏颖说："反正下次你再跟我吵架，我就把三个孩子都带走。"顿了顿，她忽然意识到自己说漏了嘴，"我是说……如果怀孕的话。"

郭尉当然配合她："你老不让碰，怎么怀孕？"

苏颖其实憋得很辛苦，本来就是个藏不住事儿的直性子，这对她来说已经是个大考验了。她语气柔柔地说："你别急呀，我生理期刚过，这几天身体不舒服的。"

郭尉差点儿笑场，轻咳了一声说："好。"

他们不知不觉走到了街角，便利店门口有个老大爷还在卖地瓜，圆桶上方散着热气，甜腻的香味隔着老远就飘了过来。

苏颖扭头瞧了郭尉一眼，他问道："想吃？"

她点点头。

两人走过去，让大爷挑了个大小适中，外皮开裂流糖的出来。

苏颖捧着地瓜，想继续往前溜达。

郭尉问她："去里面？"

苏颖剥开外皮咬了一小口，摇了摇头。郭尉指着便利店外的长椅说："那坐着吃完再走。"他管大爷借来个垫子，放好了才叫她坐下。

气温还是有些低的，但苏颖不觉得冷，地瓜甜软，有些烫嘴，呼吸间涌出团团热气。

两人很长时间都没开口说话，一个慢慢啃着地瓜，一个安静地坐着，目光投向远处，心中不知在想什么。

苏颖忽然间笑出了声。郭尉收回目光，挑了下眉，意思是问她傻乎乎地笑什么呢。

苏颖说："我仿佛看到你退休后的样子了。"

他挺感兴趣，等着她继续往下说。

她吃掉最后一口说："就是有些老人啊，可以坐在路边一整天，不和谁说话，只用眼睛看，但没人知道他们心里想什么。"

"回顾人生或是计算得失。"他的姿势没变，"我倒是希望有这一天。等到年老了，每天抽几个小时坐在路边的长椅上看看来往的人群。"

苏颖问："和谁呢？"

郭尉扭头看她："那要看谁愿意了。"

苏颖去搂他："我愿意。"

谁知她的手臂还没落到他的腰上，就被他提前捉住了手腕。她刚吃过东西，指肚上有些焦黑的痕迹。他垂眸看她一眼，她也直勾勾地看着他，大眼睛水润黑亮，抿着嘴，鼻尖通红。郭尉气息一松，放了手。

苏颖毫不客气地紧紧圈住他说："衣服脏了再洗呗，也不能不让我抱你呀。"

郭尉竟觉得从这句话里挑不出太大毛病，弯唇笑笑，手臂一收，将苏颖搂紧了。他接着先前的话说："我看年轻姑娘你也愿意？"

"那有什么？你一个年老色衰、满脸皱纹的小老头，谁会看上你？"

郭尉嘴角一抽："郭太太够直接。"

苏颖笑起来："到时候我跟你一起看美女，讨论哪个长得好看，哪个腰细腿长，怎么样？"

郭尉要笑不笑地说："还真是值得期待。"

"不对。"苏颖想了想，很快否定了先前的评价，"即使你满脸皱纹也一定精神十足。你会把白发打理得顺滑服帖，每天洗澡、刮胡子，身上没有老人味，衣领干净整洁，裤线笔直，走路或是坐着都腰板挺拔，一样的温柔有风度。"

郭尉的目光变得很柔和："希望那时你还能这样哄我。"

"反了吧，不是应该你哄我吗？"她的脑袋靠着他的胸膛，"不过也无所谓了，孩子们各自成家离开我们，我们就相依为命吧。你一定活久点儿，先把我送走。"

郭尉没与她争，嘴唇碰碰她的发顶说："好。"

两人没有坐太久，把垫子还给老人家，道过谢后继续往前走了走。

路面上还有些积雪，郭尉小心地牵着她，说道："你的新年愿望还没说。"

"也没什么特别的。"

"说说。"

苏颖想了想说："在饺子里吃到糖果和硬币，幸福感爆棚。"

年前的最后一个周末，苏颖在家无聊，就去工作室转了转。

周帆回老家过年了，只有郑冉自己。她倒是很享受一个人的时光，听着音乐，手边放着一盏热茶，窝在窗旁的沙发里画图。

苏颖很久没来了，发现工作室里多了只橘猫，看着不太大，毛色很正，却瘦了些。

"哪儿来的？"苏颖问。

郑冉说："有天看它在门口避风，小小一只怪可怜的，我就放它进来暖暖，后来它不肯走了。"

"留下吧，多可爱。"

郑冉把小猫抱到腿上，挠挠它的头说："我也是这样想的。"

苏颖坐在对面一直观察她，她目光温柔，抚摸小猫的动作轻缓有爱。这个人并不是任何时候都是冷冰冰的，明明也有柔软的一面。

苏颖问她："什么时候交个男朋友？"

隔了会儿，郑冉说："兴趣不是很大，我觉得现在这样挺好的。"

"总不能一直自己过。"

"最多再养两只猫。"郑冉笑了笑说，"这几天它陪我，又乖又听话，我才发现原来小动物可以填充生活中的许多空白。"

"这么说，你还是觉得孤单？"

郑冉放开手，小猫敏捷地逃走了，她说："我的生活应该没什么改变了。"

苏颖沉默片刻，说道："刚嫁给郭尉时我也内心抗拒，但没放弃，一直在向前走，现在很庆幸没有错过他。有些事儿还是要努力尝试的，试过才不后悔，你说呢？"

跟苏颖聊天心情总会好很多，郑冉笑着说："有道理。"

"别犹豫，我问问郭尉，回头给你介绍几个成功人士。"

苏颖东拉西扯，陪郑冉待了整整一下午。傍晚时，郭尉从公司出来顺便接她。

两人去杨晨那里接晨晨。郭尉停好车，转头看着外面，她的私房菜馆倒还红火，门前停着不少豪车。他打电话过去却始终没人接，用手指轻敲两下方向盘，准备再打。

苏颖说："你直接进去看看呗。"

"同我一起？"

苏颖摇头。

郭尉顿了片刻，系上西装的纽扣说："我很快，等着我。"

他大步穿过马路，推开店门，有服务员迎上来招呼他。郭尉四处看看，并没见到郭志晨的影子，便问道："你们老板呢？"

对方见过他一两面，隐约知道是与杨晨相熟的人，便告知老板在楼上。

郭尉顺着楼梯快步上去，拐过转角，差点儿与一对拉扯的男女相撞。他本能地侧身躲避，刚想说句抱歉，抬眼却见是杨晨和梁泰。梁泰抓着杨晨的手臂，杨晨用掌心撑住他的胸膛推拒。不知先前说了什么，两人面红耳赤，余怒未消。

郭尉有一瞬间皱了下眉，见到这一幕不会太痛快，无关杨晨，纯属男人那点儿自尊心作怪。

而这时杨晨也终于反应过来，猛地推开梁泰，脸色瞬间变得煞白："你喝醉了，赶紧叫司机送你回家吧。"

333

梁泰被她推了个趔趄，瞧瞧她，又瞧瞧郭尉，玩味一笑道："我酒量如何，弟妹不知道吗？"

这句话问得暧昧，"弟妹"这个称呼也让另外两人神色各异。

杨晨瞄了眼郭尉，尽量让自己冷静下来，使他们的关系看上去正常些，说："你真的喝多了，早些回去歇着，有什么话下次光顾时再聊吧，顺便给你打个折。"

梁泰瞧着她一副与自己划清界限的样子，目光有些冷。

"不必在意。"郭尉说，"我来接晨晨，这就走。"

梁泰瞥了他一眼，竟整理着衣领，转身下楼了。

杨晨见人拐过转角才收回目光，对郭尉解释了一句："他是来吃饭的。"

郭尉却问："晨晨呢？"

杨晨没有立即回答，心中始终抱有一点儿希望："找个位置坐会儿吧，我这里的菜你还没尝过。"

"我太太在外面。"

杨晨一滞，笑容僵住，半晌才说："一起叫进来吧，正好可以聊聊天。"

郭尉稍稍牵动唇角，直白道："能聊的也就是晨晨了，有什么问题可以现在同我说。"

杨晨盯着地面，好一会儿才抬头看着他问道："你我非要弄得这么生疏吗？难道连朋友都没得做，坐下来吃顿饭都不行？"

"抱歉，家里那位管得严。"郭尉这话已经说得很明白了，"时间不早了，叫晨晨出来吧。"

半刻后，她说："下午送晨晨先回我那儿了，忘记告诉你了。"

郭尉绷了下唇，转身要走。

"我们真的没有可能了吗？"她喃喃地问了一句。

这个问题回答一个字都是多余，郭尉停下脚步说："麻烦同小区门卫打声招呼，我过去接晨晨。以后尽量别让他一个人在家，如果你忙就不必每周接他。"

苏颖见郭尉进去，也跟着下车在周边转悠了一下。

这家菜馆的地理位置相当好，周围是别墅区，出入的人非富即贵。她透过几扇窗隐约能看见菜馆里面的装修格调，应该不是普通大众舍得消费的场所。

苏颖倚着车门，踢走几颗小石子。她抬腕看了看时间，其实郭尉才进去了三分钟。她把两手放入大衣口袋，鼻尖有些凉，寒气开始顺着脚底往上蔓延。她准备回车上等，刚转身，一道黑影蓦地挡在她面前。

苏颖一惊，抬头去看，竟是梁泰。他歪头问道："等郭尉呢？"

苏颖向后退开一步，眉头皱起，连基本的寒暄都省了。

梁泰并不在意："人家两个人在里面聊着，把你自己扔在这儿？"

苏颖没说话，抬手去拉车门。谁知梁泰猛地把车门按回去，力道很大，苏颖的指甲随惯性被拉扯得生疼。

"滚开。"她冷冷地道。

梁泰挑了下眉，手掌撑着车顶："不忍了？骂人了？瞧着你性子就烈。"

苏颖很想照他的裤裆狠狠地来一脚，却顾忌着自己的身体不敢乱来。

他说话仍是那种要死不死的调调，目光却有些凶："别等着了，表哥带你找地方暖暖。"

"带你妈去暖吧。"苏颖不想与他纠缠，迅速转身，要从车后绕到驾驶位一侧。

梁泰一把拽住她的手腕，使劲把她往自己怀里扯。苏颖有些怕了，现在不同以往，肚子里的孩子不能出现任何闪失。她想给郭尉打电话，手机却被留在了车上。

苏颖慌道："你先放手。"

"刚才是骂人呢还是唱歌呢？怎么声儿……"他话没说完，突然痛呼了一声。

苏颖被他拉扯向前，肩膀蹭到车门，眼看就要随他一同倒下，却在这时有人从身后抱住她。

一瞬间，苏颖闻到了郭尉身上的气息。他拢着她的肩膀，将她上上下下地快速打量一遍，声音不太稳地问她："你怎么样？"

苏颖咬紧唇，摇摇头。

"孩子呢？"

苏颖一愣，又赶紧摇摇头。

刚才那一脚郭尉是从后面踹过来的，梁泰整个人趴在地上，疼得半天没有动。

郭尉把车门打开，将苏颖小心地扶到座位上，已经开始解西装纽扣。他嘱咐道："待在这儿，不要动。"

苏颖从他眼中看到了不同以往的阴鸷光芒，他的眸色很深，危险而尖锐。

"你要干吗？我没事儿的。"苏颖从未见过他这样，心中怕得很。

"不许动。"他再次嘱咐她。

而此刻梁泰低骂着站起来，见郭尉一副要干架的架势，也准备脱外套。

郭尉把西装交给苏颖，朝梁泰走去，开始松领带。不知什么原因，梁泰外套的拉链卡着不动，在他低头的瞬间，郭尉已一记暴拳挥了过来，快速将他打翻在地。

梁泰蒙了，口中咸腥，左面的一颗牙齿松动，舌头一顶竟然完全脱落。

郭尉扭动几下手腕，声音冰冷地说："苏颖是我的底线，你不该触碰。"

梁泰和着血把牙吐出去，猛地起身，屈膝击向郭尉的小腹。

菜馆里的服务员撑着窗台看热闹，小声对杨晨说："晨姐快看，街角有人打架。"

杨晨抬头看过去，脸色一变，起身出去。

刚才那一下郭尉的反应慢了些，他侧身出拳，肋骨被撞，却狠狠地击向梁泰的右脸。

两人翻滚在地，扭打成团。梁泰没占上风，口上却不饶人："老

336

子就他妈看你不顺眼，就想玩你的女人，她瞎了眼才会看上你，你配吗？"

这个"她"梁泰说得含糊，可以是杨晨，也可以是苏颖。

郭尉却能听懂，也不出声，只是一个劲儿地揍梁泰。

梁泰激他："女人嘛，总会得手。"

"你以为都像杨晨？"

杨晨的脚步忽地顿住，这几个字钻入耳朵，在她的脑中轰地炸开。她难以置信地盯着上方的那个男人，两手慢慢地捂住嘴。

梁泰也愣住，松开拽着郭尉领口的手："你知道？"

郭尉不答，仍是揍他。

梁泰忽然放弃了反击，头落回去，两手一摊，平躺在地上。

郭尉这才住手，撑地起身，衬衫凌乱起皱，裤子上都是灰尘和泥污。

梁泰胸口剧烈起伏着，有气无力地问了句："你今天……为谁？"

郭尉狠狠地警告他："别再动苏颖。我给你留足了颜面，你不想要，那便试试。"

他说完捡起地上的领带，转身朝车的方向走去，与杨晨擦肩而过的时候，一点儿余光都没留给她。杨晨觉得自己像是被人绑在架子上抽筋扒皮，颜面尽失，心中最后的一丝火苗也终于被风吹灭，不留任何痕迹。

郭尉开车离开，速度有些快，目光始终锁在前方，许久没开口，等到情绪稍微稳定后才扭头看了苏颖一眼。

苏颖闷声问："晨晨呢？"

郭尉说："在杨晨家里，我们现在过去接一趟。"

她没应声，视线转向车窗一侧，半刻后指着前方说："在旁边先停一下。"

这附近住宅居多，不似繁华的街道那样拥堵，行人也少。郭尉找了处方便的地方停车。苏颖下去，快步走进药店，没多会儿，她抱着几样东西出来，站在外面朝他招手。

不远处有个花坛，苏颖蹲下来吹了吹，先坐下，又拍拍旁边的位置，示意他也过去坐。

郭尉两手放在大衣兜里，抬眼看了下别处，又把视线转移回她身上说："不用了，也没怎么伤到。"

"快点儿。"苏颖催促道。

他只被梁泰撞了一下肋骨，手上的伤是揍梁泰时造成的，左手比较严重，有一下梁泰躲开了，他的拳头直接击在碎石遍布的地面上，擦出许多小口子。

苏颖先拧开一瓶矿泉水，握着他的手腕小心地冲洗了一下。外面温度不高，水也凉，苏颖抬起他的手贴在唇上暖了暖。

郭尉心中一揪，想要阻止她道："你现在才是应该被照顾的人。"

苏颖这会儿终于想起来了，抿抿嘴小声问他："你是怎么知道的？"

"偶然间看见了你的化验单。"

苏颖自己都忘记了："在哪里？"

"你的蓝色大衣的口袋。"

苏颖咕哝着应了一声，低下头，拆开棉棒蘸取碘伏，轻轻地擦在他的伤口上。

这双手向来干燥洁净，修长又骨骼分明，从未这样伤痕累累过。他多数时候都是温文尔雅的，她见到他最过激的行为也只是摔文件。苏颖没想到有天他会如此失控，为了自己与别人在地上翻滚扭打，衬衫皱了，西裤脏了，眼神狠厉，出拳野蛮。

在郭尉揍梁泰时，她激动到心脏狂跳、手心冒汗，怕他吃亏，恨不得下去帮他踹两脚。她在车上急得直抹泪，倒没有多委屈，仅仅觉得害怕，也觉得心疼。

苏颖柔声问他："疼吗？"

郭尉笑笑说："不疼。"

苏颖忽然抬起头，委屈巴巴地瞧了他一眼说："惊喜没有了。"

郭尉摸了摸她的头顶，轻声安慰道："这件事儿放在什么时候都是惊喜。"

"不一样的，我原来想象的是，新年那天要你说出想要宝宝的愿望，然后我凑在你耳边宣布'恭喜你郭先生，你的愿望实现了'。"她声情并茂地说着，又泄气般地垮下了肩膀，小声说，"我想知道你会是什么反应，想看你不可思议或者震惊欣喜的眼神……这回全没有了。"

郭尉沉默着，手滑下来，轻轻捏着她的后颈。

周围的光线不是很明亮，冬夜的气氛总带着几分萧索。

郭尉凑过去，用嘴唇在她的太阳穴上碰了碰："对不起，我的错。"

苏颖委屈道："我忍得可辛苦了，好几次差点儿说漏嘴。"

"就当我不知道，好不好？"

苏颖喊了一声，拿开他的手说："真以为我是小孩子，那……你早知道干吗不戳穿？"

他的声音温温柔柔的："我愿意配合你的小心思，想让你开心。"

这句话成功地让苏颖红了眼眶，她赶紧别开视线，去拆创可贴的盒子。缓了缓，她转过头来，拆开一条帮他贴好，用埋怨的口气说："都说了没事儿，干吗还和他打架？"

郭尉伸展了两下手指，顿了片刻说道："是我没有处理好以前的事情才会牵连到你。"

"他有病。"

"意不在你我吧？"

苏颖没细问是什么意思，把用完的垃圾收起来说："我记得你说过，打人是最没效率的解决问题的方式。"

隔了几秒，郭尉说："偶尔一两次，还是挺帅的。"

苏颖没忍住笑起来，看着他时眼中闪烁着小星星："简直战斗力爆棚，帅死了。"

几对年轻男女说笑着从他们的身边经过。

苏颖两手捧着他的脸，凑上去要吻他。郭尉偏头躲了下，压低声音阻止道："会有人看见。"

"怕什么？合法的。"苏颖一脸理直气壮的表情，扳正他的位置，强势命令道，"别动。"

她此刻只想狠狠吻他，便那样做了。两个人的嘴唇都是冰凉的，气息却灼热。苏颖原本攻击性十足，似乎想操控他的动作和意识。可这个男人认真起来太可怕，她毫无察觉地被夺走了主动权，只感觉他的手掌罩住自己的后脑勺。她被他带动着稍稍偏开一个角度，他的力道大了许多，暂时不顾及影响，认真吻她。

苏颖觉得晕晕乎乎的，变成了一个只懂听从命令的小机器人，郭尉叫她怎样配合她就怎样配合，没多久就浑身无力，自动往他怀里缩。

他们没敢耽搁太久，一吻终了，他牵着她返回车上，准备去接晨晨。

这天晚上晨晨洗澡时，郭尉拉开浴室门进去。

小家伙正哼着歌开心地冲澡，看见有人进来，赶紧转过身挡住重要部位。

郭尉说："是我，你挡什么？"

晨晨的小脸被热气熏得红彤彤的，问道："爸爸你怎么进来了？"

"给你洗澡。"

晨晨很久之前就不用郭尉帮忙洗澡了，仍背着身子，一脸为难道："不用了，我自己能行。"

郭尉坐在小凳上，屈起长腿，脸上带着淡淡的笑意说："甭跟你爸客气了，来吧。"

晨晨看了他几秒，有些不好意思地抿嘴笑笑，转了个身面对他站着。

小孩子简直眨眼的工夫就长大了，郭尉一时感慨，回想起晨晨牙牙学语时的样子。

他拧了条热毛巾给他擦背："今天在妈妈那儿开心吗？"

"开心。"

郭尉顿了下，严肃道："说实话。"

"不开心。"

"讲讲。"

晨晨犹豫了一下，问道："都讲吗？"

郭尉嗯了一声，顺着晨晨的肩膀一路擦下来。

晨晨说："中午吃过饭，妈妈把我送回家，叫我自己写作业、看电视，然后她就走了。我睡了会儿，结果一睁眼天黑了……我们以前住的房子那么大，我有点儿害怕，就把电视开到很大声。后来我肚子饿了，在冰箱里找到了面包还有……还有冰激凌。"最后三个字他说得很小声。

郭尉下颌微绷着，没搭腔。

晨晨又说："没人和我说话，不能和顾念一起讨论动画片，更不能出去玩，一个人好无聊啊。"

郭尉沉默了许久，把他的身体转过来。晨晨不知道郭尉要说什么，又默默地用两只小胖手挡在前面。

郭尉说："你有拒绝的权利，想去过周末或是不去都可以。"

"可是，她是我妈妈。"

郭尉放下毛巾，把手肘撑在膝盖上，温和地说："照顾和孝顺妈妈是理所应当的，你做得也很好。但是我想让你明白，拒绝不代表不乖，你现在还小，我希望你的童年能随心所欲一点儿，最起码每天都是开心的。"

晨晨垂着眼不说话。

郭尉问："我的话能听懂吗？"

晨晨点头。

"所以你自己决定。"他挤了些沐浴露抹在晨晨身上。

晨晨有点儿高兴，心思一转，问道："那我偶尔闯祸也可以吗？"

"当然可以。"郭尉说，"不怕屁股开花你就随便。"

晨晨闭上了嘴巴，保持沉默。

洗完澡后，郭尉用浴巾将晨晨裹住，自己的衣服却湿了一大片。他索性蹲下把晨晨背出去，虽然只有短短一段距离，郭志晨却觉得好幸福，搂着郭尉的脖子小声说："爸爸，你怎么那么好呢？"

郭尉弯唇，淡淡问："有多好？"

"天下第一好。"他抿了抿嘴说，"我想问个问题。"

"嗯。"

晨晨挠挠脸颊问道："如果你和苏阿姨有了新孩子，还会对我好吗？"

郭尉把晨晨放到床上，撑着床沿与晨晨平视，无比肯定道："你是我的孩子，那还用说？"他揉了两把晨晨的脑袋说，"但如果是妹妹，要多给她一些疼爱，不只是我，你也是。"

晨晨发现自己对妹妹还是有点儿抗拒，就想要弟弟。但他没敢说，就在心里稍微嫌弃了一下。

郭尉坐在床边和晨晨聊了会儿，关灯出去，去浴室洗澡。

这时苏颖已经钻进被子里准备睡觉，没多久身边床垫塌陷，他凑了过来。他终于可以光明正大地亲吻她的肚子，苏颖被他闹得睡意全无，室内温度不断上升，气氛缱绻。

苏颖垂眼看着他，一时好奇："你刚知道时是什么心情？"

郭尉说："我挺强的。"

苏颖翻个白眼，很想把他踹下去。

郭尉不再逗她："我很少失眠，但那晚基本没合过眼。"

苏颖抿嘴笑了，把他拉上来问道："都在想些什么？"

郭尉关掉灯，将苏颖搂进臂弯里，慢慢地说："想孩子会是男孩儿还是女孩儿，样貌和身材像你多还是像我多，调皮还是安静……你的反应严重不严重，会不会辛苦……"

苏颖听不够："还有呢？"

"闭眼。"他轻轻拍着她的背，继续说，"想着怎样配合你，关注的同时又不能表现得太明显。"

苏颖无声地笑笑："还有吗？"

"考虑换个大房子，多请位阿姨照顾你，营养要跟上。何时跟老太太打声招呼，定期产检……"

郭尉说了很多，苏颖却越听越精神，仰脸在他的下巴上亲了下："别有太大负担，现在的一切都很好。"

"嗯。"郭尉低低应着，"这种负担多来些也不怕，我喜欢。"

新年的前两天，苏颖带着顾念和晨晨提前住到了老太太那里。女主人都离开了，郭尉下了班自然也追着她过去，一同住下。

苏颖磨了郑再很久，终于把她也拉来。一家人总算齐整了，最开心的是谁可想而知。

怀孕的事情郭尉已经知道，苏颖没有再隐瞒的必要了，提前公布。全家上下惊喜万分，提前沉浸在欢乐喜悦的气氛中。

傍晚时，苏颖在楼上的房间翻找那个储物箱。她记得就在桌子下面，上次看还在，等到真正心无芥蒂，纯粹好奇地想翻看一下时却忽然消失了。

她从地上站起来，去衣柜里面找。

恰巧郭尉开门见到，问她："找什么呢？"

"你回来了。"苏颖关好柜门，走向他，"就是收藏你整个青春记忆的箱子呀，你放起来了？"

郭尉不知道她的脑子里又在想什么："没有。"

"我看看嘛。"她挽住他的手臂晃了晃。

郭尉问她："找它干什么？"

"无聊，翻翻而已。"

郭尉说："我真不知道，你去问问妈。"

苏颖哦了声，转身要走，却忍不住偷偷回头多瞧了他两眼。他穿着件驼色商务版羊绒外套，剪裁得体，样式简单，这种颜色的衣服他平时很少穿，却也能轻松驾驭。

苏颖折回去，忍不住在他的肩膀上摸了又摸："这是谁家男人啊？这么好看，身材好，个子也高。"她占尽他的便宜，"尤其身上穿的这件衣服，真有品位。"

"夸我还是夸自己呢？"郭尉眼中带笑。

"夸自己。"

"倒是不谦虚。"他挑着眉，轻敲了下她的头，"那我问问你，是你选男人的眼光好，还是选衣服的眼光好？"

苏颖笑着，把他往后推："都好。"

很快，郭尉把后背靠在墙壁上，苏颖整个人贴过来，把他的手臂紧紧拢住。她身上带着独有的淡香，其实他已经闻惯了，但某些时刻这种香味仍像酒精一样让他产生醉意，比如现在。

她这样黏人谁受得了？郭尉有些无奈地问："郭太太想怎样？"

"不怎样，就觉得你穿衣服的样子很帅。"这话本身就不严谨，她偏偏踮起脚，轻声细语地在他耳边说，"不穿时更……"

郭尉及时地用掌根按住她的额头说："远点儿说。"

"亲一下。"

"不亲。"

"亲。"

"不亲。"郭尉无情地说，"碰不得，那就别撩。"

被他冷漠地拒绝后，苏颖独自下楼。

仇女士在客厅里陪着俩小孩儿吃水果，不知讲到什么，笑得前仰后合。

苏颖过去坐下，从桌上拿了颗草莓吃："妈妈，您见到郭尉房间里的储物箱了吗？"

"哪个？"

"原来放在桌子下面的那个。"

仇女士装傻道："不知道啊。"

她前几天打扫房间时简单翻了翻，里面除了郭尉读书时的旧物，还有几本相册，其他都是杨晨的照片和三人的合影。她想起元旦那晚他们之间似乎不太愉快，害怕以后再有什么误会，烧不得也剪不得，只好搬到别的地方收好。

苏颖哦了声，没再追问。

晨晨在旁边不声不响地吃糖果，以为没人看见，一口气往嘴里塞了两三颗。他伸着小胖手还要去桌上拿，苏颖暗地里拉拉他的衣摆。晨晨看向她，她瞪着眼，嘴巴动了几下，无声地警告。守着孩子的奶奶，苏颖不敢管得太明显。她毕竟是继母，话轻话重老人家心里都不会太舒服。

晨晨吐吐舌头，收回了手。

苏颖扭过头时，恰巧撞上仇女士的目光，便硬着头皮说："不能让晨晨吃太多糖。"

仇女士忽地一笑："我又没说什么，想管就管，不用偷偷摸摸的。"

苏颖蓦地想起和郭尉刚结婚时仇女士反对他们再要孩子的那番话，觉得应该适当表明心意让老太太放心。

苏颖性子直，没有拐弯抹角："妈，您放心，即使家里再多一个小孩儿，我也会尽我所能好好照顾晨晨的。您担心的事儿不会发生，我很喜欢他，我们一直也相处得很融洽。"

仇女士倒有些不好意思，苏颖是什么样的人，长久以来她已经看得很透彻。她把苏颖的手拉过来，放在腿上拍了拍，说道："以前不敢说，但现在妈妈很放心。我没有别的要求，就希望以后你们五口人平安健康，一切顺顺利利的。"

"肯定会的。"

老太太笑眯眯地道："现在这样多好，完完整整的一家人，叫谁的名字都有回应，说起来妈妈还要感谢你。"

新年这天，外面应景地又飘起了雪花。

俩小孩儿比谁起得都早，看见长辈先说吉祥话准没错。家中节日气氛浓郁，摆设装扮仍然延续仇女士的风格。苏颖扶着缠满节日彩灯的扶手下楼去，想起去年的今天还在舅舅家。时间不声不响地走着，这一年发生了很大变化，原来她也可以拥有更多。

仇女士从早晨忙到现在，苏颖想去厨房帮忙，被仇女士唤着'小祖宗'请了出去。郑叔做些擦地、浇花的零碎家务，也不用她插手。

苏颖彻底变成了闲人，只好去楼上找郑冉聊天。

下午时，雪下得更大了些。苏颖趴在阳台上朝楼下看了一眼，积雪已有些厚度，视线所及皆是白色。

她转头对郑冉说："走啊，下去玩会儿。"

"玩什么？"

"堆雪人。"

郑冉瞧瞧她："不去，我长大了。"

苏颖哼了一声没再理她，回房换了厚外套，又给顾念和晨晨全副武装，三个人去楼下的花园里堆雪人。

即便今年降雪量比往年多，积雪也不如北方那样扎实。雪人不是很大，到苏颖小腿的高度，他们从厨房拿来胡萝卜做鼻子，以树枝为手，最后再扣上了一顶帽子，雪人便有点儿憨态可掬的样子。

俩小孩儿蹲在对面托腮欣赏，鼻尖冻得通红，却很开心。

苏颖的耳边响起了车轮碾压积雪的声音，转身看见一辆黑色奔驰停在门口，没多久，郭尉便推开车门下来。他上午去了趟公司，手里拿着几份文件，身上仍穿着昨天那件驼色大衣，没系纽扣，里面是黑色高领衫，下身穿着黑西裤。他的步子大而稳健，那双腿格外修长，被西裤裹着，隐隐勾勒出强健的肌肉轮廓。

苏颖再一次为他着迷，他的每一个表情和动作都让她无法挪开视线。

她定了定神，迅速凑到两人耳边低语几句，又拍了下晨晨说："快点儿，叫他。"

晨晨已经开始着急地一边和顾念团雪球，一边大声地喊："爸爸！"

郭尉转头看过来，停住脚步，不需要去想就知道这两小一大存了什么坏主意。

他勾唇一笑，折身把文件放回车里，慢慢地戴上了皮手套，朝这边走时随意地弓了下身，捧起雪在手里慢慢攥紧。

顾念和晨晨冲过去，大喊着把雪球扔向他。他先侧身朝左面躲，又迅速扭转身体躲到右面，两个雪球都没砸中，而他手中的雪球却已经打到了冲在前面的顾念身上，当即炸成一朵花。

顾念大叫一声，和晨晨蹲下继续团雪球。可两人的速度怎敌郭尉快，这期间又挨了几下。院子里只剩下了哇哇的惊叫声，三个人又笑又躲，好不快乐。

郭尉对男孩子从不手软，把雪球使劲地往他们身上砸。眼看俩小孩儿躺地翻滚，还击困难，苏颖急得直跳脚，默默抓了两团雪，小心

346

翼翼地走过去。

"老公。"她轻轻叫了一声。

郭尉回身。苏颖抬起左手，把一团雪轻巧地朝他扔过去。

郭尉并没有躲，雪团不偏不倚地砸在他的黑色毛衫上，他低头看看，又抬眸看了她一眼。

苏颖指了指自己的肚子，无辜道："他让的。"

郭尉挑挑眉，一笑，忽然抬手朝她做了个假动作。苏颖下意识地闭眼缩肩，该来的却没来，郭尉怎么舍得。

苏颖慢慢睁开眼，又有恃无恐地举起右手说："他说，还让打一下。"

郭尉淡淡地问："没说让打哪儿？"

"脸。"说着，她已经把雪朝他扔过来。

郭尉不动，只迅速扭了下头，散掉的雪落在他的领子和耳朵里。苏颖没想到他会任由自己胡闹，愣了片刻，却又忍不住哈哈大笑。

郭尉无奈地摇了摇头，用手扫掉，轻声问道："开心了？"

"开心！"

郭尉没说话，忽然抬手摸了摸她的头顶。苏颖便安静下来，近上他的目光，在他的眼眸中看到了小小的自己。她又在欺负他，好可恶。苏颖走上前，慢慢抱住他的腰，仰起脸，将他脖颈间的残雪弄干净。

"凉吗？"她问。

"不凉。"

"干吗不躲？"

郭尉说："不想扫你兴。"

雪花自天空悄无声息地飘落，毫无重量，又似渲染着某种气氛，好让他们记住这个平凡却难忘的日子。就像他们初遇的那天，阳光一如往常般灿烂，她穿着烟粉色的旗袍朝他走来，表情不爽，是他初见她时最真实的模样。

现在他再去回忆，那一天也因她而变得不同。

郭尉低下头，在她颊边落下一吻。他这一生的温柔不算多，往后都留给了一个人。

从外面回来，郭尉上楼换了身衣服，洗净手，去厨房帮着包了几个饺子。

他离家早，什么都会一点儿，虽然不算精通，但也能达到一般人的水准。他站在老太太旁边，垂着头漫不经心地捏着手里的饺子，袖子被随意地卷起，面粉沾到胳膊上一点儿。

老太太一脸嫌弃："你那是什么？奇形怪状的，看着一点儿都不美观。"

郭尉并不在意，把洗净的硬币和糖块分别捏进饺子里："能分辨就可以。"

他又说："您帮帮忙，待会把这几个饺子盛到一起。"

于是，在年夜饭时苏颖如愿以偿地吃到了硬币和糖果。她知道，自己哪会恰巧有那么幸运，但不想刨根问底，把惊喜全部写在脸上。

有个人愿意成全她的小愿望，把她搁在心里妥帖地安放。她感受得到这份珍重，也十分清楚，心脏在某一刻不再只为自己跳动。

她与他的最初，源于一个名字，她抗拒过、彷徨过、动摇过、痛苦过，他们的缘分也终因这个名字被成就，然后他们深深爱上彼此。

直到这一刻她才终于明白，与谁分别、与谁相遇，在冥冥之中其实早有了安排。

电视里正在播着小品，大家都在笑，她也笑，但是她笑着笑着，眼眶忽然有点儿湿。

她没看他，却在桌下寻到他的手，紧紧握住。

时间转瞬即逝。新年的钟声即将敲响。

苏颖抬起头，目光落在他的脸上不愿离开，笑着说："新年快乐，郭先生。"

"新年快乐。"他也说。

番外一

苏颖怀孕以后没有太大的反应，嗜睡、呕吐、精神不济等现象基本没有，只是因为体内的激素水平变化，脾气变得阴晴难测。

一日深夜，苏颖肚子饿，本想自己去厨房找些吃的，一时又懒得动，便把郭尉摇醒，让他帮忙看一下厨房里有什么吃的。

没多久，郭尉回来问道："冰箱里有些速冻小馄饨，煮给你吃？"

"有别的吗？"

郭尉走到床边摸摸她的头说："水饺和豆沙包，或是熬点儿小米粥？"

"还有呢？"

他猜想孕妇口味刁钻，必定不想吃那些家常食物，说："便利店的饭团，晚上顺路买回来的。"

"就吃这个。"

于是郭尉用微波炉加热饭团，又搭配了一杯牛奶，一起给她端过来。

苏颖直接坐在床上吃，饭团是照烧鸡肉口味，米粒又香又糯，大块的鸡胸肉配着浓郁的酱料。

她默默地吃着，郭尉坐在一旁看她。

苏颖说："你睡吧，我关着灯也是能吃的。"

郭尉说："再吃到鼻子里。"

苏颖低低地笑了下，忽然想起很小的时候母亲也这样说过她。不知为何，她最近时常回忆起那些被淡忘很久的人。

她捏着饭团说："跟念念差不多大时，我家里开过一阵小卖部。红皮的火腿肠我妈不舍得给我吃，我就趁着有人买东西的时候明目张胆地从货架上拿。有外人在，她不好意思去管，我就得逞了。"

"后来呢？"

"后来……"苏颖想了片刻，眨眨眼说，"小卖部被我吃黄了。"

郭尉笑了笑。

其实是当时位置没选好，又因为资金原因商品不全，小卖部才没支撑下来。

郭尉问："哪种火腿肠，想吃吗？"

苏颖摇摇头，咬了几口饭团却没吃到肉。她朝他递过去，想让他帮忙解决掉多余的米饭。

大半夜的，郭尉食欲不佳，勉强咬了一口。苏颖转过来看了一眼，说："这儿，再吃一大口。"

郭尉便按照她的意思大口咬下去，谁想到一整块鸡胸肉都被他不小心地带出来。

苏颖愣住了，看看手上只剩一个洞的饭团，又抬头看看他，心中莫名地涌起一股难以抑制的气愤和委屈，眼泪瞬间掉了下来。分不清从何时起，她的这些情绪开始在他面前不加掩饰。

郭尉蒙了，明明她前一秒还在欢快地讲述童年趣事，转眼竟满脸泪痕委屈兮兮的。他有点儿慌，吃也不是，不吃也不是，想着鸡肉还没被碰到，便打算就着自己的口给她喂过去。

苏颖却推了他一把，呜呜说着："嫌你脏。"

郭尉无奈，以前她可没有嫌弃过他。他的样子颇为狼狈，把口中的东西三两口吃掉，伸臂把人搂在怀里哄了好一阵，额头都急出汗来了。最后他到底还是穿上衣服，在凌晨开着车满世界地给她找饭团。

结果他回来时，她却已经睡着了。

郭尉站在床前看了会儿，无奈地摊摊手，把饭团搁在桌子上。他脱掉大衣，小心翼翼地掀开被子躺下来。身边的人背朝他侧卧，蜷起双腿，呼吸轻浅。郭尉也转向她那边，把手伸过去放在她尚不明显的肚子上。

苏颖忽然说："对不起啊。"

"没睡着？"

"本来有点儿迷糊，但是你开门进来我又醒了。"她小声说。

郭尉问："饭团还吃不吃？和刚才的一个口味。"

"不吃了。"苏颖翻身，缩进他怀里蹭了蹭。郭尉走后，她反省了好久，三更半夜叫他出去实在是不体贴，她说，"我最近脾气太大了，自己也没办法控制的那种，所以你要多体谅，别和我生气。"

郭尉低声说："不会的。"

从前怀顾念时，身边没男人，她大着肚子能背能扛，产检一个人去，腿抽筋了自己揉，风里雨里照样挺着肚子追公交，觉得自己无所不能，比男人还强悍。原来那只是没有办法而已，她需要树立一个信念才能支撑下去。而现在仗着有人宠，她才变得越发矫情，也终于体会到，孕期生活可以是这样一种美好的体验。

想着，她又想哭，吸吸鼻子，努力把眼泪憋回去，小心翼翼地抬头亲了他一下："你会惯坏我的。"

郭尉在她唇边逗留了会儿："自己娶回来的，忍着吧。"

"也没那么差劲吧。"苏颖皱着眉又说，"要不你管管我？"

他淡淡地问："怎么管？一天打你八遍，不给饭吃，不准休息？"

"太狠了吧，骂两句就好了。"

郭尉说："不骂，攒着。"

苏颖不解道："嗯？"

"到时候一块收拾。"他用指腹在她的后背上随意划了两下，好像写了个什么字。

笔画很简单，但苏颖猜不出，只是从他说话的语气中听明白了他的意思。她知道他想的是什么，便坏心眼儿地凑上去与他接吻。没多久两人便呼吸急促，虽然不能动真格的，却有无尽的亲密举动。

351

印象里时间很漫长，两人的衣服落了一地。

郭尉让自己平静下来，说："两个人的事儿，却要你一个人受罪，本身就不公平。"

苏颖摸摸他的脸："真是个明白人。"

郭尉握住那只不太安分的手，低头说："怎样折腾都不过分。"

这话听着很舒服，让苏颖找到一种平衡感。女人其实很简单，有时候只需要一句话就心甘情愿为对方赴汤蹈火。苏颖被他感动到了，还想感慨两句，他却轻轻捂住她的嘴，在她耳边嘘了一声结束交谈，关灯睡觉。

前三个月终于熬过去了，苏颖开始闲不住了。恰好郭尉出差，一去就是半个月之久。

太空闲的时候，人总爱胡思乱想。苏颖在非常时期，听说男人在这期间容易犯错误，郭尉又是那样出挑的人物，免不了有狂蜂浪蝶前赴后继。人不在身边，她心里总也不踏实，即便十分相信郭尉的人品，郭尉也每天事无巨细地向她交代行程，她还是控制不住地幻想着一出出他与各种女人的纠缠大戏，然后翻来覆去，彻夜难眠。

苏颖告诉自己不能再这样了，约郑冉陪着做了一次产检，之后和郑冉一同回到工作室。

两人凑在一起免不了谈起先前中式嫁衣的计划，苏颖觉得自己的身体完全可以，有些事情没必要拖到生完以后再去做。于是她和郑冉、周帆一起拟定了方案，再细细做了市场调查，确定万无一失后只剩资金这一难题。

苏颖日盼夜盼，终于把郭尉盼了回来。

他风尘仆仆，见到她时眼睛便没离开，伸手揉了揉她的发顶说："胖了点儿。"目光随之向下，在她身上停留了几秒，"肚子也见大了。"

苏颖上前一步勾住他的脖子。没等她说话，他先问："想我没？"

"想了。"苏颖实话实说，凑近了吻他。

他们温存了一阵，又嘘寒问暖一番。她心里实在存不住事儿，便把一直惦记的问题同他说了："借我点儿钱呗。"

有了后一句，先前的答案便显得过于敷衍。郭尉不悦，捏她的脸时稍微用了点儿力气，见她龇牙又赶紧松开。他把电脑包和外套搁在沙发上，松了领带，问她："借钱做什么？"

苏颖跟过去坐下，把工作计划同他报告了一遍，想了想又添了一句："我会还的，利息你来定。"

郭尉沉默，只担忧她的身体状况。

苏颖猜出他的顾虑，赶紧挺直腰板，拍着胸脯保证："我的身体特别健康，一点儿问题都没有。上周我去产检，医生说胎儿发育得很好，但建议我找些事情做，不能经常闷在家里。"她挽住他的手臂，小声央求道，"我会量力而行的，况且有周帆在，所有事情吩咐她跑腿就好了。"

郭尉没说话，低着头，不慌不忙地解开衬衫纽扣。恰巧有电话打进来，他分心接听，最后也没说要不要借钱给她。

就这样，她整个晚上都烦躁不安地度过，郭尉没说借不借，她也不好意思再提。她想起"千有万有不如自己有"的老话，一时悲伤郁闷，更加下定决心做出番成绩。

夜晚回到卧室，两人免不了小小地折腾一下。

许久没见她，郭尉比较激动。苏颖却不太配合，把所有的情绪都表现在脸上，郭尉吻她时她左右躲闪，眼神里都写着抗拒。当他提出希望她帮个忙的要求时，苏颖一翻眼睛说："累了，手疼。"

郭尉细细瞧了她一阵，知道她在气什么，起身出去，没多久手里拿着份文件进来。

苏颖扭头瞧瞧他，目光下移，又在那个文件夹上停留了几秒，没接。

郭尉轻抬了下手腕，示意她看看。隔了几秒，苏颖慢慢坐起，闷着声嘟囔着："什么啊？"这次倒是接了过来。

翻开文件夹后，苏颖蓦地怔住，里面竟是份解除婚前协议的声明。

郭尉说："找个时间我们去趟梁律师那里，把手续办完。"

"这是……什么意思？"

"意思是说，"他看着她说道，"从今以后，我们荣辱与共，谁都没得逃了。"

苏颖的心脏像是忽地被揪紧，竟半天说不出话来，视线稍垂，又盯着那几页 A4 纸看了会儿，把文件夹合上还回去，说道："签都签了，你又想取消。"

"当初好像是你的提议。"

到底是他的修行时间长，苏颖噎住，竟不知如何反驳他。她狠狠地瞪着面前的这个人，咬住唇没开口。

郭尉不逗她了，缓下语气说："那是以前。"

"以前和现在有什么区别？因为肚子里的这个？"苏颖问。

郭尉停顿片刻说道："这是很小一部分原因。"

苏颖努努嘴："郭总还真是够坦白。"又问，"其他原因是什么？"

"你说呢？"郭尉把文件夹放在桌边，稍弓着背与她平视，"两个人的感情基础足够稳固时，应该抛开经济上的束缚，目标和步伐统一。"

苏颖推着他的肩膀说："不签，你先借给我钱。"

"签了都是你的。"

"谁稀罕？"苏颖很有气势，"以后说不准我赚得比你多。"

郭尉点点头："那我遇到危机时，你会不会出手相助？"

苏颖想都没想地说："不会。"

"就看着我身无分文露宿街头？"

苏颖拢着肚子慢慢躺下来，嫌他碍事，伸腿踢了他一下。她忽然想到了什么，暗自笑了会儿，懒洋洋地说："没关系啊，现在孩子有了，你的肾留着也没多大用处，所以缺钱可以卖肾呀。"

郭尉脸都黑了，目光有些危险地瞪着她，见她乐不可支，半晌，到底没忍住，摇头失笑道："怂恿自己的老公卖肾，还是头一次听说。"

苏颖继续笑。

他忽然问："卖了你用什么？"

"嗯？"

房里根本没有第三人，郭尉偏偏凑到她耳边低语："怎么能忍心剥夺你的乐趣？"

苏颖的脸颊当即染上少许红晕："臭流氓。"

之后两人又严肃认真地谈过一次，苏颖在这件事情上没有太过纠结，协议存在与否已无关紧要，只觉得他那句"荣辱与共"有一种特殊魔力，好似将他们紧密相连，融为一体。

又过了几天，郭尉便约好梁律师把手续办了。

向他借的那笔钱苏颖仍然规规矩矩地写好借据，并要求他妥善保存。郭尉收下，再三告诫她别拿身体开玩笑，遇事不可硬撑，身为母亲应当承担起这份责任。

苏颖点头如捣蒜，温言软语地一一答应下来。

有了资金支持，苏颖终于可以放开手脚好好运作一番。

郑冉邀请了几位师姐加入，又通过一些途径签了一位小有名气的设计师，整个小组专心开发主打的嫁衣系列，而另一边又招了两名助理，和周帆一起协助苏颖进行宣传。许多事情苏颖吩咐下去即可，周帆几个人都会尽职去做，网站升级、网络竞价推广、租场地举办展览、与几大名牌婚庆公司取得合作机会……和上次不同，资金到位，广告宣传自然立竿见影。除此之外，她们还增加了线上销售的渠道。

七月初，主打样衣被赶制出来。以"鸳鸯和嬉"为主题，选用传统的大红色作为主色，图案使用金线手工刺绣，主体面料是天然真丝，配件也都是精品。穿在模特身上，手腕及耳垂再以金饰点缀，那份庄严的美令人动容。

一件嫁衣一生只穿一次，因为它的特殊性，那抹红色便被赋予了一种神圣的力量。

所有人围着嫁衣热烈地讨论着，苏颖和郑冉站在最后面，许久没说话。过了会儿，苏颖悄悄勾住了郑冉的小手指。郑冉的视线并未落向这边，却紧紧地回握住了苏颖的手。

八月份，映染定制的嫁衣系列正式推出，恰巧可以迎接婚期高峰，出乎意料的是，仅仅三周时间，工作室竟接到了几十笔订单。

这是个令人振奋的好消息，全体成员投入到紧张的工作状态中。

与此同时，离苏颖的预产期也不到两个月了，她的肚子越来越大，行动也不方便。她近期实在忙碌，郭尉担心之余，与她相处的时间也少得可怜，只有晚上回到卧室后才能贴着她的肚子听一会儿，和里面住着的小家伙亲密互动。

一次产检过后，郭尉明令禁止她再去工作室。万幸那边的事情进展顺利，苏颖也能缓口气了，便把手头的工作交给周帆，待在家里安心待产。

她无聊时翻出一件米白色的旗袍，是刚和郑冉学习那会儿为自己做的。她心血来潮，知道现在穿不下却偏想一试，结果深受打击，旗袍到胯部就已经卡住了。

孕妇极易多愁善感，苏颖坐在床边陷入绝望，想起怀顾念时因为没有很好地控制饮食导致胎儿过大，医生害怕分娩过程中出现难产，最后不得已选择剖腹产。

郭尉从外面进来时，她抱着他的腰掉了几滴眼泪。

他轻声安慰道："我们这次控制得很好，别太担心，一切正常。"

"可是以前的衣服我完全穿不进去了。"

郭尉说："你的那些衣服估计谁穿都有难度，我一条腿进去就卡住了。"

苏颖一顿，忽然含着泪笑起来。

饭后，郭尉陪着她去外面散步。暑热未退，树木花丛仍是一片繁茂。苏颖抚着肚子，虽然艰辛，也万分珍惜与宝宝合体的最后时光。

他们偶尔会遇到眼熟的邻居。即使平时没有太多交集的人，看到苏颖的肚子也会停下询问几句，通常第一句都是问多少周了，然后就是问孩子的性别。

当初苏颖做彩超时胎儿的位置不太好，暂时无法判断。其实是男孩儿还是女孩儿早已注定，两人没有纠结这个问题，后来也不曾特意询问。

苏颖拉着他的手问道："如果是个男孩儿你会失望吗？"

"不会，"他说，"是女孩儿会更加惊喜。"

"执念很深嘛。"

郭尉换了另一只手牵她，靠近她的那只手小心地扶着她的腰，说道："我太贪心了，希望儿女双全，完美一点儿。"他低头认真地瞧了她一会儿，又说，"也想知道，看着与你长相相似的小姑娘一天天长大，究竟是种怎样的体验。"

苏颖别提有多欢喜了，微扬着声调："直接看我不就好了？"

"应该比你可爱。"

苏颖皱着鼻子说："感觉我地位不保。"

郭尉笑了笑，没有说话。

不觉间两人走到了常散步的公园，找了张长椅坐下。对面的空地上有一个巨大的孔雀笼，两只孔雀慵懒地待在假山上。

苏颖认真地看了会儿，转过头拐弯抹角地问郭尉："晨晨出生时你有什么感觉？"

郭尉想了想说："不可思议。"

"具体说说。"

"那时比预产期提前了半个月。恰好我在临市参加一个展销会，知道消息后立即往回返，还是没来得及，晨晨已经出生了。"

出于那点儿阴暗的自私心理，苏颖有些高兴，这种情绪也毫不掩饰地体现在了脸上。她笑着说道："不称职哦。"

郭尉瞧她一眼，淡笑道："要我继续说说之后的细节吗？"

苏颖可不想找虐，赶紧摇头转移话题说："我生孩子时，你一分一秒都不许离开。"

"我可以陪你进去。"

苏颖想了想那种画面，严肃拒绝："还是算了，不想让你瞧见我难看的样子。"

"我不介意。"

"那也不行。"

预产期一天天临近，郭尉提前排开了所有的外出事项，推掉应酬，尽可能地多陪在她身边，以便应对突发状况。

这一天终于在他们有所准备的情况下到来，傍晚吃饭时苏颖阵痛破水，比预产期提前了三天。郭尉有条不紊地打点着一切，最起码表面上还能维持淡定。顾念却被这阵仗吓坏了，紧紧地拉住苏颖的衣角，眼里含着泪，非要跟去。晨晨见他这样也坐不住，已经跑回房里换好了衣服。于是郭尉开车带着一家人匆匆地赶往医院。

仇女士接到电话也立即过来，可能是她在途中通知了郑冉，没多久郑冉也到了。

苏颖的宫口开得慢，医生建议她下床适当走动。每隔几分钟肚子就要疼一次，苏颖扶着腰，另一只手撑住墙壁咬牙忍耐。

几个小时过去，痛感加剧，她大汗淋漓，发丝一缕缕粘在额头上，嘴唇被自己咬得发白。

郭尉后背开始冒汗，心中万分焦急，却丝毫不敢表现在脸上，只凑近了与她柔声商量："我们剖腹产吧。"

苏颖摇头，有气无力道："我想试试。"

郭尉没再说什么，只紧紧握住她的手，内心煎熬。

又一阵宫缩过后，苏颖眼尾挂泪，泄愤般地在他的手臂上挠了几下，只用两个人能听见的声音说："非叫我生，非要女儿，你只会爽，却要别人遭罪，你太渣了。"

郭尉低声哄她："是我不好。"

"下次自己生。"

他亲了亲她的手背："要不是身体结构有区别，全由我承包都没问题。"

"就因为实现不了，你才这样说的。"苏颖抹了把眼睛说，"虚伪。"

"我虚伪。"此刻不能讲道理，郭尉一一应下来，她说什么便是什么。

时间越来越晚，俩孩子不能跟着熬下去，郭尉叫保姆先带顾念和晨晨回去休息。

顾念小声问："妈妈会有危险吗？"

郭尉弓身捏着他的双肩说道："放心，我保证妈妈一定安全。"

晨晨也像小大人一样地嘱咐道："你要照顾好苏阿姨。"

郭尉摸摸他的头说："知道。"

只见晨晨背过身去，双手合十举在胸前，口中嘀嘀咕咕地说着什么。郭尉凑近了才勉强听清，他说："求求了，求求了，给我个弟弟

358

吧，千万别是妹妹……"

郭尉哭笑不得。

凌晨五点钟苏颖才被送进产房，尽管在关键时刻医生懂得取舍，郭尉还是同对方说："万事请以我太太的平安为先。"

那扇门关上了，走廊里寂静无声，郭尉坐到对面的长椅上，搓了把脸。

仇女士在他面前走来走去，高跟鞋发出嗒嗒的轻响，他听着更加心烦意乱。

郑冉坐到他旁边问道："你很紧张吗？"

郭尉说："还好。"

她递过去一瓶水，无情地拆穿他："也没好到哪里去，嘴唇脱皮了。"

郭尉扭头瞧她一眼，把水接过来握在手里，却没喝。

不知不觉窗外的天色已泛青，远方挂着鱼鳞状的云彩，两只喜鹊停在窗沿，片刻又飞上枝头。

产房里忽然传来一阵异常的闹嚷声，惊动了等候在外的家属们，有一个产妇大出血，医生拿着同意书出来找人签字。

郭尉的心脏跟着提到嗓子眼儿，他一时开始回忆苏颖进去多久了，紧跟着又幻想出一堆不好的事情。他无法保持冷静，找护士询问情况，问她改为剖腹产是否可以减轻痛苦。

护士进去后很快又出来，说产妇不同意，并安慰道："快了，快了，再耐心等一等。"

郭尉如坐针毡，站起来走到窗边，两手撑着窗沿看外面。

时间仿佛被无限拉长，又不知过去多久，迎着晚秋第一缕朝旭，产房里忽然传出了婴儿的啼哭声，尖锐而嘹亮。

郭尉蓦地抬头。这种感应很奇妙，他笃定那是他的孩子。

他们又等了片刻，护士抱着裹好的婴儿出来，喊苏颖家属，并恭喜道："六斤二两，母女平安。"

那一刻，郭尉心跳加速，两腿酸软，竟怯懦地不敢迈出第一步。

苏颖睁眼时最先看到了郭尉。四目相对，两人都出乎意料地没有说话。

她的手被他紧紧地握着，感受到他的掌心一片湿凉。他面带倦意，下巴上泛着青茬，不似平常那样精神奕奕。

仇女士脸上挂着笑容，和郑冉靠着沙发椅背瞧那个孩子，见苏颖醒了，赶紧抱过来放到她身边。

苏颖扭头打量着皱巴巴的小丫头，很久后目光才转向郭尉，虚弱地笑笑："是个女儿。"

片刻，郭尉用嘴唇贴了贴她的指尖，低声说："谢谢你。"

"我棒不棒？"

"很棒。"

他们正说着话，俩小孩儿从门口进来，邓姐跟在后面，手里拿着保温桶。

顾念和晨晨几步冲到病床边，叽叽喳喳地同苏颖打招呼。

老太太连忙嘘了两声："都轻些，小祖宗们。"两人这才抿住嘴，凑过去看旁边那个小婴儿。

晨晨赶紧问："弟弟还是妹妹？"

郭尉答道："妹妹。"

一瞬间，晨晨的表情变得很扭曲。顾念非常理解他的心情，却不厚道地嘻嘻笑了，没工夫安慰他，只小心翼翼地凑近了看妹妹，半晌，有感而发："好丑。"

所有人都笑了。

郭尉被两个孩子挤到了后面，又换坐到床边，仍握着苏颖的手，目光也若即若离地跟随她左右。

说话声不断，苏颖默默听了会儿，扭头看向窗外。

阳光洒满桌面，树枝的影子在托盘旁轻轻摇摆，光束中跳跃着细小的尘埃，天空蔚蓝。这是个充满生机的早晨。

苏颖心满意足，人生大起大落，感恩还能得一个圆满。

她所失去的，都以另一种方式得到了补偿。

番 外 二

爱你哦

妹妹出生至今，已经三岁半。

苏颖觉得这个孩子十分难带，淘气程度远远超出小时候的顾念。妹妹不似她外向开朗、性格火暴，也没有郭尉的安静稳重，调皮捣蛋时不声不响，却能"拆家"，她时常疑惑妹妹到底随了谁。

可妹妹不管闯下多大的祸，只要张开手臂朝某人求抱抱，再送上甜蜜一吻，天塌下来都没事儿。她仿佛清楚，爸爸就是她的制胜法宝。

某日，苏颖忽然想吃小馄饨，看看时间发现郭尉快回来了，发消息叫他帮忙带一份。

她发过去后，又加了一条语音。

"爱你哦。"她把手机凑到嘴边，软软地说了一句。

没过多久，那边的人同样发语音回复她："我也爱你。"

他声音沉沉的，苏颖抿着嘴眯眼笑。

在沙发上乱滚的妹妹忽然不动了，眨巴着大眼睛看妈妈，好像又

361

学会一招。

事实证明，熊孩子太安静绝对在作妖。

苏颖似乎很久没听到妹妹发出声音了，忽然反应过来，喊了几声她的名字，赶紧四处找人。

苏颖走进卧室，眼前一黑，险些气晕过去。

妹妹穿着白背心和小小的三角裤，正踩着凳子往脸蛋儿上涂口红。

指甲油洒了一桌子，正顺着桌沿滴滴答答地流到地板上；所有口红无一幸免，有的断掉，有的变形；眼影盘和粉底液也全部报废。墙面上、镜子上到处是化妆品涂抹的印迹。

苏颖快要抓狂："你是不是找揍呀？！"

妹妹知道自己闯了祸，有点儿害怕，在凳子上挪动小胖脚转身，小声说："妈妈，爱你哦。"

"没爱了，爱不起来了。"苏颖大声说，"你给我放下！"

郭尉听见动静快步进来，瞧着小花猫一样的妹妹，忽然弯唇笑了。他淡定地拿出手机，先给站在凳子上的小姑娘拍了几张照片留念。她手里还握着掰断的口红膏体，朝爸爸张开手臂，着急地屈了屈膝盖，希望他赶紧把自己抱起来。

"不许抱。"苏颖拦在前面，"化妆品叫你弄成这样，今天必须打一顿才能长记性。"

妹妹快要吓哭了。

郭尉赶紧将苏颖揽在怀里，挡开两人，另一边已将妹妹抱起，好脾气地说："没关系，再买就好了。"见苏颖不依不饶，他在她的鼻尖上安抚地轻吻一下，低声说，"乖，明天买给你。"

苏颖顷刻间说不出话来，抱着手臂咬着唇瞪他。

郭尉哄道："妹妹还小，淘气些没什么不好，等长大又是另外的样子，到时候想让她调皮都难了。"

他抱着孩子出去。苏颖看着满室狼藉有些头疼，赌气不想收拾，去客厅见到父女俩坐进沙发角落，妹妹用那半截口红在他的脸上乱画。

郭尉没有躲，反而心甘情愿地由着女儿胡闹。

这样的郭尉苏颖没见过。

苏颖走近，才听见小丫头边画边奶声奶气地嘟囔："爸爸，爱你哦，爱你哦。"

郭尉说："爸爸也爱你。"

别人的老婆

周末，郭尉陪妹妹在客厅看《熊出没》，时不时地低头瞧她，情不自禁地在她的脸蛋上亲了又亲。

妹妹瞪着水亮的大眼睛，盯着电视看得入神，没反应。

苏颖去餐厅倒水喝，随便问了句："光头强和两头熊和好了？他不杀它们了？"

郭尉说："他本来也不杀熊，伐木而已。熊大和熊二只是阻止他。"

苏颖走过去坐下，见郭尉瞧着妹妹的宠溺眼神，嘴角抽了抽，没吭声。

过了不久，她问："为什么阻止？"

郭尉瞧她一眼，用笑话她的语气说："还能为什么？保护森林，保护生态环境。"

苏颖哼了一声，真不知看懂了三岁小孩儿看的动画片，一个大男人哪儿来的优越感。

这时候，妹妹吐字不清地讲给妈妈听："树树要是没了，熊大和熊二就没有家了，会很伤心的。"她又仰起小脑袋问道，"对吗，爸爸？"

郭尉赶紧亲她一口，柔声柔气地说："说得对，宝贝。"

苏颖一脸嫌弃，端着杯子站起来冷漠地道："别亲了，再亲以后也是别人的老婆。"

灵魂拷问

郭志晨终于看妹妹有点儿顺眼了，那么小的一个小东西，脑袋毛茸茸的，走起路来像小鸭子一样晃来晃去，皮肤白白嫩嫩，好捏好揉……他突然发现女孩子这种生物实在是太可爱了。

晨晨在房间写作业时，妹妹趿拉着妈妈的运动鞋一步一晃地走进来，口中咿咿呀呀地唱着什么，绕着他捣乱。

郭志晨把她捉过来抱到腿上，在她圆圆的脸蛋上好一顿揉。

他问："爸爸好还是我好？"

妹妹被他弄得很痒，咯咯地笑着，却毫不犹豫地说："爸爸好。"

郭志晨又问："那，妈妈好还是我好？"

"妈妈好。"

他不死心："我好还是你二哥好？"

"二哥哥最好啦！"

郭志晨心里酸溜溜的，瞬间冷下脸，夹起小家伙放到门外，表情略凶却小心翼翼地控制着她的双肩转身，往前轻轻一推，然后啪地关上房门。

不久后，一道声音从门里飘出来："找你二哥去吧，少来烦我。"

生　日

妹妹过生日，大家在吹完蜡烛后分蛋糕。

郭志晨用小勺舀了一块带草莓的蛋糕送到妹妹嘴边。妹妹一眯眼，开心地张大了嘴。

他却忽然掉转方向，把蛋糕送进自己的嘴里，得逞般坏笑。妹妹瞧着他，慢半拍地眨巴了几下眼睛。

被如此逗弄几次后，妹妹气坏了，哼了两声，忽然朝着他大叫："啊！"

一旁，顾念赶紧把自己的蛋糕放到她的面前，对郭志晨小声说："这么开心的日子，别逼她挠你。"

话音刚落，为时已晚，妹妹已经朝晨晨扑了过去。

郭志晨："嗷！"